中原智库丛书·青年系列

新世纪乡土小说日常生活书写的"常"与"变"

"CONSTANT" AND "CHANGE"
IN DAILY LIFE WRITING OF
LOCAL NOVELS IN THE NEW CENTURY

姬亚楠 著

社会科学文献出版社
SOCIAL SCIENCES ACADEMIC PRESS (CHINA)

序

20世纪90年代以后，中国市场经济的快速发展以及消费文化的逐渐流行和消费社会的渐进兴起，使得当代社会发生了深刻的历史性变化，对文学的冲击自不待言。在中国现代文学发展中具有深厚历史传统的乡土文学，尤其面临着巨大的挑战，农村经济的衰落，乡土社会的逐渐解体，农民群体向都市的大规模流动，使得乡土文学的内涵和外延都发生了显著变化。城乡两种生存空间和文化空间前所未有地交叉叠合，使作家传统的"乡土经验"已经失效，而在对乡土的重新审视和反思的过程中，无论是启蒙视野下的文化批判、对农民生存境遇的现实主义关怀、对农耕文明的留恋，还是对城市文明商业文化的反思，这些现代乡土文学已有的写作传统，都仍具有强大的生命力，但似乎又无法对复杂而充满变动的20世纪90年代以来的"乡土经验"进行充分的诠释。阅读20世纪90年代以来的乡土小说，我们能够强烈地感受到身处乡土裂变时代的作家普遍的焦虑、困惑、茫然乃至挣扎，也能够看到他们在创作上的尝试、探索和创新。无论是在主题的开拓、人物形象的塑造还是在艺术形式的创造上，新世纪乡土小说都呈现出有别于传统乡土文学的新的特点和面貌，我们可以肯定地说，20世纪90年代以来中国文学中题材最为繁盛、最有成就的仍然是乡土文学，它的资源不但没有枯竭，反而在时代的召唤下显示出新的生机。正因为如此，新世纪乡土小说虽然仍是进行时，但对其进行阶段性的研究和总结是非常有意义和极为必要的。姬亚楠的《新世纪乡土小说日常生活书写的"常"与"变"》正是这样一部力图对20世纪90年代以来乡土小说创作进行细致梳理和整体观照的著作。作者选取了"日常生活"作为研究的切入点,非常准确地捕捉到了20世纪90年代以来乡土小说创作的一个共性特征,那就是在历史宏大叙事渐行渐远的背景下,乡村日常成为文学叙事的主要对象和审美范畴。在这部著作中,作者通过土地书写、风俗书写、权力书写、伦理关系书写几个方面,对20世纪90年代以来乡村日常在乡土文学中的呈现进行了细致而全面的梳理。其中所涉及的作品数量之多,让人惊叹于作者的阅读量和阅读面,这缘于她自研究生时期开始对这一课题的长期追踪和大量的积累。从对日常书写的考察出发,亚楠不仅对于20世纪90年代以来乡土文学创作在内容主题上的新的拓展有着全面而准确的把握、鞭辟入里的分析,更对时代转型中创作主体深层次的心灵危机和文化焦虑保持着足够的关注,书中对梁鸿创作心理的分析就是很好的例证。这本著作的另一个鲜明特点是,作者对于以乡村振兴、时代巨变为关注焦点的新时代乡土文学的敏锐注视。通过对新型伦理关系建构、新权力主体塑造等几个方面的分析,作者充分肯定了这类乡土小说所展现出来的不同于以往乡土小说的全新特质,但也不回避对其主题先行、文学性薄弱等局限性的批评和反思。对于新时代文化的建构,作者也显示出自己独到的观察和思考,例如她在书中所说"作家不仅要在作品中传递出对传统风俗流逝的哀惋、痛苦与焦灼,更应该将民俗文化作为主体精神建构的重要因素之一,承担起建构时代文化的重任",我非常认同她的观点,新乡土文学的书写既不能一味地叹惋反思,也不应只瞩目新的时代命题,而是在传统和现代的交织中,通过对日常生活(如民俗文化)的书写呈现具有中国特色的生活场景和人伦情感,构筑乡土文化的精神内核,只有这样才能彰显新的乡土文化的生命力。

当得知亚楠的这本书即将出版时,作为曾经的老师我由衷地为她感到高兴。亚楠是已经毕业的研究生中为数不多的继续学术研究的学生,她一直保持着对于当代文学尤其是乡土文学的高度关注,而长期从事出版编辑的工作也使她的学术视野更加开阔。同为女性,我深知在家庭和事业之间的平衡并非易事,更何况亚楠在工作和家庭上的担子都不轻,她能够在学术研究上踏实地向前迈进,取得一个又一个成就,其间所付出的辛苦自然是不少的。这本著作与其申请的河南省社科规划项目的优秀结题成果有着密切关系，显示出她作为一个青年学者在乡土文学研究上持续深耕的决心以及具有的巨大潜力，有这样一个起点，我相信她的学术之路会越来越宽广。

当然，从日常生活角度出发对20世纪90年代以来的乡土文学进行研究，这部著作也存在需要继续探索的空间。从整体来看，作家较为关注乡土小说创作的内容主题，而相对忽略了将"日常生活"作为一种独特的美学追求或者叙事方法上的探索和创新。例如，贾平凹的《秦腔》被学界认为是一种"密实的流年式叙写"，对乡村日常生活有一种近乎原生态的呈现，也形成了一种独特的美学风格；而20世纪90年代以来不少乡土文学作家也尝试用"村志""风俗志"或者"实录""闲聊"等方式来进行日常生活的书写，从文体结构和叙事方法上突破了传统乡土叙事的樊篱，这些现象都值得深入研究。

最后，希望亚楠在学术之路上继续前进，取得更大的成绩！

陈　晨

2023年9月10日于郑州大学

目 录

绪 论 ………………………………………………………………… 1

第一章 乡村土地书写：乡村日常生活的重要场景………… 22
  第一节 村庄的打开与乡土的没落 ………………………… 23
  第二节 土地的眷恋与向城而生 …………………………… 44
  第三节 家的解体与精神危机 ……………………………… 57
  第四节 新时代乡土书写中的"山乡巨变" ………………… 68

第二章 乡村风俗书写：乡村日常生活的精神内核………… 74
  第一节 传承与裂变中的新世纪传统风俗书写 …………… 74
  第二节 野蛮与温情的传统风俗书写 ……………………… 82
  第三节 宁静与美好的传统风俗书写 ……………………… 95
  第四节 行将消逝的风俗仪式书写 ………………………… 105

第三章 乡村权力书写：乡村日常生活的核心主题………… 130
  第一节 乡村日常生存的政治性与权力主题生成 ………… 132
  第二节 乡村当权者权力异化的表征与主题批判 ………… 139

第三节　乡村存在者的权力崇拜与日常审美批判……………… 155
第四节　新时代新权力主体对旧权力势力的替代……………… 167

第四章　伦理关系书写：新型乡土关系的日常呈现……………… 182
第一节　传统与现代碰撞下的乡村人际关系…………………… 183
第二节　生存模式的转变与复杂的家庭关系…………………… 199
第三节　留守女性与返乡女性的关系：羡慕向往和厌弃鄙夷… 220
第四节　新时代乡村伦理关系的重新建构……………………… 234

参考文献……………………………………………………………… 238

后　　记……………………………………………………………… 240

绪 论

新世纪前后，中国社会面临着现代转型不断加速的关键时期，全球化、市场化都以前所未有的速度冲击着中国乡村。中国乡村成为多种文化碰撞融合之地，乡村日常生活在复杂的社会历史文化语境中发生着翻天覆地的变化，乡土小说一改 20 世纪 80 年代末 90 年代初的低迷状态，迸发出强劲的生命力，生长出与众不同的、令人兴奋的新的特质。如何认识新世纪乡土小说中对于乡村日常生活的书写，分析构成乡村日常生活的诸要素在新世纪的"常"与"变"中所诞生的新质，分析其发生转变的内外因，考察乡土价值理念的转变，成为本书研究的重点。

一 何为"新世纪"？何为"新世纪乡土小说"？

对于这个问题，我们在很多研究者那里都曾看到过解释与界定。然而，笔者又将其作为首要问题来讨论则在于，它对于本书的研究至关重要，决定了研究对象范围的界定与选择。因此，必须做一简要说明。

从自然时间来看，"新世纪"毋庸置疑以千禧年为节点。但从历史发展来看，"新世纪"往往被赋予特殊的意义，它被看作一个历史的开端。在自然时间与历史时间的纵轴上，"新世纪"的内涵与外延也有着很大的讨论空间，且需要后人对此做一个评判。然文学上的"新世纪"很显然不能以 2000 年作为起点，换句话说，我们不能认为 2000 年之时文学陡然间发生了与以往文学断崖式的改变，这也是不符合事物发展的规律的。就像"寻根文学""新时期文学""先锋文学"一样，"新世纪文学"也是一个后设概念，是研究者对已发生过的文学现象做系统总结时定义的。然而，不同的是，"新世纪文学"仍是一个发展中的文学概念。也正因为此，我们对"新世纪文学"的研究利弊参半：利的一面在于，我们能利用身在现场之便记录文学演变的轨迹，能足够细致地记录以后补记时可能会错过的微小却至关重要的文学事件或文学作品；弊的一面在于，我们不能与文学拉开一定的距离来审视它、分析它、研究它，对它的分析、研究会受到时代的影响，或许不能真正发掘某个文学现象、文学作品在整个新世纪文学中的作用，这有待于以后的研究者的再发掘、再发现。但是，我们不能放弃身在现场的便利，而期待着"假以时日"的后学研究。如此说来，对"新世纪文学"的研究重要且迫切。

对于"新世纪文学"的讨论，早在1993年荒煤在《文艺争鸣》上发表的《新世纪的文学要真正站起来》就提出"新世纪文学"的概念，并对"新世纪文学"提出新的希望。随后，评论界针对"新世纪文学"这一概念从学理上加以激烈的讨论，其中尤以雷达、於可训、张未民、张颐武等为代表。到底"新世纪文学"的时间如何界定，"新世纪文学"与20世纪90年代文学又有着怎样的联系，对此学者们给出了比较谨慎的答案。比如，雷达认为，"新世纪文学"与20世纪90年代文学有着密切的关联，可以说90年代文学是"新世纪文学"的先导。[①] 於可训也同样将20世纪90年代初年作为新时期文学与"新世纪文学"的分界线。[②] 张未民对"新世纪"进行界定时提出了三种想法，在其中一种想法中，甚至将20世纪80年代文学也涵盖了进来。[③] 从对"新世纪文学"的界定不难看出，倡导者们力图找到更科学的定义方式来对"新世纪文学"进行界定。为了增强"新世纪文学"定义的学理性，张炯、雷达、张颐武、孟繁华、张未民等对文学的内外部环境展开分析，对"新世纪文学"的内涵、特质、总体特征等进行了详细的论

---

① 雷达、任东华：《新世纪文学初论——新世纪以来中国文学的走向》，《文艺争鸣》2005年第3期。
② 於可训：《从"新时期文学"到"新世纪文学"》，《文艺争鸣》2007年第2期。
③ 张未民：《对新世纪文学特征的几点认识》，《东岳论丛》2011年第9期。

述。当然，也有学者对"新世纪文学"的界定与讨论提出质疑，甚至表达强烈的反对态度。①

由"新世纪文学"的界定谈到"新世纪乡土小说"的界定。从以往研究者的研究成果来看，一部分论者以明确的时间界限来对"新世纪"进行定义，即将"新世纪"界定为21世纪，支持这一观点的论文有邹鹏的《新世纪初的乡土小说论》、孙学玲的《世纪之交乡土小说研究》、谷学良的《乡土的断裂　文化的忧思——城市化背景下新世纪乡土小说转型论》、吴佳楠的《城市化背景下新世纪乡土小说的悖论》等；另一部分论者从文学发展的脉络出发，跳出时间界限，将"新世纪"定义为20世纪90年代以来，持此观点的论文有丁帆的《中国乡土小说生存的特殊背景与价值的失范》、丁帆等的《中国乡土小说：世纪之交的转型》、李兴阳的《"新世纪"的边界与"新世纪乡土小说"的边界——新世纪中国乡土小说转型研究之一》、贺仲明的《论1990年代以来乡土小说的新趋向》、赵学勇的《新世纪文学中对失"根"者的叙事》、周水涛的《"城市化"与20世纪90年代乡村小说的新变化》以及《城市进逼下的乡村——90年代乡村小说的文化思考》等。鉴于以往研究成果，本书提到的"新世纪乡土小说"采用的是第二种观点，即将"新世纪乡土小说"时间界定为20世纪90年代以来的乡土小说。

谈到"乡土小说"，则首先要明确何谓"乡土"。顾名思义，从物质层面来看，"乡土"就是人们居住的本乡本土，是一个人出生成长、人际交往、从事社会化生产、赖以生存的地方；从精神层面来讲，"乡土"是人类精神的依托地，"系于某种稳定的价值感情"②，给人们舒适自如的亲切感。何谓"乡土小说"？鲁迅在《新文学大系·小说二集·序》中定义："……凡在北京用笔写出他的胸臆的人们，无论他自称用主观或客观，其实往往是

---

① 详见刘卫东《新世纪批评话语中的"新世纪文学"》，《小说评论》2006年第1期；惠雁冰《强悍的宿命与无力的反抗》，《文学评论》2006年第5期；陈坪《"新时期文学"与"后新时期文学"分期之我见》，《晋阳学刊》2011年第1期。
② 赵园：《地之子——乡村小说与农民文化》，北京十月文艺出版社，1993，第38页。

乡土文学，从北京这方面说，则是侨寓文学的作者。"① 在周作人看来，乡土文学应是"把土气息泥滋味透过他的脉搏，表现在文字上"② 的文学。20世纪30年代，茅盾结合中国现实重新对乡土小说进行了界定："关于'乡土文学'，我以为单有了特殊的风土人情的描写，只不过像是看一副异域的图画，虽能引起我们的惊异，然而给我们的，只是好奇心的餍足。因此在特殊的风土人情而外，应当还有普遍性的于我们共同的对于运命的挣扎。"③ 20世纪40年代文学界出现的"农村题材小说"，新中国成立后相继出现的"土改小说""农民小说""农村小说""乡村小说""新乡土小说"等，都是在乡土小说概念基础上发展产生的。当下对于乡土小说概念的定义也有所不同，比如李莉的《中国新时期乡族小说论》中，论者以"乡土小说"以及与此相关的概念之间所共有的"地缘共同性和'血缘'相通性"④ 为基础形成了概念更为宽广的"乡族小说"——以农民生存地为背景，展现他们的各种活动的小说，这无疑将在都市生活的农民归入其概念范畴。不论是何种定义方式，我们可以看出随着人们生活环境、心理情感、价值观念的变化，乡土小说概念的内涵与外延都发生着巨大的改变。

当下对乡土小说的定义如何？丁帆在《中国乡土小说史》（1992年版）中，将乡土小说的边界定义为不能离乡离土的带有鲜明的地域色彩的农村题材作品，其地域范围至多扩大到县一级的小城镇；而在《中国乡土小说史》（2007年版）中，丁帆重新界定乡土小说概念，将反映"农民进城打工"生活题材也归入乡土小说范畴。因此，笔者认为"乡土小说"是描写农村以及反映农村人无论在城还是在乡的表现物质生活与精神生存状态的小说。在丁帆以及其他研究者对乡土小说的研究中，我们可以看到新世纪乡土小说

---

① 鲁迅：《新文学大系·小说二集·序》，上海文艺出版社，2003，第3页。
② 周作人：《地方与文艺》，载周作人自编文集《谈龙集》，河北教育出版社，2002，第12页。
③ 茅盾：《关于乡土文学》，载《茅盾论中国现代作家作品》，北京大学出版社，1980，第241页。
④ 李莉：《中国新时期乡族小说论》，中国社会科学出版社，2008，第19~20页。

不仅保留并延续了传统乡土小说的主题，比如展现乡村历史发展的主题、表现乡村日常生活的主题、反映传统文化与都市文化断裂与隔膜的主题、批判国民劣根性的主题，而且产生了一些新的主题，如生态主题、农民进城主题等。

正因为乡土小说的范围逐渐扩大，对乡土小说的研究也应不断细化。因此，本书对"乡村日常生活书写"的研究则更具针对性。

二 "日常生活书写"的意涵界定与研究对象的确立

对于"乡村日常生活"概念的界定，正如"日常生活批判理论之父"列斐伏尔所说："日常生活，从某种意义上说是剩余的，通过分析把所有的独特的、高级的、专门化的、结构化的活动挑选出来之后所剩下的，就被界定为日常生活。"[①] 也就是说，"日常生活"虽只是维系人基本生活的活动，然而却与传统、习惯、经验、血缘、地缘、情感、道德、伦理都有着密切关系。

如此一来，我们要在明确现实环境的情况之下才能展开对"日常生活"的准确理解，由此才能展开对"新世纪乡土小说"中"日常生活书写"的研究。相较于以往的乡土小说创作，新世纪乡土小说的创作环境，或可称为现实环境发生了巨大的变化。那么，就有必要对乡土小说的发展脉络进行简单的梳理。"乡土小说"作为概念出现，起源于20世纪20年代，其产生与发展具有重要的现实意义。20年代在鲁迅影响下产生的乡土小说流派，以理性的思考批判与反思乡村的颓败、农民的愚昧，诞生了批判国民劣根性、启蒙大众的主题，展现了在中西文化影响下"五四"知识分子对国家和民族命运的思考。鲁迅笔下的阿Q、祥林嫂、闰土，蹇先艾笔下的阿毛、盐巴客，王鲁彦笔下的看杀头者等成为中国现代乡土小说中经久不衰的人物形象。20世纪30年代以茅盾为代表的社会剖析派小

---

① 转引自贺绍俊《荡漾在小说的想象世界里——关于2006年小说图书的点滴印象》，《中国图书评论》2006年第6期。

说家，将老一代农民的精神觉醒作为民族觉醒的象征，就连老通宝（《春蚕》）都开始意识到丰收成灾背后的深层原因。同时期，以沈从文为代表的田园牧歌派乡土小说家，以清新、明丽的叙事风格登上文坛，宁静的湘西世界给躁动的年代以片刻的安宁，《边城》为30年代文坛带来一股隽永、清新之气。20世纪40年代以赵树理为代表的"山药蛋派"和以孙犁为代表的"荷花淀派"，以昂扬的斗志、饱满的热情歌颂战斗、歌颂人民、歌颂新生活，塑造了一系列鲜明的农村新人类。新中国成立后十七年文学中，作家创作出一批反映土地改革，表现农民翻身做主人的农村题材小说，周立波的《暴风骤雨》、柳青的《创业史》、赵树理的《锻炼锻炼》等成为具有代表性的文学作品。20世纪80年代，韩少功首先打出"寻根"的旗帜，与阿城、汪曾祺等寻根小说家开始文学创作，试图从传统文化中发掘文化之根、文学之根。

从20世纪90年代开始，社会环境发生了翻天覆地的变化，随着市场经济不断冲击传统乡土社会，前现代、现代、后现代文化几乎同时出现在乡土大地上，使仍处于"懵懂"状态的乡土社会被迫接受、吸收各种文化。也正因为此，传统乡土社会出现了以往未有的新情况。特别是从20世纪90年代中期开始，城乡一体化进程加快，大批农民工游走于城市与乡村之间，乡土社会呈现出空心化、荒野化的趋势。随着人口的流失，乡村风俗面临着消逝的危机，伦理道德面临着沦丧的风险，乡村权力面临着钱权交易的危机。面对社会现实的变化，乡土小说家的创作风貌也发生了变化，他们或表现出对乡土裂变的忧思，如贾平凹的《秦腔》、迟子建的《额尔古纳河右岸》、阿来的《空山》；或追忆往昔，表现出对传统乡土社会的怀念，如郭文斌的《五谷丰登》《大年》《开花的牙》等；或感叹于乡村的没落，展开对城市化的批判，如郭雪波的"大漠"系列、迟子建的"东北丛林小说"、张炜的"动物寓言"系列、陈应松的"神农架"系列、阿来的"机村"系列、姜戎的"狼文化"系列等。随着乡村振兴战略的实施，乡土社会一改凋敝模样，迎来了新的发展契机。当下，一些作家响应精准扶贫的时代号召，满含热情地书写新时代新乡村，如滕贞甫的《战国红》、赵德发的《经山海》、韩永明的《酒是个鬼》等，展现新时代乡村的新人、新事，将精准扶贫照进文学，积极探索当下乡村书写的新路径。

正如之前所述，乡村日常生活书写与乡土传统、习惯、经验、血缘、地缘、情感、道德、伦理都有着密切的关系。因此，本书对新世纪乡土小说日常生活书写的研究选择从以下四个方面展开论述。

第一，乡土叙事中对乡村土地的书写。土地是乡土社会的主体，政治、经济、文化等领域的发展都围绕着土地展开，使得中国社会普遍带有浓厚的土味。对于中国人来说，土地是人们的精神载体，落叶归根、入土为安、怀乡寻根等中国文化中的关键词总与土地相关，并渗透到人们的日常生活之中，融入人们的精神与血液。20世纪90年代以来，随着市场经济的发展，土地发生了前所未有的改变。首先，城市不断扩张，土地资源被侵占。贾平凹的《土门》中的仁厚村、《高兴》中的清风镇、《秦腔》中的清风街，都因城市化的进程、现代化的建设，土地面积不断减少，特别在《秦腔》中新主任夏君亭企图用修国道、修农贸市场的方式带领村民致富，然而修建312国道、修建农贸市场导致耕地面积锐减。在《城市门》中，作家王海聚焦城市化对乡村的影响，城乡差异、房屋拆迁、就业安置等成为社会热点问题。其次，商业开发、政府拆迁、乡镇企业占地等对土地的侵蚀。赵韬的《白岸》中的水草滩、李锐的《锄》中的西湾村、叶弥的《月亮的温泉》中的月亮山、周大新的《湖光山色》中的楚王庄，都在招商引资中逐渐失去土地。最后，过度开发、环境恶化、不合理规划又进一步挤压土地的面积。张炜的《刺猬歌》中的芦青河、叶炜的《富矿》中的麻庄、刘庆邦的《黄泥地》中的杨庄寨、梁鸿的《中国在梁庄》中的穰县，都不同程度上因过度开发，土地荒废，环境遭到破坏。

土地的锐减改变了农民与土地的依附关系，农民可以不再固守土地，固守土地也不能为农民带去实际的物质财富。在城市化进程中，土地面积不断减少，城市文明以极大的吸引力牵动着农民的神经。种种因素导致的

新世纪乡土小说日常生活书写的"常"与"变"

结果就是农民迫切地想要逃离土地，向城而生成为农民日常生活的一种常态。因此，在作家笔下根据对土地的依恋程度，农民群体自然而然地分离出了两种类型的人物形象：一类是《秦腔》中的夏天义、《麦河》中的曹玉堂、《北去的河》中的刘春生、《北京候鸟》《北京房东》《北京时间》中的进城务工者、《中国在梁庄》中的二哥二嫂、《瓦城上空的麦田》中的李四、《接吻长安街》中的"我"等等，通过这些人物形象，我们看到了老一代农民对土地深深的眷恋与不舍，以及对失去土地的痛苦与无奈；另一类是《篡改的命》中的贺小文、《我的名字叫王村》中的洗脚妹、《二的》中小白、《极花》中的胡蝶、《奔跑的火光》中的英芝、《歇马山庄》中的小青等等，新一代农民不再固守土地，而是渴望到城市中寻求新的出路。

随着土地的荒废、人口的流失，乡村在现代化进程中逐渐呈现出荒野化、空心化的特点，出现了一些以"最后一个乡村"为主题的小说创作。在李锐的《太平风物》中，房屋失去了"家"的内涵；赵本夫的《即将消失的村庄》中，溪口村的房屋一座座地坍塌；向本贵的《山村的节日》中，无年轻人可以帮忙的丧葬仪式艰难又心酸；曹乃谦的《最后的村庄》中因贫穷一家家搬离乡村，村庄空了，只剩下一个老妇人和一条狗相依为命；等等。

然而，近几年来，随着乡村振兴、乡村扶贫战略的实施，乡村呈现出焕然一新的面貌，美丽乡村建设使土地一改凋敝、落寞的样子，焕发出新的生机与活力。在郭严肃的《锁沙》中，大学毕业后郑舜成毅然回到家乡曼陀北村，决心改变家乡土地沙化的现状，带领村民脱贫致富。在他与村民们的集体努力之下，曼陀北村成为远近闻名的生态示范村。在赵德发的《经山海》中，在扶贫干部吴小蒿的帮扶下，楷坡成为远近闻名的乡村振兴示范村。在忽培元的《乡村第一书记》中，白朗在驻村工作期间利用传统文化提振乡村精神，解决村民们急需解决的问题，带领大家走上共同富裕的道路。在卢生强的《天使还你艳阳天》中，扶贫干部李金荣心怀不放弃任何一个人、不让任何一个人在脱贫致富的道路上掉队的信念,让失明几十年的零有东不仅重见光明,更让他重燃生活的希望。诸如此类的乡土书写不胜枚举,这些作品将新时代乡土社会的新面貌展现出来。

第二,乡土叙事中对乡村风俗的书写。乡村风俗作为乡村日常生活的精神内核,承载着乡土传承的文化基因与文化密码,隐含着传统乡土社会的伦理道德,蕴藏着一个民族丰厚的历史积淀,引导着乡村日常生活的正常运行。在新世纪乡土小说中,对乡村风俗的书写既传承了乡土小说的创作传统,又有新的变化。

首先,对野蛮与温情的传统风俗的书写。新世纪乡土小说创作继承了乡土小说的创作传统,既描写传统风俗的野蛮强横,揭示乡土社会的蒙昧、无知,批判国民劣根性,又展示传统风俗的脉脉温情,展示乡土社会的纯净、圣洁,传递人与人之间的亲善、厚重。一方面,作家们毫不避讳地将传统风俗丑恶的一面展现出来,批判传统陋习的乖戾残忍,揭露国民劣根性。在《只好搞树》《遍地月光》《黄金散尽》《刷牙》《远方诗意》《拉网》中揭示了家族微观势力对底层人民的戕害,在《双炮》《嫂子与处子》中表达了对乡俗陋习的深刻批判与痛恨,在《一句话的事儿》《极花》《歇马山庄的两个女人》中批判了"算命""认命"对女性思想的钳制与戕害,在《美穴地》《天宫图》《日光流年》《灰汉》《亲家》《冲喜》《看田》中揭露了封建观念对人的精神的荼毒。另一方面,作家致力于发掘传统风俗的深层意蕴,传递人与人之间的脉脉温情。在李佩甫的《乡村情感》中,作家借婚嫁习俗的烦琐传达老友间的爱与体谅。此外,在《黑蜻蜓》《红蚂蚱绿蚂蚱》《城的灯》《后事》《穿堂风》《百鸟朝凤》中,作家细致地描摹丧葬习俗,传达出亲人之间、邻里之间、村人之间的涓涓深情。

其次,对宁静与美好的传统风俗的书写。一直以来,以浪漫主义手法展现纯美的乡土社会是现代乡土文学的重要组成部分,作家们通过对传统风俗的描写来展示独特的地方特色,再现清新明丽的乡土世界,表达对故土家园的热爱。20世纪90年代以来,现实环境的急剧改变使得作家对田园牧歌式乡村的书写感到力不从心，因此对宁静与美好的传统风俗书写显得尤为迫切。在郭文斌的《开花的牙》《大年》《生了好还是熟了好》《五谷丰登》《农历》等作品中，作家借儿童视角详细描绘了传统乡村的过节习俗、生活习俗，传达了邻里之间浓浓的情感；在刘庆邦的《黄花绣》《种在坟上的倭瓜》《梅妞放羊》《一捧鸟窝》《美少年》等作品中，作家以温柔的笔端触及乡土世界的真、善、美，在清新明丽的氛围中表达出对诗意乡村的热爱与留恋；在肖勤的《外婆的月亮田》中，作家以儿童小竹儿的眼睛去观察乡间百姓、家长里短，以小竹儿的心去感受乡村生活、风俗人情；在迟子建的《清水洗尘》中，作家讲述了腊月二十七礼镇人的"放水"礼俗，爱化解一切矛盾与误解；等等。除此之外，在2000年以后的乡土小说中出现了一类全新的乡土书写，作家们通过对绿水青山的诗意书写，传递内心的隐隐乡愁。向本贵的《花垭人家》中的曾子齐不随打工热潮逐流，坚守内心对故乡的热爱，自己的桃园不觉中竟然成了城里人渴望的网红之地，当浮躁与喧嚣退却之后方知"乡愁"才是人们内心深处最诚挚的渴望；在《竹村诉说》中，竹村是喧闹城市中的宁静之地，父亲坚守着锦绣斗笠的传承，这不仅是手艺人的工匠之心，更是人们的淡淡乡愁，作品于无声处传递出外面的世界不管多精彩，只要重拾祖宗传下来的手艺，守住内心的乡愁，外出的人总会慢慢回来的主旨；付秀莹笔下的"芳村"是作家的精神领地，在《陌上》《野望》等作品中，芳村的自然风景、风土风俗都散发着浓浓的温馨。

最后，对行将消逝的风俗仪式的书写。20世纪90年代以来，城市文明强势进入乡村，并深刻影响了农民特别是年青一代人的思想，人们纷纷离开乡村，风俗仪式不仅失去了赖以生存的情感基础，更失去了维系其延续的群众基础。作家将对行将消逝的风俗的担忧投射到作品中，这不仅是作家真实记录乡土日常改变的一面镜子，也是作家对乡土文明没落奏起的挽歌，更是作家在面对现代对传统的侵蚀时表现出的深刻反思和对传统乡村即将消逝的忧虑。贾平凹的《秦腔》中的夏天智、李佩甫的《生命册》中的大姑父都是具有传统文化象征意义的人物，他们的离世宣告着传统乡土伦理道德的坍塌和崩溃，喻示着乡村传统文化在现代商业文明冲击下必然走向没落的趋势。肖江虹的《蛊镇》《傩面》《悬棺》《当大事》中传达出对传统风俗消逝的无奈与辛酸。此外，在刘玉栋的《年日如草》、刘庆邦的《回家》、徐则臣的《还乡记》、朱辉的《七层宝塔》、罗伟章的《声音史》、付秀莹的《小过年》《三月三》、迟子建的《群山之巅》、孙惠芬的《上塘书》等作品中，乡村伴随着传统风俗的消逝而逐渐远离我们的生活和视野，传达出精神家园的丧失之痛与主体精神建构的困惑。在"非虚构小说"创作方面，梁鸿的《中国在梁庄》《出梁庄记》尤为值得关注。梁鸿的作品以故乡梁庄为写作对象，全方位地展现了梁庄的过去和现在，梁庄作为中国乡村的缩影，作家清晰地捕捉到了现代化进程中乡村的破败、理想与现实的落差、人们精神世界的失衡。

第三，乡土叙事中对乡村权力的书写。"乡村权力"的影响一方面是作为"政治工具"作用于现实政治，另一方面是作为"潜在力量"作用于普通民众。由于乡村权力的巨大能量，当乡村权力作用于普通民众身上时，便出现诸多意想不到的问题。在新世纪乡土书写中，乡村权力追逐者大多从功利主义思维出发，围绕经济利益的核心，表现出权力异化之于乡村生活影响的各种面相。乡村权力书写寄托着作家对现实社会人和事的人道主义情感关怀，借助于对乡村权力的书写展现普通群众日常生活的另一个状态。作家对乡村的权力书写主要集中在以下三个方面。

首先，群众对乡村权力的崇拜与主体性缺失。"官本位"思想与潜在的利益捆绑是造成权力崇拜的内在原因，尤其在中国农村，权力的张力更大，村长权力成为决定村民利益分配的标尺与瓜分村民权利的利器，由此滋生了对乡村权力的崇拜。更有甚者，对权力的崇拜达到了"无我"的境地。从根本上说，人们对权力的崇拜则在于对权力的恐惧，这种莫名的、致命的恐惧支配着人们走向"背叛"自我的道路。在《羊的门》《日光流年》《秦腔》《民选》《向上的台阶》《白豆》《土地神》《乡村豪门》《民意》以及《村长乡长一个妈》等小说中，都从不同角度深入地揭示和批判了中国乡村权力崇拜的历史文化传统、现实政治经济因素和现实表现等。更有甚者，为了向权力献媚而失去自我。在阎连科的《天宫图》中，路六命对村长的恐惧是渗进骨头里的，为此他不仅将自己的妻子献给了村长，还要给村长把风，这种对男性尊严的践踏是对人性最大的摧残，人在权力面前卑微到了尘埃里。

其次，经济利益驱使下人们对乡村权力的竞争与争夺。人们对权力的敬畏与仰视，源于权力本身所带来的利益；反过来，权力与利益的深度结合又刺激着权力欲的滋长。权力所能带来的经济利益是人们争夺权力的根本动力，人们在村长竞争中用尽手段、机关算尽，不惜一切换取选票。在葛水平的《凉哇哇的雪》中，李保库与黄国富为竞选小河西村村长，两人发挥各自的优势，走访送礼、请客吃饭，费尽心机争夺民心，无所不用其极，在村中上演了一出出巧夺人心的大戏。在李洱的《石榴树上结樱桃》中，孔繁花作为官庄村现任村长，为了获得连任，与丈夫四处请客拉票，上演亲民表演。除此之外，在《羊的门》《民选》《龙凤呈祥》《无根令》《乡村行动》《海赌》以及《海选村长》等小说中，对乡村权力执掌者（村长、书记等）的统治术、掌权者之间的明争暗斗、乡村百姓的生存困境、乡村黑恶势力的飞扬跋扈、资本力量的强势介入和国家权力的监督监管等都进行了一定程度的书写。《耙耧山脉》《豆选事件》《黄泥地》等对经济利益驱使下乡村权力之争展开了论述。

最后，新时代新权力主体对旧权力主体的替代。不同于20世纪90年代的乡村权力书写，2000年以来，特别是乡村振兴、脱贫攻坚战略实施以来，现实乡村世界发生了巨大的变迁，乡村发展紧密围绕着这个大局展开，驻村干部成为新的权力代言人，乡土小说的权力书写主题更直接地体现出作家的情感态度。无论是"中国农村三部曲"（《天高地厚》《麦河》《日头》）、《还乡记》中的乡村能人，还是《大学生"村官"》《摩兰》《何物变》《大学生村官》等中的大学生村官，抑或是《十八洞村的十八个故事》《耕梦索洛湾》《出泥淖记》《春风已度玉门关》《太阳出来喜洋洋》《两根丝连接一片民族情》《明月照深林》《决战柯坪》《爱的礼物》《国家温度》等中的驻村第一书记，他们都是作家笔下新时代乡村权力书写的新主体，与以往权力执掌者有着本质上的区别。他们大都不是一直生活在乡村，而是响应国家号召,积极投身乡村建设,在全面脱贫、全面建成小康社会的道路上贡献着自己的青春和力量。他们心中有理想、胸中有信仰,明白自己为何到乡村,更明白要建设怎样的乡村,因此,他们对于乡村权力没有"利己"的欲望,也不想借助任何身份、任何权力来谋取私利。他们是新时代乡村社会的脊梁,决定着乡村未来的发展方向。

第四,乡土叙事中伦理关系书写。乡村伦理关系按照固有的礼俗运行,反映着当地的风俗、文化、传统、习惯等方方面面。20世纪90年代以来,时代语境的改变给乡土社会带来了巨大的变化,伦理关系也随之发生着前所未有的改变。商品经济扩大了城市的规模,土地的基础地位受到强烈的冲击,都市文化刺激并改变了农民"安土重迁"的思想,越来越多的农民怀揣"都市梦"涌入城市,"进城"与"返乡"成为他们最主要的生活模式,逐渐演变成一种习惯、一种习俗,从而打破了原有的乡村日常生活秩序。正因为如此,新世纪乡土小说中的乡村伦理关系书写大多建立在"进城/返乡"的模式之上。

一是传统与现代碰撞下的乡村人际关系书写。20世纪90年代以来,人们的日常生活受到现代价值观念的冲击与影响,人与人之间的关系也在悄然发生着改变。然而,在对物质财富追求的同时,仍有一些人保留着对美好情感的向往。在郭文斌的系列小说中,随处可见作家对传统习俗的珍视,以及乡土社会中人与人之间的美好情感;在迟子建的《一匹马两个人》中,正如所有老夫老妻一样,他们之间没有亲昵之举,但他们的情感却在不经意间流淌出来;在付秀莹的创作中,作家诗意沛然地书写芳村的人、事、情,意境含蓄、语言细腻、节奏从容,在张弛之间勾勒人世间的悲与喜;在王祥夫的《归来》中,作家借母亲的去世将兄弟三人之间的关切、挂念、珍爱展现得淋漓尽致,任何苦难、任何灾难、任何痛苦都在亲情面前烟消云散;在夏天敏的《冰冷的链条》中,人与人之间的爱能融化一切坚冰、克服一切苦难;等等。此外,商品经济飞速发展,金钱至上、享乐主义不断冲击着人们的价值观念,为人们放纵欲望提供了借口,传统道德失去了其生存的土壤,带来了一系列乡土转型期问题。人心在金钱、权力、欲望的诱惑下逐渐物化，人与人之间的情感变得淡漠、疏离甚至扭曲。《秦腔》中的夏君亭、《湖光山色》中的旷开田、《无鼠之家》中的阎国立、《丁庄梦》中的丁辉等，他们在金钱、利益的诱惑下，放纵个人私欲，更有甚者将自我利益凌驾于他人之上，罔顾道德底线，人与人之间的关系变得寡淡、冷漠。

二是生存模式的转变与复杂的家庭关系书写。家庭是社会最基本的组成单位，家庭关系也是乡村社会伦理关系的重要组成部分。在新世纪乡土小说中，作家们以敏锐的眼光洞悉时代的变化，在"进城/返乡"的生活常态下家庭关系发生着微妙的变化，尤其是夫妻关系。20世纪90年代以来，特别是2000年以来，轰轰烈烈的打工浪潮席卷了整个乡土社会，为了更好的生活，男人们远走他乡成为打工者，传统乡土社会的人员结构被打破，原本朝夕相对的夫妻在"进城/返乡"的热潮中被迫分离，他们之间的关系也必然产生着微妙的变化。一方面，夫妻之间的感情在两地分居中逐渐升温。比如，在孙惠芬的《歇马山庄的两个女人》中，留守女人们默默守候着家庭，在漫长的等待中艰难度日，当寒冷来袭，丈夫归来，死寂的村庄才泛起一丝灵活劲儿；在温亚军的《回门礼》中，新婚的艾娅为了能留住进城打工的丈夫，期待并极力要求丈夫从父亲那里学一门手艺；《七夕》中，顺畅与妻子虽在同一所城市却极少见面，他忍受着内心的孤独以及对妻子的思念，为家庭的未来奋斗着。另一方面，价值观念的转变使夫妻之间的感情变得敏感、多疑，更有甚者夫妻之间感情出现裂缝，走向彼此背叛的道路。刘庆邦的《到城里去》中宋家银为了满足自己的虚荣心，屡次三番逼迫丈夫杨成方外出打工，用丈夫辛苦赚来的血汗钱与人攀比，丈夫不堪重负，最终走上了在城市中拾荒的落魄道路；在迟子建的《月白色的路障》中，乡村女教师王雪琪在丈夫张日久的怂恿和金钱的诱惑下，抛弃了教师的人格尊严和职业操守，从事卖淫；在漠月的《放羊的女人》中，妻子尽心竭力地照顾从城里归来的丈夫，喂养丈夫赶回来的瘦骨嶙峋的羊，待羊儿膘肥体壮之时，丈夫却毅然离开了身怀六甲的妻子。

三是乡村"空心化"背景下的父子关系书写。在新世纪乡土小说中，伴随着大批青壮年离乡离土，"空心化""隔代化""荒野化"曾一度成为乡村现状的代名词，从长及幼的乡土人员组成结构被打破，孝道的传承面临巨大的挑战，利益也成为横在父子关系中的巨大障碍，父子关系也发生了巨大的改变。在迟子建的《群山之巅》中，儿子们因为赡养费的问题对张老太的生活需求置之不理，甚至为了争抢张老太手上的金戒指，在葬礼上上演一场闹剧；孙惠芬的《上塘书》中，上塘村被明显地分为两个鲜明的区域，子女们的新房和父母居住的祖屋，居住空间的分离隐藏着子女与父母情感的疏离、责任的逃避；盛可以的《喜盈门》中，在城市里工作的孩子们应爷爷的要求回到乡下等待他自己的葬礼，归家后的孩子们并不关心爷爷的病情，更不在乎爷爷的感受，他们肆无忌惮地打牌休闲、商讨葬礼细节；程相崧的《生死状》中，儿子程东升庆幸于父亲程喜田能在煤气泄漏中毒的风险中死里逃生，但当他得知死者家属能得到一大笔赔偿金时，他在内心的深处又隐隐地感到一丝可惜和遗憾；付秀莹的《绣停针》中，贵山奶奶瘫痪后被儿媳妇转移到小屋中居住，生活不能自理的贵山奶奶只能终日躺在尿臊气刺鼻的被褥上，着实令人心寒；费克的《最后的山羊》中，老人在老伴离世、儿女们进城后，只剩下一只羊陪伴着他。除此之外，在《山村的节目》《无土时代》《上海反光》《残糖》《罂粟之家》《陪夜的女人》《生死十日谈》《上塘书》等作品中，都讲述了缺乏子女陪伴的留守老人生活的孤独无依和精神空虚。

四是亲情缺席影响下的打工者与留守儿童关系书写。伴随着打工潮，"留守儿童"这一词语出现在大众视野，他们是乡村社会的"失亲者""边缘人"，承受着本不应属于他们这个年龄该承受的痛苦。乡村中留守儿童越来越多，成人在为儿童创造更好的物质条件的同时，却忽略了儿童最重要的，也是最需要陪伴的成长时期，导致了一系列留守儿童的教育问题。梁鸿的《中国在梁庄》中，因为缺乏陪伴，一些女童遭到性侵犯也无处诉说，只能将秘密深埋心底。这些在我们看来匪夷所思的事情却真真切切地发生在乡村，不得不引起警醒。胡学文的《风止步》同样涉及留守儿童遭遇性侵的敏感问题，当农民朝着心向往之的现代化迈进时，忽略了代表他们"未来"和"明天"的孩子的生存境遇。留守儿童的教育问题固然值得反思,留守儿童对爱的渴望和召唤同样应该得到重视。肖勤的《暖》中的留守儿童小等对父母爱得惊心动魄。在一次次等待母亲电话未果的情况下,害怕母亲的声音从电话线中溜走的小等,竟然用手抓住断掉的电话线,在闪烁的火花中小等消失在对父母的想念和求而不得的焦虑中。付秀莹的《苦夏》中丫豆儿与小等一样,乖巧地等待着父母的每一通电话,在爷爷的说教与劝慰中,她用懂事隐藏自己对母亲的思念,体谅着父母、压抑着自己,以致在丫豆儿焦急地等待爹娘的电话时,全叔以做游戏为名对她实施了性侵。此外,在《听风村的孩子们》《害怕了吧》《当着落叶纷飞》等作品中,作家都竭尽全力书写着留守儿童对父母之爱的向往与渴望。

五是留守女性与返乡女性关系书写。在乡村流动性的影响下,留守者与返乡者的关系便成为乡村日常生活的最主要人际关系。在众多留守者与返乡者中,留守女性与返乡女性成为新世纪乡土小说家着重描写的对象,在"一留一返"之间,她们之间便自然而然地形成了"看/被看"的关系。在相对封闭的乡土社会中,留守女性与返乡女性朝夕相对,她们之间产生着独特的化学反应。

一方面,"看/被看"中的乡村女性关系。在新世纪乡土书写中,进城女性带着城市记忆回乡,在留守女性眼中她们与众不同,留守女性渴望从她们身上找到城市的影子和印记。在艾伟的《小姐们》中,很早便进城打工的大姐兆曼为了能凑齐妹妹的学费,最终踏上了出卖肉体的不归路。村人的鄙夷让母亲无地自容,始终不肯原谅兆曼,甚至留下遗言不让女儿参加葬礼。固然,兆曼是可恨的,但也是可悲的、可怜的,在熟人社会的乡村,她成为任人审视、评判的对象。在迟子建的《月白色的路障》中,在村人眼中的乡村女教师王雪琪是如白月光一样的人物,清冷高洁,但当村人们纷纷以设置路障致富时,却惊奇地发现王雪琪竟悄悄从事卖淫,他们一边为她感到惋惜,一边又反思着自己为钱不择手段的价值观对贫穷的王雪琪是否造成了巨大的精神冲击。此外,在《异乡》《蒙娜丽莎的笑》《月亮的温泉》《北妹》《东风嫁》等作品中都描写了留守女性对返乡女性的价值审视。

另一方面，进城女性的精神创伤与留守女性的欲望想象。在"进城/返乡"的热潮中，乡土社会呈现出"围城"状态，尤其是在乡村女性身上表现得尤为明显，即村里的女人想出去，出去的女人想回来。在这种"围城"状态下，返乡女性光鲜亮丽的外表"勾引"着留守女性期待飞翔的心。在这一过程中，传统价值观念也在经历着巨大的考验。方方的《奔跑的火光》中，对金钱、财富、欲望的贪婪追求，使英芝一再放宽道德底线，由最初的卖艺不卖身，发展到给钱就让摸一把，再到出卖肉体，一步步走向堕落的深渊。刘庆邦的《月子弯弯照九州》中，原本清纯的乡村女孩罗兰在"我"的引导下沦为作陪小姐，最终因卖淫罪入狱。朱山坡的《陪夜的女人》中，陪夜女人尽心尽力照顾濒临死亡的老人，当她不光彩的过去被扒出来的时候，人们无法接受，但随即又感叹于她的人生遭遇。从人们对陪夜女人态度的转变，引发了对"一个人的过往就那么重要吗"的反思。孙惠芬的《天河洗浴》中，安分守己打工的吉佳和误入歧途的吉美在返乡后受到不同的待遇，让人不禁感叹人们价值观的偏差，吉美与吉佳敞开心扉的对话让我们看到了她万分痛苦的内心。刘继明的《送你一束红花草》中，为贴补家用樱桃进城打工，却不慎染上村人口中的脏病，村人的鄙夷、父母的厌弃都逼迫着樱桃想要放弃自己的生命。孙惠芬的《歇马山庄的两个女人》中，曾有过不堪往事的李平渴望婚后能与过去彻底诀别，但好友潘桃的无心之失却让她的过去彻底暴露在村人面前，甚至受到了丈夫的暴打。

从土地书写、乡村风俗书写、乡村权力书写、伦理关系书写这四个方面展开对新世纪乡土小说日常生活书写的研究便于考察乡土小说的世纪之变。

三 乡村日常生活的"常"与"变"

纵观中国乡土小说百年发展历程，最突出的特征在于批判的姿态。自五四时期以鲁迅的《阿Q正传》《祝福》、许杰的《赌徒吉顺》《惨雾》、王鲁彦的《菊英的出嫁》、蹇先艾的《水葬》等为代表的乡土启蒙小说开始，作家便以批判的姿态审视乡土，自此批判成为乡土小说的创作传统，并一直延续至今。20世纪80年代以来韩少功、李锐、李佩甫、贾平凹、阎连科、莫言、迟子建、张炜、刘震云等作家的创作，反思与批判成为乡土小说的主基调。这种带有批判性的创作模式使百年乡土小说忽视了对乡村建设的思考。然而，在新世纪乡土小说创作中，这种全然的批判模式发生了些许改变，作家在"常"与"变"中完成了乡村日常生活书写。

第一，在物质和精神层面的双重改变中，作家直面乡土世界的各种乱象。20世纪90年代初期，随着经济的高速发展，城市得到了前所未有的发展机遇，规模不断扩大，各种文化如暴风骤雨般席卷整个社会，人们陷入困惑、迷茫之中，这其中当然也包括乡村。因此，在新世纪乡土小说创作初期，我们能看到乡土社会的各种乱象。《秦腔》《黄泥地》《拆楼记》等中都有对于乡村土地被挪为他用的书写，土地不再是人们赖以生存的物质基础，而成为获得利益时可供交换的资源；《月亮的温泉》《湖光山色》《月白色的路障》《柳村长》《歇马山庄的两个女人》《送你一束红花草》等中都有对女性从事色情服务的书写，乡村社会价值观念的转变，在物欲的冲击下人们头脑发热，误入歧途；《丁庄梦》《富矿》《刺猬歌》等中人们为了钱丢弃道德的底线，人为地给乡村造成了巨大的灾难。诸如此类的种种乡土书写反映了20世纪90年代以来人们精神世界的空虚，以及对未来命运陷入迷乱状态的困惑。

第二，作家突破城乡二元对立的叙述模式，探索平等互融、反哺共赢的新型城乡关系。在批判的基调下，不少作品聚焦探索乡村建设、乡村发展的有效路径，发现乡村日常生活的出路在于"离乡不离土"，只有立足乡土才能实现乡土日常生活的现代化，带动共同富裕。李佩甫的《城的灯》提出了乡土日常生活现代化的解决方案。小说的巧妙之处在于其故事大多数发生在城市或部队，而真正主旨、立意的升华却在乡村。冯家昌心心念念留在城市，为此他费尽心机、忍辱负重，不惜背叛为自己倾心付出的刘汉香。在面对父亲和兄弟们的责难时，他以肩负冯家兴盛的重责作为搪塞、借口，说服了同样想进城的兄弟们。面对爱人的背叛，刘汉香也曾心碎、痛苦，她生平第一次走进冯家昌所在的城市，见到了曾经的爱人，而冯家昌的冷漠与疏远令她心灰意冷，偶然间，她结识了农科院的专家，并学会了培育花种。经过城市的历练，刘汉香毅然选择了回上梁村种花，她要让上梁村成为南北花卉的集散地，带领村民们富起来。或许在刘汉香们的心里，只有农村真正富裕起来，她们的心上之人才不会离开。最终，村民们跟着刘汉香种起了月亮花，为上梁村创下了一个光明而美好的未来。待上梁村的发展步入正轨之时，刘汉香却遭到了几个年轻人的杀害，她在弥留之际选择了原谅与宽恕。因为她知道，这都是贫穷和愚昧造成的惨剧，而她在做的事情就是要改变愚昧、摆脱贫穷。刘汉香从未真正意义上离开过乡村，她自知人生的归途终是故土；而反观立足城市的冯家四兄弟（除了冯家老四），在"功成名就"后的归乡途中却始终找不到归途。

与此同时，新世纪乡土日常生活书写体现出对"人的现代化"的探寻。在关仁山的《麦河》中，曹双羊是一位农民出身的企业家，他对鹦鹉村百年来农民及农村的出路问题做了勇敢的探索。一方面，他有着传统农民的顽强、坚韧、淳朴、善良；另一方面，作为被利益驱使的企业家，他又世故、狡诈、贪婪、蛮横。在他事业发展的每一步都伴随着纠结、痛苦与释然，他既愧疚于利己的选择，又对做出选择后得到的利益感到欣慰。在经济浪潮中，他如其他弄潮儿一样迷失自我，为了利益不择手段。然而，在每一次迷失自我之后，他都能在与瞎子白立国的精神交流中找到救赎之道。整部小说保持着对农村现代化的乐观、积极的基调，在资本世界中险些迷失自我的曹双羊最终在村民的包容和宽厚的土地上找回了善良的本性，用自己的真诚和实际行动感动了鹦鹉村的村民。村民们纷纷同意将土地流转，实现了土地现代化经营模式，曹双羊也从土地的破坏者成为土地的守护者。不难看到，作品有着明显的道德理想主义倾向，作家努力探寻着乡村现代化的出路。

第三，作家对乡村权力书写由批判反思转变为对大学生村官、驻村第一书记的书写。20世纪90年代以来，对乡村权力的书写由最初对乡村权力的批判，到对钱权结合黑幕的揭露，再到对基层制度的反思，最后到对大学生村官、驻村第一书记的书写，乡村权力向着更积极的方向发展，并成为引领村民们脱贫致富的主导力量。在葛水平的《凉哇哇的雪》、尚志的《海选村长》、李洱的《石榴树上结樱桃》、阎连科的《耙耧山脉》、曹征路的《豆选事件》、刘庆邦的《黄泥地》等作品中，讲述了基层权力之间的明争暗斗。在周大新的《湖光山色》、阎连科的《柳乡长》、刘庆邦的《黄泥地》、曹征路的《豆选事件》、梁晓声的《民选》等作品中，揭示了权力与金钱的捆绑关系。在李佩甫的《羊的门》、贾平凹的《秦腔》、周大新的《向上的台阶》、阎连科的《瑶沟人的梦》《耙耧山脉》《受活》《中士还乡》《黑猪毛 白猪毛》《天宫图》《丁庄梦》等作品中，将个体对权力的崇拜淋漓尽致地展现了出来。特别是近十年以来，作家们将书写的焦点转向大学生村官、扶贫干部和驻村第一书记。在李迪的《十八洞村的十八个故事》、吴克敬的《耕梦索洛湾》、任林举的《出泥淖记》、觉罗康林的《春风已度玉门关》、何炬学的《太阳出来喜洋洋》、唐晓玲的《两根丝连接一片民族情》、浦子的《明月照深林》、威戎的《决战柯坪》、哲夫的《爱的礼物》、蒋巍的《国家温度》等报告文学中，作家们深入扶贫地区，扎根到人民群众之中，投身火热的生活之中，书写新时代乡村扶贫脱贫的卓越斗争，见证中国人民脱贫攻坚的伟大壮举。在向长贵的《山高路长》、忽培元的《乡村第一书记》、卢生强的《天使还你艳阳天》、陈纸的《青山引》、蒙卫东的《秋色无声》、岳寅生的《粉红的微光》、颜晓丹的《花儿在深山》等作品中，作家以驻村第一书记为书写对象，展现他们身上干事创业的决心与毅力。权力于他们而言，已经不再是私有之物，不再是专制、专权的代名词，而是一种责任、一种担当，成为服务大众的价值指向。他们不求以此谋私利，只盼能借自己的关系更好地发展乡村。

　　笔者认为，乡土社会的"常"与"变"是相对的，因为没有什么事情是一成不变的，同时"常"与"变"也是不断发生变化的，今日之"常"或许是来日之"变"，而今日之"变"或许会是他日之"常"。因此，理性地对待乡土社会的"常"与"变"有利于我们更清楚地看清乡土小说的发展脉络，更清晰地对乡土小说进行总结与梳理。正确地看待乡土社会的"常"与"变"，也便于我们迅速捕捉到乡土社会的细微变化，更好地保存当下乡土书写中对以往的创新与发展，也能帮助我们更好地厘清乡土文学的发展方向，以文学的方式反思现实、服务现实。

　　新世纪乡土小说始终处在进行时，作家们创作出了一系列优秀的文学作品，为中国当代乡土小说发展注入了新鲜的血液，使得乡土文学重新绽放出光彩。但是在创作中仍存在着一些值得我们反思的问题，那就是创作模式的程式化与叙事模式的偏颇。新世纪乡土小说一味地揭示乡土社会阴暗面，就难免陷入创作程式化与叙事偏颇化的樊篱。这类创作问题主要表现为歌颂与暴露的关系处理问题。新世纪乡土小说创作应当是歌颂农民新生活，还是应当暴露乡土生活的阴暗面，这是作家应当认真思索的问题。只歌颂而不暴露，乡土文学会陷入伪现实主义；只暴露而不歌颂，乡土文学将脱离现实，也会带来消极的社会影响。由此可见，歌颂与暴露应当是乡土文学创作的两个重要方面，缺一不可。于作家而言，用发展的眼光看待乡村，记录全新的、焕发着勃勃生机的乡村是当下作家必须承担的责任。乡土小说创作应当以何种姿态走进人们的视野，这是一个值得深思却不急于回答的问题，相信乡土文学自身发展会给我们一个真实的答案。

第一章
乡村土地书写：乡村日常生活的重要场景

费孝通在《乡土中国》中写道："中国人住下了，不管天气如何，还是要下一些种子，试试看能不能种地。——这样说来，我们的民族确是和泥土分不开的了。"[①] 乡土社会是以血缘和地缘关系为纽带来维持的自然村社，血缘关系保证了乡土社会内在的稳定性，地缘（土地）是乡土社会的核心。中国的村庄往往是以个体家庭为单位辐射出的氏族家族，因此土地、村庄、家庭是乡土社会最基本的要素。在中国几千年的历史长河中，整个乡土社会是相对比较稳定单一的。虽然朝代更替、社会变革，但整个乡村鲜少会有变化。即使是五四新文化运动以来部分知识分子离开家乡进入城市回望乡村，用自己的生活经历书写乡村时，无论这些作家的写作立场如何，他们笔下的乡土社会还是趋于稳定的。不管是20世纪二三十年代的台静农、叶紫，还是四五十年代的赵树理、柳青，乃至八九十年的路遥、贾平凹，他们笔下的乡土社会仍保持着稳定的状态，人、土地、村庄还是紧密的共同体。随着城市化的推进，农民们不会再因为战争或灾难等原因被动地离开乡村，但却在城镇化、现代化等一系列因素的作用和影响下开始主动疏远乡村、疏离土地。乡土社会固有的文化秩序和伦理秩序在城市化面前显得苍白无力，乡土社会的内部结构

---

① 费孝通：《乡土中国》，作家出版社，2019，第7页。

发生了微妙的变化，乡土社会固有的稳定状态被打破，乡村日常生活也发生了转变。

第一节　村庄的打开与乡土的没落

乡村曾经是中国普泛式的社会形态，农民作为最主要的社会群体随着中国历史发展从古代一路走来。直至20世纪初期，西方工业文明的利剑一举击碎了封建制度的腐朽，乡土中国由此拉开了新的序幕。随后，农民在一系列寻求自立自强之路上作出了卓越的贡献，直至新中国成立后的30年，即使彼时已经有形式上的城市与乡村的划分，但中国社会的主要形态仍是乡村。20世纪八九十年代循着改革开放的热潮，经济的飞速发展才使得城市迎来了真正意义上的发展。摩罗曾指出："中国大陆的五亿城市人口，占全国私人财富的96%至96.5%；八亿农村人口，仅占私有财富的3.5%至4%。从公共财富来说，农村更是接近零，因为所有的图书馆、大剧院、博物馆等等公共设施，全部集中在城市，与农民一点关系也没有。"[1] 当然，此数据是2004年的数据，放在2022年的今天其参考意义不大，但可以反映出21世纪初城乡之间存在的差距，也能从一定程度上反映出城市化进程给城市带来了巨大的红利，不仅私人财富得到了积累，公共财富对城市的支持力度也远胜于农村。无论从哪个方面来考量，乡村都在城市化进程中受到挤压，相较于飞速发展的城市，乡土社会发展极缓。而后伴随着人口的大量流失，乡土社会开始走向没落。对于乡土作家而言，现实环境的改变必然引起叙事语境的巨大的转变，陌生的"乡土经验"以及"去乡村化"的情感体验都构成了新世纪乡土小说书写的重要内容。

一　村庄的传统与现代并存

在中国乡土叙事中村庄有着不同的形象。在以鲁迅等为代表的启蒙叙事

---

[1] 摩罗：《底层与关于底层的表述（续）——我是农民的儿子》，《天涯》2004年第6期。

中，村庄是批判的对象、启蒙的对象，是愚昧落后的符号。在以沈从文等为代表的田园牧歌式的乡土叙事中，村庄是人情美、人性美的体现。在以赵树理等为代表的乡土叙事中，村庄是政治化的象征。对村庄的书写贯穿中国乡土小说创作始终，在新世纪的乡土叙事中，村庄书写出现了新的特征。如赵本夫的草儿洼村、叶炜的麻庄、贾平凹的仁厚村、周大新的楚王庄、孙惠芬的歇马山庄、李佩甫的上梁村、阎连科的受活庄、关仁山的鹦鹉村等，无论这些作家的审美倾向如何，这些村庄在城市化和现代化的进程中，都呈现出新旧房屋交错、新旧观念冲突、土地荒废、村庄中空的面貌。记忆的家园、精神的故土逐渐变得陌生起来，人们心目中诗意的故乡早已经变为回不去的异乡。

随着市场经济发展的不断深入和城市化进程的快速推进，原本闭塞的村庄逐渐被打开，乡村生活逐渐趋同于城市，农民的生命体验也逐渐丰富起来，他们的目光已经从乡村转向城市。乡村传统的文化结构、价值观念和伦理秩序开始发生蜕变，新的因素不断出现，旧的经验逐渐式微，乡土社会发生了巨大的改变，这使得乡村的日常生活发生了显著的变化，呈现出新旧杂糅、传统与现代并存的特点。

一是生存方式的变化。在传统的农耕社会中，农民一年四季围着土地打转，春种秋收，日出而作，日落而息，他们的生活与土地密不可分、息息相关，土地给了他们最大的安慰。可随着城乡互动的增多，人口流动性加强，乡镇企业的发展，留在乡村的农民也不再把全部心思放在土地上，而是从事各种各样的职业，农民的生存方式正在悄然发生着改变。鲁敏的《思无邪》中的乡村在现代化进程中发生着翻天覆地的变化。村子的基础设施改善了，铺了石子路、建了水泥桥。村子里也有了各式各样的工厂，比如地毯厂、绣花厂等，这些工厂吸纳了不少的年轻人。村子里的年轻劳动力很少下地了，要么去工厂上班，要么去修摩托车，要么跟着建筑队干活，等等。总之，农民抛弃了传统的农耕生活方式，不再仅仅依靠土地，他们有了其他的谋生手段。周大新的《湖光山色》中的暖暖从北京回家后，思想有了巨大的改变，先是开起了农家乐，接着创办了旅游公司，后与人合伙在家乡开发度假屋。

通过自己的努力，暖暖的生活质量有了飞跃式的提升，并且在她的鼓励和示范作用下，村民有人开起了鱼宴馆，有人创办了莲子羹店，有人开办了采摘园，等等。农民的收入不再仅仅依靠土地，乡村社会的生存方式有了极大的改变。叶弥的《月亮的温泉》中，原本闭塞的乡村因为"月宫"温泉度假村变得热闹了起来，年轻的女人们纷纷前往"月宫"寻找新的工作机会。村里建起了麻将室、电影院和洗头房，这些原本与土地完全违和的建筑，见证着现代文明与农耕文明的冲突。

二是房屋景观的改变。孙惠芬的《上塘书》中的上塘村有前街、中街、后街，三条街道的建筑的年代、风格有极大的差别：前街，住的是老人家，房屋是传统的砖瓦房；中街，住的几乎是前街的儿子辈的中年人，房屋大多是简陋的泥巴房；后街，住的大多是年轻人，房屋大多是新房。因为房子的主人多数是农民工，他们在城市里盖过大楼，做过装修，挣到了些钱，回到老家后便照着城里房子的样子建新居。分布在后街的新居从外表来看与城里的房子几乎没有什么差别，但只有走进去才知道，偌大的房子里是没有卫生间的。因此，从上塘村的三条主要街道上，虽然看到的是一个村庄的过去、现在和将来，感受到的却是传统与现代的矛盾和冲突。梁鸿的《中国在梁庄》中的堂叔在外打工，挣到钱回到梁庄第一件事就是盖新房，堂叔的房子与众不同，不论是外表还是内部装修都气派十足。房子内部装饰是欧式风格，吊顶、书柜、电视柜一应俱全，很显然堂叔房子的风格是受到了城市建筑风格的影响。但是堂叔只看到了城市文明的外延，并未接受到城市文明的内核，因为其在思维模式上仍是乡村式的，比如说房子的卫生间。房子的卫生间有白色的瓷砖、纸篓、洗手池，甚至是蹲便式的便池，也可以用自来水冲洗（这在乡村的房子中是很少见的）。可实际上，卫生间内部脏乱不堪，纸篓里的纸已经溢出来，随意地散落在地上，便池和洗手池满是黑色的污垢，白色的瓷砖早已经成了黑色，这与整个欧式风格的房子格格不入。乡村式的思维模式与时髦的室内装修格格不入，人们无心或者说根本察觉不到卫生间黑色的污垢有何不妥。堂叔在城市打工被城市中的便利生活所吸引，于是试图用城市的生活方式去改善农村生活，但固有的思维模式又使他无法从根本上适应城市文明。思维模式的差异令他们无法真正触及城市文明的精神内核。

三是风俗习惯的变化。风俗习惯是乡土社会的文化内核，在新世纪乡土小说中有大量的风俗书写。评书、二人转、秦腔等传统曲艺受到老一代农民的喜欢，而流行歌曲则受到不少年轻人的追捧。随着时代的发展，在牛车、马车等传统的器物之外，电话、手机、彩电、冰箱、摩托车、小轿车等现代文明器物走进农民的日常生活，成为农民生活的必需品。城市的流行色、流行服饰等时尚元素成为乡村农民尤其是女性日常的模仿对象。贾平凹的《秦腔》中夏天智和白雪视为生命的秦腔也逐渐失去其地位与魅力，年轻人不愿意再表演秦腔，而是更愿意哼哼唧唧地唱着流行乐。在肖江虹的《百鸟朝凤》《悬棺》《蛊镇》《傩面》等小说中，都传达出作家对传统唢呐技艺、攀崖技术、制蛊技术、制傩仪面具技艺面临着无人继承局面的担忧。在迟子建的《额尔古纳河右岸》中传统的鄂温克族人的生活方式、风俗习惯受到现代文明的影响，最终从游牧生活选择定居下来，萨满法师的神衣、神帽、神棍也被封存在博物馆中进行展览，成为民族的记忆、历史的见证。孙惠芬的《歇马山庄的两个女人》中的潘桃模仿城里人结婚的方式，同时为了显示自己与村中的其他女性不同，她放弃在农村大操大办，选择旅行结婚。从返乡女性李平那里，潘桃找到了共同话语，在丈夫进城的日子里，两人模仿城里人的穿衣打扮、生活方式。农民在日常生活中对城市生活的模仿，来源于他们对城市物质文明的向往。物质文明进入乡村日常生活必然会引起思维模式的改变，思维模式的改变又将引起乡土社会风俗习惯的改变，相应的，风俗习惯的改变为乡土社会进入现代文明社会做好了准备。

四是民主法治思想与官本位思想的杂糅。随着法治化的不断深入，国家体制逐渐健全，我国相关法律法规规定，在乡镇建立基层政权，对乡镇事务国家行使行政管理职能，不直接管理具体乡村事务，乡以下的村建立村民自治组织，对本村事务行使自治权。在葛水平的《凉哇哇的雪》中，李保库与黄国富为竞选小河西村村长，两人走访送礼、请客吃饭，争夺民心，在村中上演了一出出巧夺人心的大戏，由此可见权力所带来的利益之丰厚。同样，在李洱的《石榴树上结樱桃》中，孔繁花为了能连任村长，便四处请客拉票，上演亲民表演，然而最终却被自称"丫鬟"的孟小红给挤下了台。村长背后的经济利益使得人与人之间变得虚情假意。在刘庆邦的《黄泥地》中，乡村权力的争夺不再是竞选者激情四射地讲演，而是体现集体意志的"民主"争斗，人人都想在村支书的位置上干上一干。"难道支书有种、有根，支书的种播在房守本家的大床上了，支书的根扎在房守本家的老坟地里了！难道村里别的人都是缩头鳖、肉头户，就不能接过支书干一干！"[1] 周大新的《湖光山色》中的村主任詹石磴在楚王庄拥有至高无上的权威。他家的房子是楚王庄最好的，地势较高，外表坚实。他家的农活儿不用吩咐就有村民抢着分担。在村子里，他可以随意蹂躏自己看上的女性。暖暖的父亲明明知道她有心仪的对象，却不敢直接拒绝村主任为其弟弟的提亲，所以当暖暖嫁给旷开田时，在村主任看来，这是对他权力的一种挑衅。因为从他当村主任以来，十几年从来没有人敢违背他的意思，公然与他作对。因此，他认为暖暖是故意要打詹家人的脸，刻意让他难堪。但作为村主任，他并未直接对暖暖进行报复，反而是一副开明、理解的姿态。后来詹石磴利用机会陷害旷开田，逼暖暖就范。不得已，暖暖只能任由詹石磴侮辱、践踏。詹石磴得意扬扬地说："我早就给你说过，在楚王庄，凡我想睡的女人，还没有我睡不成的！这下你信了吧？！你一次次躲我，躲开了吗？"[2] 随着人们对楚长城的兴趣日益增加，暖暖"楚地居"接待人数的不断增长，暖暖和旷开田两人的经济实力逐渐增强。富裕后的暖暖，维护自身权利的意识慢慢增强、内心的民主意识被唤醒。加之两人在村民中的号召力增强，与惯于玩弄权力、鱼肉村民的詹石磴形成鲜明的对比。同时因为詹石磴刻意利用村主任的权力压制旷开田和暖暖，有意制造麻烦，暖暖就决心通过合法的选举将詹石磴拉下马。虽然之前也是民主选举，但基本没人敢向詹石磴挑战。在暖暖的鼓动下，旷开田提心吊胆地参加选举。在村民的支持下，旷开田当选了村主任。旷开田曾经受到村主任的打击报复，受到权力的压制，按说他在行事风

---

[1] 刘庆邦：《黄泥地》，北京十月文艺出版社，2014，第12页。
[2] 周大新：《湖光山色》，作家出版社，2006，第115页。

格上应该会有别于詹石磴。然而事实却是,旷开田成为另一个詹石磴,成为楚王庄的另一个"王",用自己的权力抢占更多的资源。在这些作品中,农民参与选举,本是现代民主意识觉醒的体现,是参政议政意识的自觉。但在实际操作中,选举没有让农民享受到民主的自由,反而扰乱了农民日常生活的宁静,暴露了人性的丑恶与自私,更有甚者,使部分农民沦为了权力的奴隶。"公民特别是农民,参政议政意识的自觉,原是'现代性'赋予一个现代民族的题中之义,也是农民在市场经济大潮中逐步走向成熟、走向自信的表现。可农民固有的狭隘、旧有的官本位意识使他们的参政意识染上了浓厚的悲剧意味。"① 因为做官可以实现一己私欲,这已经成为乡土社会的集体无意识。即使在民主、法治的现代社会之中,农民们依然视权力为自己的纵欲工具。"乡村基层政权原本是保障村民行使政治法律权利的组织,但由于权力体制约束的匮乏,在进行乡村政治革命的同时忽视了对农民的思想启蒙,农民仍没有从根本上摆脱专制的奴役与命运的悲剧。"② 因此,现代文明不但没有驱散乡村传统思想中的愚昧,反而促使其隐藏在乡土日常的缝隙当中,成为乡土社会的时代病。

五是道德伦理与价值观念的转变。城市文明在乡村社会传播的残缺性使其所宣扬的自由思想成为人们放纵欲望的借口。同时,对优质生活的向往是人之本能,在城乡贫富的对比中,农民对物质产生了强烈的渴望。令人痛心的是一些人在追逐物质的过程中失掉了生而为人的最基本的底线。孙惠芬的《吉宽的马车》中母亲黑牡丹为了金钱竟然让女儿去出卖肉体。阎连科的《黄金洞》则是描写了儿子们在金钱和美色的诱惑下,准备杀害父亲的故事,揭露了乡村道德伦理滑坡的真相。阎连科的《炸裂志》描写了妇女以出卖肉体为生在村子里不算什么伤风败俗的稀罕事儿。人们不觉得羞耻难堪,反而把它看作一种发家致富的手段。作家披露了乡村的基本伦理道德在拜金主义侵蚀下崩塌的事实。同样,阎连科的《柳乡长》也有类似的情节。妓女这个职

---

① 黄佳能:《市场经济与90年代中后期农村题材小说》,《当代文坛》2000年第1期。
② 曹书文:《乡村变革与思想启蒙的双重变奏——评周大新的〈湖光山色〉》,《河南师范大学学报》(哲学社会科学版)2009年第3期。

业不再具有道德评判的意味，村民们认为在城市中做妓女并没有违背道德伦理，那只是一种赚钱的工作而已。因此妓女槐花回村后受到村民们的热情招待，村民甚至自发为她立碑，乡长更是将其作为发家致富的典型四处宣讲。迟子建的《月白色的路障》中村民们为了以最快的方式赚钱，舍弃村庄，集体搬迁至百合岭，靠着给往来的货车设置路障谋生。方方的《奔跑的火光》中英芝对金钱的渴望让她放弃了女性的尊严，甘愿出卖自己的肉体，一步步走向堕落的深渊。刘庆邦的《月子弯弯照九州》中在月朦胧度假村工作的罗兰由清纯可人的姑娘最终因卖淫罪入狱。孙惠芬的《天河洗浴》中母亲无视吉美在城市中的伤害、不顾吉美对城市的厌恶仍坚持让她进城打工。在新世纪乡土小说中，我们看到城市文明和乡村文明之间确实存在着差异，其中都运行着普泛式的道德秩序，可现实是农民既失去了对乡土文明的认同感，又缺乏对城市文明的透彻理解，堕入了金钱主义的陷阱。正如阎连科所说："我觉得今天最重要的一点，是乡村没有任何道德价值判断标准。我们旧有的传统道德价值标准已经失去了，新的又没有建立起来，处在极其混乱的时期。"[①]伦理道德与价值观念的改变是乡土社会众多变化中最为重要的变化。

新世纪以来，现代化的发展影响并改变了乡土社会的面貌，在相对封闭的乡土空间内，从生存方式、房屋景观、风俗习惯、民主法治到价值观念都能呈现出现代与传统并置的局面。人们在城市化进程中逐渐向城市靠拢，乡村社会以前所未有的开放性迎接着、接受着自身的改变。在传统与现代并置的空间内，乡土社会将向何处发展日益成为人们关注的焦点。

二 城乡格局的改变与价值观念的转变

长久以来，土地和房屋是农民最为看重的事情，种上几亩良田、拥有几间工整的房屋是农民生活美满富足的象征，也是农民一生的追求，在周立波的《暴风骤雨》、柳青的《创业史》、丁玲的《太阳照在桑干河上》等作品

[①] 阎连科、梁鸿：《"发展主义"思维下的当代中国：阎连科访谈录》，《文学纵横》2010年第1期。

中都有建造房屋的书写，借以歌颂农民新生活的到来。尤其在高晓声的《李顺大造屋》中，李顺大将建造房屋作为人生目标，并为之不懈努力。而随着城市的不断扩张、乡镇企业的发展、商业的开发等对农民土地的侵占与吞噬，农民的耕地面积越来越少，土地不再是农民赖以生存的基础，也不再是他们唯一的依靠。土地也失去了昔日的权威地位，农民有了更多的选择，他们不必像老一辈人那样固守土地，面朝黄土背朝天，他们从心理到行动上都开始向城市靠近。此时的农民已经不再拥有单纯的农民身份，而被赋予了新的身份——双重身份（既是农民，也是农民工）。

对城市的向往使得越来越多的青壮年离开乡村，而随着他们的离去，传统意义上的乡村正在走向虚空，这是2020年初期乡土社会不争的事实："对很多人来说，'故乡'这个词语已经死亡。……不管是发达地区的'城中村'，还是内陆的'空心村'，它们都失去了乡村的灵魂和财宝、内容和形式。一无所有，赤裸在大地上。"① 因此，才有了像"二十一村"（曹乃谦的《最后的村庄》）、"清溪河村"（罗伟章的《谁在敲门》）、"溪口村"（赵本夫的《即将消失的村庄》）、"清风街"（贾平凹的《秦腔》）等一样的逐渐失去活力、一步步走向衰败的乡土书写，废弃的房屋在乡土文本中屡见不鲜。城市与乡村以截然不同的面貌出现在公众视野，城乡新格局正在一点点形成。

第一，心理上的离乡离土既是城乡新格局形成的精神前提，也是最重要的原因。相较于现代工业，农业种植的经济效益比较低廉，躬耕土地已经不再能给农民的生活带来实际的改善与更多的物质财富。单纯依靠农业收入，大部分农民只能维持基本生活，却无法真正改善生活，更谈不上满足更高层次的物质生活的追求。同时随着城乡界限被打破，城乡互动日渐频繁，城市文明以强大的吸引力牵引着农民的神经，使他们在物质追求之外，对城市有了更多的精神向往。比起被动的离乡离土，精神上的主动分离使他们主观上进城意愿更加坚决，离乡离土成为他们与乡土割离的第一步，但凡有机会，他们便要留在城市，成为城里人，实现身份的彻底转变。

---

① 柳冬妩：《城中村：拼命抱住最后一些土》，《读书》2005年第2期。

第一章 乡村土地书写：乡村日常生活的重要场景

孙惠芬的《歇马山庄》中的小青，从小就一门心思地想要离开家乡，离开歇马山庄，想要成为城里人，在城里生活。在各种尝试努力都失败之后，她便抛下了自己的丈夫，到城里当了一名饭店服务员。年轻一代的农民不仅渴望离开土地，离开乡村生活，而且迫切地想要摆脱农民的身份。这种迫切的愿望也体现在老一代农民身上。孙惠芬的《春天的叙述》回顾了公公曲折的进城幻想，他几乎用尽了自己的一生来追求自己的城市梦，幻想着有一天能够进入城市，改变自己的身份。孙惠芬的《吉宽的马车》中乡村姑娘许妹娜对城市的向往使她不顾对方条件，嫁给了曾经坐过牢的城市小老板，以此实现成为城里人的愿望。漠月的《放羊的女人》中，丈夫对城市的向往已不再是仅仅对物质的追求，渴望城市带来的舒适与快感使他一而再再而三地抛弃妻子，最后竟残忍地抛下身怀六甲的妻子离开了村庄。邵丽的《木兰的城》中，木兰的母亲残忍地抛弃了她和父亲进城，曾发誓永远要陪伴自己孩子、不走母亲老路的木兰，最终也抛弃了自己的孩子和丈夫。这种带有轮回、宿命之感的离乡已经不仅仅是对城市物质层面的追求，而上升为一种对城市精神的向往。

诸如此类的作品不胜枚举，高速发展的城市为农民提供了更多的工作机会，开放自由的社会环境更为农民进城增加了动力，特别是年轻一代的农民对城市更是充满了向往。逐渐扩大的城市为农民提供了更多的工作机会，耕种不再是农民唯一的选择，土地也再拴不住农民的心，农民，尤其是年轻一代的农民，他们像激流一样涌进城市。农民群体性地进城遂成为一种潮流，蔚为大观。原本以乡村为主要形态的中国社会，在现代化进程中发生了巨大的变化，成为以城市为主导的社会形态。

第二，从乡村陷入虚空状态到乡村成为人们向往之地的转变。在城市化扩张中，乡村的土地不断被征用，农民为了追求更好的物质生活离开乡村、离开土地。农民离开乡村，来到城市生活，土地荒废，农民与土地之间的感情逐渐消失，乡村中只剩下老人、妇女、儿童。与此同时，土地越无法满足农民的需要，越有大量的农民离开，乡村长久无人居住，更有甚者，乡村正慢慢地从地图、版图和人们的视野中消失。然而，在近年来的乡土书写中，我们看到以乡村振兴、乡村扶贫为主题的创作，美丽乡村建设使乡土重新焕发出魅力，一村一景观，人居环境得到明显改善，乡村成为城里人精神的栖息地。

在李锐的《太平风物》中，建造房屋是老一代农民心中一生的追求，老汉为了摆脱几代人住窑洞的命运，辛苦劳作，靠着种树换来的几根房梁，建起了三间瓦房。老汉自豪之余更多的是欣慰，房屋让他走出了父辈们不曾拥有房产的窘境，改变了祖祖辈辈身上无房产的命运，也给了他"家"的感觉，更让他自豪于凭借着自己的努力为后辈创造的幸福未来。但随着轰轰烈烈的打工潮，儿子们纷纷选择离开乡村进城谋生，离开了他辛辛苦苦盖起来的房屋。老汉也意识到三间瓦房对儿子们丝毫没有吸引力，随着儿子们的离开，自己建造的房屋也终将失去最初的意义：你这几间瓦房拴不住人，也拴不住心，就留着自己当画儿看吧，只要不死，就还能看个十年八年的。房子挡不住儿子们进城的脚步，他们毫不留恋地抛弃房屋的行为深深刺痛了老汉的心，打破了他无数次在脑海中构建的家族梦，老汉伤心之余更多的是无奈，但这样的结果也在意料之中。置地盖房只能是老一辈心中的希望和梦想，但却不是儿子们的梦想，他们更愿意选择进入城市寻求新生活，改变老一辈"面朝黄土背朝天"的生存境遇。久而久之，搁置的房屋终将废弃、无人问津，与荒芜的土地一起成为乡村的历史。

在赵本夫的《即将消失的村庄》中所写的那样："溪口村的败落是从房屋开始的。在经历了无数岁月之后，房屋一年年陈旧、破损、漏风漏雨，最后一座座倒塌。轰隆一声，冒一阵尘烟，就意味着一家从溪口村彻底消失了。"[①] 在传统观念中，农民一生中重要的事情就是盖房、结婚、生子。房屋不仅是农民的现实家园，更是农民的精神园地，在农村，建好了房子，才有了生活的底气，房屋是农民财富和身份的象征。但是溪口村的年轻人不想在农村盖房，有能力的年轻人想在城市谋生扎根，在城市安家，他们陆陆续续把老婆孩子接走。于是，村子里的年轻人越来越少，房屋无人照管、无人

---

① 赵本夫：《即将消失的村庄》，《时代文学》2003 年第 4 期。

修缮，一年年经受风雨的磋磨，日渐破败，溪口村毫无生机，笼罩在落魄的阴影之下。更令人无法想象的是，溪口村在十年间竟没有盖一座新房，陈旧的房屋在风雨的冲刷下一年年破旧、残败，一座座坍塌、倒下，村庄也随着倒塌的房屋一点点地消失。虽然村长老乔对村庄有着难以割舍的眷恋，但仍然无法阻止房屋的坍塌和村庄的消逝。当越来越多的房屋在溪口村倒塌之后，溪口村也终将消失。"安土重迁"的思想也在随着"地之子"们进城的步伐悄然消逝。而不愿离去的溪口村老人们感觉到前所未有的落寞与孤独，日渐虚空的乡村，日渐空虚的心灵，无人倾诉，更无人倾听，他们只能沉默地张望着村口唯一通向山外的路。

叶炜在《富矿》中也描写了麻庄因煤矿改变、消失的过程。与《即将消失的村庄》不同的是，麻庄消失的原因是人祸，是在经济发展过程中忽视环境的承载力而酿成的悲剧。麻庄本是一个普通平凡的村庄，拥有安居的人们、传统的村落、肥沃的土地。然而，随着煤炭资源被人意外地发现，煤炭所能带来的巨大经济利益引起轩然大波，麻庄也随之发生了天翻地覆的变化：运煤铁路的修建送来了一批批远道而来的矿工，村民们舍弃肥沃的土地，纷纷来到煤矿工作，想赚更多的钱。麻庄的煤矿业不断扩展，生产规模越来越大。当人们沉浸在巨大的经济利益之中时，生态正悄无声息地发生着改变，煤矿占据的土地越来越多，工业垃圾也越来越多；更可怕的是，随着煤矿的发展，村民们的情绪愈发高涨，有些人甚至不惜毁掉自家的麦田，做起了矿上的生意；甚至有村民打起村公路两旁那几十亩耕地的主意。被释放出来的欲望蒙蔽了人们的双眼，环境也付出了不可逆转的代价。麻庄的土地越来越少；同时因为煤矿开采，麻庄的土地出现了多处塌陷，水位下降，空气污染愈发严重，空气中全是煤烟味，甚至连雪都是黑色的。此时，村民们才恍然意识到麻庄昔日的美好彻底消失了，环境已遭到彻底的破坏，如此恶劣的环境已不能让他们居住下去，村民们不得已只能选择搬迁，曾经的麻庄就此彻底消失。

姚鄂梅的《雾落》讲述了在政府改造、城市规划中雾落镇的消失。雾落镇原是三峡边上的有着古色古香的村镇，它有着江南小镇常有的青石板铺就的小路以及独具特色的鄂西民族风情。然而，随着三峡工程的施工，机器的轰鸣声打破了乡村的宁静，雾落镇面临着集体搬迁的局面。"他们知道有些人不愿意走，但人间到底有多少事情是自己愿意去做的呢？到时候，田地没有了，粮食没有了，房子也没有了，什么都没有了，也就由不得他们愿意不愿意了。"① 时代要发展，社会要进步，雾落镇搬迁至政府新建的安置房成为村民们不得不面对的现实。

除此之外，在罗伟章的《我们的路》中，"我"在返乡的路上看到"星星点点劳作的人们，无声无息地蹲在瘦瘠的土地上。他们都是老人，或者身心交瘁的妇女，也有十来岁的孩子"②，乡村不再似以前一样充满昂扬的生机，而是一片凋敝、荒凉。与其留在乡村，更多的年轻人选择进城谋生，因此大量的土地被荒废。在尉然的《菜园俱乐部》中，执着于种菜的陈世清对菜园的用心已近疯魔、痴呆，虽然在村里人的眼中是个笑话，但菜园却是他所有幸福的源泉。平日里陈世清不在意村民对他的愚弄和嘲笑，更不计较物质方面的得失，只愿守着自己的菜园开心度日，然而陈世清单纯的想法并不能被村民理解。作品的最后，在陈世清外出的情况下，村民们哄抢并瓜分了他的菜园。我们无法想象当陈世清回来之时，面对杂乱无章的菜园将是何种心情，菜园还能否继续都将成为一个谜。尹文武的《拯救王家坝》中，王高原是王家坝唯一在家的男人。罗伟章的《声音史》中，54岁的杨浪是千口村最年轻的男人，并且随着同为光棍的九弟和贵生的去世，杨浪成为千口村唯一在家的男人。

从新世纪乡土小说创作中不难看到对乡土没落甚至是村庄消失的书写。但可喜的是近几年来，随着乡村振兴战略的实施，作家们也关注到了乡村的改变。城市生活节奏的加快，城里人对恬淡的乡村生活的向往越来越急迫，他们渴望在繁忙之余能找到一方心灵的净土，对乡村田园生活充满了向往。此时，乡村的发展正好契合人们的精神需求。

---

① 姚鄂梅：《雾落》，江苏文艺出版社，2008，第22页。
② 罗伟章：《我们的路》，《芒种》2015年第3期。

在向本贵的《花垭人家》中，作家描写了十年之间人们对乡村的态度的改变。十年前人人争着离开盼溪村进城，曾子齐和他的两位好友就是在十年前分道扬镳的。曾子齐热爱自己的家乡，高中辍学后毅然决然地选择留在盼溪村，而钱兴业和陈大杰却选择了进城打工。起初，钱兴业和陈大杰在城市混得风生水起，而曾子齐的事业却很不顺利，干啥啥不成，养竹鼠、乌梢蛇都惨遭失败。好友也曾劝曾子齐与他们一起进城，但都被曾子齐拒绝了，他守着自己的芭茅垭，过着恬淡的生活，并在苗圃师傅的建议下，种起了桃树。当漫山遍野桃花盛开之时，十里桃林美不胜收，曾子齐的芭茅垭成了城里人向往的世外桃源，人们带着"久在樊笼里，复得返自然"的情感体验，在芭茅垭流连忘返。十年间，盼溪村的变化是整个中国乡村发展的缩影，美丽乡村成为人们的向往之地。在向本贵的《竹村诉说》中，竹村的静谧与美好，竹村人对传统手工艺的传承与坚守吸引了越来越多的人来到竹村。竹村所在之地满足了人们对世外桃源的所有想象："从怡水镇出来，不走大道，而是沿着旁边的一条小路往前走。小路下面是一条小溪，活泼得可爱，又是唱又是跳的。小路却不语，曲曲扭扭，在深密的杂草丛中时隐时现，就像是一条烂草索一般。沿着小路走出三四里，只见小溪的两岸被竹篁覆盖，全是水竹，柔软而修长，微风吹过，竹影缥缈，绿意逼人。要是在六月，太阳像个火球挂在蓝天，外面的世界热得透不过气，这里却有丝丝凉爽直逼肺腑，那个惬意！在绿意的荡漾中走不多远，竹林梢头突然飘起一缕炊烟，或是一声鸡鸣狗吠，才知道竹林深处有一个村子，水墨画儿一般。"[①] 竹村自身的天然条件让它与喧闹的城市有着截然不同的气质，这里的人们朴实、善良，以绣锦绣斗笠为生，这又给此地增添了一份独特的文化气质。一次偶然的机会，人们发现了竹村，从那以后越来越多的游客来到这里采风。

第三，从村庄的空心化使人们精神世界陷入虚无，到乡村振兴使农民活出精气神。20世纪90年代到21世纪最初的几年里，"打工潮"蔚为大观，大批青年离开乡村进入城市，村庄剩下的基本就是老弱病残幼。

---

① 向本贵:《竹村诉说》,《湖南文学》2018年第6期。

新世纪乡土小说日常生活书写的"常"与"变"

失去年轻人的村庄瞬间失去了朝气，失去了曾经热火朝天的景象，呈现出的是一种缓慢呆滞的生活节奏。从表面来看，村庄失去的是年轻人；但往深层次里考察，乡村失去的是发展的建设者和劳动力，丢掉的是乡土的活力与生命力。失去土地、青壮年、生命力的村庄，逐渐呈现出空心化、空巢化的面貌。留守的老人和孩子往往需要面对艰辛繁重的生活，渴望得到家人关心和体贴的他们，却得不到情感上的慰藉，精神世界陷入空虚。

向本贵的《山村的节日》中的祖福就是这样一个留守在村庄的孤寂老人。他的孩子常年不在身边，他唯一的愿望就是过年的时候一家人能团聚在一起。但如此简单的希望却总是落空。在病痛与寂寞的双重折磨下，除夕前夜73的老人选择喝农药结束自己的生命。老人的离世让人倍感心痛，但更让人惊讶的是，在老汉去世之后，全村竟找不出50岁以下的男性为其守灵、抬棺材、料理丧事。无奈之下，整个村庄留守的老人小孩集体为其守灵。不懂事的孩子们聚集在一起，放鞭炮玩耍，完全没有悲伤，相反感觉像过节一样有趣开心。年轻人久久未归家，即使是像春节这样的节日也没有几个年轻人回来，剩下的只有老人和孩子，村庄的节日已没有任何意义。在这样的村庄里，对他们来说最重要的节日似乎就是葬礼。老人以他的死亡换来了村庄许久未有的热闹（至少孩子们可以放鞭炮玩耍），作家以无人料理老人的葬礼预示着留守在乡村的老一辈人的集体命运。随着他们这辈人的离世，村庄也终将消失。同样，在贾平凹的《秦腔》中，夏天智去世之后，整个清风街都找不到帮忙抬棺材的年轻人，这时人们才发现原来村庄早已被城市"搬空"，村庄年轻人的流失、村庄的空心化由此可见一斑。李锐的《残摩》中的黄土老汉，孤身一人留在乡村，身边没有一个人，看着田地里不会说话的骡子、拉坏了的磨，他只能自己一个人坐在太阳底下，抽着烟，流着眼泪，心情无人诉说。

曹乃谦的《最后的村庄》中的农民为了摆脱贫困，几乎都去了城市挖煤，一家又一家的人陆陆续续地搬走了，人走了，村庄空了，只剩下一个老妇人和一条狗相依为命。为了生活，也为了排解寂寞，老妇人扎了100多个稻草人，并用村庄里所有人的姓名为稻草人命名，靠着与这些稻草人说话来打发时间，消除孤独感。偶然间，有两个城里的年轻人来这里打猎，发现老妇人家有烟土，便提出用钱来买。这些烟土本是老妇人以防生病时备用的。老妇人不需要钱，于是两个年轻人就用食物、油烟等置换烟土。老妇人很高兴，不知道烟土原来有这样的好处，于是高兴地认这两个年轻人为干儿子。老妇人在干儿子的提议下，将所有的土地都种上了罂粟。结果一个月后，老妇人没等来干儿子，却因为违法被公安局带走了。最终，随着最后一个留守者老妇人的离去，二十一村成了真正的无人村，只剩一条等待主人归来的老狗和一个个代替主人驻守的稻草人。

季栋梁在《上庄记》中以下乡扶贫的城市人视角描写乡村的现状，乡村用真实的图景震撼了曾是农村人的扶贫干部。在进城热、打工潮的影响下，村庄中的年轻人携家带口来到城市，让孩子在城里读书。适龄学生随着家长大批量来到城市，乡村学校不断并校、撤校，留下来的学生无处读书、无法读书。老师与学生越来越少，即使老村长用心维持，也无法避免学校日益荒凉。学校的衰落是乡村衰败、空心化的表现与必然结果。乡土社会的虚空状态，让身在其中的人陷入身份认知的窘境与迷惘之中。在魏微的《乡村、穷亲戚和爱情》中，正值壮年的陈平子去过深圳，但显然不适应那里的生活而又重新回到家乡，谈起深圳连连摇头；反而在农村，他更恣意快活，干自己的老本行，做瓦匠、当厨子，红白喜事中大到掌控全局节奏，小到具体事项细节，他都深谙其道，乐于经营。对于乱人眼的城市，他避之唯恐不及，即使亲戚出于生计劝他再进城，他也笑而拒之。在刘国强的《报恩》中，在乡亲们资助下完成学业的钱大库，自幼种下"滴水之恩当涌泉相报"的信念种子。但当在城市结婚后，生活的重压和妻子对他"报恩"方式的不认同，让他无法兑现当初的誓言。随着钱大库农民身份的转变，其观念中个人利益与家族利益合二为一的传统理念必然会与妻子现代理念产生强烈的摩擦。在乔叶的《拆楼记》中，进城十几年的"我"对乡村与姐姐的了解越来越少，"我"和她之间横亘着无法填补的鸿沟。"我"很清楚这个责任在"我"，"我"懒于向她解释生活和工作上的事情。"自从当了乡村的叛逃者之后——'叛逃者'这个词是我最亲爱的记者闺蜜对我们这些乡村底子、城市身份的人的统称——我对乡村想要了解的欲望就越来越淡。"① 并不是"我"不关心故乡,而是生活圈子的改变让我对乡土产生了一层隔膜,在不知不觉中便与故乡越走越远。

在中国几千年的乡土社会中,乡村总体上是稳定而单一的。虽然经历着时代的变迁、朝代的更迭,但乡村以其固有的文化秩序、稳定的结构,在时间流逝中鲜少出现变化。即使到了新文化运动以后,先进的知识分子离开家乡侨寓在城市中回望乡村时,这些作家们无论基于哪种审美价值,他们笔下的人、土地、乡村还是处于相对稳定的结构中。然而随着城市化的发展,《最后的村庄》《即将消失的村庄》等小说不断地出现在读者面前,我们就不难窥见乡土社会中村庄的现实处境。城乡格局的改变、物欲的日益膨胀让隐藏于内心的私欲蠢蠢欲动。对城市的渴望加深了他们对物质的追求,随之金钱成为乡土社会衡量人事的价值标准。价值观念的转变打破了乡村原有的传统道德秩序与文化结构,乡土文学创作也随之发生改变,即在城市化进程中乡村文明会走向何方、乡村中的人会走向何方。

在贾平凹的作品中,乡村是反思现实的一面镜子,通过乡村我们能看到城市发展的痕迹以及传统乡村伦理秩序、价值观念的转变。从最初的《鸡窝洼人家》《腊月·正月》中对乡土变化自信且乐观的书写,到《高兴》中对农民命运的充满希望的浪漫主义表达,再到《秦腔》中对乡土变化和人的命运的担忧与反思以及《带灯》中作家对乡土充满疑惑的发问:"乡村的变化我比较熟悉,但这几年回去发现,变化太大了,按原来的写法已经没办法描绘……起码记忆中的那个故乡的形状在现实中没有了,消亡了。"② 贾平凹一次次直面乡土社会的巨变,以敏锐的目光捕捉乡土日常的细节,书写时代变革中人的价值观念的转变。

---

① 乔叶:《拆楼记》,河南文艺出版社,2012,第4页。
② 贾平凹、郜元宝:《关于〈秦腔〉和乡土文学的对谈》,《河北日报》2005年4月29日。

第一章 乡村土地书写：乡村日常生活的重要场景

胡学文笔下的乡村是在城市化裹挟之下的乡村，失去了繁忙的劳作，剩下的只有打工潮过后荒芜、落寞的乡村。然而，作家并没有以批判的眼光去看待现代性对乡村的摧残，也没有用悲悯的情怀去感叹日渐衰落的乡土文明，而是以发现者的姿态展现文明变迁过程中人们价值观念、思维模式的差异与转变。《血色黄昏》中古原家世世代代守护着白城子，即使是在村民们纷纷涌入打工潮之时，老人仍带着孙女守在白城子。为了保护白城子，古原不惜将孙女嫁给品行不端的阿宝，但即使如此，也未能阻止白城子的衰落。

林白的《妇女闲聊录》以"闲聊"的方式将王榨的历史变迁有声有色地讲述出来。作品不关注宏大叙事，只在日常碎片化中关注家长里短、风俗习惯，聚焦偷鸡摸狗、婚丧嫁娶、男女私情。在这些日常琐事中，作家反映的是乡土社会的改变以及价值观的转变。急功近利和贪小便宜的风气日盛，打破了原有的乡村伦理秩序与价值观念，引发了人们对乡村伦理、价值的思考。

迟子建的《月白色的路障》中的王张庄也是如此。王张庄靠近长林公路，最初的王张庄是亲切的、朴实的、可爱的，它为来往的司机提供吃食与歇脚的地方。但后来越来越多的人想要靠路发财，王张庄就成了强盗村，卖水果的、洗车的，甚至连算命的都有，为了招揽客人，他们会冲到路中间。有些为了赶路的司机，只能提前准备好钱，经过这些"路障"时，将钱像天女散花一样从车窗往路边扔，这样才能让挡在路中间的人散开去抢钱。作家将对现代性的反思投射到王张庄的变化中，王张庄原本处在长林公路青麦段，人们以种地为生，无私地为来往司机提供些方便，但随着商品经济的发展，人们的思想逐渐"开化"，种地哪有做小本生意来钱快。并且不管公路怎么改线，王张庄的村民仍能像鬼影一样跟着改线迁徙到百合岭，即使媒体披露、调查组勒令搬迁回去也都无济于事。老王张庄越来越空，只剩下两名老师和老弱病残。

同样，叶弥的《月亮的温泉》中，村里的人除了老人和孩子，几乎都跑光了。当月亮山里的温泉被人发现并开发成"月宫"温泉度假村以后，不仅城里的顾客扎堆进入"月宫"不出来，就连山里和山外的女人都纷纷

39

去往"月宫"工作,他们在这里扎根一样地待了下来。芳是村里最先去"月宫"的女人,再回来时样子完全不一样了,"穿着让女人们看一眼忘不掉的漂亮衣裳,嘴巴上涂着鲜艳的口红"①。村里的年轻人越来越少,"月宫"吸引来的人却越来越多,在芳的指引下,娘家变成了麻将室,哥嫂开起了小电影院,弟弟做起了洗头房,两个外地姑娘整天穿着吊带短裙坐在玻璃门里,看得人眼馋。年轻女人们大都学着芳的样子到"月宫"中去,村里年轻女人只剩下谷青凤在家本本分分地种着20亩万寿菊。然而,随着芳及其一家人的发达,丈夫对谷青凤的态度发生了变化。在丈夫看来,曾经比芳漂亮万倍的妻子如今却与芳差距甚远,言外之意也想让谷青凤上"月宫"锻炼锻炼。或许在谷青凤的心里,她很清楚藏在"月宫"里的秘密,村里人也很清楚,但都不愿戳破,只要能挣钱就行。价值观念的改变让人甘愿摒弃操守与道德底线。

付秀莹的《绣停针》中,小鸾能裁会绞,在缝纫剪裁上十里八乡闻名,村里人找她剪裁个衣裳,彼此说几句体己话,拿几个鸡蛋、一碗饺子、自家地里的瓜瓜茄茄,体现着邻里之间热乎乎的情分。但不知从何时起,风气变了,人们都开始给起了手工费,"真金白银的,叫人难为情。小鸾推了几回,知道推不过,也就笑嘻嘻地收下。人们都说,如今哪有叫人白攒忙的?谁的工夫不是工夫?如今哪,什么都有个价儿。有了价儿就好说话了"②。芳村的变化令小鸾猝不及防,她搞不清楚为什么邻里之间热乎乎的情分要被金钱取代。

除此之外,在尹学芸的《贤人庄》中,随着拆迁工作的推进,原本以贤孝闻名的贤人庄变成了人们眼中的"人傻"庄,在赔偿问题上吃了老大的亏。更可悲的是,人们不再以老实本分作为衡量人的基本标准,投机倒把能赚钱倒受人追捧。在王华的《花村》中,作家毫不隐讳地揭示了时代的发展,农民想要依靠诚实的劳动来发家致富已经越来越难。一背篓烟叶只卖

---

① 叶弥:《月亮的温泉》,《长江文艺》2017年第20期。
② 付秀莹:《绣停针》,《长江文艺》2014年第7期。

四块钱,气愤的张大河将种了一年的烟叶付之一炬。

在新世纪乡土小说家笔下,随着大批农民离乡离土,乡村由最初的热闹走向落寞,城乡新格局也在这一过程中逐渐形成。在现代化进程中,前现代、现代和后现代同时出现在乡土社会,让乡土社会呈现出现代与传统杂糅的局面。近年来,乡村振兴、乡村扶贫使乡村又重新焕发出新的活力,作家记录下乡村的改变,展示新时代农民积极向上的精神风貌。

一方面,在纪实文学中,作家真实且富有激情地记录了新时代的"山乡巨变"。在《乡村国是》中,作家不仅真实地记录了扶贫工作的重大功绩,也展现了扶贫工作的艰难与温暖,以朴实的笔墨讴歌时代、讴歌人民,用人民喜欢的语言、用贴近人民的情感,满含深情地展现了山乡巨变。在厉彦林的长篇报告文学《延安样本》中,作家采用第一人称"我"的亲历的叙述方式将延安地区脱贫攻坚的现实感真切地展示出来,不仅有政策上的支持、落实到户的扶贫档案,做到一对一帮扶、精准扶贫,而且发展产业,真正做到授人以鱼不如授人以渔。其中,杨黑牛、马安荣、侯玉芳等人的脱贫之路艰难而又令人印象深刻。特别是2020年,作家出版社推出脱贫攻坚题材系列的10部报告文学丛书——李迪的《十八洞村的十八个故事》、吴克敬的《耕梦索洛湾》、任林举的《出泥淖记》、觉罗康林的《春风已度玉门关》、何炬学的《太阳出来喜洋洋》、唐晓玲的《两根丝连接一片民族情》、浦子的《明月照深林》、威戎的《决战柯坪》、哲夫的《爱的礼物》、蒋巍的《国家温度》,见证了中国人民脱贫攻坚的伟大壮举。这些作品不仅是我国全面决胜小康社会、实现全面脱贫道路上的一份重要记录,更是文学反映时代、记录时代的重要记忆。

除此之外,卢一萍的《扶贫志》从"精准扶贫"首倡地十八洞村着笔,描写了众多参与到扶贫工作的人物事迹,作品以老梨树意象的诗意化表达开篇,满含深情地记录着贫困村逐渐脱贫的过程。胡为民的《月亮村巨变》中,下派到月亮村担任驻村第一书记的苏大壮是热爱农村的当代大学生干部,从最初老村长对如此年轻的扶贫干部的怀疑甚至有所抵触,到最后的积极配合,记录着月亮村显而易见的改变。向志文的《百坭村女子图鉴》中,大学生书记黄文秀践行着一个共产党员"不忘初心"的信念,奋斗在脱贫攻坚的第一线,帮助百坭村一改旧时模样。朱千华的《一个警长的特殊任务》描写了马山县龙岗村任驻村第一书记的陆治江创新发展"三种三植""三个中心"的扶贫途径,带领全村两年脱贫。此外,李明媚的《不信春风唤不回》、储兆庆的《春到茶岗》、徐仁海的《2019:贫困钟在江坡村停摆》等,均聚焦乡村扶贫主题,讲述驻村第一书记因地制宜,以"扶贫、扶志、扶智"为抓手,探索乡村发展有效路径,实现乡村经济的发展,让乡村面貌焕然一新。他们以饱满的热情、蓬勃的精神、昂扬的斗志、坚定的信念投身新时代农村建设,不仅感召着越来越多的驻村干部、大学毕业生来到农村,而且鼓舞着越来越多的村民重新燃起生活的希望,与其让家乡颓败下去,不如打起精神好好建设家乡。在这种精神信念的支撑下,他们的精神面貌也发生了巨大的改观。

另一方面,在文学创作上,作家经过艺术加工传递出新时代"山乡巨变"中的人情美。艺术源于生活,笔墨当随时代。作家将乡土书写放置于社会发展的历史坐标中,"身入""心入""情入"地去表现全新的乡土社会,讴歌时代。在郭严肃的《锁沙》中,郑舜成大学毕业后放弃去深圳发展的机会,回到自己的家乡曼陀北村,在镇党委书记和乡亲们的期盼下,郑舜成担任了曼陀北村党支部书记。他从治理草场沙化开始,从抓本治源、退耕还林还草、变传统放牧型畜牧方式为现代化的舍饲养畜,彻底改变了曼陀北村土地沙化的问题。在郑舜成的带领下,原本都要搬离家乡的村民们一改沮丧心态,积极投身建设家乡的行列,村民们每天有奔头,日子也有了盼头。经过大家的努力,曼陀北村重披绿衣,成为远近闻名的生态优良示范村、草原上的富裕村。家乡的改变更加激励村民们投身乡村建设,在三年后的村支书选举中,村民们再次将选票投给了郑舜成,他们相信这个支书能带着他们把日子越过越好。在饶雨亭的《摩兰》中,摩兰山风景秀美,但因长期与世隔绝,即使通了乡村道路,也未能给摩兰山带来本质的变化。随着乡村振兴、脱贫攻坚战略的实施,村民们期盼着有能力的扶贫干部能帮助他们摆脱贫困的现状。向长贵的《山高路长》以刘如明和金建军两个人物辐射出新世纪乡村生活的复杂面相。作为县扶贫工作队成员,刘如明被派遣到半垭村任驻村干部,他利用一切可以利用的资源为半垭村争取县乡拨款,以解决搭桥、修路两大乡村发展的难题。而作为打工返乡担任村支书的金建军,他没有资源、人脉,但他真心想带着乡亲们致富,他让在外打工的人回来,希冀着当板栗林产果了,路修通了,一年每家每户的收入也有几万块钱,和在外面打工一样,乡亲们还用远离家乡去外面吃苦吗?忽培元的《乡村第一书记》通过上牛湾村"乡村第一书记"白朗在驻村期间的工作情况,再现了扶贫工作的艰辛与欢乐。白朗作为驻村书记,不仅推动了上牛湾村基础设施和交通的发展,而且借恢复太公祠堂拜祖的传统强调了村规民约,更利用当地"姜氏太公"文化,让上牛湾村村民的精气神发生了巨大的改变。

除此之外,在卢生强的《天使还你艳阳天》中,新盏村任驻村第一书记的李金荣怀着"脱贫路上一个也不能少"的原则,倾尽全力帮助双目失明的零有东重见光明。因久病而导致贫困的零有东在李金荣的帮助下,重燃生活的希望,复明后的零有东发展自家养殖产业,他不仅要脱贫,更要致富,他要把自己失去光明这几十年没有干的事都努力干了,早日脱贫致富,让自己和家人过上新生活。陈纸的《青山引》以余春风的"工作笔记"为叙述线索,还原了市级示范高级中学的校办副主任挂职到天福村担任驻村第一书记的经历,在全校教职工的共同协助帮扶下,该村顺利脱贫致富的先进事迹。在林永泽的《高山上的红杜鹃》中,扶贫干部麦子竭尽全力帮助红石村脱贫,从红石村小学的建设,到铺路架桥建设新村,再到修建水电站、直播带货等,麦子竭尽全力。在他的感召下,村民们纷纷投入乡村建设的行列。颜晓丹的《花儿在深山》中,扶贫干部"我"深入瑶乡"扶智",劝返辍学儿童返校读书,虽然也有失败,但"我"相信苦口婆心的劝导总能让孩子们、家长们明白读书的重要性。对于贫困地区来说,"扶贫重在扶智",唯有如此,才能真正改变瑶乡贫困落后的面貌。此外,在蒙卫东的《秋色无声》、岳寅生的《粉红的微光》等中,都将驻村第一书记与村里的"二流子""刺头"式的帮扶对象之间的斗智斗勇、倾力帮扶进行生动书写,从最初不务正业、不服管教,到最后痛改前非,整个过程充满了戏剧张力,体现了驻村第一书记的责任与担当。

新世纪乡土小说处在一个不断发展的过程，记录当下、反映现实的文学作品才能真正打动人心。新时代乡村的发展必然为乡土小说创作提供源源不断的灵感，相信以后会有更多反映新时代农村建设发展的作品出现，城乡之间将出现新的格局。

第二节 土地的眷恋与向城而生

中国是一个传统的农业国家，中国农民世世代代以土为根、以土为本，在土中刨食，土地不仅是最基础的生产资料，也是中国乡土社会的核心。中国乡村的传统社会结构是以血缘、地缘为纽带，以传统礼俗来维持的自然村落。土地作为乡土社会重要的文化载体，政治、经济、文化等领域的发展都围绕着土地展开，这使得中国社会普遍带有浓厚的土味儿。这种土味儿与民族心理、民族文化产生了更深层、更广泛的联系。叶落归根、入土为安、怀乡、寻根等中国文化的关键词总是与土地相连，这是中国人特有的乡土情结。因此，对于中国人来说，土地是一种精神引导，是人们最终的归宿，这也使得中华民族比其他民族有着更为强烈的恋土情结。在漫长的社会发展中，人们习惯以土地为基础构建着美好的想象，土地逐渐成为故乡、家园等一系列的精神归宿的所指。乡土题材也成为作家们最擅长的题材，乡土也成为作家们表现的重要领域。纵观整个20世纪中国文学，不同时期的乡村变革、农民在一定时期内的精神面貌和心理状况，均在作家们的创作中有所表现。以鲁迅为代表的乡土小说家以启蒙的眼光去审视满目疮痍的故乡；废名、沈从文以和谐的笔调去表现宁静与美好的乡土；30年代，作家们更多的是以救亡话语表现乡村现实；40年代到70年代，作家们多表现不同时期的土地改革；80年代，作家们善于将乡土文明纳入传统与现代性的对峙中书写，构建自己的精神原乡。

20世纪90年代以来，市场经济的发展改变了农民与土地的依附关系，农民可以不再固守土地；相较于现代工业，固守土地也不能为农民带去更多的物质财富。同时，在城市化进程中，土地面积也在不断减少，城市文明以极大的吸引力牵动着农民的神经。农民在依恋故乡与寻求出路之间来回拉扯，种种因素最终决定农民即使留恋故土，却仍要向城而生。

一 情感上的土地依恋与行动上的向城而生

千百年来，农耕文明占据着中华文明的主要地位，在农耕社会中，农民依靠土地而生，对土地有着难以割舍的情感。可以说，土地是中国农民生活的全部，他们对土地总是怀着敬畏之心，一切生产生活必须围绕着土地展开。传统乡土社会是依托血缘、地缘、宗教为共同体的存在，其中，地缘（土地）是乡土社会得以存续的核心。然而，20世纪90年代以来，一方面为了更好地获得生存资源，大批农民进城；另一方面城市的扩张使得大量的土地被征用，土地与农民的关系发生了千百年未有之改变，即使情感上如何依恋，在行动上也必然远离故土家园。

在新世纪乡土小说中，作家记录了现代化进程中新旧两代农民对乡土、对城市截然不同的态度，记录了社会转型时期老一代农民与新一代农民价值观念的差异。

贾平凹的《秦腔》以清风街为背景记录了乡村在社会转型期的一段历史，倾注了作者对社会转型期农村现状以及农民精神状态的思考。小说中的夏天义是一个典型的传统农民形象，对土地有着执着的情感，强烈地依恋着自己的故乡。他是清风街的老村主任，长期从事基层领导工作，土改时侯拿着尺子丈量土地，公社化时候又砸界石收地，到了改革开放时期，他给村民分地、办砖瓦窑、示范种苹果，能够将国家的要求与自己的智慧结合起来，带领村民致富。因此，村民们都很信任、敬佩他，甚至将他所经历的历史事件写入县志当中。夏天义对土地有着深厚的感情和执着的追求，是真正热爱土地的人。当他看到年轻的一代纷纷离开土地不愿留在乡村，土地被大片抛弃变得荒芜时，他的内心是痛苦的、焦虑的、困惑的，他不明白土地作为物质基础，提供给农民生活来源，可为什么偏偏留不住年轻人。为了挽救更多的土地，他反对在清风街建立焦炭基地，反对在耕地上修建国道，即使因此受到处分，也丝毫不改他对土地的坚守。被撤职以后，侄子夏君亭当上了村支书，本有些欣慰，但他看到夏君亭想要凭借靠近国道的便利修建农贸市场、利用七里沟换下鱼塘发展副业，夏天义坚决反对，他以自己的方式想尽一切办法保住七里沟。他想要通过淤地变荒沟为良田，获得更多的耕地。但是没有人理解他的想法，更没有人愿意跟他一起去淤地。即便如此，他仍初心不改，为了完成淤地改造，他想用自己的家具换台手扶拖拉机，但却遭到了家人的反对。这么一番折腾下来，只有一个哑巴、一个疯子支持他的想法，跟着他一起去淤地。但不幸的是，在改造淤地的时候发生了滑坡，夏天义被土地掩埋吞噬，最后连尸体都没有找到。最终夏天义以这种方式与土地融为一体，似乎也印证了他与土地之间的无法割舍的情感，展现了他与土地间血肉般的联系，为土而生，为土而亡。在清风街，与夏天义固守土地形成鲜明对比的不仅仅只有夏君亭，还有一个个渴望摆脱土地的年轻人。他们或许对土地有依恋、有不舍，但他们绝不会靠着这份依恋与念想一辈子守着这片土地而活。

关仁山的《麦河》中的曹玉堂与夏天义相似，对土地无比执着。曹玉堂觉得"除了土地，就不知道这世上还有啥更好的东西了"[1]。曹玉堂把土地当作自己的亲人，在土地流转前，他卷着铺盖睡到地里，与土地倾诉、聊天，怎么劝说都不回去。女儿曹凤莲不解曹玉堂为何如此，曹玉堂索性就告诉女儿，这以后就是他的坟地，一定要守护好，如果这块土地弄丢了，做鬼也不放过她。后来白立国去劝说曹玉堂，两人说起土地的故事，他更是老泪纵横，哭得像个孩子。无独有偶，《麦河》中的韩腰子也是如此。土地流转之前，韩腰子是不同意的，因为他觉得那样就没事可干了。在妻子和女儿桃子的一再劝说下，韩腰子才勉强用土地入股，同意流转。土地流转之后，依然是用来种庄稼的，但与以往不同的是，土地由麦河集团统一规划管理，土地所有者不再拥有耕种自家土地的权利，但可以按照规定，符合条件的农民可以在集团工作，但年龄不得超过60岁。此时的韩腰子61岁，刚刚超过规

---

[1] 关仁山：《麦河》，作家出版社，2010，第120页。

定年龄 1 岁，按照规定也只能无奈地退下来。对于韩腰子而言，他喜欢种地，跟土地打了一辈子交道，在种地上他一直是村里的佼佼者。这突然不让他种地，让他休息，无疑隔断了他与土地的联系，让他很恐惧、很迷茫，不知道以后的日子该怎么过，也不知道该如何打发自己的时间，因为"人都有个惯性，种地跟抽烟一个样，不能马上戒了，得一点一点戒啊！韩腰子种地上瘾，不好戒啊！"[1] 正因为对土地有着执着的情感，无法离开土地，韩腰子天天到处去找庄稼活干，托桃儿帮自己找活，只有在地里干活，他才觉得心里踏实、生活有盼头。"过去，从早到晚地侍弄那些庄稼，觉得活得有滋有味的，自从成了光杆司令以后啊，整天心里头没着没落的，活得咋那么不踏实呢？"[2] 因此，韩腰子愿意半夜三更去地里翻土，愿意去开垦荒土，甚至愿意去郭富九的地里帮忙。也正因为夜晚帮郭富九看公路上的麦子，韩腰子才出了车祸去世的。"尸体被轧扁了，跟麦秸子融为了一体，成为一堆血肉模糊的片片儿。看来不是一辆车轧的。我们推算，韩腰子可能躺在麦秸上睡着了，司机以为那就是麦秸。桃儿娘要给老头子收尸，可尸体成了片片儿，没法下手，急得跺着脚哭。"[3] 韩腰子的尸体被压进了麦稻里，与麦子又融为一体。"整个现场弥漫着麦香和血腥气味，凝重而浓郁，响起低低的抽泣声，让我的工作变得繁华、凄美而细致。我给死人放血，做泥塑，可是，从来没有做过这样的工作。我格外轻柔地把一片片血肉往一块折叠，就像叠一个旅行包裹。只要手劲儿用得匀，轻托轻挪，心神自若，就能把韩腰子完整地带回家去。"[4] 不甘与土地绝缘的韩腰子最终以死亡的方式回到了土地的怀抱，他对土地的热爱让他的命运多了几分悲剧英雄主义的色彩。

邵丽的《北去的河》中的刘春生，从小就在农村，农村是他的一切，短暂地去城里看女儿回来后的他，更深刻地体会到农村的家对于自己的意

---

[1] 关仁山：《麦河》，作家出版社，2010，第 308 页。
[2] 关仁山：《麦河》，作家出版社，2010，第 310 页。
[3] 关仁山：《麦河》，作家出版社，2010，第 313 页。
[4] 关仁山：《麦河》，作家出版社，2010，第 314 页。

义，家不仅仅只是房子，也是土地、树木、山水，更是一种气味，是那闻起来就让人丝丝惬意，即使是死也是痛快的气味。在像刘春生一样的农民眼中，乡土给了他们美好的童年，清晨时一声声鸡叫、傍晚时一缕缕炊烟，玩耍时伙伴的追逐打闹、吃饭时母亲的声声呼唤，淘气时父亲的棍棒相加、挨打过后母亲的轻柔细语，一次次痛哭流涕、一回回破涕为笑。童年的记忆都与乡土息息相关，乡土的美好像烙印一样深深地烙在他们的心头。乡土承载着他们成长中最快乐、最无忧无虑的时光，他们对土地有着天然的亲近与依恋，这种对乡土浓厚的情感是老一代农民的集体写照。对于他们来说，"对乡土有一种难以割舍的心理情结"，他们"有丰富的农村生活阅历，对农村传统、乡土习性、行为规则等有更坚定的认同"[①]。

除此之外，无论是荆永鸣的《北京候鸟》《北京房东》《北京时间》系列小说，还是梁鸿的《中国在梁庄》、鬼子的《瓦城上空的麦田》、夏天敏的《接吻长安街》，作家们都不约而同地塑造了对乡土有着深刻眷恋之情的农民形象。对于他们来说，乡土不仅满足了他们的物质需求，更满足了他们精神上的需求。乡土不仅是他们赖以生存的土地，提供着吃喝拉撒，更是他们心灵的归宿、生命的归属，承载着他们的生老病死。没有了土地，生活就没有了支点，因为"靠种地谋生的人才明白泥土的可贵。城里人可以用'土气'来藐视乡下人，但是乡下，'土'是他们的命根"[②]。

当老一代农民沉浸于失去土地的痛苦、迷茫中时，年轻一代的农民对土地的态度却是异常的决绝，他们义无反顾地离开乡村走进城市。因为随着时代的发展，固守土地不能给农民的生活带来实际的改善，土地既无法满足他们的物质需要，也无法满足他们的精神追求，他们不得不与土地慢慢走向分离。因此，进城农民尤其是年轻一代农民不仅在空间上逃离了土地，更在情感上疏离了土地。

---

① 丁帆等：《中国乡土小说的世纪转型研究》，人民文学出版社，2013，第46页。
② 费孝通：《乡土中国》，作家出版社，2019，第7页。

东西的《篡改的命》中，贺小文因父母离世得早，便跟哥嫂一起生活，生活中的诸多不易让她迫切地想离开这个家、离开乡村。她希望通过婚姻逃离家庭、逃离乡村，因此在结婚对象的选择上她有着自己的标准，"有人做过几次媒，但我都没看上，他们要么长得丑，要么没工资，我就想嫁个像长尺哥这样的，离开农村"①。即使结婚对象汪长尺一无所有、重伤在身，在她眼里也无所谓，只要能离开乡村到城里去，其他都能接受。孙惠芬的《歇马山庄》中，看到母亲忙忙碌碌生活的小青，从很早就打定主意长大后坚决不过母亲那般的生活，要活出个滋味儿，于是产生了想要离开农村的想法："原来心中的神奇竟然晨露似的无风自散，从那时起，她就作定将来肯定不回山庄的打算。这打算当然有母亲和婶子动辄就蓬头垢面钻进鸡窝往外捡蛋的形象作为铺垫。"② 范小青《我的名字叫王村》中，作家借进城打工的洗脚妹的口传递出年轻一代人对土地的态度："幸亏那些城里人发了神经病，要到我家乡那地方去建住宅，就把地征了，地就没有了，我们的命运就逆转了。"③ 不同于老一辈人，她们不痛心于失去土地，相反她们感觉能够从土地上解脱出来是非常幸运的。没有了土地，她们的命运竟开始好转了。除此之外，刘庆邦的《到城里去》中的宋家银对城市的向往，使得她一再逼迫丈夫杨成方外出打工。梁鸿的"梁庄"系列小说中，年轻一代人纷纷离开乡村，奔走于北京、天津、广州、西安、郑州等城市。漠月的《放羊的女人》中的丈夫一次次抛弃自己的妻子，没有丝毫留恋地离开乡村走进城市。孙惠芬的《上塘书》中宁愿一年四季守着土地的男人越来越少，他们更愿意进城打工，因为守着土地只能让自己越来越穷。肖勤的《暖》中年轻的父母不仅抛弃了土地，更是将自己的孩子留在乡村进城打工。艾伟的《小姐们》中的大姐兆曼为了弟弟妹妹，很早便进城打工，希望能帮助自己的父母。荆永鸣的《北京候鸟》中新一代农民是"即使吃苦受罪，哪怕是满城流浪，也不想再回到乡下去"的时代产物，对于进城农民来说，

---

① 东西：《篡改的命》，上海文艺出版社，2015，第61页。
② 孙惠芬：《歇马山庄》，人民文学出版社，2007，第50页。
③ 范小青：《我的名字叫王村》，作家出版社，2014，第244页。

"城市是一块磁铁，城市是一张大网，把他们吸住了，网住了"①。刘庆邦的《黄泥地》中的房光东，学业有成，在北京有着体面的工作，他不仅在身体上远离乡土，更在精神上远离乡土，他不关心乡村之事，更不愿参与乡村之事。因此当房国春到北京上访来找他的时候，他采取明哲保身的态度，缄口不言，保持沉默。项小米的《二的》中小白进城当保姆，在雇主单白雪的"改造"下俨然已成为城里人，她认可城市的价值观、行为方式和生活态度，排斥落后的乡村观念，特别是与定亲对象狗剩在结婚、生育等问题上存在着巨大的分歧。小白的"成长"不仅体现了她对城市文化的接受，更体现了她作为独立女性的个人现代意识的觉醒。

同样，在贾平凹的《极花》中，胡蝶有着强烈的"我本城里人"的心理暗示和身份认同。当房东老伯夸赞胡蝶"呀呀，谁会觉得胡蝶是从乡下来的"时，胡蝶打心眼里认同房东老伯的话，不禁洋洋自得。为了能更贴近城市姑娘，胡蝶竟把母亲辛苦捡来的两架子车的废品卖掉，买了双500元的高跟鞋，母亲很生气，她却置之不理并且理直气壮地说："我现在就是城市人！"然而母亲劝她认清现实，给她泼冷水："乡下人就是乡下人，乌鸡是乌在骨头上的。"胡蝶却不以为然，因为她打心眼里觉得自己就是城里人，她以拥有城市姑娘梦寐以求的巴掌脸，穿着有城市身份象征的高跟鞋为傲，"每日一有空就在镜子前面照"，冲着镜子说："城市人！城市人！"②目光坚毅笃定的胡蝶，嘴里蹦出极具心理暗示的碎碎念，既是"胡蝶们"对渴望得到城市认同的内心呼声，更是"胡蝶们"宣泄式的自我宣言，是像胡蝶一样的农村姑娘在心理和行动上与农民身份的彻底决裂。

时代向前发展，农民的价值观念也随着时代的发展发生着改变。曾经的土地给了农民赖以生存的物质基础，也给了他们莫大的心理安慰，是他们心中的乐土，因此老一辈农民对土地有着深厚的情感和极强的依赖心理。而如

---

① 荆永鸣：《北京候鸟》，《人民文学》2003 年第 7 期。
② 贾平凹：《极花》，人民文学出版社，2016，第 18 页。

今，城市化进程的加速，让老一辈农民不得不离开土地，去城市寻求更广阔的生存空间。但对他们来说，城市只是他们工作的地方，家乡才是他们魂牵梦萦的地方。对于年轻一代人来说，乡村是他们的成长之地，给了他们成长中的快乐或痛苦，但城市的一切又深深地吸引着他们，他们想要摆脱父辈们的生存方式，为自己赢得一片新的天地。

二 城市化进程对土地的挤压与情绪上的狂欢

城市化进程的加速使得城市在不断扩张的同时，也使得乡村土地受到剥夺与挤压。一方面，城市的膨胀、土地的流失给农民带来巨大的心理刺激，他们痛心于失去土地；另一方面，他们又感叹于城市文明的优越，对物质的过分向往与追求为一夜暴富思想提供了温床。逃离土地既是农民的主动选择，也是不得不接受的命运，思想上的活跃、情绪上的"狂欢"成为作家书写乡土日常的新的增长点。

首先，城市不断扩张，土地资源被占用。中国城市的数量不断增长，中小城市的规模不断扩大，原本的乡村正在被城市吞没。贾平凹的《土门》中的仁厚村就是在城市化过程中一点点被吞噬消失掉的。《高兴》中的清风镇，因城市化的进程、现代化的建设，土地面积不断减少。贾平凹借刘高兴之口，直接点明了耕地日益减少的原因就是城市现代化的建设，清风镇本来耕地就有限，还要修铁路、修高速公路，土地面积日益减少，年轻人更是不愿守着有限的土地讨生活，纷纷外出打工。《秦腔》中，老主任夏天义带领村民化淤地、变荒地为良田，以此来增加耕地面积，增加村民收入，却没有几个人愿意跟着他干；而新主任夏君亭占用大量耕地修国道、修农贸市场，以此带领村民致富却得到了村民们的支持。王海在《城市门》中以冷静客观的姿态，探讨了城乡差异、拆迁、就业安置等社会突出问题，不仅反映了城市化进程对土地的蚕食，而且展示了这一过程中人们思想的变化。迟子建的《月白色的路障》中，长林公路的修建与改道不仅占用了土地，更改变了以种地谋生的王张庄人的思想，他们纷纷舍弃自己的耕地，设置路障靠公路发财，以致整个王张庄荒废，集体搬迁至百合岭，更有甚者操起了人肉生意。

其次，商业开发、政府拆迁、乡镇企业等对土地的侵蚀。赵韬的《白岸》中的水草滩风光绮丽，景色秀美，气候温和，这样得天独厚的自然风光被秦汉唐股份有限公司看中，要在这里办工厂盖洋房。无论是圈地办厂还是建楼房，都需要大量的土地资源。李锐的《锄》中的西湾村是个古老的村子，千百年来都是在百亩园上耕种。后来百亩园被煤炭公司收购，要建焦炭厂，百亩园再也无法种植庄稼、收获庄稼了。叶炜在《后土》中写道，乡村社会为了追求更高的经济效益，各村都在使用各种方法招商引资。而这些招来引来的企业，首先要做的事情就是大张旗鼓地吞占农民的耕地。叶弥的《月亮的温泉》中修建在山中的"月宫"，以其富丽堂皇和支付的高额薪酬吸引了村中几乎所有的年轻女性。只想守着自家一亩三分地的谷青凤在丈夫眼中却成了无用之人。周大新的《湖光山色》中的暖暖本来在北京做清洁工，突然接到家里的电话，知道母亲病重的消息，急急忙忙赶回老家楚王庄。一次意外的巧合，暖暖与前来考察楚长城的学者谭文博先生相识。为帮助谭先生考察，暖暖为其提供食宿，并给他做向导。作为回报，谭先生每天支付暖暖一百元作为报酬。在这短暂的邂逅中，暖暖隐隐约约感受到了商机。回京后的谭先生发表了自己关于楚长城的文章，引起了学界及社会各界的关注。随后，一批批的历史学家、学生及游客蜂拥而至，探寻楚长城的奥秘，原本闭塞、不为人熟知的小山村一下子热闹了起来。暖暖凭借自己的商业头脑，利用便利的条件，开办家庭旅馆，接待旅游团。考察、观光与农家乐结合在一起，楚王庄吸引了越来越多的人。投资者薛传薪作为一名商人，唯利是图是他的本性，他对楚王庄觊觎已久，在获取暖暖的信任之后，利用手中的资本对楚王庄进行大规模的商业开发。为了开发度假村，暴力拆除村民的房屋，侵占村民的耕地。大量的耕地被侵占却得不到应有的补偿。同时旅游公司为了招徕顾客，大兴土木，浪费土地资源，使土地逐渐荒芜。现代经济体确实给乡村带来了发展，给农民带来了丰厚的收益，却也在大肆浪费土地资源，使乡村社会空间不断缩小。乔叶的《拆楼记》中，张庄和乔庄因为新区建设，大量的土地被征用，村民们也因此小赚一笔。乔庄和张庄的

第一章　乡村土地书写：乡村日常生活的重要场景

改变不仅仅停留在乡村面貌的改变，更在于乔庄人和张庄人心态与情绪的改变。当人们得知政府绿化带要向乔庄和张庄这边动工时，临路而居的村民便遏制不住内心的贪婪，渴望在赔偿款上做文章。大姐专门给在省城工作的"我"打电话，让"我"回家商量将其房子向前拓宽、违规侵占绿化带的事情。最先反对的"我"在听了市住建局朋友的建议后，也松了口支持姐姐建房。

最后，过度开发、环境恶化、不合理规划使土地遭到进一步浪费。张炜的《刺猬歌》中的芦青河原本河水丰满，浮舟载船。但为了追求经济效益，人们烧林砍树，开山挖矿，毁田建厂，甚至排放废水废气。排放的废水未经处理直接流到了河里，毒死了鱼虾和草木，破坏了周围的生态环境，"山、海，还有平原，和人一样，都有自己的命啊！也不过是七八十年的时间，这里由无边的密林变成了不毛之地！你从海边往南、往西，再往东，不停地走上一天一夜，遇不见一颗高高爽爽的大树，更没有一片像样的树林"[①]。最终，芦青河水源枯竭，河底暴露，成了一条肮脏的"死河"。同时由于现代工业文明的入侵，天童集团无节制的开发，滥征乱用农民的耕地，"从山包脚下开始动土，再一直向东、往北，到处插满了彩旗。一些不大的村庄被搬迁，更大一些的村庄则被汽车围起来，远看就像一群豺狗在啃咬一头倒毙的大象"[②]。围绕在人们周围的是有毒的空气、发黑变臭的河水、工厂遍布的村镇，可以想象在如此环境之下，人们的生活将会如何。叶炜的《富矿》中的麻庄因过度开采煤矿，周围环境遭到破坏，"麻庄女人的乳汁已经逐渐变成黄色、褐色、黑色，吃这种乳汁长大的孩子，脸膛黑得像煤块"[③]。刘庆邦的《红煤》中，宋长玉不顾长远利益，在红煤山竭力开采煤矿，导致红煤山水源枯竭，农民生活用水、农业用水困难，以致田地荒芜。刘庆邦的《黄泥地》中，对金钱的渴望使得有人敢于冒着风险触犯国法，在一马平川的杨庄寨上建起了砖窑，土地被占用，更有甚者，私卖房户营村土地，使得

---

① 张炜：《刺猬歌》，人民文学出版社，2007，第23页。
② 张炜：《刺猬歌》，人民文学出版社，2007，第233页。
③ 叶炜：《富矿》，西安交通大学出版社，2010，第2页。

大量的耕地被挪为他用。梁鸿的《中国在梁庄》中写到穰县的土壤深厚，有黄老土和黑老土，这些土质比较肥沃，适宜种植农作物。但随着经济的发展，当地建了许多的砖厂，大量的耕地被侵占。这些被占用的土地，土质结构已经发生变化，失去了原有的营养成分，难以再种植农作物。

　　土地资源的浪费还表现在不科学、不合理的乡村规划上。比如，原本乡村修路是为了方便人们的出行，但是不合理的规划不仅没有便利人们的出行，反而导致耕地被占用、被浪费。又如，随着乡村的发展扩建，乡村中的新房越来越多，原有的房子大多无人居住被废弃。又因乡村的人外出打工，新房大多数的时候也无人居住，造成了进一步的浪费。

　　在我们的普遍认知中，城市代表着文明、自由、财富，是政治、经济、文化的中心。相较之下，乡村是保守的、落后的。在城市化过程中，城乡互动日益密切，城市文明自然而然地向乡村渗透。面对城市中出现的炫彩夺目的商品、先进的文化，饱尝物质贫瘠之苦和内心守旧空虚的农民对事物的好奇心被彻底地激发出来。因此，农民远离土地既是他们的主动选择，更是时代发展早已为他们书写好的命运脚本。农民带着对城市生活的无限遐想、对未来生活的无限憧憬进入城市，他们自愿自觉地改变了日出而作、日落而息、春耕秋收的传统生活方式，满心欢喜地迎接着未知的城市生活。探索未知、发现未知是人类的本能和原始欲望，此时奔向城市带给他们的正是无穷的兴奋与欢愉。随着对城市的认知逐渐加深，他们不仅渴望城市的物质生活，也期待感受城市的精神生活，更渴望能真正融入城市生活成为城里人。

　　刘庆邦的《到城里去》中的主人公宋家银就是这样对城市有着无限向往的女性。她从少女时期就对城市有着无限的憧憬。在她心目中，乡村是封闭的、陈旧的、落后的，只有城市才能给予她理想的生活。作为一名普通的乡村女性，她所拥有的资本有限，只能通过嫁人的方式实现自己的梦想，她希望用婚姻换取入城的门票。因此，她在择偶上有着明确的要求，她要为自己寻觅一个工人做丈夫，并以此作为人生的跳板实现自己成为城里人的理想。可是，天不遂人愿，在宋家银以为好事将近时却惨遭抛弃。她伤心之余又必须为自己寻求新的目标，出于无奈，又或是意料之中，她嫁给了自己原本瞧不上的农村人杨成方，只因为杨成方有个"临时工"的身份。"临时工"虽然比不上"正式工"，但却离宋家银的理想近了一步，让她与城市产生了一种无形的联系，使她获得了极大的满足感。之后，她用城市的标准要求自己，暗中与另一个工人家属高兰英攀比较量。如果高兰英用雪花膏擦脸，她也要买一瓶雪花膏；如果高兰英穿了一双尼龙袜子，她也要买一双尼龙袜子。为了显示自己的优越感，她还买了全村第一辆自行车，把自行车打扮得花枝招展。在她看来，拥有了自行车就超越了高兰英，这是自己生活品位的象征。为了显示自己的与众不同，她甚至要求丈夫杨成方买一块手表整日戴着，但实际上丈夫并不需要。很显然，宋家银的种种举动，已经不是出于实际的需要，只是心魔在作怪。但她没有意识到临时工的身份并没有保障。随着水泥厂的倒闭，丈夫杨成方的"临时工"身份也随着消失，这让她着实无法接受。因此，她不惜让丈夫撒谎，让丈夫去郑州打工，满足自己的私欲与虚荣心。可是越来越多的村民进城打工，宋家银的优越感就无法得到体现，以至于慢慢消失。于是，宋家银做了一个大胆的决定，就是说服丈夫去首都北京打工。因自身的能力有限，杨成方在北京无法从事体面的工作，只能靠捡垃圾勉强维持生活。后来杨成方在北京出了事，宋家银趁着帮丈夫处理后情，第一次来到了首都北京。到了之后，她发现丈夫的生活原没想象中的那么美好，城市生活也有很多不易。然而，面对残酷的现实和丈夫不幸的遭遇，宋家银并未改变自己想要进入城市的初衷，转而把自己的愿望寄托在儿子身上。但是儿子的表现似乎也无法帮她实现人生的愿望。儿子第一次高考失败了，第二次在高考前夕放弃了，独自跑到城市打工。但是宋家银坚信他的儿子一定能在城市中闯出一片天地。故事的最后，作家并未交代宋家银是否到了城里。到城里去，对宋家银来说不仅仅是一种谋生的方式，更像是她的心魔，她将自己的人生全部寄托在这件事之上。在作品中，宋家银对城里人身份的执念近乎疯魔，她将自己锁在自己幻想出来的优越感之中不愿出来，更谈不上坦然接受现实。为了满足一己私欲，她一而再再而三地逼迫丈夫进城，逼迫丈夫做着超出自己能力的事情，最终导致丈夫在北京拾荒度日、客死他乡。

有同样想法的人还有《歇马山庄》中的小青。她认为待在家里、待在村里是没有前途、没有希望的，哪怕在城市里到饭店、到宾馆当打工妹都是好的，"到城里做打工妹，到饭店、宾馆都可以，我经常在报纸上看到这种广告。……在家里吃苦遭罪没有前途，遭罪本身就是前途；出去干，吃苦遭罪我是奔着目标，凭我，我想我是会有前途的，我的前途不是别的，是不同于乡下女人的另外一种生活"①。她对城市的生活没有客观的判断，在她的认知里，只要离开乡村，过着不同于乡下女人的生活就是有前途。她认为到城市就能获得更好的生活，因为在她心里"城市超越了形而下的地理位置，是与乡村相对的概念，城市就像灯塔让他们心中始终有着'现代性'的憧憬和向往"②。除此之外，方方的《奔跑的火光》中的英芝，对城市充满了向往，本想通过高考进城的她却在高考中惨遭失利。不愿复读也不想待在农村的她，最终在春慧的带领下进城。年轻一代人对城市的渴望说不清道不明，相较于老一代农民，心理上对城市的认同让他们义无反顾地走进城市，在情感上与乡土割裂。

城市化进程中，无论是城市不断扩张、土地资源被占用，还是商业开发、政府拆迁、乡镇企业等对土地的侵蚀，抑或是过度开发、环境恶化、不合理规划使土地遭到进一步浪费，土地面积都在不断缩小。这也从侧面说明人们与土地的关系变得不再紧密，人们可以不必仅仅靠着土地讨生活，寻求另一种生活方式也自然成为农民的价值追求。因此，对城市人身份的认可、向往与追求成为一些人的价值取向，为此他们不惜一切代价，陷入自身的身份狂欢之中。

在传统乡土社会中，农民对土地的情感是真挚的，当农民将全部时间去浇灌土地时，会坚信自己是唯一认识、爱恋和占有土地的人，会潜意识地将土地和自己视为一个整体。③ 这也是为什么像夏天义、韩腰子、刘春生一样的老一辈农民至死也将自己与土地融为一体的原因。但当年轻一代农民不再

---

① 孙惠芬：《歇马山庄》，人民文学出版社，2007，第450页。
② 轩红芹：《乡村命运的现代化建构——论孙惠芬的小说创作》，《云梦学刊》2005年第2期。
③ 〔法〕H.孟德拉斯：《农民的终结》，李培林译，中国社会科学出版社，1991，第61页。

依赖土地，不再靠土地谋生，不再遵循着春耕、夏锄、秋收、冬休，他们的日常生活就与自然、土地发生了断裂，他们更渴望寻求另一种生活方式来满足自己的物质需求、精神需求。

第三节 家的解体与精神危机

家在中国的社会结构和传统文化中都占据着重要地位，具有重要的意义，因为中国的乡土社会是以个体家庭为单位辐射出的氏族村庄，它既是维持个体间情感的纽带，更是维持乡土日常生活的基础。家庭伦理讲究父慈子孝、夫义妇顺、兄友弟恭，这些伦理智慧构建起了传统家庭的稳定性与和谐性。但在新世纪乡土小说的日常生活叙事中，家庭关系、家族关系发生了巨大的改变，对家庭、家族的书写体现出新的特点。

一 价值观念的转变与家的解体

中国是农业社会，"我们的祖先很早就在黄河两边世代定居下来，很快形成了大面积的、单纯的定居农业模式。中国文明从根本上是农业文明、定居文明。定居文明中，人们的生活方式不过是对上一代的重复，老年人的经验和智慧是至关重要的，因为他们知道什么时候发洪水，什么时候播种。所以我们说：'不听老人言，吃亏在眼前。'在农业社会，老年人是永远的权威，一切社会资源都掌握在老年人手里，老年人对家族的支配是终身制的，年龄越大、辈分越高，发言权就越大"[1]。因此，在中国传统社会中长者拥有绝对的权威，尊重长者不仅是从情感出发的关切之情，更是社会主流意识形态的体现。

随着现代农业的发展，农耕摆脱了家庭协作的方式，传统家庭的结构被打散。乡村的大家庭开始裂变为小家庭，从而直接改变了家长式的统治制度。同时随着市场经济的发展，金钱至上的观念深入人心，传统的以家庭为

---

[1] 张宏杰：《简读中国史》，岳麓书社，2019，第29页。

本位的思想开始向以经济为第一要务的思想转变。它打破了父为子纲的传统秩序，转变为以经济收入多寡决定话语权的家庭秩序。尊重老人、孝顺父母这种传统的伦理道德在金钱的作用下发生了变化。"儿子、儿媳根据市场经济的新道德观来对待父母，两代人之间的关系更多的是一种理性的交换关系，双方必须相互对等地给予。"① 在某种程度上父母与子女的关系变成了一种经济的利益关系。一般来说，子女在外务工，家中的孩子就由爷爷奶奶代为照顾。否则，老人年龄大了以后，就可能老无所依、无人赡养。尤其是子女众多的老人更是如此，如果处理问题稍有不慎，那么他们的晚年生活可能会更凄惨。梁鸿的《中国在梁庄》中的芝婶、五奶奶、赵嫂等就是子女众多的可怜老人。她们往往要照顾多个孩子，劳心劳力却得不到子女金钱上的帮助和精神上的理解。老人因年岁较大，在照顾的孩子众多且顽皮的情况下，难以兼顾家事与农活，就可能造成孩子发生意外的悲剧。67岁的五奶奶，在照看孙子时，孙子不幸在河里溺亡。五奶奶对此事非常愧疚，不知道该怎么给儿子一个交代，她能想到的就是一命换一命，用自己的命换孙子的命，同时换得儿子儿媳的谅解。没有死成的五奶奶在自责愧疚中仍要继续照看家中其他孙子孙女。而老人内心的折磨、身体上的劳累却无人顾及。同样的情况也出现在周胜文的父亲身上。周胜文的父亲在照看孙子时，不小心导致孙子溺水身亡。周胜文对父亲产生了强烈的不满和怨恨，甚至要杀了自己的父亲。"我"从芝婶那里也听到了相似的事件，"还有，老两口照顾四个孙娃，热天到河里洗澡，四个娃儿全淹死了。老两口最后服毒死了。你说这社会，啥风气，到啥地步了"②。年轻人进城打工，将所有的琐事农活、照看孩子的重任一股脑儿全部丢给了老人。老人如果不帮忙照顾孩子，晚年可能就没有着落，但对于六七十岁的老人来说，照看孩子是一项非常繁重的工作，不仅体力和精力达不到，而且还极容易出现意外。老人在得不到子女经济上、精神上任何支持的情况下，无论做怎样的选择，似乎都无法得到一个

---

① 梁鸿：《中国在梁庄》，中信出版社，2014，第 210~211 页。
② 梁鸿：《中国在梁庄》，中信出版社，2014，第 75 页。

完满的结局,无法挣脱现实的困境,于是只能选择默默地承受。《中国在梁庄》中的老人只是中国式乡村老人的一个缩影。

在付秀莹的《绣停针》中,也反映了老人的赡养问题。儿媳妇将患病瘫痪的婆婆(贵山奶奶)转移到小屋中居住,得知此事后的小鸾拿着牛奶、鸡蛋去探望贵山奶奶,关切地询问着病情、饭量、吃什么药等问题,但未等贵山奶奶开口,贵山媳妇都无一例外地替婆婆回答了。小鸾看着半斜靠在枕头上的贵山奶奶脸色焦黄、瘦骨嶙峋,深陷的眼窝中闪着泪光,却碍于贵山媳妇在旁边,不便深问。趁着有人来找贵山媳妇的空当儿,"贵山奶奶抖抖索索地,一只手掀开被窝叫她看,小鸾迟迟疑疑地凑过去,一股尿臊气扑面冲过来,细看时,只见那整个褥子,千补丁万补丁的,都湿淋淋地透了。小鸾捏着鼻子,不由得哎呀一声,刚要说话,二婶子赶忙冲她使眼色,一面拿手指了指外头,摇摇头,闭上眼,两颗泪珠子慢慢滚下来,滚到半道,却被一道深褶子拦住了"[①]。小鸾心中百感交集,手足无措,只能把被子给贵山奶奶掖一掖。贵山奶奶的生活窘境,小鸾一方面感到心酸难过,另一方面碍于亲戚关系无从插手,无可奈何。

李佩甫的《生命册》中的虫嫂,含辛茹苦地将子女养大成人,子女在有一定能力之后,想到的不是如何好好地供养自己的母亲,而是让年迈的母亲进城照顾孙子孙女。成为"老漂族"的虫嫂,终日辛劳却不受儿女待见,在隆冬腊月被儿女们晾在门外,得病去世。"在中国文化的深层,有一种本质性的匮乏,即个人性的丧失。由于秩序、经济和道德的压力,每个人都处于一种高度压抑之中,不能理直气壮地表达自己的情感、需求和个人愿望。每个人都在一种扭曲中试图牺牲自己,成全家人,并且依靠这种牺牲生成一种深刻的情感。一旦这种牺牲不彻底,或中途改变,冲突与裂痕就会产生。"[②]

在日益快节奏的当下,中国的老人也在逐渐失去安享晚年的权利,他们

---

① 付秀莹:《绣停针》,《长江文艺》2014年第7期。
② 梁鸿:《中国在梁庄》,中信出版社,2014,第211页。

或留在乡村照看孙子孙女，或进城成为"老漂族"替工作繁忙的儿女照看孙子孙女。中国式老人已经习惯于自我牺牲来成全家人，他们把这种牺牲视为理所当然，就连他们的子女也觉得受之无愧。

孙惠芬在《生死十日谈》"水塘无语"这一节中，写到老人因为不习惯城市的生活方式，只能回到农村，跟自己的小儿子生活在一起，靠小儿子赡养。但是日常的琐事、观念的分歧，老人与儿媳之间的矛盾日益显著。小儿子夹在中间左右为难，最终在老人与媳妇无休止的争吵后，无奈选择投河自尽，结束了自己的生命。我们可以想象，原本不习惯城市生活的老人，回到农村跟小儿子生活，不但没有换来幸福的晚年，相反小儿子又因为自己结束了生命，老人内心该是怎样的痛苦和煎熬，晚年生活又该如何度过？

类似的赡养问题，不只发生在《中国在梁庄》《生死十日谈》中，有些地方甚至发生了"弑父""弑母"的人伦悲剧。陈应松《母亲》中的主人公是一个可怜的母亲。丈夫去世后，她承担起家庭的重担，料理家务，伺候公婆，照看五个孩子，极其艰辛。为了这个家庭，她甚至放弃了改嫁的机会。在帮助儿女成家立业之后，为了不给儿女们增添负担，母亲选择一个人独自生活，再次默默承担起生活的艰辛。随着母亲接连两次中风，瘫痪在床，不得已需要儿女们来照顾她。一开始，儿女们还是很积极的，为给母亲治病，出钱出力。但随着时间的推移，病情没有根本性的转变，治疗的费用也越来越高。儿女们商量后决定放弃治疗，将母亲接回家休养。然而久病床前无孝子，随着母亲生病的时间越来越长，他们开始觉得母亲是个负担，不仅不愿意再照顾母亲，更对母亲起了杀心。一生卑微、看尽眼色的母亲看穿了儿女们的心思，心灰意冷的她绝望地选择了自杀。

在传统乡土社会中，生活经验、生活阅历为家族的发展提供了巨大的前进力量，这就决定了家庭中的长者拥有至高无上的地位。然而，随着现代化、城市化的发展，年轻的儿女们纷纷进入城市，原本的家庭结构被改变，以经验作为判断依据的时代也悄然逝去，金钱成为衡量人事物的标准。在这样的标准下，年长者低下的生产力使得他们逐渐失去了家庭中的权威地位。传统家庭中奉养父母、敬爱父母的人伦责任，在人人忙于挣钱的时代里消失殆尽。当众多的为人父为人母的青年人纷纷离开乡村走向城市时，乡村就只剩下老人和孩子，进城者与留守者之间的关系也在悄然发生着改变，特别是与留守儿童的关系。儿童虽然在生理上是独立的个人，但心理上仍不成熟，他们还需要长期学习在社会生活中所需要的一系列行为方式。然而已经失去完整性、日益凋敝的乡村社会是无法提供给他们健全生活条件的，孩子的成长所必须经历的社会性抚育也必然会出现问题。

王大进的《花自飘零水自流》讲述的是留守儿童大秀与二秀相互守护的故事。大秀与二秀是两姐妹，因父母常年在外务工，无奈之下两个人只能跟着体弱多病的奶奶一起生活。孩子对物质的向往加上家庭物质的匮乏，使得两姐妹对村里小卖部里琳琅满目的零食异常向往。然而，姐姐有着极强的自尊心，她极力遏制自己的欲望，还总是严格要求妹妹，除了去买日常生活用品，姐妹两人平时绝不进入小卖部。一次偶然的机会，她们帮忙照看老板娘的孙女时，二秀忍不住偷吃了叫作"幸福圈"的饼干。之后老板娘的钱不见了，老板娘便认为是两姐妹偷的。而恰巧此时大秀的口袋里有给奶奶买药的八块七角钱，老板娘认为这钱定是她们偷的。老板娘将钱从大秀口袋里掏出，任凭两个孩子怎么解释都无济于事，老板娘不依不饶地羞辱着两个孩子。争执吸引来了越来越多的村民，可没有一个人理解他们、信任他们，就连他们的大伯大娘、二叔二婶也在"看客"的队伍中。父母远在城市鞭长莫及，奶奶卧病在床无能为力，没人信任他们、没人支持他们、没人帮助他们，两个女孩深陷无助，感觉没有任何希望的她们最终选择了自杀。或许在成人的世界里，被误解、被批评习以为常，但我们很难想象，这些幼小的孩子，特别是父母不在身边的孩子，在面临质疑、误解甚至羞辱时，内心该受到怎样的冲击，当时该有多么的无助与绝望，她们才会选择用这么极端的方式结束自己的生命。孩子的世界是单纯的，同时也是脆弱的，这需要成年人用心、用爱去呵护，然而快节奏的生活、对物质的追求让成年人奔忙于生计，无力也无心去关心孩子。刘庆邦的《一捧鸟窝》中，因为母亲早逝、父亲在外务工，小小年纪的小青就承担起照顾弟弟、料理家事的责任。小说一方面交代了父亲带回了个新女友回家姐弟两人在家的遭遇，另一方面详细地描述了小青如何耐心、细致地保护、照料树上的一窝小鸟。小说中，小青的乖巧、懂事源于成长过程中家长的缺席、父爱母爱的缺失，她对小鸟的精心呵护与其说是喜爱，不如说是源于内心对自己和弟弟缺乏母爱的一种补偿心理。

中国的传统家庭强调父慈子孝、父子有亲、子女孝顺，对父母要尊敬、对长者要尊重、对子女要教养，父母有养育子女的责任与义务，子女也有赡养父母的责任和义务。然而，随着现代社会的发展、家庭结构的变化、价值观念的改变，乡村日常的家庭伦理遭到颠覆，父子长期分离。原本维持传统家庭稳定的基石正在一步步消失，人们对家庭、家族的看重也在逐渐消逝，乡村的空心化与融代化让家正在一步步走向解体。

二　价值观差异与家庭危机

夫妻关系是家庭关系的核心，中国传统家庭讲究夫义妇顺，即丈夫对妻子要专一、有情有义，妻子对丈夫要尊重顺从，夫妻之间要彼此尊重、忠诚，夫妻两人要互敬互爱。夫妻关系的稳定对于家庭结构的稳定至关重要。然而，在新世纪乡土小说的日常叙事中却出现了大量夫妻分离、情感冷漠、家庭暴力、观念冲突、夫妻不忠的情感书写，这些畸形的情感正在一点点瓦解着正常的夫妻关系，造成了夫妻关系的疏离乃至家庭的破裂。夫妻的分离，就意味着维持传统日常生活最稳固的根基遭遇断裂。

首先，在新世纪的乡村日常中，夫妻的分离首先表现为空间上的分隔两地。随着农民对城市物质文明与精神文明的渴望，越来越多的农民主动选择离开乡村，因为他们清醒地意识到城市的高速发展提供了巨大的就业和发财致富的机会；而日益萧条的乡村，不可能给他们提供更好的生存资源。因此，为了自身生活条件的改善，也为了后代的发展，农村中已经为人父母的他们决定离开乡村走进城市。而现有条件又不能让他们一开始就实现举家搬迁，于是为了方便照顾家庭，他们大多选择夫妻分离，丈夫负责进城打工赚钱，妻子则负责留在家中照顾孩子，越来越多的乡村家庭呈现出城乡两地生活的状态。对于留守女性来说，她们生活的悲喜是以丈夫离家、归家的日子

第一章　乡村土地书写：乡村日常生活的重要场景

为参照的。丈夫离家的日子是孤单、无依的，丈夫归家的日子是甜蜜、喜悦的。孙惠芬的作品中就描写了这样的故事，对留守在歇马山庄的女性来说，一年当中最幸福、最喜悦的日子就是过年，因为这个时候外出务工的丈夫会回来，家才有了应该有的样子。此时，留守女性的脸上有了光彩，洋溢着幸福的笑容，厨房里灶台上散发着甜蜜的气息。但正月过后，当务工的丈夫再次背上行李出发时，女性的世界又空落下来，就连灶台也失去了烟火气。她们是妻子、是儿媳、是母亲，更是家中的顶梁柱，丈夫离开后，田地里的庄稼、家里的老人孩子、屋里的家务、村里的人情往来，诸如此类，一切事务都需要她们一一打理。她们的生活繁忙，整日累得头发蓬乱着，脸皮粗得像爆开的大玉米，看上去女人不像女人，男人不像男人。沉重的负担，让她们将自己的所有都奉献给了家庭，她们没有自己的空间和时间。对于勤劳坚忍的乡村女性来说，这些事情足以应付，真正让她们不能忍受的是精神的寂寞与情感的空虚。夜深人静时，面对没有丈夫的家，她们的精神是孤寂与落寞的，就如墨黑的夜色般笼罩在她们心间，生活的重担和内心的委屈也无处倾诉与释放。

在梁鸿的《中国在梁庄》中，作家讲述了新媳妇春梅服毒自杀的故事。与村里的其他夫妻类似，自从结婚后春梅与丈夫根儿就长期过着两地分居的日子。在外打工的丈夫不能完全体会春梅的思念之情，相反为了能赚更多的钱，他一再减少回家的次数。原本对于庄稼人来说，不年不节，又不是春忙秋种，不回家是常有之事，甚至一年到头连个消息都没有。然而对于春梅来说，她期盼丈夫能时常回家看看，但她的希望却频繁落空。无处倾诉的春梅找到堂嫂，在堂嫂的建议下，春梅将对丈夫的思念化作一封封信，她期待着丈夫能给他回信，然而她始终等不到一封回信，思念终化为失望，春梅浓烈的情感得不到应有的回应，精神也一天不如一天。同时，丈夫长久的缺席、家庭琐事的困扰、与婆婆思想上的差异，使得她与婆婆之间的裂缝越来越大，矛盾愈演愈烈。婆婆不仅不理解春梅对丈夫的思念，反而将此看作花痴的表现。因为在婆婆看来，乡村中年轻夫妻两地分居习以为常，没有人会真正关心年轻妻子的精神需求。面对婆媳之间的矛盾、春梅对丈夫的正常思念，婆婆无力化解，更不屑于化解，甚至当着村人的面公开讨论春梅，以致村里的闲话越来越多。这些不经意的闲话，将本来比较私密的家庭信息公开化，在乡村中公开传播，成为大家茶余饭后的谈资，这加重了春梅精神上的负担，使她的情绪更加紧张、敏感、低落。不经意间，春梅听到王营一个媳妇得知丈夫出轨而上吊自杀后，便更加重了她对丈夫的担忧，终日神不守舍。压抑的情绪长期得不到释放，导致春梅最终选择了服毒自杀。大家对春梅的自杀没有任何的同情和怜悯，更多的是震惊与不解，尤其是女性，她们认为春梅这种行为太傻。因为在乡村，有很多像春梅这样的女性，她们终日处于情感的孤独与压抑中。在留守女性看来，如果每个人都像春梅一样采用这种极端的方式，那生活该如何继续。乡村的社会变革以及在社会变革中农民的生活状态等往往是乡土叙事表现的重点，但作为日常生活中的个体，人的情感、欲望、需求却没有得到真正的重视。

诸如春梅式的人物，在新世纪乡土小说中比比皆是。在罗伟章的《我们的路》中，丈夫外出务工贴补家用，春花在日日思念丈夫中寂寞地度过了一年又一年，现实生活的重担她又无力改变。对于丈夫而言，务工生活同样是煎熬，在打工中受到的委屈与折磨也只有在春节返乡看望妻女中得到些许慰藉。在孙惠芬的《歇马山庄的两个女人》中，丈夫的缺席是潘桃和李平在情感上彼此亲近的最直接原因。无处倾诉的悲喜让两人成为无话不说的好友，也埋下了李平惨遭"背叛"的祸根。表面看来，李平家庭生活的变故与不幸是由潘桃无心之失造成的；但深层来看，则是由夫妻分隔两地、心事无处寄托所致。在乡村社会中，很多像春花、潘桃、李平这样的家庭，丈夫在城市打工贴补乡村家庭的日常开支，但家庭却承担着因夫妻分居而带来的一切潜在风险。

其次，在新世纪乡村日常中，夫妻的分离表现为缺少情感上的沟通，不能相互理解，甚至暴力相向。在尹文武的《拯救王家坝》中，张屯秀和王高原因为对土地有着相同的价值认同而结为连理，然而随着工业园区项目的落成，他们失去了可以耕种的土地。王高原只能被迫去城里打工，长期两地分居让他们鲜少交流，彼此只能将心事放在心里，两人的关系越来越远。在沈姨妈的怂恿下,王高原怀疑张屯秀与工业园区的工人有私情,但他却没有勇气向妻子求证,妻子也错失了向他解释的机会。最终王高原怀着眼不见心不烦的心理,跑去更远的广东打工。在付秀莹的《无衣令》中,在北京打工的小让认识了报社的副总老隋,在老隋的猛烈追求下,小让成了他的情妇。或许曾几何时小让也想到过自己的丈夫,但遥远的距离使小让不自觉地靠近老隋。在鲁敏的《白衣》中,英姿与丈夫长期分离,内心忍受着对丈夫的思念,茶饭不思。对此,常年在外地的丈夫却无法明白与理解。在迟子建的《花牤子的春天》中,外出打工的丈夫与留守在家的妻子彼此不信任,丈夫担心妻子对自己不忠,实际上丈夫却将外面的脏病传染给了妻子。在罗伟章的《我们的路》中,为了支撑家庭的开支,春花的丈夫不得不进城打工,长期的分居让春花无比思念自己的丈夫。在李进祥的《狗村长》中,女人的丈夫进城打工,终日没有消息,女人抱怨丈夫还不如狗亲近自己、保护自己。阎连科的《桃园春醒》讲述的是几个农民工在出门打工之前,相约打老婆的故事。张海、豹子、牛林、木森四个人结伴在外打工,过年期间从千里之外的南方赶回了家。春日来临之际,四个人在桃园饮酒称兄道弟,赌咒发誓,相约回去打老婆。豹子回家在老婆肚子上捅了一刀,牛林回去把老婆的手打断了,两个人成功地完成了约定。作为大哥的张海一开始只把老婆打得嘴角流血,但看到其他两个人把各自的老婆打得这么严重,觉得很不是滋味,就回去用开水把老婆的手烫满了泡。经过一番暴力比拼,三个人的老婆都进了医院。木森是四个人中唯一没打老婆的。其他三个兄弟对此颇不满意,认为木森破坏了四个人的盟约,于是逼迫木森毒打老婆,却不料遭到了木森的拒绝。张海、豹子、牛林三人气愤不已,一方面三人设计让木森嫖娼找妓女,另一方面三人又喊来木森老婆捉奸。在三人的诡计、暗算下,木森最终妻离子散。故事自始至终都充满了荒诞,原本打工离家之前夫妻之间应是依依不舍、两情缱绻,但在这个有预谋的野蛮家庭暴力事件中,完全看不到丈夫对妻子的关心、爱护,更谈不上理解、尊重。

再次,在新世纪乡村日常中,夫妻的分离表现为情感的疏离、价值观的分歧。周大新的《湖光山色》中的暖暖不顾别人的反对、詹石蹬的阻挠,执意嫁给善良老实的旷开田。婚后,两个人相互扶持、创办农家乐,成为村里最先富起来的人。并且在暖暖的帮助下,旷开田当上了村主任。原本和睦的夫妻本该将日子过得越来越红火,但当上村主任以后的旷开田性情大变,原本憨厚的他变得自私冷酷。手握权力的旷开田价值观发生了巨大的变化,不顾乡风民俗、罔顾法律法规,与他人进行权钱交易,在楚王庄大搞娱乐业。暖暖多方劝阻无果,最终夫妻两人以离婚收场。在贾平凹的《秦腔》中,白雪是一个秦腔名角,丈夫夏风是省城的知名作家,两个人的结合曾经引来无数人的羡慕,郎才女貌,天作之合。但随着时代的发展,两个人在价值观上出现了明显的分歧,且愈演愈烈,特别是对秦腔的态度。白雪从心底里喜欢秦腔,即使秦腔已经衰落,县剧团已经没落,她仍然想坚守自己的事业。但丈夫夏风看不上秦腔这门传统艺术,也不理解白雪对秦腔的喜爱,甚至认为白雪太过固执、偏执。婚后,夏风按照自己的想法欲将白雪的工作调到省城,白雪坚决反对并拒绝了丈夫的要求。随后,白雪失去秦腔的工作,内心无比痛苦,但她不仅没有得到丈夫的丝毫安慰,相反换来的却是夏风的嘲笑。白雪怀孕后,原本夏风想借机让白雪安胎并放弃秦腔,但白雪却想借着怀孕的机会留在清风街。两人价值观的差异越来越大,家庭关系也越来越紧张,甚至在白雪怀孕期间夏风对她也是不冷不热。在省城工作的夏风很少在家,即使回家两个人也是鲜少交流沟通。家庭的矛盾愈演愈烈,甚至发展到即使白雪诞下孩子,夏风仍不愿意回家看望白雪。当发现孩子先天不足时,夏风甚至背着白雪趁着天黑将无辜的女儿扔到地里。白雪疯了似地找到被丢弃的孩子并将她带了回来。此刻,执意要留下孩子的白雪彻底激怒了夏风,这一举动也成为压垮他们婚姻的"最后一根稻草",夏风留下离婚协议书没有一丝留恋地走了。在《秦腔》中,白雪将对秦腔的喜爱溶入生命之中,为此她不惜放弃进省城的机会。毫无疑问,她是秦腔艺术的坚守者,是传统文化的忠实守护者,在一定意义上代表着乡土文化。丈夫夏风则是城市文明的代表,代表着一批有着"激进"思想的年轻人,他们对乡土文化、传统文化没有过多的情感。夏风无法理解白雪对秦腔的热爱和坚持,他们价值观的差异实际是传统文明与现代文明之间的差异,也必然导致他们两人婚姻的失败。

　　最后，在新世纪的乡土小说中，人们对金钱的过度追求致使他们放弃伦理道德底线，出现了夫妻关系紧张、夫妻不忠，甚至家庭破裂的现象。漠月的《放羊的女人》中的妻子无法理解城市为何如此吸引人，以致丈夫久久不愿归家，但她仍怀着思念等待着丈夫归来。终于有一天，丈夫赶着瘦弱的羊群回来，妻子兴奋不已，以为丈夫迷途知返，自己的好日子就要到来。妻子尽心尽力地饲养这群羸弱的羊，把它们喂得膘肥体壮。然而，令她万万没想到的是，丈夫还是决绝地离开了她。妻子只能无奈地看着充满油气味的摩托车载着丈夫越走越远，失望之余，妻子仍坚信肚子里的孩子终将唤回城市中的丈夫。作品中，漠月故意略写了对丈夫经历、心态及情绪的起伏，而是在妻子数次遭遇背叛中（其中一次竟是毫无人性地抛弃身怀六甲的妻子），将丈夫对城市的迷恋向往、恶劣行径表现得淋漓尽致。即使在所有人看来这样的夫妻关系、家庭关系已经完全没有继续下去的必要，然而妻子仍在义无反顾坚持。在贾平凹的《秦腔》中，作为小学教师的夏庆玉，本该是村民和学生的模范，但他却背着自己的妻子，与有夫之妇黑蛾发生婚外情，最终竟逼迫妻子离婚，离婚之后更是不顾家人的反对、周围人的蔑视，与黑蛾结成夫妻。类似的事情同样发生在黑蛾的妹妹——白蛾身上。白蛾不在意三蛰是有妇之夫，也不在乎清风街上的人对自己的看法，经常在公共场所与三蛰出双入对。情人、离婚、婚外恋等这些在传统价值观里刺耳的词语，却在当下社会变得习以为常，传统伦理道德在人们的践踏下分崩离析。在迟子建的《月白色的路障》中，王雪琪原本是人人钦佩的乡村女教师，但在村里人不择手段地发拦路财后，她与丈夫的价值观也发生了变化。在丈夫张日久的把风、配合下，王雪琪居然做起了人肉生意。在关仁山的《麦河》中，原本瞎子白立国与桃儿价值观契合、相互扶持地在农村以种地为生，一次带母亲进城看病的经历改变了他们夫妻的关系，打破了他们之间的平衡。被主治医生强奸的桃儿完全听不进丈夫的安慰与规劝，在城市的灯红酒绿中不断堕落。桃儿的欲望之火被点燃，她渴望城市，不愿再回到农村的家，夫妻两人的关系也在价值观的激烈冲击中走向毁灭。阎连科的《日光流年》

中的司马蓝因想跟蓝四十在一起,经常对妻子杜竹翠萌生杀念。贾平凹的《高老庄》中的高子路到了城市后,被城市的一切深深吸引,他不顾家人的反对,抛弃了妻子菊娃,娶了年轻漂亮的西夏。他的这种行为不仅没有受到周围人的指责和谴责,大家反而向他投以羡慕的目光。邵丽的《马兰花的等待》、刘庆邦的《八月十五月儿圆》中都有类似的情节。丈夫进城,经过自己的奋斗打拼有了些小钱,开始找情人包养小三,生儿育女。在新世纪乡土小说中,作家毫不避讳地揭示乡村现实,夫妻之间因为工作长期分隔两地,难以过上正常的夫妻生活,也无情感上的沟通,很容易产生社会问题和伦理道德问题。"乡村道德观已经处在崩溃的边缘,农民工通过自慰或嫖娼解决身体的需求,有的干脆在打工地另组临时小家庭,于是产生了性病、重婚、私生子等多重社会问题。留在乡村的女性大多自我压抑,花痴、外遇、乱伦、同性恋等现象时有发生。"[①] 长期两地分居对夫妻情感有着巨大的破坏性,导致夫妻之间产生诸多问题,更有甚者放弃道德底线,致使家庭分崩离析。

在新世纪乡土小说中,我们看到随着城市化、现代化进程的加快,城乡差距日益加大,人们对现代文明的向往,对物质、金钱的追求,使得越来越多的农民背井离乡进城打工,因此夫妻长期两地分居者亦越来越多。他们不仅要承受生活的重担,也要面对精神上的思念与担忧。不论是出于何种原因,他们回家的次数逐渐减少,在这样的背景下,夫妻关系极易出现问题,他们的价值观念产生差异,关系变得紧张,出轨的概率、离婚的概率也逐渐升高,甚至出现夫妻相杀的悲剧,逐渐消解了乡村日常原来稳定的家庭结构。

第四节 新时代乡土书写中的"山乡巨变"

郡县治则天下安,乡村治则国家稳。乡村对于国家的战略意义不言而

---

① 梁鸿:《中国在梁庄》,中信出版社,2014,第107页。

喻，乡村是国家的基础，只有乡村振兴才能实现中华民族的伟大复兴。在过去一段时间里，随着大量青壮年离乡离土，乡村一度成为"空心村"的代名词。但随着乡村振兴战略的提出，无论是政策支持、人才支撑还是资金保障都向农村倾斜，农村迎来了发展的新机遇。只有农村振兴了，才能从根本上解决农业不发达、农村不兴旺、农民不富裕的"三农"问题，才能实现农业农村现代化、国家现代化，建设美丽中国。近年来，随着农业的转型升级、生态农业的发展、电子商务进农村、乡村集体经济壮大等，乡村发生了翻天覆地的变化，乡村面貌焕然一新，人民的精神风貌积极向上。乡村一改凋敝模样，蓬勃发展，乡村现实的改变影响着作家的创作，一大批反映乡村振兴的作品涌现出来。作家们饱含深情地记录乡村千百年未有之大变革，在他们的乡土书写中，我们看到了乡村发展的前景和希望。

一方面，对新时代乡村干部、乡村能人干事创业的决心与勇气的书写。与以往乡村干部不同，新时代的乡村干部对乡村发展有自己的想法与目标，他们在带领村民共同致富的同时，自身也得到了成长。

在马金萍的《鲜花盛开的山村》中，讲述了天马山村一名普通的乡村养花妇女李鲜花，阴错阳差被推选为村主任，由此展开了与前任主任之间的斗智斗勇。缺乏经验的李鲜花在这一过程中难免受挫，但凭着一腔为群众办事的热血，她不服输、不认命，力挽狂澜，让人对她刮目相看。作为普通的乡村妇女，在面对个人利益与集体利益发生尖锐冲突之时，她内心有过挣扎与煎熬，但最终她战胜了内心的小我，克服重重困难，在多方的帮助下让天马山村改变了贫穷落后的面貌。基础设施和自然环境明显得到了改善，群众的幸福感、获得感得到了提高，天马山村成为乡村振兴的典型村、示范村。作品中，从一名普通村妇到成为一位有担当、有创新意识的村干部，李鲜花不仅实现了个人价值，更展现了基层干部踏实为民的干事作风。正是李鲜花的坚持、热心企业的帮助以及村民们的支持，才让天马山村走上了富裕的道路，完美地诠释了"绿水青山就是金山银山"的发展理念。

在王方晨的《大地之上》中，作家讲述了在乡村干部李墨喜的带领下，大河湾香庄在世世代代生活的大地上建起新城，生活日渐富裕。从动员村民搬进光善社区到建设新城,李墨喜带领村民使现代农业组织入驻香庄,开启新生活,其中付出的艰辛和努力只有李墨喜自己心里清楚。他以顽强的毅力、满腔的热忱,与村民一起打造了香庄的新天地。在"山乡巨变"之中,李墨喜没有八面玲珑的处世之道,有的只是一颗赤子之心,他渴望改变千百年来祖祖辈辈不变的生存困境。在反映宏大主题的过程中,作家并没有放弃对风土人情的自然呈现,让作品散发着浓浓的乡野气息,展现出乡村变革过程中人的精神面貌的改变,以及创业的艰辛与喜悦,更将人心的变迁展露出来。

叶炜在《还乡记》中呈现了回忆中的乡土、现实中的乡土和理想中的乡土,再现了麻庄百年来乡土风俗以及乡土精神的变迁,但作家将叙述的重点放在当下乡村振兴、脱贫攻坚背景下农业农村现代化发展。作品摆脱了"城乡二元对立"的叙述模式,将乡村的发展与城市结合起来,让麻庄走上了共享发展、融合发展、互利发展的道路。在乡村干部的带领下,麻庄因地制宜、整合资源、发展经济。叶炜创作的高明之处更在于在表达宏大主题的同时,塑造丰富的人物形象:有身在城市心在乡村的"文化考古者"赵寻根,他渴望寻到乡村发展的根性力量;有敢想敢干,甚至有些霸道的"乡村能人"刘少军,在寻求自身发家致富的同时,也推动了乡村经济的发展。通过一个个小人物的大事业,让我们看到了乡村的充满希望的未来,热情讴歌新时代。

另一方面,对大学生村官、驻村第一书记帮扶事迹的书写,呈现出新时代的"山乡巨变"。选派大学生村官和驻村第一书记都是为了缓解村级组织人才匮乏的困难,为村级组织注入新鲜血液的重要举措,为实现乡村振兴提供了不可或缺的人才支持。在新世纪乡土小说中,大学生村官和驻村第一书记的到来,为乡村带来了发展的新契机,他们任劳任怨、敢于担当的精神也鼓舞着当地群众共同参与到乡村发展之中。

在陈茂智的《红薯大地》中,作家以大湘南大瑶山卖米洲几代人的生存问题展开叙事,尤以冯民富祖孙三代与红薯的不解之缘为叙事主线。卖米洲因常年干旱,不适宜农作物生长,这里的人便以种植红薯为生,日子异常艰难。老支书冯民富一生的愿望就是带领村民们战胜饥饿和贫穷，但是只能种植红薯的卖米洲想要富起来何其艰难。因此，儿子这辈人便选择了进城打工，以此远离饥饿和贫穷，老支书的儿子冯得意便是"打工潮"中的一员。经过多年的打拼，冯得意积攒下来了一笔钱，而此时的卖米洲在国家的帮助下实现了全面脱贫，冯得意便选择回到乡村投资开办乡村旅游。与祖辈、父辈吃苦换来美好生活不同，孙子冯家驹则是依靠知识改变命运的代表。硕士毕业后，冯家驹在乡村振兴"归雁计划"的感召下毅然决然地选择回到家乡，将世世代代养活卖米洲人的红薯产业化，发展具有当地特色的食品加工业，他希望通过自己的所学，实现农业现代化。作家以红薯的故事讲述了百年中国从站起来、富起来到强起来的民族故事。此时的乡土不再是贫穷之地，而是希望的田野，它不仅能承载我们的乡愁，更能留住我们的乡愁。

在赵德发的《经山海》中，将一名乡村女干部的个人成长与时代前行的足迹联系起来，以排山倒海之势为历史留下浓墨重彩的一笔。作品主人公吴小蒿成长于重男轻女的农村，被父亲视如蒿草的她不愿意庸庸碌碌度过一生，于是奋发读书改变命运。大学毕业后找到了人们眼中安稳的工作，但不甘心终日坐办公室坐到老的她再次选择靠着自己去改变命运。于是，在参加科级干部考试后前往山海相间的楷坡任副镇长。也正是这次科级干部考试改变了她的一生，将她个人的命运与国家乡村的发展紧密结合在一起。在此后的八年时间里，她初心不改，与当地民众骨肉相连，不仅通过发展旅游业、振兴渔业、引进楷树，使楷村成为远近闻名的乡村振兴示范村，更用自己的专业知识帮助当地申报非物质文化遗产名录、开启丹墟遗址发掘等文化类项目。毕业于山东大学历史文化学院的她明白脚下土地的历史的珍贵，她明白乡村的发展史也是个人的回忆史，每个人对乡村的记忆弥足珍贵，于是她发起"乡村记忆"项目，收集村中老人的口述，记录乡村发展的点点滴滴。吴小蒿眼见着时代赋予了乡土的新发展，她让历史有了温度、让记忆有了色彩，为乡村发展注入了文化气息。

在忽培元的《乡村第一书记》中，白朗作为上牛湾村驻村书记，他为了上牛湾村的发展想尽一切办法,来推动上牛湾村基础设施和交通的发展。同时,他非常注重当地文化、乡村生态文明保护和产业的发展。他充分发挥乡贤姜万福的力量,恢复了太公祠堂拜祖的传统来强调村规民约,以此聚集人心。经过对当地文化的考察,白朗认识到"姜氏太公"文化对村民的根性影响,他将传统观念中的精神融入群众的生活,提升上牛湾人的精气神儿。白朗全心全意的付出,让他在短短三个月的时间内赢得了村民的尊重与拥护。他对如何让乡村真正富起来有着清醒的认知,他从解决民生的大问题入手,拒绝了"贴金式""输血式"的帮扶。在他的带动下,上牛湾村走上了一条生态与产业相结合的乡村发展之路。

除此之外,在李明春的《川乡传》中,作家聚焦中国乡村改革开放到脱贫致富,再现了全面建成小康社会进程的賨人谷40余年的土地剧变。故事由一场乡村葬礼拉开序幕,引入对包产到户这一历史时期的回望与反思:当年包产到户是为了解决温饱问题,而如今当温饱问题得到了解决,乡村又该如何发展?改革开放解决农民温饱问题来之不易,为了解乡村振兴提供了一个视角。在李康美的《草木轮回》中,作家以二十四节气为索引,将"草木轮回"赋予全新的解读,这不仅是自然界一年四季的草木兴衰,更象征着乡村群众的生存状态与精神状态,在一年四季的轮转中,怀抱着希望迎接新一年的来临。作品将小人物的温情与解放置于乡村振兴的背景之中,不刻意描写乡村的改变,而是通过人们日常生活中的琐事,讲述大时代的故事。在卢生强的《天使还你艳阳天》中,驻村第一书记李金荣是为他人重燃生活希望的好干部。在他的帮助下,失明数十年的零有东重见光明,找到了做人的意义与价值,他要将这几十年失去的时间追回来,他不仅要脱贫,更要致富。在颜晓丹的《花儿在深山》中,作家聚焦扶贫干部"我"深入瑶乡"扶智"的过程,让每个孩子都能读书,用知识武装头脑、改变命运是"我"下乡扶贫的重要目的,也只有这样,瑶乡才能真正富起来。

在乡村振兴、脱贫攻坚、全面建成小康社会的战略背景下,乡村一改昔日凋敝、落寞的模样,焕发出新的生机与活力,人民在钱包鼓起来的同时,精神面貌也发生了巨大的改变。无论是发展乡村旅游业,还是实现农村经济产业化；无论是驻村第一书记或扶贫干部，还是在他们感召下的贫困村群众；无论是进城打工者返乡建设乡村，还是受"归雁计划"感召的更年轻的一代，他们都以空前的决心和毅力发展农村。从这个意义上说，乡村才正面临着千百年来未有之大变革，以文学记录时代是文学应有的时代责任。

　　对于乡土小说研究来说，乡村振兴中的乡村书写仍处于"进行时"，一些文学作品还很新很稚嫩，没有经受时间的打磨和检验，一些文学特征尚在形成之中。因此，现阶段对其进行总结难免有失偏颇，但我们却不能望而却步，放弃"身在现场"的优势和便利去记录乡土文学发展的当下，而寄希望于日后的再发现、再认识、再解读。从现阶段乡土文学的创作来看，乡土书写总体趋向于对新时代乡村重大变革的历史记录，在文学性和艺术性上仍不成熟。但应该相信，任何新主题的发掘与书写都要经历一个由小到大、由弱到强的过程，对新时代乡村的书写必将迎来创作的高峰。

第二章

乡村风俗书写：乡村日常生活的精神内核

"风俗中保留一个民族的常绿的童心，并对这种童心加以圣化。风俗使一个民族永不衰老。风俗是民族感情的重要的组成部分。"① 乡村风俗在乡土社会中占据着重要地位，承载着乡土传承的文化基因与文化密码，"是人类最具传承性的生活形态。它以世代积淀的集体意识为内核，以凡俗生活为外形，囊括衣食住行、生老病死、家庭婚姻，以及人生信仰、道德风貌、人情人性等人类最基本、最普遍的物质和精神状态，是民族历史的重要组成部分"②。由此，风俗不仅是集体程式化的生活方式，更是地域色彩和风土人情的有效载体，蕴藏着一个民族丰厚的历史积淀，引导着乡村日常生活的正常运行。因此，乡土小说自诞生以来就不乏对风俗的描写，更有甚者认为乡土小说就是对风俗仪式的再现。可以说，乡村风俗是中国乡土小说创作的重要组成部分。它不仅真实地再现了乡土面貌，更赋予了日常生活独特的行为方式，作家也可借此反思现代性、思考民族命运等一系列问题。

第一节 传承与裂变中的新世纪传统风俗书写

对传统风俗的书写可以追溯到20世纪二三十年代。以鲁迅、许杰、王

---

① 汪曾祺：《谈谈风俗画》，载陆建华主编《汪曾祺文集》（文论卷），江苏文艺出版社，1993，第61页。
② 李莉：《中国现代小说风俗叙事的兴起》，《文学教育》2007年第8期。

第二章　乡村风俗书写：乡村日常生活的精神内核

鲁彦、蹇先艾为代表的乡土小说派作家以现实主义的创作手法，描写乡村陋习，揭露乡土社会的愚昧，批判国民劣根性。如鲁迅的《祝福》中对"捐门槛"祭神习俗的厌恶，《故乡》中对"向老爷磕头"行礼习俗的反对；许杰的《赌徒吉顺》中对"典妻"封建陋习的披露，《惨雾》中对"械斗"封建恶俗的批判；王鲁彦的《菊英的出嫁》中对"冥婚"鬼婚习俗的谴责；蹇先艾的《水葬》中对"水葬"刑罚恶俗的痛恨；等等。作家们不仅痛心疾首地揭露了底层民众对传统陋习的麻木，更披露了封建陋习对人性的戕害。在乡土小说派作家那里，封建陋习是被批判、被革新的对象，鲁迅曾呼吁有志于社会革新的人士必须先知道风俗和习惯，因为倘看不清，就无从改革。

几乎与此同时，以沈从文、废名为代表的田园牧歌式的乡土小说派作家致力于描写传统风俗中的真、善、美，他们笔下的传统风俗表现出宁静与祥和、温婉与谦恭。比如，沈从文笔下的湘西是"世外桃源"般的存在，它不同于鲁迅笔下苦难重重的乡村，它是灵魂的栖息地与避难所。在《边城》中，沈从文用了大量的文字记述了赛龙舟、唱山歌等少数民族风俗，彪悍的湘西汉子在龙舟竞技中，双臂孔武有力，不甘人后，奋起直追，展示出男性的力与美。但是在面对心爱的姑娘时，又温情脉脉、柔情似水，为得到姑娘的芳心，他们大胆奔放、热情似火，夜晚唱着山歌传达爱意。这种原始、粗犷的求偶方式即使隔着文字也让人脸颊滚烫。沈从文从不吝啬对湘西这块神奇而传统的土地的欣赏与褒奖，即使是错误与罪恶也能获得宽恕与原谅。在作家那里，湘西风俗人情是包容的、谦恭的。《丈夫》中，亟待生养孩子的妇人来到妓船上，做起"生意"，每月把赚来的钱寄给乡下老实本分的丈夫。这在大众认知中不合道德、不合理法的夫妻关系，在湘西大地上竟既不与道德冲突，也不违反健康，是极其常见的。尤其是在贫穷的黄庄，这样的丈夫多之又多。作品中，老七的丈夫从乡下来妓船上探望妻子，出来之时他是腼腆的、胆怯的，生怕自己不当的言语和行为影响了老七、打扰了客人，当妻子做"生意"时，他只能躲在后船舱，望向黑暗幽静的水面，此时的丈夫表面上是静谧的。但当水保让他传话给妻子"今晚不要接客，我要来"

冲进他的耳朵时,这句毫不客气的话就像一根针深深地刺痛了他的自尊心,撩拨起他心中的怒火。此时的丈夫是愤怒的。随后,醉酒客人的无理、妻子的委屈、自己的无奈都猛烈敲击着丈夫的心灵,丈夫选择沉默,沉默后离开。在作品的结尾,沈从文写到水保来船上请远客吃酒时,只有大娘同五多在船上,问后才明白两夫妇一早都回乡下去了,没有歧视与压迫,没有谩骂与毒打,平静的叙述中饱含着夫妻之间的包容与默契。再比如,废名笔下的乡村,是爱与美的桃源圣地。《竹林的故事》中,作家用怀旧、怅惘的笔调描述三姑娘从童年到结婚的几个生活片段,但情节于再相逢处戛然而止,增添了"我"对命运无常的生活的哀惋和无奈。在作家笔下,清幽的竹林、憨厚又朴实的老程、害羞又爱笑的三姑娘,都是"我"对故乡最美好的回忆。竹林世界中人与人之间的爱与美,乡土自然的博大与神秘都令人心向往之。有论者认为,他们的创作是"最纯正的乡土文学","其对乡土生活的书写更多的是个人的经验和文化记忆,是远离现代都市文明的另一种异域风土人情,包含着对乡土自然和乡土人伦的双重肯定"[①]。

随后,在茅盾、赵树理、浩然等作家的创作中,乡土小说中的传统风俗书写被"革命""政治""阶级"所替代。作家们转向对国族命运的叙述。作家被卷入抗战的时代洪流之中,以宏大的革命叙事鼓舞民族斗志,激励民族抗战成为文学创作的主流。但在乡土小说的创作中,我们能看到新旧传统的冲突。特别是赵树理的小说创作,强调文学作品为社会政治服务,流淌着作家对现实社会的思考,为解决当时的时代问题作出了贡献。比如,在赵树理的《小二黑结婚》中,原本迷信算卦的二诸葛收起了八卦,喜好装神弄鬼的三仙姑打散了香案,小二黑和小芹挣脱封建的束缚,反对包办婚姻,以理抗争,毫不示弱,在党和民主政府的支持下,克服了自身的旧思想和旧道德,树立了新的思想道德、新的思想愿望,最后取得了斗争的胜利,喜结连理。在这部小说中,作家传达出在新旧传统的激烈交锋中,新传统必将取得胜利的时代最强音。新中国成立后十七年文学受到"破四旧"("四旧"即

---

① 温儒敏、陈晓明:《现代文学新传统及其当代阐释》,北京大学出版社,2010,第143页。

旧思想、旧文化、旧风俗、旧习惯）运动的影响，对传统风俗的描写越来越少。在一些作家的作品中可以看到乡村风俗的变化，如《山那边人家》中结婚时的哭嫁习俗转变为"向毛主席敬礼"、新娘讲话等具有时代特征的婚嫁习俗。

新时期以来，汪曾祺、邓友梅、刘绍棠等人开创了"风俗画"小说创作模式，为燥热的20世纪80年代送来了一阵凉风。汪曾祺笔下古朴清新的庵赵庄，清新隽永、淡泊静雅。汪曾祺的《受戒》中庵赵庄的每个人都按照古老而传统的生活方式安然自在地生活，给人一种乌托邦式的乡村想象，特别是小和尚明海和小英子之间天真无邪、朦胧含蓄的爱情，像一泉清水缓缓地流淌，轻柔而温暖。邓友梅笔下京味浓郁的市井民俗，充满着人间烟火气。无论是老北京的服饰还是饮食，都透着讲究。邓友梅的《那五》中，就算是没落的八旗子弟那五，仍在吃穿用度上甚为讲究，一天三换装，窝头个儿大了不吃，咸菜切粗了难咽，寥寥数笔便建构出了没落八旗子弟的矫情劲儿。邓友梅的《烟壶》中，作家绘声绘色地描写了盂兰盆会的习俗，各种祭祀物品、各色鲜果吃食，满满当当充实着集会。刘绍棠笔下风情万种的京东运河，绚丽多彩，淳朴洒脱。刘绍棠的《蒲柳人家》中北运河如油画一般映入眼帘，残阳如血、晚霞似火，霞光洒下田野、河流、村庄，一切都像镀了层金，熠熠夺目。作品中，何满子纯真顽皮、聪慧善良，撒欢儿似地在河滩边奔跑，捉虫逗鸟，极尽乐趣；一丈青大娘疾恶如仇、性情豪爽，接骨扎针、治病疗伤，无所不能；何大学问咬文嚼字、喜好排场，但又乐于助人、慷慨大方，可敬可爱又几分可笑。刘绍棠将大运河秀美的自然风光与故乡人的淳朴亲善完美融合，书写心目中的乡土世界。

20世纪80年代中期，出现了以韩少功、郑义、阿城、王安忆、李杭育、贾平凹等为代表的寻根文学派，他们重视风俗仪式的描写旨在挖掘支撑民族发展的文化之根，以文学弥补文化断裂。寻根小说家大都以冷静的目光观察、审视封建习俗，不对作品中的人物做任何主观性的评价，只为回到文学本身，带给读者神奇的阅读体验、感官享受。他们虽写民俗，但不停留在新旧民俗的斗争上；虽写山野村夫，但不为了赞美他们的朴素纯真；虽写国民的劣根性，但不以批判封建礼教为重点。"寻根文学"描写愚昧落后的传统习俗，表现乡土社会的生存和精神状态，"使乡土小说进入更高层次的一次直线运动，它唤醒了朦胧的自觉。乡土小说不再是把焦点放在表现一种新旧思想冲突的表面主题意蕴上了，而更多的是带着一种批判的精神去发掘民族传统文化心理的'集体无意识'对于民族文化整体进行的戕害"[1]。寻根文学"通过传统文化的镜子喻示当代文化的欠缺"[2]，作家以一种发现的眼光进入传统文化。因此，在寻根作家笔下传统风俗即使荒蛮，却彰显着蓬勃旺盛的生命力。在韩少功的《爸爸爸》中，作家用魔幻现实主义的表现手法，讲述了一个原始部落鸡头寨的历史变迁，祭祀打冤、乡规土语、迷信崇拜都在作家或粗野、或幽默、或沉重的叙事语态中呈现出来。痴呆儿丙崽的痴愚在鸡头寨村民眼里是"阴阳二卦"，是"二元对立"的表现，他被村民们奉为"丙仙"，顶礼膜拜。丙崽无疑是封闭、凝滞、愚昧、落后的民族文化孕育的畸形儿，但同时又是鸡头寨野蛮有力、残酷雄壮的风俗人情的符号化影像。在郑义的《远村》和贾平凹的《天狗》中都同样讲述了"拉边套"的封建陋俗。落后贫穷的乡村是孕育"拉边套"婚俗的温床，情感与伦理相互拉扯，既彰显着于困境中不离不弃的人性之善，又透露着困局中人在这种陋俗中妥协的逼仄。《远村》中受伤复原的军人万牛为了曾经深爱的叶叶，不惜与四奎一起过着"一女两夫"的日子。叶叶也曾为了爱情奋不顾身、据理力争，但贫穷并没有给爱情留下一丝一毫的余地，在父母的哀求中只能放弃抵抗。故事中的三人，在看似卑微屈辱的"拉边套"方式中消耗人生，但又何尝不是在用青春和生命祭奠他们的爱情，在温情细语中消解人物的悲情与绝望。《天狗》中身怀打井绝技的李正因私心拒绝收徒，但在妻子的说服下还是将孤儿天狗收为徒。师傅对天狗的刁难与苛责，在师娘善意的呵护下也变得微不足道。一次事故导致师傅瘫痪在床，天狗明里暗里帮助师娘撑起这个家。李正感念天狗的仁义，劝妻子招夫养夫，天狗虽被招进

---

[1] 丁帆：《新时期乡土小说与市井小说：民族文化心理结构的解构期》，《小说评论》1988年第2期。
[2] 南帆：《冲突的文学》，上海社会科学出版社，1992，第123页。

第二章 乡村风俗书写：乡村日常生活的精神内核

李家，但恪守本分、从不逾矩，李正既感激又内疚。经过几番痛苦的挣扎，李正选择以自杀的形式成全天狗。贾平凹一方面将李正的悲剧置于苦难的历史背景中，另一方面又让困境中的不离不弃与人性之善熠熠生辉。此外，在王安忆的《小鲍庄》和郑义的《老井》中记述了"童养媳"和"倒插门"的封建婚俗，引发我们对封建婚俗的深深思考。《小鲍庄》中提到"童养媳"时是这样叙述的："小鲍庄的童养媳是最好做的了，方圆几百里的人都知晓。"在传统认知里，"童养媳"的生存空间是有限的、生存环境是恶劣的，而在作家笔下，生活在以仁义闻名的小鲍庄的童养媳小翠是不一样的，她敢想敢做，勇于摆脱童养媳婚制，追求自己的爱情。小翠像一股现代文明之风，轻轻地吹进了古老的小鲍庄。他们对风俗仪式、风土人情的描写是其探寻和思考文化的方式，带有明确的文化归属目的，风俗作为文化的载体，是展示民族文化的重要手段。寻根作家希冀在文学界来一次真正的文化启蒙，他们试图在民族文化中寻求现代文化发展的原始动力，然而他们未能实现最初美好的愿望，寻找到拯救现代文化的民族文化之根。相反在寻根作家的创作实践中，他们对传统文化长久积淀下的陋习与痼疾深恶痛绝。于是他们延续了五四时期的批判精神，批判传统陋习对人的禁锢，并力图在此基础上重建"国民性"。因此，他们与以往乡土作家不同，对传统风俗、文化报以既珍视又痛惜的态度。

20世纪90年代中后期开始，特别是进入21世纪以来，城市化进程加速，城乡间的矛盾日益凸显，作家们的创作重点也随之发生转移，农民工进城小说成为乡土小说的重点叙事模式，也架起一座乡土与城市之间的桥梁。因此，在新世纪乡土小说中，作家更多地关注农民在城市的生存境遇与精神状况，以及在"进城/返乡"背景下乡土世界的转变，对风俗仪式的书写逐渐呈现出弱化的发展态势，究其原因在于以下三个方面。

首先，乡土社会日渐虚空是导致乡村风俗描写弱化的根本原因。21世纪以来，随着商品经济、市场经济的高速发展，城乡贫富分化日益加剧，乡土社会面临着前所未有的冲击，一大批青壮年怀揣"都市梦"离开故乡进入城市，寻找新的出路，谋求更加广阔的发展空间。据相关统计，1978年中国的城市化率约为17.8%，2012年中国城镇人口首次突破了50%，2020年末常住人口城镇化率超过60%。① 与此同时，乡土社会受到都市文化的诱惑，面临着前所未有的冲击，整个乡村社会发生巨大的变化，人们的世界观、人生观和价值观也随之发生了翻天覆地的变化。最初农民怀揣着发财的美梦离乡离土，都市生活的繁华、便利，以及对未来美好生活的憧憬使得他们不愿重回故土，乡土社会日渐虚空与落寞，乡村建设一度陷入停滞状态，整个乡村呈现出荒野化的景象。乡土社会的虚空与潦倒使得原本热闹的乡村、温馨的邻里关系不复存在，乡村风俗也随之逐渐消失。

其次，乡村文化心理与作家创作心理的转变是风俗描写弱化的主要原因。从乡村文化心理的转变来看，21世纪以来现代化进程不断加速，金钱至上、等价交换的商品经济观念冲击着乡村生活，依靠信任搭建起来的乡村文化也随之土崩瓦解，取而代之的是经济利益至上的价值观念。乡村文化的巨大转变必然引起作家的关注，并将其投入创作中。如在周大新的《湖光山色》中，楚暖暖由于初次为教授提供食宿、充当领路人而意外地获得一笔可观的收入后，便开始做起旅游的生意。从初次尝到旅游带来的甜头到发展成规模庞大的度假村，这与市场经济的主导密不可分。在这一过程中，村民们的价值观也在悄然发生变化，作家准确地抓住乡村文化心理的重要转变，以敏锐的情感记述了乡村社会的主要变化，乡村风俗的描写便自然而然地"偏居一隅"。从作家创作心理的转变来看，面对21世纪的乡村剧变，大批年轻人逐渐远离故土，涌向城市，乡村只剩下一个空壳子，"空心化""空巢化""荒野化"都曾成为乡土社会的代名词。空荡荡的乡村何谈乡村风俗？作家内心的不适感、不安感在无形中化为作家的身份焦虑与写作焦虑，作家将对乡土社会的担忧与焦虑反映在创作中，比如贾平凹的《秦腔》、迟子建的《额尔古纳河右岸》、孙惠芬的《上塘书》等。作家创作重点的转移导致乡村风俗描写出现弱化的现象。正如汪曾祺所言："不能为写

---

① 《中华人民共和国2020年国民经济和社会发展统计公报》，中国政府网，https://www.gov.cn/xinwen/2021-02/28/content_ 5589283. htm? eqid=c55894ac00006985000000046459ed3a。

风俗而写风俗。作为小说,写风俗是为了写人。"① 乡村社会由于农民的缺席导致乡村风俗描写失去其书写的价值。除此之外,对于新世纪小说作家而言,如何跳出旧有写作模式的樊篱,紧握时代脉搏、紧扣时代发展,创作出贴近时代、贴近生活的文艺作品成为新世纪乡土作家的共同焦虑。

最后,新世纪乡土小说作家乡土经验的缺失是风俗描写弱化的直接因素。南帆曾经写道:"乡村不仅是一个地理空间、生态空间;至少在文学史上,乡村同时是一个独特的文化空间。对于作家说来,地理学、经济学或者社会学意义上的乡村必须转换为某种文化结构,某种社会关系,继而转换为一套生活经验,这时,文学的乡村才可能诞生。"② 由此可见,文学创作来源于生活,生活经验为作家提供了艺术灵感和创作的素材。对于乡土作家来说,乡土经验尤为重要,没有乡土经验或缺乏乡土经验是无法创作出撼动人心的乡土作品的。贾平凹在《秦腔》后记中指出了乡土经验对于其《秦腔》的创作所起的至关重要的作用,棣花街的人与物为其创作提供了原型。鉴于生活经验对作家创作所起的至关重要的作用,我们可以看出 21 世纪以来社会环境的巨大变化,乡村由封闭、半封闭的状态转变为开放的地域,农民自如地穿梭于城乡之间。作家在新的社会条件下获取新的乡土经验,这些乡土经验引导着作家转向对农民的城市"异乡者"身份的书写,如刘震云的《我叫刘跃进》、项小米的《二的》、邵丽的《明慧的圣诞》等。此外,21 世纪初在文坛上崭露头角的年轻作家,他们大都生长于城市,缺乏乡土经验,或有较少的乡村成长经历。乡土经验的缺失使得作家们在小说创作过程中不善于对风俗仪式的描写。

综上所述,由于乡村社会的虚空、乡村文化心理和作家文化心理的转变以及乡土经验的缺失,21 世纪最初的十几年时间里乡土小说对乡村风俗的描写呈现出弱化的发展趋势。然而,随着乡村振兴战略的全面实施,乡土社会重新焕发出新的生机和活力。作家也热情洋溢地记录着乡土社会的新面

---

① 汪曾祺:《晚翠文谈》,浙江文艺出版社,1988,第 12 页。
② 南帆:《启蒙与大地崇拜:文学的乡村》,《文学评论》2005 年第 1 期。

貌，反映乡土社会的新人、新貌、新生活。而对于乡村风俗的描写较之以往仍比较少。但是这并不意味新世纪乡土小说中完全没有乡村风俗的描写。相反，仍有一些作家潜心于对传统风俗的书写，以饱满的热情投入对逐渐消失的乡村、消逝的风俗的书写之中，表现出清醒的反思意识，传达出作家对精神家园的坚守与精神家园即将消失之间的矛盾心理，揭示出作家对乡村社会发展的担忧与焦虑。

第二节　野蛮与温情的传统风俗书写

传统风俗，是具有总括性的术语，其表现形式多种多样，如婚嫁习俗、丧葬习俗、祭祀习俗、节庆习俗等，它们在无形中形成了整个民族的文化心理，是最能反映出乡土社会"土气息泥滋味"[①]的要素。传统风俗渗透进人们日常生活的方方面面，作家们对传统风俗的书写展示了乡土社会的原始风貌，体现了乡土社会的根性。新世纪乡土小说中不乏一些对传统风俗书写的经典之作，这些作品继承了中国现代乡土小说的创作传统，表现创作主体对乡土社会深层的文化观照。作家在书写传统风俗时，既描写传统风俗的野蛮强横，揭示乡土社会的蒙昧、无知，批判国民劣根性，又展示传统风俗的脉脉温情，展示乡土社会的纯净、圣洁，传递人与人之间的亲善、友爱。

一　批判传统陋习的乖戾残忍，揭露国民劣根性

对国民劣根性进行批判，主要是批判"一种农民式的恶劣性，是在长期的自然经济中宗法制统治下形成的猥琐、卑下、阴暗，以及不求进取的集体无意识"[②]。这种"集体无意识"最为集中地体现在习以为常的传统风俗之中。由于人们对传统风俗的"习以为常""不以为意"，即使身在陋习之中也不自知。新世纪乡土小说对风俗仪式的书写重回20世纪20年代乡土小

[①] 周作人：《地方与文艺》，载周作人自编文集《谈龙集》，河北教育出版社，2002，第12页。
[②] 王庆：《现代中国作家身份变化与乡村小说转型》，华中科技大学出版社，2007，第122页。

第二章 乡村风俗书写：乡村日常生活的精神内核

说的创作传统，在以刘庆邦、阎连科、贾平凹等作家为代表的作品中，通过对传统风俗特别是传统陋习的描写，揭露人们不自知、不察觉的劣根性所在，再现当下乡土日常，披露传统陋习对人的戕害，批判国民劣根性，以此引起疗救。

　　第一，批判"家族微观权力"。"家族微观权力"是传统宗法制社会的封建残留，即大家族、大姓氏对弱小家族或姓氏的欺压。可以说，刘庆邦是书写与表现"家族微观权力"的圣手，在他的众多作品中，都能看到"家族微观权力"给人们苦难的生活带来更大的不幸与悲哀。作家着重表现"家族微观权力"的压迫与残忍，以批判的眼光审视这一封建陋习，揭示其乖戾残忍的一面，展现传统乡土社会扭曲的生活形态。在《只好搞树》中，刘庆邦用鲜活的语言再现了传统乡土社会的野蛮与粗犷。作品讲述了赵氏家族作为村中的大姓氏家族，长期欺压村中的小门小户，其中尤以杨公才一家最为典型，"他们姓杨的在这个村是外来户，一来就比人家姓赵的低三辈，只能是孙子辈。在姓赵的大人小孩面前，他们家的人也只能装三孙子"[1]。因此，从杨公才的父辈开始，赵家人就没有停止过对他们的欺负。给人当孙子当久了，自然满腹牢骚想反抗，但杨公才的反抗不是想着怎么正面与赵姓男人刚，而是带有报复性和惩罚性地意图将全部的精力拿来对付赵家的女人，不论是赵家的闺女还是媳妇，只要能搞到手就算本事。然而，当儿子点灯与赵长山的老婆月荣苟合之事被识破，点灯被赵氏兄弟暴打并残忍地将玉米粒塞进点灯耳朵里之时，杨公才才意识到欺负赵家的女人并不能解决根本问题并且风险极高，他要换一种新的方式对抗赵家。于是，杨公才利用赵长泰种桐树苗而引发的与赵康、赵进两家的矛盾，有计划地锯断了赵长泰家种的桐树苗，以此激化矛盾让赵姓人起内讧，自己则坐山观虎斗，"抓走了赵康和赵进，赵长泰没有就此罢手，派出所又从大赵庄抓走了三个人，这三个人也都是姓赵"[2]。在《只能搞树》中，作家没有刻意美化或是丑化人物形

---

[1] 刘庆邦：《到城里去》，中国广播电视出版社，2005，第7页。
[2] 刘庆邦：《到城里去》，中国广播电视出版社，2005，第64页。

象，只是将乡土社会中的"人"完完整整地展现出来，无论是以杨公才为代表的杨家人，还是以赵长山、赵长泰为代表的赵家人，他们都有可怜的一面，但也有卑劣的一面。刘庆邦将传统乡土社会中大姓氏对外姓人欺压的彻底性、无理性，以及外姓人对大姓氏反抗的卑劣性、无耻性真实地表现出来，不带任何感情色彩地不偏不倚地展现在读者面前，任由读者审视、判断。

在《遍地月光》中，刘庆邦更是将"家族微观权力"对个体的伤害表现得淋漓尽致，根深蒂固的家族血缘对外姓人的排挤与压迫在杜老庄习以为常。主人公黄金种生活在20世纪六七十年代，作为地主家庭的后代，在以杜姓为权力核心的杜老庄，其生存空间是有限的，受尽压迫、欺凌、辱骂，甚至连恋爱的权利也被剥夺。黄金种的悲剧不仅是无产阶级专政和政治气候的影响，更是以血缘论的家族势力造成的。作品中提到赵大婶的丈夫被逼致死、黄金种的父母也被斗争致死，只有杜姓地主杜建勋在阶级斗争中完好无损。微小的家族权力在偏远的杜老庄被放大，黄金种不仅有政治身份的卑微，更有血缘身份的低贱，以至改革开放后，凭借自身能力成为万元户的他回到阔别十年的杜老庄时，仍受到不公正的待遇。受人讹骗、祖坟被平的背后是家族势力场的魔性发作，这种压迫与政治身份和经济实力毫无关系，而是家族势力对外姓人的蔑视和羞辱。扒坟者杜建忠面对黄金种的问询时理直气壮："别忘了，杜老庄姓杜，不姓黄。你们得罪了我们姓杜的，我让你们回得了杜老庄，出不来杜老庄。别以为你有了几个臭钱就想翻天，杜老庄的天还在你头上罩着呢！"①肆无忌惮的言语将"家族微观权力"展露无遗，只要你还在杜老庄，你将永困于苦难的深渊。除此之外，在《黄金散尽》《刷牙》《远方诗意》《拉网》等作品中都同样讲述了外姓人在家族势力面前的屈辱与卑微，揭示出家族势力对外来群众的摧残与伤害。

刘庆邦不仅是书写"家族微观权力"的圣手，更将揭露乡俗陋习置于家族权力书写之中，表达出作家对乡俗陋习的深刻批判与痛恨。在《双炮》中，范大炮因娶了林姓大户之女林翠环而自认为在林家楼站稳了脚跟，实则

---

① 刘庆邦：《遍地月光》，北京十月文艺出版社，2009，第401页。

第二章 乡村风俗书写：乡村日常生活的精神内核

处处低妻子一头，受其压制。婚后，林翠环对大炮的双胞胎弟弟二炮产生了想法，恰好在"叔嫂无大小"的乡俗理念引导下，二炮揪住了翠环的奶头，而这一举动更激起了翠环的欲望，她想进一步证实长相相似的"双炮"到底有多不同。为了能达到目的，也为了能"拿得住"比自己优秀的弟媳小如，翠环倚仗家族势力向大炮施压，逼迫大炮与小如发生关系。事情败露以后，小如上吊自尽，二炮远走当兵杳无音信，大炮被土匪打死。在这场悲剧中，林翠环无疑是始作俑者，在可有可无的欲望驱使下，在似有非有的家族势力倚仗下，她变得肆无忌惮，最终酿成惨剧。在《嫂子与处子》中，作家更是将乡土社会中"叔嫂无大小"的乡俗陋习刻画得入木三分。在以阶级斗争为纲的年代，二嫂和会嫂是根正苗红的贫下中农，而民儿却是"地主羔子"，是被改造的对象，因此她们在心理上便获得了与民儿胡闹的权利。二嫂和会嫂在"家族微观权力"和阶级斗争政治背景搭建的平台上肆意狂欢，在田间地头任意与民儿开玩笑，风流的语言令民儿羞耻难当，无处可躲的民儿被嫂子们强行扯下裤子。而这并没有结束，暴露下体的民儿反而更勾起了嫂子们邪恶的念头，即使民儿有百般不情愿，但在嫂子们的威逼利诱下，受尽凌辱的民儿不得不与嫂子发生性关系。在刘庆邦的这类作品中，女性大多是泼辣的、大胆的、躁动的，她们因着自己的家族势力，不再是被欺压的对象，反而成为欺压外姓人的"施暴者"。

第二，批判封建陋习对女性的戕害。封建卫道思想常常以女性为规约对象，裹以传统风俗之外衣，隐藏于较为封闭的乡村之中。乡土小说作家揭露封建卫道思想对女性的戕害时，更多关注于其对女性思想与精神的荼毒。在刘庆邦的笔下塑造了许多可怜、可悲的女性形象，他们受尽封建卫道思想的荼毒而不自知。比如在《一句话的事儿》中，作家通过讲述玉佩波折的一生，揭露了民间算命陋俗对底层妇女的戕害。十二岁的玉佩在一次庙会上遇见一位骗人钱财的算命先生，算命先生谎称她一生要嫁五个男人。玉佩对算命先生的预言深信不疑，即使嫁给家底殷实的高顺，她依然想着算命先生的话，不能安心生活，不安地等待着第二个男人的出现。在谎言的蒙蔽下，玉佩先后改嫁了三次，从马夫到王存信，再到王存信的四叔，玉佩的婚姻一次比一次艰难,直到第五个男人秋鸽子的出现,玉佩才彻底安下心来:终于到头了,可以结束自己劳碌辛苦的一生啦。无疑作家对玉佩悲惨的人生是同情的,但他却以冷静的笔调讲述着,以玉佩的口吻讲述她自己一次次的心理变化"一切都是命",宿命论是玉佩一次次原谅、宽慰自己的理由与借口,而这不免引发读者强烈的思考:如果没有算命先生的那句话,玉佩是否能过着顺遂的人生呢?玉佩的形象与鲁迅《祝福》中的祥林嫂一样,不禁令人同情、怜悯,底层民众特别是底层妇女永远都是封建迷信思想戕害的对象,而钳制她们的封建思想却又如此的荒唐、可笑、愚昧,令人愤怒。

在马金莲的《碎媳妇》中,作家慢条斯理地讲述雪花新婚以后的日常生活,作品中鲜少有剧烈的戏剧冲突,但文字中始终流淌着卫道思想对女性精神空间的挤压,让人有种难以言说的压抑。作为新妇,雪花时时感受到嫂子的强势与压迫,"雪花性子弱,说话绵软,从不会拿话套人。嫂子不是这样的,她的话表面看合情合理,没有破绽,但留心的话,会发现深含玄机"①。婆婆年龄大了,家里事务多由嫂子打理,嫂子为人精明,对雪花颐指气使,而雪花也只能听之任之,毕竟嫂子在婆婆手里熬了这么多年,也是她该站在婆婆的位置上了。雪花在不自知的情况之下接受着封建思想对自己的毒害。甚至当她得知自己怀孕时,想的竟然是如何不张扬,不招婆婆的厌弃,因为在婆婆的认知里"哪个女人没有害过口生过娃娃,自个儿也太把自个儿当人了"②。到了生产的日子,雪花的喜悦在婆婆不高不低、听不出喜悦的"是个女子"声中被冲淡,"虽然她极力说服自己,男孩女孩都一样,都是自己身上掉下的一块肉,可听到婆婆不温不火的声音,她心里还是不由自主地一阵凉,透心的冰凉,身子也像坐在水里,慢慢被冰凉浸透"③。在雪花的认知中,生育的意义在于传宗接代,她虽极力提醒自己、说服自己,却仍无法消解自我的失望。当封建思想在不知不觉中内化于心时,又有多少女性能从中抽离出来,不受其影响、不承受反噬之苦呢?

---

① 马金莲:《碎媳妇》,《回族文学》2013 年第 5 期。
② 马金莲:《碎媳妇》,《回族文学》2013 年第 5 期。
③ 马金莲:《碎媳妇》,《回族文学》2013 年第 5 期。

第二章　乡村风俗书写：乡村日常生活的精神内核

在贾平凹的《极花》中，胡蝶是有着现代思想的进城女性，她渴望融入城市，成为城里人，并为之付出自己的全部努力。然而，被拐卖彻底改变了胡蝶的人生轨迹，但她从不放弃逃跑的计划，即使这里的人特别是女人们对她展开轮番劝导，让她认命。女人们的劝导不是违心之语，而是这些山村女性对自我价值的真实认知：女人们的价值要在嫁人中实现。如果接受被拐卖的现实就是"认命"，那么胡蝶对此毫不"认命"。我们悲叹于乡村女性在封建卫道思想的钳制之下，沦为了卫道思想的捍卫者，成为戕害女性的帮凶。除此之外，在《歇马山庄的两个女人》中，潘桃对城市文明的向往与婆婆固守的乡土理念之间有着强烈的矛盾与冲突，因此当潘桃选择旅游结婚时便遭到了婆婆旁敲侧击的讽刺与批判。对于年轻女性来说，他们可能也想不到自己追求时尚的生活方式会引起乡村社会如此大的不适。

第三，批判封建观念对人肉体与精神的荼毒。在贾平凹的《美穴地》中，塑造了与玉佩（刘庆邦《一句话的事儿》）深信"算命之说"相同的深信"风水之说"的柳子言。闻名远近的风水先生柳子言为了能保佑儿子大富大贵，费尽心思为自己选了一处"风水宝地"作为坟墓并将自己活葬于此。然而，柳子言的"壮举"却并未换来儿子事业的顺风顺水，儿子最终只是戏班的演员而已。柳子言用生命换取的"美穴"不过是给自己买下的一份感动与安慰，于儿子而言并无大用处。贾平凹的《美穴地》无疑给奉行土葬、迷信风水之说的乡土社会注入一剂"清心剂"。

在阎连科的乡土小说中，苦难叙事是其创作的鲜明特征，将人物的悲剧性融入乡俗陋习的书写中，创造出荒诞的叙事效果，引发读者情绪低迷、痛苦的阅读体验。然而，阎连科在阐释自己荒诞的创作理论时，将其称为"神实主义"："在创作中摒弃固有真实生活的表面逻辑关系，去探求一种'不存在'的真实、看不见的真实、被真实掩盖的真实。"[①] 作家用"创造真实"来形容自身的创作，即使不可思议却是真实存在。小说中的人物大都为生存而奔命，无论是《天宫图》中的路六命，还是《日光流年》中的

---

① 阎连科：《发现小说》，《当代作家评论》2011 年第 2 期。

新世纪乡土小说日常生活书写的"常"与"变"

司马蓝，他们都困于"宿命感"之中，做着荒唐之事。《天宫图》中，作家以路六命的死亡作为开始，以路六命死后在"那边"的生活场景为主线，回忆与观照他的人世光景。为了还清 2000 元的婚债，路六命什么力气都愿意出、什么委屈都愿意受，却终以自缢结束了自己悲苦的一生。创作过程中，作家加入了对乡土社会中扔死婴、掘墓、抬棺材等传统行当细致的描写，揭示乡土世界中可怜人的不自觉、不自知的悲惨人生。

在《日光流年》中，三姓村是被现代文明遗忘的角落，贫穷与苦难成为这里的代名词，三姓村村民近百年来遭受着喉堵症的折磨，活不过 40 岁。为了治病，男人们只能活生生地割皮卖钱，在他们口中割皮卖钱似乎就像是卖掉一件身外之物，无关痛痒。因为贫穷，为了生计，早在 1945 年，司马蓝的爷爷司马南山就曾割皮卖给日本人获得一笔不菲的收入。在随后的几十年间，贫穷依旧是笼罩在三姓村上空的阴云，三姓村不断有人割皮卖钱，这似乎成了三姓村的传统，"卖一次皮子两年家里都有零花钱，卖一次就能娶一房媳妇"，"卖皮疼是一半天的事，可这皮和树皮一样儿，割卖过去了，抹点药水，贴几层鸡蛋的二层皮，过十天半月它就又长将起来了，有时候长得好，还能长得和原来的一模一样，还能再卖第二遍"[①]。三姓村的村民就是在一次次、一遍遍地割皮、卖皮中度过漫长的几十年，都无法逃脱阳寿只能到 40 岁的梦魇。为了结束这场梦魇，每一任村长都不断努力着，然而上一任村长的失败就是下一任村长的开始。小说以逆时针的叙事方式展开，开篇便是为了给村长司马蓝治病，司马虎和司马鹿到教火院去卖皮，却受人诓骗只拿回来了一兜营养品，分文未得；为此，蓝四十在司马蓝的央求下进城卖淫赚住院治病的钱。蓝四十明白司马蓝如此想活下去的动力在于对灵隐渠的执念，相传喝上灵隐渠的水就能治好喉堵症。然而，当灵隐渠的水真的流进三姓村，渠水却臭气熏天，别说治病，连喝都是问题。阎连科笔下的"灵隐渠"就像鲁迅笔下的"血馒头"（《药》）一样，只是一种无望的希望，可怜又可笑、愚昧又荒唐。《耙耧天歌》中尤四婆为了治好儿子的痴傻，不仅让

---

① 阎连科：《日光流年》，时代文艺出版社，2001，第 483 页。

儿子吃下丈夫的骨殖，更是叮嘱儿子在其死后将自己的骨头熬汤。

除此之外，陈继明的《灰汉》中的少年银锁，因为少言寡语、智力低下就被村民们粗暴地指派为屠宰牲口的"灰汉"。在封建观念里，只有智力低下者才能抵挡得住杀生的罪过，因此，村民们不惜抹杀银锁超高的绘画天赋，也要让他成为"灰汉"。刘庆邦的《看秋》中受困于不能生育之苦的桂花嫂，反而成为受传宗接代思想、"不孝有三，无后为大"伦理陈规洗脑的"激进派"，成为借精生子的始作俑者，更是封建思想的陪葬品和牺牲品。曹乃谦的《亲家》中因为贫穷而引发的"以妻换儿媳"的伦理悲剧不禁令人咋舌。刘庆邦的《冲喜》中为了给久病卧床的儿子冲喜，夫妻二人便给儿子置办了婚事，然而当儿子病逝以后，父亲又以"传宗接代"之名强行霸占了儿媳。曹乃谦的《看田》中妻子为了全家的口粮而用身体换取粮食，这在丈夫看来习以为常。

在传统乡土社会中，为了维持整体的稳定，以封建观念或封建传统禁锢、钳制个体的思想之事常有。大多数情况下，女性成为被抛弃、被放弃的对象，牺牲个体的利益或一生的自由和幸福。文学并非是同情心的具体化，而是期望在充满同情的文字中铭记苦难，并期待从中汲取文明的力量和文明存在的意义。对传统劣根性的揭露，意义即在于此。

二　发掘传统风俗的深层意蕴，传递人与人之间的脉脉温情

"城市—乡村"视角是新世纪乡土小说文学思维的基本框架，城乡双重经验为作家以全新的视角切入传统风俗书写提供了创作基础，传统与现代的冲突与矛盾使得作家更加珍视传统风俗。在传统乡土社会的日常生活中，人们重视闲聊清谈，更重视按照习俗礼尚往来。作家记录并书写乡村日常生活中的传统风俗，发掘其内在的深层意蕴，一方面探寻人与人之间亲密而不寡淡的基因密码，另一方面为自身寻找内心的情感归宿。

张宇的《乡村情感》开篇写道："我是乡下放进城里来的一只风筝，飘来飘去已经二十年，线绳儿还系在老家的房梁上。"[①] 作家强烈地表达着对

---

① 张宇：《乡村情感》，百花文艺出版社，1995，第1页。

乡土的深切依恋，对故土根性的深刻认同。小说中一对人生挚友郑麦生和张树声之间的真挚情感令人动容。郑麦生身患癌症生命垂危，唯一牵挂的就是没能看到儿子成家立业，张树声为了了却老友一生牵挂，甘愿违背乡俗，不顾忌讳嫁女为老友冲喜，满足老友的临终心愿。张树生背负各方压力，在短暂的时间内为女儿筹备婚礼，捆嫁妆、抬嫁妆、送亲酒等一系列烦琐的婚娶仪式被张树生办得有声有色，最终完成了老友郑麦生的临终心愿。在《乡村情感》中，张宇反复渲染乡村风俗礼法、宗族家法，赋予了乡风习俗更深刻的人文意义，勾起对乡土情结的深深怀念。从这个层次出发，张树生对婚礼的大操大办不再是落后的封建习俗，而是跨越生死的兄弟情的真实表达，是生者对生命垂危者的最后的慰藉，是生者对生命的崇高敬畏与深切关怀。张宇通过古朴的乡风习俗的书写，一方面表达自身作为城市的孤独个体对乡土文明的眷恋与回归，另一方面传达了自己在城市文明中寻找精神家园的价值依托。

李佩甫的《黑蜻蜓》在讲述豫中平原生存苦难的同时，更是展现了在苦难中依旧坚韧、顽强的中原女性的温柔和给予他人的温暖。李佩甫以表姐为原型，塑造了二姐这个令人心疼又心生敬佩的人物形象。二姐一生命运多舛，一岁没爹，二岁母亲改嫁，三岁因高烧耳朵失聪，九岁因耳疾被迫退学，退学后便承担起养家的重担。初恋情人死后，她在坟前留下一串脚印以寄托自己的深深爱意与思念。十八岁与穷困潦倒的姐夫订婚，分文未取只留下红色小纸片算是定了终身。婚后为了生计，拉大粪、打砖活，最终积劳成疾四十七岁猝死在猪圈里。在二姐辛劳的一生中，她没有怨天尤人，而是以爱最大限度地关心着他人、理解着他人。为了体谅贫穷的姐夫，二姐结婚时什么都不要，同时反对婚礼铺张浪费、一切从简，简单到令人感到窝囊。迎亲的马车翻进河里，二姐不为难迎亲的人，自己从河里湿漉漉地爬出来，独自走到画匠王村的姐夫家中。然而对自己如此节俭、苛刻的二姐，却对奶奶的葬礼非常讲究。捉襟见肘的二姐借钱为奶奶请响器班。二姐为奶奶守灵，严肃认真地对待葬礼的每个环节：入殓时，她跪在一旁含着泪一遍遍高声喊着"奶，躲钉吧。奶，躲钉吧。……"，生怕钉子会扎到奶奶的魂灵。给

"牢盆"上"子孙孔"时,"几乎是她一个人钻的。别人钻了,她总嫌不圆,还要再钻,直到一个个孔都圆了为止。钻了'牢盆',她又去糊'哀杖',糊得极其认真"[①]。二姐重情重义,对养育她长大的奶奶尽心竭力,没有半点马虎,将奶奶风光大葬,这不仅是对生者的宽慰,更是对逝者的深切哀思。在传统观念里,丧葬习俗是传统孝文化的外在表现形式,是农民文化实践的有效载体,"农民在文化实践中习得并传承着这个古老民族的人生理念、生存智慧和做人之道"[②]。"我"结婚时,母亲不想让本已贫穷的二姐花钱,就没打算告诉她,但二姐还是来了,并带来了半扇猪,这是二姐连夜将喂了一年的猪给宰了,为的是给"我"办事儿。一晃十几年过去了,二姐的大儿子参军并在越南战场上牺牲,她没有抱怨,只是默默地流着泪。作为女性,她顽强地度过了自己的一生,为国她有大义,为家她有大爱。李佩甫细致地描摹着乡村习俗的琐碎,将恪守本分的二姐刻薄自己厚待他人的大仁大爱展现在读者面前,作品流淌着作家对二姐的深切怀念和涓涓深情。

对丧葬习俗的描写,在李佩甫的其他作品中也很常见。比如,在《红蚂蚱 绿蚂蚱》中,德运舅为新婚第二天就上吊自尽的媳妇办葬礼时,队长舅让人磨了三石小麦面粉借给德运舅办事,并让全村放工一天都去德运舅家帮忙,个个都当成自家的事情:"会木匠手艺的打棺去了;有些灶上功夫的盘火架案;女人们包了内活;打墓坑的全是一等一的壮汉,还请了瞎子舅来老坟里量了方位,按天干地支,一寸不敢差。"[③]村里人毫无保留地支持与帮助,给德运舅带来了些许温暖与宽慰,体现了邻里之间的爱与关怀。又如,在《城的灯》中,刘汉香死后,上梁村的百姓为她举行了一场最隆重的葬礼:"三千百姓,老老少少,全都披麻戴孝,挂着哀杖,哭声震天!……下葬的时候,三千百姓在一声'送香姑'喊声中齐齐地跪下,仰天长叩,一叩,二叩,再叩……而后,百姓们排着长队,一个个手捧黄土,

---

[①] 李佩甫:《黑蜻蜓》,载《钢婚》,江苏文艺出版社,2005,第149页。
[②] 贺雪峰:《新乡土中国》,北京大学出版社,2013,第41页。
[③] 李佩甫:《红蚂蚱 绿蚂蚱》,上海文艺出版社,2013,第12~13页。

依次给香姑添坟。"① 在李佩甫笔下，刘汉香是如"大地圣母"般的存在，她不计得失地照顾冯家昌的家人，遭到背叛后不计前嫌、不论得失，她进城学习，学成归来带着村民们致富。她以爱人之心爱人，理应受到他人敬爱。通过对刘汉香丧葬仪式的描写，将当地村民对她的敬重与不舍淋漓尽致地表现出来。

在刘庆邦的《后事》中，作家围绕着母亲的身后事展开，此时的丧葬习俗不再是单纯的传统，而是流淌着浓郁亲情的外在表达。它更像是一篇散文，记录着一向重视后事的母亲在她将不省于人世时向"我"托付着自己的后事。或因为长期生活在城里的缘故，"我"并不热心于这些繁文缛节，竟表现出些许不耐烦，母亲也便不再多说。但当这天真的来临之时，"我"仍遵从母亲的遗愿，在村人的帮助下，按照传统丧礼习俗将母亲安葬。对于"我"来说，这是我最后一次向她老人家尽孝，从此，不管"我"什么时候回家，家里再也没有母亲，"我"也成了没有娘的孩子。通过丧礼习俗，我们才真正感受到"我"对母亲的爱与不舍。此刻，我才明白葬礼的意义，母亲的葬礼承载着"我"所有的悲伤，也让"我"的悲伤得以释放。只有通过这么一场葬礼，"我"才能继续走我以后的人生之路。在刘庆邦的《穿堂风》中，先天失明的瞎瞧在村人眼中，是能与阴间相通的人，是能"过阴"的人，因为他一直生活在黑暗中。所谓"过阴"，就是阳间的人能到阴间去，与阴间的鬼对话，打探到阴间的一些消息带回阳间来。因此，亲人过世的村人会找到瞎瞧，让他帮忙打探阴间的消息，每次瞎瞧带回来的总是好消息，令他们心里的哀思得到些许宽慰。久而久之，人们更愿意来找瞎瞧"过阴"，也越来越相信瞎瞧一定能看到他们死去的亲人。固然，"过阴"是虚假的、虚无缥缈的，更是封建陋习，常被有心之人利用谋取钱财。但此时，"过阴"成为抚慰那些对死去亲人充满怀念和哀思的生者的一种手段。虽然瞎瞧的眼睛看不见，饱受生活不幸，但他的心是滚烫的、敞亮的，他以最大的善意去关怀、抚慰他人内心的凄苦。

---

① 李佩甫：《城的灯》，作家出版社，2016，第 332 页。

第二章 乡村风俗书写：乡村日常生活的精神内核

肖江虹的《百鸟朝凤》讲述了传统技艺人对传统文化的热爱与坚守。《百鸟朝凤》是葬礼上乐师用唢呐演奏的曲子，"这个曲子是唢呐人的看家本领，一代弟子只传授一个人，这个人必须是天赋高、德行好的，学会了这个曲子，那是十分荣耀的事情"[①]。在无双镇，焦师傅拥有高超的唢呐技艺，是活在恶劣环境中的人们尊崇的唢呐人。在传统唢呐演奏中，只有德高望重者死后才配享用焦师傅独奏的《百鸟朝凤》，普通人死后则由四台（四人）、六台（六人）、八台（八人）为其共同演奏其他曲目。因此，不仅学会了这首曲子的焦师傅受人尊崇，能让焦师傅为其独奏《百鸟朝凤》的逝者也是德高望重之人。焦师傅为火庄的焦老师独奏过《百鸟朝凤》，因其生前为村中的教育事业奉献了毕生精力；焦师傅也为火庄的老支书独奏过《百鸟朝凤》，因其生前参加抗美援朝为祖国流血负伤，后在担任村支书期间为村民修路而身受重伤。"农民的'终极关怀'不是从超自然事物中获得的，他们是在凡俗性的日常生活中获得超越性的体验。"[②] 在焦师傅饱含深情的《百鸟朝凤》曲中，人们回忆着逝者生前的点点滴滴，内心的感激与不舍涌上心头，人与人之间的那丝丝柔情与温暖化作泪水洒在葬礼上，流淌着生者对逝者的默默哀思。

老藤的《青山在》中，爷爷毕一裘是远近闻名的皮匠，最拿手的是制作一缝裘，爷爷一生挚爱元青山，临终前仍对它念念不忘，父亲说爷爷惦记的是白虎，元青山在白虎则无恙。爷爷去世后，父亲毕晨鸣接手了毕氏皮匠铺，并恪守爷爷留下的所有规矩，包括"三不熟""四不用"。"三不熟"是指"虎皮、火皮、黄皮这三种皮不能熟"，"虎是百兽之王，熟之不忍；火含因果，熟之不吉；黄有复仇之心，熟之恐遭报应"；"四不用"是指"疫皮、毒料、甲胄和利刃四不用"，"疫皮作痒，用之传播疾病；毒料难闻，用之伤地害水；甲胄涉兵，恐惹刀兵之祸；利刃无情，不当破皮断筋"[③]。这看似"老古董"的规矩经毕氏家族代代传承，已融进血脉，即使

[①] 肖江虹：《百鸟朝凤》，作家出版社，2012，第16页。
[②] 贺雪峰：《新乡土中国》，北京大学出版社，2013，第40页。
[③] 老藤：《青山在》，《人民文学》2018年第10期。

林场的场长杨群拿着虎皮来让毕国兴来熟,他也只觉浑身发冷、头皮发麻。代代传承的家规蕴含着先人的人生智慧和哲理,既是对自然的尊重,也是人心的坚守。

除此之外,在乔叶的作品中,通过对乡村日常生活的书写,让人感受到一种温暖与闲散。《解决》同样是以葬礼为中心展开的故事,作家讲述了"我"回乡参加葬礼所眼见的一整套丧葬礼节,从守灵、搭孝、躲钉、通路到起灵各个环节,灵棚里不仅有孝子的哭声,也有灵棚内外男人们的打牌声、女人们做活的闲话声、孩子们穿梭于灵棚内外的嬉闹声。这些形形色色的人、各种各样的声音共同组成了葬礼,也使得葬礼不只有悲伤,因为在当地人看来人过70岁就是喜丧。作家以朴实的语言,亲切、温暖地讲述着面对最严肃的生命问题时人要轻松泰然处之。《旦角》同样也是乔叶以葬礼上的"白戏"为主线,穿插着三个家庭的悲欢离合。作家通过台上台下、戏里戏外生动地诠释了乡土社会的乡情。老祖宗留下来的规矩,在农村谁家长辈没了,首要的是在门口挂起招魂幡,然后让家里的孩子给亲戚邻居磕头。磕头中,将亲戚之间、邻里之间的亲属远近演绎得淋漓尽致,更是请求大家的帮忙,记账、安置礼桌、待客、做孝衣、做菜,诸事繁多。你既受了这一拜,但凡没有天大的事儿,都会前去帮忙,这是乡亲情意,更是做人的根本。作为葬礼的重头戏,请响器班则是必不可少的。响器班的好坏决定了葬礼是否热闹,而热闹则是主家有脸面。

在传统乡土社会中,乡村风俗既承载着乡土社会的价值观念、道德观念,又体现着乡土社会的人情。通过风俗仪式,我们能看到风俗背后的深刻意蕴,它既是人与人之间真情实感的表达,也是对自然的尊重,更蕴含着做人的智慧。

新世纪乡土小说对风俗仪式的书写不仅延续和传承了中国现代乡土小说的创作传统,描写传统风俗的残忍冷酷,揭露乡土社会的愚昧落后,而且作家以审慎的态度重新审视传统风俗,发掘风俗仪式脉脉温情的一面。此时的乡村风俗不再是落后的象征,而是传递人与人之间关怀、尊重的桥梁。作家通过对传统风俗的描写,为读者呈现出一个充满爱与美的乡土世界。

第三节　宁静与美好的传统风俗书写

"随着中国社会的急剧转型，工业化和后工业化的程度越来越高，农业文明形态下的风景逐渐远离现代人的视野，越来越成为一种渐行渐远的历史记忆。"[①] 传统风俗书写、地方风情书写是乡土小说之所以为乡土小说的原因所在，这些元素共同构成了田园牧歌式的乡土书写。一直以来，以浪漫主义手法展现纯美的乡土社会是乡土文学的重要组成部分。作家们通过对传统风俗的描写来展示独特的地方特色，再现清新明丽的乡土世界，表达对故土家园的热爱。然而，新世纪乡土小说对田园牧歌式乡村的书写似乎也力不从心，加之乡土文学的创作身处"一个已经消逝或正在消逝的时代"的质疑声中，这使得乡土世界的诗意表达变得尤为重要与迫切。

一　再现传统风俗，刻画诗意乡土

20世纪90年代以来，随着商品经济的发展，乡村逐渐呈现出荒野化、空心化、空巢化的面貌，风俗仪式也逐渐失去了赖以生存的土壤。"事实上，对于城市的敌意是一种恐慌的症状，农业文明向工业文明转型所引起的巨大不适乃是这种恐慌的来源。为了抵御恐慌，作家竭力召回乡村的影像作为感情的慰藉。"[②] 由此，作家时刻保持着警醒状态，潜心投入对风俗人情的描写，或采取儿童视角，或采取回忆视角，唤醒人们对即将消失的风俗仪式的记忆，勾起人们对乡土世界的深深眷恋，反思现代性，构建人们的精神家园。

风俗书写是郭文斌田园牧歌式乡土小说创作的重点，在他笔下乡土"被营构成了一个丰茂葳蕤、宁静诗意的凝态化的审美场域……一个被作家心灵和情感净化过了的前现代生活空间，蕴涵着自在生命的斑斓色彩和传统

[①] 丁帆：《新世纪中国文学应该如何表现"风景"》，《徐州师范大学学报》（哲学社会科学版）2012年第3期。
[②] 南帆：《文学：城市与乡村》，《上海文坛》1990年第4期。

文化的丰厚情致"[①]。他通过对记忆中的乡村的书写，唤起人们对美好乡村的记忆，借此慰藉创作主体的情感。郭文斌大都采用儿童视角，通过描写乡村风俗来展现乡土宁静、温馨的日常，反思城市文明对乡土社会的影响，体现作家对精神家园的艰难守候。在《开花的牙》中，作家通过儿童视角讲述着爷爷的离世。在牧牧眼中，爷爷的离世并不悲伤，反而更像是登上一艘船到达世界的彼岸。作品细致描述了杀鸡带路、金银斗、孝子磕头、白仙鹤等丧葬习俗，在充满仪式感和神圣化的葬礼中来彰显生命的短暂与亲情的悠长，更是充满希望地阐释了死亡的意义。在作家看来，死亡并非生命的终结，而是生命在另一个世界的开始。《大年》中父亲带着两个孩子糊灯笼准备过大年，更是给贫穷的邻居送去了食物和窗花，帮助邻居家也挂上了红红的灯笼。传统习俗在亲情、邻里之情中更散发出迷人的温度，展现出其得以传承的文化根脉。《生了好还是熟了好》中，通过孩子明明和阳阳的眼睛，将为去世的爷爷烧纸钱的活动演变成一场儿童的游戏与狂欢，他们可以开心地吃着蜜饼，肆无忌惮地放着鞭炮。在充满传统色彩的祭祀风俗中，洋溢的却是欢快的笑声，就连死亡也褪去了冰冷的色彩，仿佛亲人一直未曾离去，只是在另一个世界长长久久地陪伴着子孙。《五谷丰登》描写了正月挂灯笼、初一发压岁钱的传统风俗，展现了纯朴的民风，表现了主人公对都市社会中人情淡薄的感慨，以及对都市到处都是灯火通明而失去生活趣味的感叹。作品通过对比描写，展现乡村与城市的差异，既表达了对乡村亲情的召唤，也传达出对淡漠的都市文化的反思。城市物质条件的充裕使得儿子对压岁钱满不在乎，接受长辈压岁钱时连头也不抬，然而几个在农村生活的侄子则手舞足蹈地接过长辈的压岁钱，欢天喜地追逐打闹。"我"来到院子看见一个个在风中摇曳的灯笼，与城市中的灯火通明截然不同，这种感觉是城市无法比拟的。通过细节，作家品味着乡村的静谧与美好。

郭文斌的小说创作始终饱含着对乡土社会的深情与眷恋，在舒缓、悠然

[①] 杨若蕙、杨慧茹：《郭文斌乡土文学的审美世界、超越性叙事与文化立场》，《名作欣赏》2017年第32期。

第二章 乡村风俗书写：乡村日常生活的精神内核

的叙述中缓缓流淌着乡村世界的祥和、宁静。在郭文斌的笔下，没有乡村恶俗，没有人事险恶，没有日常生活的紧张、繁忙与局促，有的只是岁月的静谧与乡土世界的真情、真性。这不仅是作家对都市文化的深刻反思，更是对精神家园的坚守。在作家看来，都市生活的繁华与便利很大程度地满足了人们的欲望，但过快的生活节奏也打乱了人们对生命本真的享受。因此，在他的创作中，作家致力于营造一种精神上的"乡愁"。在《农历》中，作家以中国传统农历节日为章节，以散文化的语句表现乡土社会的人、事、物。通过讲述元宵、清明、端午、中秋、重阳、冬至、春节等节日习俗，展现出乡土社会悠久的传统文化与富含智慧的处世之道。在传统乡土社会中，岁时节日在人们的日常与非日常的生活中错落有致地分布着，接续着传统文化的根脉，丰富着人们的生活。元宵节时，人们捏灯坯、剪灯衣、做灯捻、点灯、献月神，感受着对月神的崇敬；清明节时，父亲从裁纸、染色、印钱，到在爷爷墓前献饭、祭酒、磕头，娴熟虔诚地完成一整套祭祀；端午节时，人们采艾草、做香包、祈求平安；等等。作家给传统节日赋予一个个文化符号，不仅使字里行间洋溢着热腾腾的烟火气，更使小说散发着深沉的敬畏感：无论是对神灵的敬畏，还是对祖先的敬畏，抑或是对生命的敬畏。特别是在"中秋"这一章节中，作家叙述了乡村社会邻里之间逢年过节互赠食物的传统，人与人之间的和善与亲慕是任何物质的东西都无法替代的，展现了乡土社会的温馨、和睦。这也正是郭文斌创作的意义所在："一定要写那种能够唤醒读者内心温暖、善良、崇高情感的文字，那种给读者能够带来吉祥的文字，那种能首先让自己孩子看的文字，在百年后孩子的孩子还愿意推荐给他的孩子看的文字，那种能够把根留住把人留住的文字。"[①] 在郭文斌看来，具有传承性的乡村风俗能够滋养出人的至真、至善、至纯。作家通过描写乡土社会的静谧与美好，不仅为审视和反思现代性提供了绝佳的参照系，更为在喧嚣世俗中身心俱疲的读者提供了休憩之地。

以儿童视角展现纯美的乡土世界是新世纪乡土小说家最擅长用的写作模

---

① 郭文斌：《写能够把根留住的文字》，《小说界》2011年第3期。

式之一。通过天真的孩童的双眼,更易于展现不为成人所体察的原生态生命状态。在新世纪乡土小说中,除郭文斌外,仍有不少作者采用儿童视角讲述乡土故事。比如,在刘庆邦的《黄花绣》中,作家讲述了乡村的一个习俗:给即将离世的老人鞋上绣花儿要用童女儿,并且指着谁是谁,不得有半点推辞。三奶奶即将离世,庆嫂子来到格明家请格明去为三奶奶绣两朵黄色的花。年龄尚小的格明从未拿过绣花针,唯恐绣不好,即使整个过程她都非常认真、努力,但仍是手抖得厉害。终于在绣了一整天后,格明将绣着黄花的鞋交给了庆嫂子。劳累了一整天,但格明晚上却睡得一点都不踏实,她梦到了三奶奶对她绣的鞋不满意,还把鞋子脱掉扔到了门外头。格明的梦境折射出她内心的担忧,当最终她看到三奶奶的脚上穿的是她绣的鞋时,她感到莫名的幸福,仿佛那两朵花升腾了起来,满屋子都是花。经过这件事,格明对死亡、对逝者更多了几分崇敬与敬畏,她让母亲买些丝线,她要为自己绣一双花鞋。在充满仪式感的绣花中,传递了生者对逝者无尽的哀思与祝福。此外,在他的《种在坟上的倭瓜》《梅姐放羊》《一捧鸟窝》《美少年》等作品中,作家以温柔的笔端触及乡土世界的真、善、美,在清新明丽的氛围中表达出对诗意乡村的热爱与留恋。又如,肖勤的《外婆的月亮田》以儿童小竹儿的眼睛去观察乡间百姓、家长里短,以小竹儿的心去感受乡村生活、风俗人情。在小竹儿的眼里,仡佬族的日常生活中都散发着浓浓的乡土气息与民俗风情,那一层层、一叠叠的"月亮田"是最美的,一群穿着蓝色的民族服饰的仡佬族女子走在开满洁白桐花的桐花岭上是美丽动人的。肖勤借小竹儿的眼睛,将仡佬族的民俗文化展现出来,无论是神秘的傩师,还是香火先生,抑或是精湛的民间手工艺,都散发着浓浓的"烟火气"。通过小竹儿的眼睛,我们看到了如世外桃源般存在的桐花岭,在这里任何争执吵闹都是美好的、可以被原谅的,只有爱与温暖、和谐与包容属于桐花岭。

  传统风俗在儿童眼中是欢乐、美好的事情,它不是人们疲于应对的"戒律",更不是人的精神桎梏,它是人们返璞归真的精神之源。也正因为如此,乡土社会散发出诗意的浪漫,充满着爱与美、真诚与希望。除郭文斌外,在向本贵、迟子建、温亚军等人的作品中,都淡淡地流淌着对风俗的深情书写，传递着乡土世界的美。

向本贵的《竹村诉说》中的竹村没有世俗的喧嚣，静谧、纯美，宛如世外桃源，这里的人们以织锦绣斗笠为生，且代代相传。但随着打工潮，越来越多的年轻人不愿从事这门苦差事，因为"仅是破篾就有几十道工序，薄如纸，细如丝，透亮如脂，还要织出栩栩如生的花鸟虫鱼，灵动而美妙的行云流水"①，他们更愿意到城里去见世面，因此年轻一代人中也只有父亲的徒弟刘再前还坚持这门手艺。李家是竹村织锦绣斗笠的名手，极负盛名，父亲李见才的手艺更是被收入非物质文化遗产名录。因此，自环秀和弟弟如福记事起，他们就开始打童子功，跟着父亲学习织锦绣斗笠，在父亲看来女儿的这双手就是天生织锦绣斗笠的手，日后这门手艺是要靠着女儿传承下去的。然而，当环秀和如福刚走进技艺的大门时，姐弟俩便学着村里的年轻人进城打工去了，任凭父亲打也好骂也罢，甚至爷爷的临终遗嘱，都没能拦住他们进城的脚步。即使不再像从前一样，各家门前挂着锦绣斗笠，气派而热闹，但竹村仍然宁静、祥和。即使是外出打工再回来的李环秀，身上仍没有一丝的俗气，而是透着山野的健康之美、清纯之美，更毋庸提非物质文化遗产传承人——父母的徒弟刘再前了，他不艳羡进城打工的年轻人，下决心永不离开竹村，要将祖祖辈辈传下来的手艺传承下去，他完全沉浸在织锦绣斗笠之中，仿佛外界的吵闹与喧嚣从来没有出现过一样。

在迟子建的《清水洗尘》中，腊月二十七这天对于礼镇的人来说非常特殊，因为这天他们要在年关来临时洗上一次热水澡，并把此礼俗称为"放水"。天灶却对这一礼俗极其反感，因为不仅从八岁起他就承担起烧水、倒水的活儿，而且父母总将他的屋子作为浴室。洗完澡以后的屋子湿湿潮潮，灯上布满了水珠，睡在里面让他感觉像极了猪圈。更令他不满的是，因为年龄小，他从未获得过一次用清水洗澡的机会，总是用别人洗过的水。就在他十三岁这年的腊月二十七，他决定反抗，自己要独享一盆清水。因此，当母亲让他用奶奶洗过的水洗澡时，他却用水桶将洗澡水倒了出来，而这一

---

① 向本贵：《竹村诉说》，《湖南文学》2018年第6期。

举动深深地伤害了奶奶的心,奶奶以为天灶嫌弃自己脏。看到奶奶难过,天灶悄悄地跑到奶奶的屋前偷听奶奶和母亲的谈话,奶奶说年轻时自己干净着呢,去河里洗澡,鱼儿都知道没有自己白,躲着游走。天灶明白了其中的缘由,也被奶奶的话逗乐地赶紧跑走了。天灶寻机告诉奶奶,家里人谁用过的水他都不用,自己要洗清水澡,奶奶才知道天灶长大了,祖孙的误会在嬉笑间化为乌有。对于妹妹天云,天灶最初想将妹妹的房间作为浴室,遭到了妹妹的反对,起了小争执,闹了不愉快。但当后来听了妹妹天真的话——她执意要在父亲之前洗澡,原因竟是用了父亲用过的澡盆会怀孕,让天灶的心情明朗了起来。即使兄妹俩在平常的日子中总是吵吵闹闹,但当妹妹天云洗澡时,天灶毫无怨言地把澡盆和脸盆搬进小屋,把窗帘拉得更加密不透光,恭恭敬敬地准备好毛巾、木梳、拖鞋、洗头膏和香皂,等待着妹妹像女王一样走进浴室。在母亲和父亲洗澡中间出现了一个意外的人物——"蛇寡妇",在这么一个全家"洗尘"的夜晚,她却是来请父亲帮忙修补澡盆的。母亲由爱对父亲产生了杞人忧天式的担忧与焦虑,在天灶的从中调和下化为一缕温柔。最终,天灶也得偿所愿,坐在满满的清水中看星光洒落在澡盆中,悠然而惬意地洗去了一年的风尘,他也逐渐爱上了即将到来的新年。迟子建用儿童视角聚焦北方农村里常见的过年洗尘的传统礼俗,讲述了祖孙三代五人年前洗澡的故事,没有现代豪华的浴室,有的只是烧水、倒水、泡澡盆的传统洗浴模式。就这么一个简单的场景、普通的春节礼俗却充斥着各种小摩擦。通过这些小摩擦,读者逐渐走进祖孙三代人的内心,感受他们的情感,在淡淡的忧伤中流淌着家庭的温情之美。在迟子建的其他作品中,也随处可见对传统乡村的歌颂,如《北极村童话》展现了一幅美丽的童话世界,《秧歌》中将东北地区过节扭秧歌的习俗与几位女性的不同人生命运联系起来。

在温亚军的《成人礼》中,作家以当地习俗——七岁孩子要行成人割礼为主线,讲述了"冷血无情"的父亲强制儿子行成人割礼,并不顾刚进行了割礼哭闹不止的儿子和妻子的哀求,毅然将儿子赶到独立的小床上。妻子不忍儿子带着疼痛的啼哭,想要凑到小床上陪着儿子,却被丈夫严厉呵止。丈夫僵硬的态度对刚进行完割礼的儿子来说无疑是雪上加霜,儿子在哭

第二章 乡村风俗书写：乡村日常生活的精神内核

哭啼啼中慢慢睡去。但第二天醒来时，妻子发现丈夫半个身子悬在小床上，温柔地抱着儿子。小说没有过多渲染父子之情，而是以温暖的细节展露出几乎淹没在浓浓母爱之中的父爱。此时的成人礼不仅是礼俗，更是儿子成长的标志，承载着父母对孩子的爱与期待。

除此之外，高巧林、陈启文、晓苏、石舒清、向本贵、季栋梁、邵丽、邢庆杰、张寒、王往等作家的作品也着力表现乡土世界的诗意与纯美。高巧林的《草屋》描写了四男与金凤恬静的王庄生活；陈启文的《逆着时光的乡井》通过从石泉村的白鹤井的命名谈起，讲述了井水与村庄休戚相关的命运，再现了人们在井边打水、闲谈的生活场景；晓苏的《龙洞记》同样也以"我"对龙洞泉水的追忆为线索，寄托了"我"对美好传统乡村生活的怀念；石舒清的《清洁的日子》讲述了母亲日常生活中打扫房屋的琐事，笔调舒缓地记录着母亲的善良与勤劳；季栋梁的《野菊坪》用浓郁的方言塑造了一幅幅浓郁的乡土风情画；邵丽的《城外的小秋》通过小秋的眼睛看到空气中飘着甜味的玉米田；邢庆杰的《油菜花开香两岸》再现了阳光炙烤的土地与麦田；张寒的《看着父亲牵羊过渭河》通过辉子父亲牵着一只羊过渭河去看望辉子的亲生爹娘，用羊奶给辉子生病的三哥增加些营养，再现了渭河岸边西北农村的淳朴与善良；王往的《渔歌》呈现了一幅烟雨蒙蒙的绿荷塘美景以及邻里之间的温柔与和睦；季栋梁的《乌乎纪事》展现了住窑洞、酷爱捣罐罐茶的乌乎习俗；向本贵的《五月赛龙舟》再现了乡村赛龙舟的场景；张志明的《乡村鸡事》展现了烦琐却有趣的乡村生活形态；符浩勇的《大潭湾纪事》呈现了爽朗自然的渔家风情、热情的待客之道；付秀莹的《三月三》讲述了芳村见本媳妇为三月三全家团聚的日子忙碌的日常，再现了勤劳本分的芳村生活场景；申弓的《那串光灿灿的钥匙》以媳妇熬成婆后的艰难展现了乡土社会的温情；刘齐的《黄河婚事》以一对新人的婚礼再现了晋西南热闹、喜庆、温馨的婚俗；温亚军的《麦子》以母亲与大舅之间的亲情书写，表现了中国人对亲情的重视；彤子的《瓜》以黑皮冬瓜为主线讲述了和睦、温馨的邻里乡情；铁扬的《笨花村旧事》描写了乡土社会"打场上供""千户鸡"等乡风俚俗；陈集益的《金塘河》《杀死它吧》《驯牛记》表现了人们对土地的眷恋与坚守，再现了乡土耕作的生活原貌。

对乡村美好生活的怀念和眷恋是乡土小说家取之不尽、用之不竭的创作源泉，他们用回忆品味乡土，这些如世外桃源般存在的乡土是作家的心灵之地、精神家园。然而，随着现代化进程的不断深入，乡土社会面临前所未有的冲击。一方面，经济上的狂飙突进，让人们的物质生活日渐富足；另一方面，生活的快节奏让人们的精神世界陷入迷惘与空虚。在乡土作家的田园牧歌式乡土表达中，通过漫不经心的只字片语能看到现代化、城市化的影子。在现代高科技、物质文明的挤压之下，乡村风俗逐渐丧失其存在的基础，悄然流逝。在这样的背景下，作家对天然人性精神和乡土世界祥和之美的向往就更加明显。不忍直视乡土世界的颓败使作家们以文化坚守者的身份来捍卫乡土社会，展现乡村诗意之美，传递对传统文化的敬畏与膜拜，以此唤醒人们对田园牧歌式的乡村生活的记忆，反思都市文化，反思现代性。

二 绿水青山的情感表达，传递内心乡愁

随着全面脱贫工作的持续推进，以及国家对乡村的重视和资源投入的加大，越来越多的进城者重返故土，大量资源下移到乡村，乡村一改凋敝模样，焕发出新的面貌，传统乡村焕发出新的生机与活力，绿水青山重回乡村，人们内心深处的乡愁在被唤醒的同时，也让人更深刻地反省乡土社会在时代进程中该承担怎样的角色。作家对绿水青山的书写的过程是从传统文化中寻求精神药剂的救赎过程。

向本贵的《花垭人家》讲述了在盼溪村一起长大的三个小伙伴曾子齐、钱兴业和陈大杰不同的人生选择。曾子齐热爱自己的家乡，高中辍学后毅然决然地选择留在盼溪村，而钱兴业和陈大杰却选择了进城打工。最初，曾子齐选择留在家乡只是出于对初恋邹歌琴的依恋，以及对家乡故土的热爱，并没有扎根故乡、大展宏图的人生规划，更没有"绿水青山就是金山银山"的眼光与前瞻性。因此，他干啥啥不成，养竹鼠、乌梢蛇都失败了。但即使邹歌琴离开盼溪村，曾子齐仍然留在这里，守着他的芭茅垭，过着恬淡的生活。进城后的钱兴业和陈大杰，为了挣钱不顾一切，他们有过短暂的辉煌，

穿西装打领带，并且在家乡盖起了小楼，他们同情曾子齐生活的落魄与困窘。然而，他们受急功近利的时代病的影响，在物欲的世界里迷失了自我，钱兴业因为工厂污染身体彻底垮了，陈大杰则因为打架斗殴负债累累。反观干啥啥失败的曾子齐，在青山绿水间悠然自得，因为养竹鼠和乌梢蛇，土地不能再种芭茅，于是在苗圃师傅的建议下，他种起了桃树。漫山遍野的桃花盛开之时，曾子齐的芭茅垭成了城里人向往的世外桃源，人们带着"久在樊笼里，复得返自然"的情感体验，在芭茅垭流连忘返。可以说，曾子齐从来没有改变过，改变的只是时代潮流，当进城热潮席卷而来之时，曾子齐热爱故土、留恋故土，不曾离开，经历了挫折与失败；当人们厌倦了在钢筋水泥世界里的"困兽之斗"渴望自由之时，曾子齐的十里桃林，他的芭茅垭成为人们的"乡愁"。曾子齐对故土的坚守是一种本分，是不争名逐利的人生态度，这份本分和态度也让他收获了物质与心灵的双重馈赠。

《花垭人家》讲述了三个小伙伴共同成长的不同经历，对现代化进程中金钱至上、急功近利的亚文化进行了深刻的思考。而在曾子齐这里，他坚守本心、甘心平庸，他的生活始终充溢着恬淡与舒适，当浮躁与喧嚣退却之后方知"乡愁"才是人们内心的诚挚渴望。这又何尝不应该是乡土社会的发展之路。

在向本贵的另一部小说《竹村诉说》中，作家更是将内心对世外桃源般乡土的希冀与坚守通过环秀与刘再前的结合表现出来。作品开篇即写道："从怡水镇出来，不走大道，而是沿着旁边的一条小路往前走。小路下面是一条小溪，活泼得可爱，又是唱又是跳的。小路却不语，曲曲扭扭，在深密的杂草丛中时隐时现，就像是一条烂草索一般。沿着小路走出三四里，只见小溪的两岸被竹篁覆盖，全是水竹，柔软而修长，微风吹过，竹影缥缈，绿意逼人。要是在六月，太阳像个火球挂在蓝天，外面的世界热得透不过气，这里却有丝丝凉爽直逼肺腑，好不惬意。在绿意的荡漾中走不多远，竹林梢头突然飘起一缕炊烟，或是一声鸡鸣狗吠，才知道竹林深处有一个村子，水墨画儿一般。"[①] 竹村，便在这一层层绿意之后显现出来，静谧、纯美、祥

---

① 向本贵：《竹村诉说》，《湖南文学》2018年第6期。

和。环秀就是这方水土养育出来的美人儿,外出打工的她始终舍弃不下这片绿意盎然的故土以及故土的亲人,于是外出打工十年的她还是毅然决然地回到家乡。她亲眼见证了父亲对传承锦绣斗笠的责任,以及刘再前对锦绣斗笠的热忱与担当。最终,环秀决定嫁给和她一样热爱故土的刘再前,和他共同做好锦绣斗笠的传承,保住这百亩竹林,潜心手艺,坐看竹林四季变换,听小溪潺潺流水、鸟语莺歌。《竹林诉说》传递的不仅是手艺人的工匠之心,更是人们的淡淡乡愁,外面的世界不管多精彩,只要重拾祖宗传下来的手艺,守住内心的乡愁,外出的人总会慢慢地回来。

付秀莹的作品中出现的"芳村"是作家的精神领地,更是作家的乡愁所在,正如付秀莹自己所说的那样:"乡土是我内心最疼痛、最牵挂、最深情的部分,肯定是终生都会书写的。""我的故乡和'芳村'是实物和影子的关系,小说是在现实基础上进行艺术想象和加工。每次回到故乡,迎面走来的可能是你笔下的人物,这种感觉对作家来说是非常奇特和复杂的,但也非常有魅力。"[①] 在《陌上》中,作家不惜用大量的笔墨勾勒芳村的自然风景,暮春的花红柳绿、仲夏的绚丽晚霞、金秋的麦浪翻滚、腊月的冰封雪景,芳村的一草一木、四季的变幻在作家笔下活色生香。与这番美景格格不入的是星星点点的如垃圾场一般的乡村现实。为了发展经济,芳村建起了许多家皮革厂,臭烘烘的气味、花花绿绿的污水都在表明芳村的环境遭到了破坏,给人带来了极强的不适感。在强烈的对比之下,不难看出作家对芳村诗意化的描写既出于对内心纯净乡土世界的坚守,更传达出对在现代化进程中芳村发展境遇的扼腕叹息。在诗意的自然风景描写和对现代工业的反讽意味中,作家不仅传达出内心深深的乡愁,也完成了文学与现实的结合,提醒着我们芳村作为乡土中国的一个缩影,原始的自然风貌即使再令人神往,也在慢慢解体,如何留住乡土守住乡愁是值得思考的问题。在《野望》中,芳村焕发出中国乡村在新时代洪流中所展现出的新气象、

[①] 刘小草:《付秀莹:在芳村〈陌上〉,把故乡〈野望〉》,《新华每日电讯》2022 年 6 月 17 日。

新风貌、新局面。作家以二十四节气为章节命名，讲述芳村一年四季的轮转，有滋有味的生活便在这周而复始的年岁中展开。芳村也在不变的二十四节气中迎来了新变，芳村安置了大喇叭，"绿水青山就是金山银山""全面脱贫"等时代的最强音通过喇叭传递到芳村的家家户户。这些时代的声音与传统乡村的鸡鸣狗叫、嬉笑打闹、闲言碎语交织在一起，形成了新时代中我们的乡村。

对个人心灵和主题情感的关注是新世纪作家以浪漫主义为叙事手段的原因之一。作家以自身的乡土想象制造出与现实乡土之间有差异的陌生化张力，寻回乡土小说的诗学传统，"他者"化的文本处理模式让乡土叙事超出了"乡愁"的范畴，以感性乡土的审美方式切入乡土发展进程，试图剖析乡土发展的内生动力，从理想与现实双重维度给予反思和批判的力量。

第四节　行将消逝的风俗仪式书写

随着经济的高速发展，流光溢彩的城市文明进入乡村，让乡村风俗仪式变得看似不合时宜。城市文明影响并改变了农民的思想，特别是年轻一代人的思想，人们纷纷离开乡村，风俗仪式不仅失去了赖以生存的情感基础，更失去了维系其延续的群众基础。面对乡土社会在现实、情感、精神层面的诸多变化，作家们按照既往已有经验不能继续述说或解释乡土，内心不免产生不适。正如贾平凹、迟子建笔下的乡土社会，是一个被现代化不断挤压、冲击甚至破坏的时代纪录或者说是缩影。从这个意义上来说，对行将消逝的风俗仪式的书写不仅是作家真实记录乡土日常改变的一面镜子，也是作家对乡土文明没落的挽歌，更是作家在面对现代对传统的侵蚀时，表现出的深刻反思和对传统乡村即将消逝的担忧。

一　精神家园的丧失之痛与主体精神建构的困惑

新世纪以来，随着现代化进程的不断加快，一大批青壮年离土离乡进入城市，谋求更加广阔的发展空间，乡土社会陷入前所未有的虚空与落寞，随之而来的是人们精神家园的"失守"。面对这种状况,作家们将对精神家园的坚守转化为创作动力,以此唤醒人们对行将消逝的乡村的关注。"所谓精神家园也便是人所确信不移的精神努力目标,是人的终极关怀,是被人认作自己生存之根本的精神理想。"① 精神家园的"坚守与失守"之间的矛盾,加深了作家对乡土世界的担忧与焦虑。

(一) 传统风俗的衰落与文化焦虑

乡土作家对这类题材的创作沿袭了20世纪80年代寻根小说创作的传统,但在发展过程中也出现了新的变化和特点。80年代寻根文学家笔下的风俗描写透露着浓厚的文化寻根意识。寻根作家高举"寻根"的大旗,对"各种各样的风俗描写是作家有意识地作为文化来表现的"②,作家们希望通过挖掘传统风俗,寻找到支撑现代文化发展的民族文化之根,但在创作过程中看到的却是满目疮痍的传统文化,无时无刻不在承受着"寻根"却又找不到"根"的痛苦与焦灼。比如,在贾平凹的"商州"系列和李杭育的"最后一个"系列中,作家毫不掩饰地流露出内心的失望与落寞。与寻根作家相比,新世纪乡土小说家经历了更为痛苦的内心挣扎的过程,他们在对乡村风俗探寻之时,深刻感受到风俗文化行将消逝的危机,却又无所适从。对于新世纪乡土小说家来说,哪怕寻根时期野蛮的风俗文化也有可能面临着消失的危险,内心的痛苦与焦灼逐渐演化为担忧与焦虑。

贾平凹作为寻根文学和新世纪乡土小说的代表作家,早期便发表了反映精神家园丧失之痛的都市题材的作品,随后出版的《高老庄》《怀念狼》等则是农村叙事的旨在表现乡村家园建构的反思。新世纪以来,贾平凹的创作充满了对主体精神建构的困惑与反思。这种困惑与反思在贾平凹长篇小说《秦腔》中得到集体爆发,在作家看来,秦腔是传统文化的缩影,秦腔的消逝预示着传统文化的消逝,没有了传统文化,乡土社会也就失去了精神内核,不复存在。贾平凹以陕西剧种秦腔贯穿全文,赋予了秦腔民族传统的象

---

① 卢风:《人类的家园——现代文化矛盾的哲学反思》,湖南大学出版社,1996,第2页。
② 王晓恒:《"五四"乡土小说与寻根文学民俗描写特征论》,《内蒙古大学学报》(哲学社会科学版) 2012年第5期。

第二章　乡村风俗书写：乡村日常生活的精神内核

征寓意，作品讲述了几代人对秦腔由喜爱到厌恶的转变，以此预示、观照传统文化的命运。整部小说环绕着悲凉的情调，淳朴的乡风习俗在逐渐消逝。夏天智是第一代人中热爱秦腔的典型代表，他视秦腔如生命，自费出版了《秦腔脸谱集》。然而，这本被夏天智视为珍宝的《秦腔脸谱集》，在他死后却被弃如敝屣，这预示着秦腔必将走上一条不归路。白雪是第二代人中为数不多的喜爱秦腔的代表，她热爱秦腔，以唱秦腔为生，但是丈夫夏风的反对、秦腔剧团的解散，最终导致白雪放弃了秦腔，秦腔也失去了展演的舞台。婚后白雪与夏风的冲突实际上是现代文明与乡土文明的矛盾。白雪作为秦腔的化身，在失去秦腔后产下一名残疾儿，在此作家赋予这一细节深刻的寓意，以表明秦腔艺术最终发生畸变的悲剧命运。对于白雪这一人物形象，贾平凹是矛盾的，在白雪身上我们看到作家"内心深处不免为式微的乡土文明悲悯叹惋，但很难说他有鲜明的立场与褒贬"[①]。秦腔是夏天智那代人生活中的必需品，是乡土社会"大苦中的大乐"，几乎人人都会哼唱秦腔。同时，秦腔是农民躬耕陇亩的调剂品，"当老牛木犁牵疙瘩绳，在田野已经累得精疲力尽，立在犁沟里大喊大叫来一段秦腔，那心胸肺腑、关关节节的困乏便一尽儿涤荡尽了"。都市文化的扩展严重冲击着第三代青年人的思想，青年人迷恋流行音乐，不再喜爱秦腔，甚至厌恶秦腔。贾平凹敏锐地观察到乡土社会对秦腔态度的转变，意识到传统风俗、传统文化如果没有新鲜血液的浇灌，怎能开出盛放的鲜花。正如贾平凹在《秦腔》后记中坦言自己的担忧："我站在街巷的石碾子碾盘前，想，难道棣花街上我的亲人、熟人就这么很快地要消失吗？这条老街很快就要消失吗？土地也从此要消失吗？真的是在城市化，而农村能真正地消失吗？如果消失不了，那又该怎么办呢？"[②] 作家深感乡村发展的后继无人，担忧乡村就此消亡，离开人们的视野。如果乡村不消失，它又该如何保存下来？作家内心充满了焦虑。同样，在李佩甫的《生命册》中，大姑父也是"夏天智"式的人物。大姑父

[①] 罗麒：《"乡土女神"的迷失与抗争——从白雪形象塑造看〈秦腔〉中乡土文明的命运》，《文艺评论》2011年第1期。

[②] 贾平凹：《秦腔》，作家出版社，2005，第563页。

一生乐善好施，维持乡村的秩序与平衡，他的离世宣告着传统乡土伦理道德的坍塌和崩溃，喻示着乡村传统文化在现代商业文明的冲击下必然走向没落的命运，为乡村传统文化谱写了一曲凄婉的悲歌。正如熊培云在《一个村庄里的中国》中所感慨的那样："推土机年年作响，回不去故乡？"[①] 作家以自己的故乡为蓝本，映射整个中国大地上的乡村，反思乡土社会的兴衰变革。

在肖江虹的系列作品中，作家将民俗仪式深层意蕴的消解作为书写对象，传达出对传统文化、传统乡村在时代转型期所出现的诸多问题的深层反思。在《蛊镇》中，作家塑造了兼具治病救人医生身份以及乡村调解人身份的蛊师形象。在封闭落后的蛊镇，因为自然环境恶劣，其与外界交流也变得异常艰难，正因为此，蛊师因掌握制蛊技术而地位尊崇。蛊师无偿为村民提供蛊药，这在物资匮乏的年代满足了村民们求医问药的需求。但随着大批青年进城，作为蛊师传承人的细崽不愿意学习制蛊之术，制蛊之术的失传也预示着传统蛊镇失去其存在的文化基础。《傩面》则讲述了现代经济冲击下传统民俗文化衰落而引发的人们思想的混乱与主体精神的转变。秦安顺是傩村技艺高超的傩师，除了承担傩仪面具的制作任务，还承担着赋予傩仪面具文化意蕴的民俗仪式任务。在制作过程中，秦安顺要将傩仪面具请上神龛，开光之后才算完成制作，开光以后的面具才能进行平安傩、延寿傩以及离别傩等风俗仪式。然而，随着城市文化的兴起与繁盛，梁兴富发现城里人根本对传统傩仪面具不感兴趣，更别提其背后的文化意蕴与历史价值，他们感兴趣的只是那些奇形怪状的面具。为了赚钱，梁兴富将秦安顺制作的面具拿到集市上卖，全然不顾傩仪面具的神圣，更有甚者，编造出镇宅童子的谎言来吸引更多的人来买面具。梁兴富更是将其售卖的面具赋予堪比菩萨的神力，殊不知顾客对面具所具有的"神力"毫不在意，他们只在乎怪异的傩仪面具所带来的视觉快感与陌生感。傩仪面具以及其所具有的文化底蕴在售卖者与顾客的嬉笑玩闹中被彻底消解。在《悬棺》中，攀崖技术的传承一方面

[①] 熊培云：《一个村庄里的中国》，新星出版社，2011，第467页。

是为了获取燕粪耕种庄稼，另一方面是在教授攀崖技术之时传授人与自然和谐共生的理念。但随着农业现代化的发展，获取燕粪已失去其价值，攀崖技术也逐渐失传，更加深了作家对转型期乡村社会出现的问题的思考，正如作家自己所言："很多东西消亡后，往往有替代品出现，这是历史发展的规律。"[①] 在《当大事》中，随着打工潮而老龄化的村庄失去了往日的生机，就连葬礼都无法按照当地的风俗举行。松柏爹过世后，只有年过半百的老人们为他操持后事，甚至出殡时儿子因在外务工，连打灵幡的人都没有。没有年轻人帮忙的葬礼，下葬时连棺材都抬不动，本应庄重肃穆的葬礼却演变成一个个窘迫的问题现场，不禁令人唏嘘。

刘玉栋的《年日如草》通过曹大屯十七岁到三十七岁这二十年由懵懂的乡村少年到充满社会责任感的城市中年的成长历程，既看到了城市之殇，也感到了乡村之痛。可以说，曹大屯的成长历程是艰难的，最初他以"乡村文化"视角来看城市，不适应、不理解、不接受，即使身在城市，也无时无刻不在感受着无以名状的漂泊感；后来在与袁婷婷的"意外婚姻"中，他努力适应城市，在城市的中心地段经营着自己的蛋糕店，成了他人羡慕的小老板。但是，在面对妻子袁婷婷时，他永远是自卑的，这也最终导致他婚姻的失败。曹大屯出生在乡村，对乡村有着深切的爱，但城市给了他爱情和亲情，他爱乡村也爱城市，在城市他时常想起乡下的一切。然而，当他返乡看到的却是被煤灰包裹住的灰蒙蒙的乡村与树木，他的幻想被眼前的一切彻底击碎。他不敢相信无数次出现在他梦里的乡村如今却如此凋敝、破败，精神上的打击、情感上的痛苦、心理上的不适都使他带着悲伤默默地又一次离开家乡。

当故乡不再能成为离乡者的心灵慰藉之地，乡土的价值和意义又怎能不受到质疑？在刘庆邦的《回家》中，失魂落魄的梁建明回到乡村，父母不仅没给他一丁点儿情感上的安慰，更是将其视为临阵脱逃的士兵。广阔的乡

---

① 舒炜、肖江虹：《乡间早没人能吹百鸟朝凤了——对话作家肖江虹》，《廉政瞭望》（上半月）2016年第6期。

土大地却不能为梁建明带来一丝一毫的慰藉，直到他喊出"再也不回来"时，乡土不再是离乡者的精神栖息地，反而成为他们"回不去的乡"。在徐则臣的《还乡记》中，葬礼的崇高意味被消解，取而代之的是无底线的低俗趣味。"我"回到热恋的故土，却被眼前充斥着脱衣舞的葬礼震惊了，原本寄托着生者对逝者哀思与悼念的葬礼，在一场低俗的表演中沦为冲击视觉的带着性意味的狂欢。这场狂欢不仅是对葬礼崇高性的亵渎，更是乡村伦理观念、伦理情感的崩塌。

在朱辉的《七层宝塔》中，乡土文明的式微以代际冲突的形式表现出来。唐老爹无疑是抱着传统观念不放的乡村文明的代言者，而他的孙子唐阿虎则是怀抱现代观念如获至宝的现代文明的代表。在社会改革大潮中，人们的价值观念在传统与现代之间纠缠，唐老爹与孙子阿虎也在这份纠结中矛盾不断升级，直至搬进新村后矛盾彻底爆发。唐老爹的房子原本建在风水宝地之上，独门独院，清幽雅静，并且有寺庙和宝塔给予的精神慰藉。然而，现在他要搬到新村的楼房里，在他人的脚底下生活。他无法理解，自己的生活被打乱、习惯被打破难道就是为了换来现如今面目全非的村庄？现代文明没有给像唐老爹这样的老一辈人选择的机会，而是以入侵者的姿态强势剥夺了他们原有的生存模式。住进现代化小楼的祖孙两代必然迎来更强烈的摩擦，晚辈枉顾"长幼有序"的伦理道德，对祖辈恶语相向。进入城市生活的"农二代"阿虎既缺乏传统文化中的宗教敬畏之心，盗掘文物，毁一方文脉，又无现代公民的法律意识和人道观念，用不正当手段从居委会主任手里将公家的房私用，做起生意。可以说，阿虎是个能跟得上时代节奏的人，他的丧葬品商店中摆放的别墅花圈、香车美女、数亿冥币，将他对拜金主义社会风气的迎合展露无遗。最终，唐老爹被孙子气倒，阿虎想要用自己送丧葬品的车拉老爹去医院，但老爹怎么也不肯。这样的情节设定，或许是作家的不甘心，难道乡土文明真的要被阿虎之流的"大炮仗"送上西天？

在罗伟章的《声音史》中，杨浪是千口村历史的见证者，他有着超乎常人的特质，他能记住并模仿出他听到的所有声音。杨浪储存着千口村所有的声音，在他的记忆里、口传中，千口村正在一步步走向消亡，"杨浪小时候,能分辨出十七种鸟叫,后来变成十六种、十五种、十四种,到现在,仅剩四种"。城市化的高速发展,不仅让杨浪成为千口村唯一的男人,村庄日益空虚,更导致山林中的动物数量逐渐减少,山林面积也逐渐缩小。

在付秀莹的作品中,一些不经意间出现的细节,预示了传统风俗面临断裂的必然与潜在风险。在《小过年》中,按照芳村的习俗,在腊月二十三这天每家每户都要祭灶,希望灶王爷"上天言好事,下界保平安"。翠台最为看重这个日子,一早便起来忙活,但迟迟未见在新院住的儿子儿媳过来,不仅如此,集市上就连祭灶的糖瓜也没有了。令人不禁感慨,现在的人太忙、生活节奏太快,忙得顾不上祭灶、快得顾不上灶王爷上天说不说人间的坏话。翠台对小年寄托的希望在儿子儿媳这里遭遇了滑铁卢,年轻人受到现代思想的影响,不再恪守传统习俗。《三月三》中,同样再现了老一辈人对传统习俗的重视在年轻人那里却被忽视的命运。在芳村的传统习俗里,农历三月三是春天来临的好日子,一家人要团聚在一起。见本媳妇一边回忆着以往团聚的欢乐场景,一边大清早就开始张罗着吃食,高兴地等待着儿女们的到来。然而,儿女们因各种原因都不能回来,看着空荡荡的房子和满桌的吃食,见本媳妇感到前所未有的失落。

除了上述作家对传统习俗逐渐裂变与衰落的担忧之外,作家对乡土社会中丧葬习俗与婚礼习俗也投以热切的关注。这是由于在城市化进程中,大量村民离乡离土,年轻人的离去使乡土社会失去了往日的生机和活力。对于乡村的存续与发展而言,随着人口的流失,年长之人的离世面临着无人送葬的局面与难题。婚礼习俗也在城市文化的影响下发生着本质的变化。

在迟子建的《群山之巅》中,讲述了龙盏镇的丧葬习俗在现代经济观念的作用下被完全消解。中国丧葬习俗实际上是孝文化最生动的诠释与呈现。在龙盏镇,当老人过世后,体弱多病的孩子围绕着棺木转上一圈,就能祛病增寿,逝者家属对此也表示欢迎,"对待这样的孩子,都满怀怜惜,随他们钻棺"[①]。张老太去世后,她的子女们却向前来围绕棺木行走的孩子家

---

① 迟子建:《群山之巅》,人民文学出版社,2015,第54页。

长索要费用，钻一次五十块，弄得孩子家长都很不高兴。邻居们眼看着喜丧变得闹闹哄哄，出来劝说："老人家心善，病孩子钻她的棺材，等于帮她暖了炕，她睡在那里，身上就不会有寒气。若是你们做后人的收费，她怕是不会开心的。"[①] 原本好意相劝，逝者家属非但不领情，更换来了张老太儿子的敌视。

在孙惠芬的《上塘书》中，作家描写了上塘的杀猪请客、丧葬嫁娶等风俗仪式，全方位地展示了上塘的风土人情，再现了上塘的政治、文化、教育、贸易、婚姻等当地风俗，然而，上塘的风俗仪式在商品化进程中悄然发生着改变，传统习俗正"与时俱进"地注入现代化元素。比如葬礼上的乐手既会吹奏《二泉映月》《花为媒》等传统曲目，也吹奏《走进新时代》等流行音乐；在扎的纸货中既有摇钱树、聚宝盆、仙鹤、童男童女等传统样式，也有电视机、轿车等新式物件。传统葬礼原本是充满禁忌、敬畏和神秘的民间活动，在整个葬礼过程中，人们在充满悲痛与敬畏中完成与死者的道别。而当下，丧葬习俗所蕴含的对死者的敬畏、对亡灵的告慰的文化意味被消解，传统仪式变得不再重要，葬礼在不伦不类的"吵闹"中草草收场。

除了丧葬习俗以外，婚俗在乡土社会同样重要。近年来，随着现代生活理念逐渐进入乡村，乡土社会的婚俗也在不知不觉中发生着改变。在孙惠芬的《歇马山庄的两个女人》中，潘桃和李平举办了两种截然不同的婚礼：潘桃旅游结婚的"现代婚礼"和李平大操大办的"传统婚礼"。潘桃的"现代婚礼"只学到了表象：住招待所、吃肯德基、逛商场；李平的"传统婚礼"也变了味儿：大冬天穿着大红色的婚纱，缓缓地从红色轿车上下来，摄像机全程跟拍，没有见过如此阵仗的村民们蜂拥而至，盛况空前。两场婚礼对传统婚俗的颠覆从严格意义上讲都失去了婚礼的文化意蕴，只是他们内心需求的体现：潘桃追求现代的生活、时尚的仪式，李平则希望借助浩大的声势向过去"肮脏的"生活告别。无论是潘桃的"现代婚礼"还是李平大操大办的"传统婚礼"，都是对真正意义上的婚礼的消解，丢弃了传统婚礼

---

① 迟子建：《群山之巅》，人民文学出版社，2015，第54页。

习俗的真正意义：通过传统仪式，在众多亲友的见证下，立下白头偕老、甘苦与共的人生誓言。

除此之外，在《泪为谁流》中，以葬礼哭丧赚钱的杨花朵发现了商机，将哭丧作为事业发展壮大并成立了公司。这种只要给钱就能号啕大哭为葬礼增加气氛的葬礼"新风俗"，冲淡的不仅是人们的悲痛，更终结了葬礼的庄重肃穆。当哭丧沦为葬礼生产线上的一道工序，即使真挚的泪水也会变得一文不值。在《技痒》中，老人们因为"不许土葬"的新政策纷纷自杀，这让木匠老李忙活了起来，但也感到了死神降临的恐惧与孤独。随着丧葬新政策的推行，老李打棺材的传统技艺没有了用武之地，更失去了得以传承的基础。在鲁敏的《离歌》中，彭老人对扎纸活的三爷深信不疑，因而多次与三爷谈论自己葬礼时的细节，然而为彭老人料理后事的后辈却无法理解，这预示着传统丧葬习俗在年轻人的不解中逐渐消失。在尹学芸的《贤人庄》中，远近闻名的贤人庄在拆迁的过程中发生了巨大的变化。通过对乡村风俗仪式的描写，作家揭示了都市文化对乡村文化的冲击，表现出对乡土社会的焦虑与担忧。付秀莹的长篇处女作《陌上》通过"风俗画"的书写传统，将小村庄里的婚丧嫁娶、生老病死娓娓道来，这些人们日常生活中的小事被事无巨细地反映在小说之中。作家以现实故乡为原型的"芳村"，也从此在文学史上留下了姓名。

传统风俗是文化记忆的复现，"对于文化记忆来说，重要的不是有据可查的历史，而只是被回忆的历史。我们也可以这么说，在文化记忆中，基于事实的历史被转化为回忆中的历史，从而变成了神话"[①]。传统风俗不仅承载着文化记忆，它更像一面镜子，折射着乡土生活的点点滴滴。20世纪90年代以来，现实环境的改变使传统风俗发生着巨大的改变，有的风俗正在消失，有的已经消失，作家们痛惜于风俗的衰落，将内心的焦虑与困惑通过乡土叙事表达出来，甚至渴求寻找到解决之道。

---

① 〔德〕扬·阿斯曼：《文化记忆：早期高级文化中的文字、回忆和政治身份》，金寿福、黄晓晨译，北京大学出版社，2015，第46页。

（二）梁鸿"非虚构小说"的精神剧痛

梁鸿的作品以故乡梁庄为写作对象，将梁庄作为中国乡村的缩影，在全方位地展现了梁庄的过去和现在的同时，也表达了对梁庄未来的隐隐担忧。"梁鸿叙述的'梁庄'，是重新认识这个庞然大物般正在发生着'千年未有之巨变'的古老乡土中国现代转型的一把钥匙，是觑看面目模糊、杂乱无章而又混沌幽暗的被现代性遗忘与遗弃存在的一面镜像。"[①] 透过梁鸿的作品，我们可以清晰地感受到现代化进程中乡村的破败、理想与现实的落差、人们精神世界的失衡，以及随之而来的农民群体身份认知的困境及差异化选择。

梁鸿描写的梁庄是乡村文化与城市文化相互博弈下的梁庄，在这场博弈中，很明显乡村文化败下阵来，正如《中国在梁庄》中作者写到的那样："这一村落文化已经变了。以姓氏为中心的村庄，变为以经济为中心的聚集地。"[②] 农耕文化的结构方式也随之逐渐消亡，乡村不再具有文化上的凝聚力，取而代之的是经济上的吸引力。在梁鸿的作品中，随处可见的"人去楼空"是乡村的日常生活景象，这是现代化进程中乡村发展的必然结果。在《神圣家族》中，梁鸿开篇就讲述了吴镇老槐树的故事，对于村支书吴保国来说，砍倒老槐树是实施乡村规划的一部分，而对于阿青和村民来说，老槐树承载着吴镇的历史。阿青为了保住象征着吴镇传统的老槐树，他吃住都在树上，即使如此也未能改变老槐树被砍伐的命运。阿青对吴保国的反抗实质上是乡村文化与城市文化的一次正面较量，很明显乡村文化败下阵来，就像阿青说的"那朵一直在他心里移动的云没有了，那光和云梯也找不着了"[③]，这又何尝不是对吴镇所有的人呢？城市的兴起，城市文化以各种各样的形式开始向乡村渗透，乡村文化开始走向衰落。他们在隐约之中感受到物价的飞涨，意识到"出门挣钱是第一要义，至于土地，它不再是农民收

---

① 张丽军：《新世纪乡土中国现代性蜕变的痛苦灵魂——论梁鸿的〈中国在梁庄〉和〈出梁庄记〉》，《文学评论》2016年第3期。
② 梁鸿：《中国在梁庄》，中信出版社，2014，第30页。
③ 梁鸿：《神圣家族》，中信出版社，2015，第12页。

入的重要来源,不再是'命根子'"①。但他们对城市一无所知,根深蒂固的农民性又使他们与城市格格不入。《出梁庄记》中的西安德仁寨是"出梁庄人"的聚居地,这里聚集着从梁庄出来的最早的一代。初见"二哥"时,乡土的记忆瞬间出现在脑海,教学骨干、击中"我"额角的黑板擦、牛一样的圆眼、两颗大门牙,现在已然发福的"二哥"于我已是全新的人。"二哥"从河北邢台到安阳小刨光厂,从南窑地到新疆,从阿勒泰到西安,城市生活异常艰难。以"二哥""二嫂"为代表的老一代农民经历着城市中国的"丛林生存"法则,忍受着"黑狗子""托儿"对自己无情的"抢劫"。现实的暴力、冷血足以令老一代农民寒心,而来自城市的精神歧视和情感敌意则无形中在老一代农民与城市之间竖起一面墙,拒绝他们靠近。在无路可走的城市,"二哥"们向往着对乡土的回归。于他们而言,乡土不仅是赖以生存的土地,提供着吃喝拉撒,更是心灵的归宿、生命的归属,演绎着生老病死。在他们的意识里,"农民工"的身份是临时的,而"农民"的身份是永久的,他们深刻地认识到城市只是短暂的驻足地,而非长久的生存所,因此来自城市外在的直观的文化震惊只是暂时的,他们虽艳羡不已,却很少有转型成城里人的奢望,以致当父亲、二哥、二嫂说起梁庄时,"两眼放光,大家都很兴奋,呈思考状、紧张状和幸福状"②。同样《出梁庄记》中,万青媳妇巧玉和丰定老婆虽然对打工城市很怀念,但也仅停留在"每个月到时间就有十几张红红的票子发下来",而对于"打工的城市、乡镇却异常陌生,在说起打工的镇子时,丰定老婆竟然想不起来小镇的名字,而她在那儿生活了将近二十年"③。像万青媳妇巧玉和丰定老婆一样的农民,长期与打工城市间处于疏离的状态,这种长时间的陌生、隔膜实际上是农民与城市之间双向不接纳的表现。城市给予了农民栖身之所,却不给予他们家的温暖,梁庄老一代打工者和家人、村庄的联系极少,但留在梁庄的人总有一种奇妙的感觉,在外打工的人整个心都还留在梁庄。他们不认可城市,同时城市也

---

① 梁鸿:《中国在梁庄》,中信出版社,2014,第157页。
② 梁鸿:《出梁庄记》,花城出版社,2013,第21页。
③ 梁鸿:《出梁庄记》,花城出版社,2013,第11页。

不认可他们。《出梁庄记》中的三轮车夫万国大哥和万立二哥,以最为粗犷的生活方式,小心翼翼地感受着城市对他们的评价。为了抵抗不公与压迫,他们架没少打、骂没少挨,在摸爬滚打中逐渐找到"城市属于谁?""'群众'又是谁?"的答案,他们不过是"城市边缘人",城市不属于他们,他们只是城市要"清理"的对象①。

如上文所述,在梁鸿笔下,最初进城的农民生存境遇异常艰难。那么,新一代年轻人在城市的境遇是否有所改变呢?在梁鸿作品中,我们不仅能感受到新一代梁庄人向城求"生"的强烈愿望,而且能感受到梁庄大地现代性蜕变的精神苦痛。新一代农民大多接受过高等教育,往往存在着"回不了家"的心理暗示,是不愿也是不能②,他们背负着家庭、家族的希望与责任,他们要完全抛开自身的农民性,扎根城市。然而进城以后的生活却不尽如人意,"都市异乡人"的身份标签使他们的权利得不到维护、公平得不到伸张,内心的孤独感、无用感、无力感、无根感油然而生。《出梁庄记》中的正林,大学毕业后留在北京,成为一名商装设计师,接触的都是国际奢侈品牌,德国、奥地利、意大利、瑞士满世界地飞,身边跟着翻译,住的是高档酒店,吃的是西餐牛排,喝的是进口红酒,工作体面气派,然而工作之外的生活却窘迫局促,全家蜗居在城中村的小房子里,没有城市户口,没有城市身份,公积金、养老金、医保都是最低标准,没有归属感和安全感,总感觉城市没有真正地接纳自己。他积极适应都市生活,认同都市文化,然而都市的霓虹却将他卷进更加混乱的漩涡,他想方设法成为城里人,但生活终究还是一团乱麻,他或许有体面的工作,却没有体面的生活,这种强烈的错位带来了剧烈的精神落差,成为"城里人"对他来说仍是一个遥不可及的梦。《出梁庄记》中的文哥是高中生,却被传销组织至少骗进去了六次,文哥朦朦胧胧地知道自己被骗了,但是他清楚地渴望传销组织所宣传的成功、实现价值、家的感觉以及平等。这些都深深地吸引着像他一样的农民工,传销组

---

① 梁鸿:《出梁庄记》,花城出版社,2013,第 52~57 页。
② 费孝通:《乡土中国》,作家出版社,2019,第 183 页。

织构建的富裕、高雅、平等,甚至比存活更高的价值空间与世界,正是进城务工人员所需要的。在寻求价值认同的道路上,像文哥一样的年轻人以自己的方式理解城市、谨慎地靠近城市,但城市与他就像两条平行线,即使能无限靠近却永不相交。他们渴望得到认可与接纳、实现成功与发达,却不幸误入传销组织,看似偶然实则必然,着实令人扼腕叹息。《中国在梁庄》中的光生叔倾尽所有供秀清上大学,但毕业后的秀清找不到工作,也考不上公务员,城市无法提供给他更多的生存空间,不愿回村的秀清只能跟着村里的其他青年出去打工。像秀清一样的从大专院校毕业的孩子还有不少,他们要么凭着自己的专业无法找到工作,要么就在公司当小职员。"他们的身份是什么呢?农民?农民工?好像有点儿不太合适。说是城市工作人员?白领?又完全不对。他们处于这样的模糊地带,不愿意回农村,但城市又没有真正收容他们,因为他们并没有收入足够多的工作。他们不需要记住自己的身份,只能在城市的边缘挣扎。"[1] 对于新一代农民来说,他们的身份是尴尬的,他们背负着家庭的希望进城读书,因此他们离乡离土带有强烈的宣言式,他们力求突破,希冀在他们这代人身上实现由"农村人"向"城里人"的转变。然而,城市并未真正地认可他们,未能给他们提供更多的条件和机会。他们的可悲之处亦在于此,他们徘徊于他人与个体认同之间,并未找到真正的身份定位。《中国在梁庄》中的菊秀,从小怀揣上大学的梦想,即使是全家人都搬到湖北襄樊做生意,菊秀也义无反顾地留在梁庄读书,但一连三年都未能考上。她不甘梦想破碎,即使跟母亲摆小摊,也还心心念念自己的梦想,想着学裁缝当个设计师,也算高雅。就连择偶上,菊秀也选择了自己的理想型——颇具文艺气质却不懂过日子的老三,过日子的艰难却又给了她重重一击,"生活没有给她实现理想的机会,于是,她的理想、她的浪漫都变成了缺点,成了阻碍她更好生活的绊脚石"[2]。如果能听从父母选择符合身份的工作、婚姻,可能生活不至于像现在一样艰辛。

---

[1] 梁鸿:《中国在梁庄》,中信出版社,2014,第59页。
[2] 梁鸿:《中国在梁庄》,中信出版社,2014,第99页。

作为梁庄的"女儿",梁鸿以一种回望的姿态审视梁庄的变化,用文学的叙述、社会学的调研方法,融合个体情感和社会实证,以饱满的情感展示了一个当代村庄的生存状态。作为梁庄的"研究者",梁鸿渴望跳出原有的知识结构和逻辑思维来客观地揭示农民身份认同的困境,以及造成这种困境的根源。在梁鸿乡土叙事中,我们揪心地发现无论是老一代农民还是新一代农民,无论进城时间长短、是否有学识,城市都未能真正地接纳他们,他们都在"去""留"之间做着艰难的抉择。农民身份认同的代际差异在多重矛盾的作用下异常明显。梁鸿对农民的关涉带有强烈的问题意识,这是毋庸置疑的。但也应当注意,在梁鸿以故乡女儿的身份进入梁庄时,村庄的破败与其记忆中的乡村的美好之间的落差是巨大的,对故乡情感上的担忧使她的叙述带有强烈的悲剧色彩。于这点,梁鸿也深有感触:"现在想来,在《出梁庄记》结尾处,'我'的形象很让人生厌。'我'为什么有如此大的无力感?'我'在代谁哀叹、诉说?"① 同时她也毫不隐晦对自我创作进行反思:"忧伤"和"哀痛"是"我"创作的关键词,但"选择这两个词并非是想带出无力感,而是想表达一种历史感","不是为了倾诉和哭泣,而是为了对抗遗忘"②。在梁鸿心里,这份内心的焦虑和情感的担忧使她不敢、不忍遗忘故乡,并致使她竭尽全力去把握乡土中国文化结构裂变的精神内核,从中寻求出路。

在《梁光正的光》中或许能找到答案。作品以梁光正寻亲为主线,讲述了梁光正凭借个人力量"寻根"来弥补精神缺失,感受来自血脉的"同频共振"。对于梁光正这代人来说,"他们的一生都在失散之中,在自己的土地上失去自己的家,失去自己的身份,儿女长大以后,都迫不及待地离开这里再不回来"③。如果说"离开—归来—离开"是当下乡土生活的真实写照,那么"失根之感"则是当下乡土精神的隐痛。如何弥合乡土生活与精神之间的裂痕?"寻根"——寻求农民主体价值的实现,唤醒农民身份的自

---

① 梁鸿:《中国在梁庄》,中信出版社,2014,第265页。
② 梁鸿:《中国在梁庄》,中信出版社,2014,第267页。
③ 梁鸿:《梁光正的光》,人民文学出版社,2017,第10页。

第二章　乡村风俗书写：乡村日常生活的精神内核

豪感与自尊感则变得尤为重要。乡土，即使在城市化日益加速的今天，仍然使无数人魂牵梦萦，不仅在于它是我们的故乡，更在于它广博深厚的文化魅力和生命韧性。"村庄，在某种意义上，是一个民族的子宫。它的温暖，它的营养的多少，它的整体机能的健康，决定着一个孩子将来身体的健康度、情感的丰富度与智慧的高度。"① 在乡土社会中，婚丧嫁娶等人生大事构筑了乡村日常生活的文化骨架，在这副文化骨架之下所进行的传统仪式使乡土社会散发着无穷的魅力、野性和生命力。在《出梁庄记》中，梁鸿生动地再现了"老党委"奶奶去世后"繁琐"的丧葬仪式，家人严格遵循乡土伦理秩序，报小庙、报大庙、送路、送葬，在一次次痛哭、跪拜、呼唤中活着的人与死亡的人融为一体，完成了以血缘维系的整个宗族的文化认知和精神皈依。葬礼及其背后的文化内涵、精神指归使传统文化散发着神圣感与神秘感，让身处其中的每个参与者都深感自傲、自豪。即使城市化改变了乡村模式、生存方式，但农民的"情感、思想，他们的生活方式并非全然跟随这一转型而改变。相反的是，他们可能仍然渴望回到那种传统的模式中"②。我们欣喜地发现"古老的乡土中国文化并没有失效，它依然在发挥着不可替代的作用，新世纪乡土中国伦理文化的重建依然需要从母体文化基因寻找精神遗传密码"③。有了强烈的身份认同感和文化自豪感，会让人们不管身处何方，都有无限的勇气和底气。

梁鸿对农民身份代际差异的文本叙事背后是深层次的心灵危机和文化焦虑，这份危机和焦虑折射在文本叙述中则是一种对故乡行将消逝的无限忧虑："如果没有这些，没有故乡，没有故乡维系、展示我们逝去的岁月和曾经的生命痕迹，我们的生命、我们的奋斗、所有的成功与失败又有什么意义呢？"④ 正是作家身上这种极强的在场感和责任感，使得梁鸿无法摆脱对乡

---

① 梁鸿：《中国在梁庄》，中信出版社，2014，第225页。
② 梁鸿：《中国在梁庄》，中信出版社，2014，第242页。
③ 张丽军：《新世纪乡土中国现代性蜕变的痛苦灵魂——论梁鸿的〈中国在梁庄〉和〈出梁庄记〉》，《文学评论》2016年第3期。
④ 梁鸿：《中国在梁庄》，中信出版社，2014，第10页。

土的忧思，无法放弃对乡村价值重建问题的关注。在梁鸿那里，故乡是人活在世上的根，是见证生命绽放的价值所在，是无法割裂的情感联系，这种情感联系"是具有特定文化内聚性和同一性的群体对自身历史的记忆"[①]。这也正是作为"非虚构小说"作家的可贵之处，梁鸿的文字中始终流淌着对故乡饱满的深情，即使痛苦，也敢于正视乡土中国这个古老的文化有机体正饱受着现代转型的精神剧痛，也努力正视在精神剧痛下农民实现个体现代性转型中的身份认同危机，并希冀改变这样的生存窘境。在重建乡村文化价值和农民身份认同过程中所遇到的精神层面的困难则是社会、他人和个人都必须积极面对并予以解决的重中之重。

二 原生态习俗的破坏与"城市化"批判

20世纪末以来，随着城市化、现代化进程的逐渐加速，传统乡村的日益破败点燃了人们的生态危机意识和乡村危机意识。而最初作家们表现乡村原生态的破败并不在于表现对生态危机的焦虑及探源，不在于批判城市文明或现代文明，只是因为"残缺的乡土"所带来的巨大的心灵震撼。

20世纪80年代中后期，杨志军的"荒原"系列、郭雪波的"沙狐"系列、李悦的《漠王》、谌容的《长河》、哲夫的"猎天"系列等都一定程度地展现了原生态乡村或原生态环境被破坏。特别是杨志军的"荒原"系列，带有深刻的生态预警意识，将人类对原始生态的冲击赤裸裸地展现出来。《大湖断裂》中青海湖因沿湖过度开垦而水土流失、水位下降，环湖地带生态面临断裂的危机。《环湖崩溃》中，杨志军则将这种危机上升到警示的高度，动物逐渐远离青海湖一带，荒原一天天萎缩、大湖一天天变浅，环湖地带竟出现了沙漠。原始生态环境遭遇破坏，这不仅是外来力量对环湖的开发，也在于游牧民族自身的生存需求，缺乏农耕经验的盲目开垦和播种只能给环境带来更大的压力。较之20世纪80年代不太自觉的生态意识的文学

[①] 李娟：《中国电影的文化记忆考察——以国际电影节部分获奖影片为视角》，《中原文化研究》2015年第5期。

创作，带着极强的表达人与自然关系思考的纪实文学，特别是报告文学横空出世，引起了巨大的轰动。沙青的《北京失去平衡》、徐刚的《伐木者，醒来!》等作品的发表，将北京缺水问题、西部伐木成灾问题暴露在世人面前，这不仅给知识界、文化界重重一击，更波及政策决策层面。文学以深切关注现实、反思历史的深度和广度再一次震惊了世人。受此影响，20世纪90年代纪实文学迎来了创作的高潮，黄宗英的《天空没有云》《没有一片树叶》、沙青的《绿色备忘录》、陈桂棣的《淮河的警告》、徐刚的《世纪末的忧思》《中国另一种危机》《中国风沙线》《中国纪事文丛——拯救大地》《绿色宣言》《倾听大地》《地球传》等，从不同视角对中国环境破坏、生态危机进行了具体详细的报告，并对产生的原因进行了细致入微的分析。① 几乎与纪实文学同步，20 世纪 90 年代后期至 21 世纪初期一批批判现实、反思生态的文学作品应运而生，如郭雪波的"大漠"系列、迟子建的"东北丛林小说"、张炜的"动物寓言"系列、陈应松的"神农架"系列、阿来的"机村"系列、姜戎的"狼文化"系列等。作家们立足自己熟悉的乡土世界，以敏锐的眼光审视现代化进程中乡土的凋敝、生态的破坏、文化的破败，表达自己的文化立场。

郭雪波的"大漠"系列：20 世纪出版的《饭荒》《大漠狼孩》《火宅》《锡林河的女神》《沙狼》《沙狐》《大漠魂》，21 世纪以来出版的《天出血》《天海子》《银狐》等，对人与自然之间关系进行了深刻的思考，特别是在《银狐》中作家揭示了自然和精神的双重危机。哈尔沙村曾经是水草肥美、猎物丰盛的草原，但在人类无节制的开发下变成了黄沙滚滚的荒漠，号称"八百里瀚海"。在这里，银狐姹干·乌妮格为了生存与人类展开了斗智斗勇。人类面临大自然的惩罚，将逃生的狐狸视作"狐大仙"来顶礼膜拜，甚至用做熟的鸡鸭来供奉"狐大仙"，以此来避祸消灾。很显然，人类所做的这些事情无济于事，惩罚未曾停止，一幕幕悲剧继续上演。面对日益严峻的生态危机，作家在作品中提出了救赎之路：崇拜自然，寻求人与自然

---

① 黄轶：《中国当代小说的生态批判》，北京大学出版社，2014，第 23~42 页。

共同发展的和谐之路。然而，这条救赎之路却困难重重，对此作家内心表现出了深深的焦虑。同时，面对科技文明时，作家又是矛盾的，一方面他深恶痛绝于科技带给自然与人类的灾难，另一方面他又渴望通过科技的力量改善荒漠的现状。

迟子建出生、成长于黑龙江漠河，东北丛林给作家留下了深刻而美好的记忆。从迟子建那里，少数民族鄂伦春、鄂温克族生存生活图景首次以饱满且生动的形象进入读者的视野，带有原生态民族文化色彩的异域情调以前所未有的魅力冲击着、震撼着读者。迟子建的《额尔古纳河右岸》讲述了鄂温克族古老而神秘的传统风俗，再现了鄂温克族人原生态的生活方式。迟子建潜心展现独具民族风情的世外桃源般的乡土世界，在《额尔古纳河右岸》中，作家通过鄂温克族最后一位酋长的遗孀、一位百年族史亲历者的回忆，展现了原始游牧民族从最初与自然和谐相处，到最后与自然分道扬镳的今昔对比，传达出作家对少数民族文化的热爱与珍视，对即将消逝的少数民族文化的深切担忧。作品中，无论是鄂温克族人的居住习俗（住在希楞柱里），还是风葬的祭祀习俗，抑或是狩猎习俗；无论是充满神力的尼都萨满，还是时时想着向狼复仇的达西，抑或是能将石头攥碎的铁匠伊万，都透露着原始民族的力与美。在鄂温克族人眼里，万物皆有灵，他们遵循大自然的规律、享受神赐的恩典。他们赋予驯鹿"大森林的子女"的圣名，崇敬它们、爱护它们，而熟知大兴安岭密林的驯鹿则会引导他们安全地迁徙于密林深处，找到更适宜居住之地，"最终还是驯鹿帮助我们确定了新营地，它们在靠近河流的山脚下找到了蘑菇圈，停了下来。它们一停，我们也跟着停下来了"[①]。同时，他们深信萨满法师是神的使者，拥有至高无上的神力和法力，是神赐予鄂温克族的指引，可以掌控族人的生、老、病、死，并可以借助神力扭转族人的命运。因此鄂温克族人无论是婚葬嫁娶、治病求医，还是驱邪救灾、部落迁移都要问命于神，听从神的指引，服从萨满的安排。然而，不

---

① 迟子建：《额尔古纳河右岸》，北京十月文艺出版社，2005，第110页。

第二章 乡村风俗书写：乡村日常生活的精神内核

是所有的乌力楞①都有萨满，也不是随便哪个人就能成为萨满，新的萨满是神拣选的，有着不同于常人的举动。就像尼都萨满那样：

  他几天几夜不吃不喝，却仍能精力充沛地走上一天的路。他光着脚踏过荆棘丛的时候，脚却没有一点儿划伤，连个刺都不会扎上。有一天，他在河岸被一块石头绊了脚，气得冲它踢了一脚，谁知这块巨石竟然像鸟一样飞了起来，一路奔向河水，"咚——"的一声沉入水底。大家从这超乎寻常的力量上，知道他要做萨满了。

  那时我们氏族的萨满去世已经三年了，新萨满还没有诞生。一般来说，新萨满会在旧萨满去世的第三年产生。②

或者像妮浩那样：

  有一天傍晚下着雪，她忽然跟鲁尼说要出去看落日。鲁尼说，下雪的日子怎么会有落日呢？妮浩没说什么，她鞋也不穿，光着脚就跑出去了。鲁尼拎起妮浩的狍皮靴子去追她，说你不穿鞋子，脚会被冻坏的！妮浩只是哈哈大笑着在前面跑，头也不回。鲁尼是乌力楞中奔跑速度最快的人了，可他却怎么也撵不上妮浩，她越跑越快，很快就消失了踪影。……回到希楞柱后，妮浩若无其事地抱着果格力，撩起衣服给他喂奶，好像什么都没有发生过。她的那双脚，一点儿都没有冻着。……我和鲁尼互相看着，心里都明白，妮浩可能要做萨满了，因为那正好是尼都萨满去世的第三年，我们氏族该出新萨满了。③

对于鄂温克族人来说，萨满法师的人选是神的旨意，是神对鄂温克族的恩典。鄂温克族人通过萨满法师接受神的指引，听从神灵的安排。从这个意

---

① 相当于"部落"的意思。
② 迟子建：《额尔古纳河右岸》，北京十月文艺出版社，2005，第89页。
③ 迟子建：《额尔古纳河右岸》，北京十月文艺出版社，2005，第116页。

123

义上说，萨满法师是神与人之间的纽带与仆人，在无尽的岁月里将用自己的生命和神赋予的能力保护自己的氏族。妮浩作为萨满，为了救别人的孩子，一次次地失去自己的儿女：果格力、交库托坎、耶尔尼斯捏以及连名字都没有的死在腹中的孩子。妮浩含泪离开营地去为何宝林的孩子跳神，那孩子被救活的瞬间，果格力则像被箭射中的鸟儿一样，从高耸的松树上坠落，妮浩自始至终都知道"天要那个孩子去，我把他留下来了，我的孩子就要顶替他去那里"①。为救奄奄一息的马粪包，同样妮浩含着热泪念起古老萨满的咒语，用自己女儿的性命与神灵做交换，救回了马粪包：

>　　妮浩颤抖着，她什么也没有说，只是悲哀地把头埋进鲁尼怀里。她的举动使鲁尼明白，如果救了马粪包，他们可能会失去可爱的女儿交库托坎，鲁尼也跟着颤抖起来。
>
>　　但妮浩最终还是披挂上了神衣。那件神衣对她来说一定比一座大山还要沉重。她戴着的神帽，一定是荆棘编就的，扎得她的头颅满是伤痕。她舞动着的神鼓，也一定是烧红了的铁凝结而成的，它烫着了妮浩的手。……
>
>　　妮浩大约跳了两个小时后，希楞柱里忽然刮起一股阴风，它呜呜叫着，像是寒冬时刻的北风。……那股奇异的风开始时是四处弥漫的，后来它聚拢在一个地方鸣叫，那就是马粪包的头上。我预感到那股风要吹出熊骨了。果然，当妮浩放下神鼓，停止了舞蹈的时候，马粪包突然坐了起来，"啊——"地大叫一声，吐出了熊骨。
>
>　　……
>
>　　当妮浩唱完神歌，我们跟着她走出希楞柱的时候，看见鲁尼抱着交库托坎走向营地。柳莎哭泣着跟在他们身后。②

---

① 迟子建：《额尔古纳河右岸》，北京十月文艺出版社，2005，第135页。
② 迟子建：《额尔古纳河右岸》，北京十月文艺出版社，2005，第158~160页。

第二章 乡村风俗书写：乡村日常生活的精神内核

在萨满法师妮浩那里，不仅为这股神秘力量心生敬畏，而且感受到了妮浩作为萨满法师无尽的悲凉和苦楚，人人道是萨满是神灵的使者与信徒，殊不知她才是这天地间最大的囚徒。然而，就连如此神圣的原始部族在现代文明的冲击下，也不得不面临现代文明的侵袭，逐渐放弃游牧生活，在政府新建的安置房中定居下来。现代工业的发展使得原始森林遭到破坏，驯鹿被迫失去家园圈养起来。拥有至高无上法力的萨满法师似乎也突然失去了神力，不再受人崇敬，神衣、神帽、神裙也被摆进民俗博物馆中展演。原本真实存在于鄂温克族人生命里的人与物，而今却成为永远被封存起来的民族记忆。"当很多人蜂拥到内蒙古的根河市，想见证人类文明进程中这个伟大时刻的时候，我的心中却弥漫着一股挥之不去的忧郁和苍凉感。"[1] 值得注意的是，与《秦腔》中白雪生下畸形儿的寓意一样，迟子建在《额尔古纳河右岸》中也塑造了安道尔和安草儿两个痴愚儿的形象，既寓意着传统文化即将衰亡，也寓意着大自然对所有人的包容，"因为我知道，一个愚痴的孩子，在一个人口多的地方，会遭到其他孩子怎样的耻笑和捉弄。……在山中，他的愚痴与周围的环境是和谐的，因为山和水在本质上也是愚痴的"[2]。迟子建以怀恋的姿态记录下鄂温克族这个原始族群百年兴衰史，在古今风俗仪式的强烈对比中，不仅彰显少数民族风俗仪式原始之美，更表达作家对如何完整保存少数民族文化及传统的痛心思考与深切担忧；不仅传达出对即将消失的少数民族文化的担忧，更表现了作家对现代化进程中少数民族发展前景的焦虑与困惑。

在海涅的《莫日根》中，同样讲述了鄂伦春人生存环境的变化以及心态的转变，不同的是作品讲述了鄂伦春人定居下来以后生活的改变。定居以后，鄂伦春人昔日的生活痕迹逐渐消逝，昔日生活中的桦皮船被放进了博物馆以供展览，昔日狩猎的猎枪必须交到派出所保管。年青一代的鄂伦春人已经完全不知道如何敬神、猎熊，如何与野生动物相处，昔日的传统已远离他

---

[1] 迟子建：《额尔古纳河右岸》，北京十月文艺出版社，2005，第253页。
[2] 迟子建：《额尔古纳河右岸》，北京十月文艺出版社，2005，第207页。

们的生活。作为鄂伦春人的后代,莫日根的儿子莫希希望按照传统婚礼仪式迎娶未婚妻,但当他拿着一只袍子作为聘礼送给未婚妻时,换来的却是愤怒与不满,并且未婚妻认为他这是猎杀动物。然而,更让莫希难过和羞耻的是他根本分不清楚野生的与驯养的袍子的区别,因为他所猎的袍子是驯养的而非野生的。相比莫希,莫日根更加的懊恼与沮丧,他一方面哀叹年轻一代对鄂伦春人传统婚俗的摒弃,另一方面无限惋惜民族文化的日渐衰微,他只能在今昔对比中缅怀传统,却又无可奈何、束手无策。科技的发展消耗掉了人们对信仰的虔诚,而往往在民族的传统里,信仰则大多依托于自然之上,生态链的破坏与断裂使信仰弥散。在作家充满忧虑的表达之中,岌岌可危的不仅是民族发展的生态家园,更是人们的精神世界。

如果说迟子建的《额尔古纳河右岸》讲述了鄂温克族传统风俗在现代化进程中逐渐消失,昔日萨满法师的神衣、神帽被放在博物馆中展览,传统的仪式也只能慢慢成为历史,而在阿来的《云中记》中,作家以祭师阿巴回答了在现代化进程中传统风俗该充当怎样的角色,以及如何承担起应有的责任。在《云中记》中,祭师阿巴对传统苯教的祭祀仪式其实一无所知,他的祭祀知识大都来自政府举办的非物质文化学习班。但即使如此,阿巴对传统风俗仍然充满了热爱,当他得知云中村在地震后面临坍塌的危险时,作为祭师,他义无反顾地选择上山,以瓦约乡的习俗为亡魂"施食",告慰亡魂;用柳条沾上溪水抽打全身来"洗澡"。阿巴的到来为死者安魂、祝祷,为生者带来了安慰、希望;他穿着法衣穿梭在地震后的废墟中,高声祝祷,为受灾的村民化解惊恐与怨怼,鼓励灾民勇敢地走出悲伤,重燃生之希望。此刻,我们感受到阿巴信仰的力量,曾经的阿巴面对日渐消失的云中村,也曾犹豫过自己的祭师身份,而如今他不再犹豫、不再怀疑。即使村庄消失了,魂灵也不会消失,他要为亡魂找到新的寄魂村,他心甘情愿与云中村一起大化于新的世界,死而无怨、死而无憾。

老藤的《青山在》中,毕氏三代以制皮为生,爷爷毕一袭是远近闻名的皮匠,毕氏一族敬畏自然,定下"三不熟""四不用"的规矩。但在毕一袭去世后,他视若生命的元青山却被吴老贵等人无情地摧残,他们在山上盗

第二章 乡村风俗书写：乡村日常生活的精神内核

伐红松、盗猎野生动物。就连林场场长杨群也打起了元青山的主意，想要靠山发财的他请来物探队在山里东刨刨西刨刨，最终发现了钼矿。杨群不顾毕国兴的劝阻，开始紧锣密鼓地筹建起元青山钼矿。钼矿开工，机器轰隆隆地响，元青山就像是被人在挖去内脏一样令人难受与疼痛。

在阿来的作品中，作家毫不掩饰对现代经济模式所催生出的人性贪欲的批判，而这种贪欲对自然和生态的破坏是巨大的。《空山》中，机村人敬畏生命、敬畏自然，他们认为树木是有生命的，敬爱森林不仅是乡约村规，更是他们的信仰。然而，为了眼前的蝇头小利，村民们不顾村庄的未来、不再遵从祖训，举起手中的斧头肆意砍伐。更有甚者，传统风俗在金钱的作用下消失殆尽。即使是虔诚的宗教习俗在城市化进程中也不可避免地面临消逝的危险，如今念经不是度人，而是挣钱。传统风俗在金钱面前不堪一击，这在《蘑菇圈》中亦有描写。在机村，人们以能采摘并品尝到第一波新鲜的蘑菇而激动，感恩于森林与自然的恩赐，并小心翼翼地守护着蘑菇的种子，期盼来年能采摘到新鲜的蘑菇。然而，在贪欲的裹挟之下，机村人的价值观发生了改变，人心不古，他们讥笑背水的阿妈斯炯，却又暗中跟着她找到了最后一个蘑菇圈。当阿妈斯炯愤怒地质问丹雅为何连最后一颗蘑菇也不肯放过时，丹雅近乎疯狂地吐露真言："钱，为了钱，为了很多很多的钱。"[①] 人们在金钱利益面前放弃了信仰，变得面目可憎、丑陋不堪。对最后一颗蘑菇的"赶尽杀绝"不仅终止了世代延续的对自然的敬畏，更彻底抛弃了千百年来机村的传统风俗。

张炜的创作是多样的，有对人性黑暗的揭露，展现苦难的根源；有对人文精神的救赎；有对生命本体的体认，关注生命与自然的关系；等等。但不管是哪一种都体现了张炜对生命原色的关注，对民间野性力量的放纵，将生命直击大自然，呼唤纯真质朴的人情人性。因此，张炜在创作中从不避讳对精神层面问题的关注与反思，直视人的灵魂，正视人性的贪婪与丑恶。在《山楂林》中，现代文明与乡土文明产生碰撞，特别是现代工业对自然的灭

---

① 阿来：《蘑菇圈》，长江文艺出版社，2015，第116页。

顶式的摧毁。在《古船》中，作家表达了对环境遭到污染、生态遭到破坏的担忧。在《九月寓言》中，无论是人还是自然都充满了原生态的野性之美，肆意生长。在这里，人与自然是密切相连的，自然赋予人类顽强的生命力。但即使如此，乡村也未能经受住城市文明的诱惑与冲击，人们对陌生的、新鲜的事物有着极强的好奇心（这是人的本能）。特别是矿区的出现，人们纷纷离开农村，进入矿区成为工人，作家也在这一过程中思考着人们心态的转变，不舍或是不安。随着隆隆的巨大声响，村庄在矿区塌陷中消失，从这个角度来看，是矿区的到来，也可以说是现代工业的到来，阻断了乡土文明的发展，割断了人们对自然生态的敬畏和感知。张炜以《九月寓言》传达了自己对工业文明的反思，科技的发展改变了人们的生活，提高了人们的生活水平，但同时也导致越来越多的人背弃自己的故乡，背离养育自己的"野地"。离开故乡，人们的精神世界陷入空虚，失去了自然纯真。

姜戎的《狼图腾》以北京知青陈阵的视角，通过人与狼群之间关系的演进，讲述了蒙古族牧民在时代变迁过程中对本民族风俗、传统的坚持，以及游牧民族不得不面对由过度放牧、滥垦、乱采滥挖等造成的草原区生态恶化的窘境。为了维护草原的生态平衡，蒙古族牧民始终要与强悍的草原狼族做斗争。一方面，草原狼族是牧民饲养的牛羊的天敌，他们憎恨狼，并要与之展开殊死搏斗；另一方面，草原狼族又能帮牧民猎杀草原上过剩的以草为食的黄羊、兔子和草原鼠。因此，狼既是蒙古族牧民的敌人也是朋友，他们敬畏狼，将狼视为他们的图腾崇拜。狼群凶悍、残忍，但又善战、团结，这些都深深地影响着游牧民族的思维与情感。同样，蒙古族牧民也有着剽悍、勇猛的气质，甚至女人和孩子都敢于与狼进行徒手搏斗。游牧民族对狼的感情是复杂的，憎恨着又崇拜着，死后将自己的尸体投掷在狼群出没的地方进行"天葬"，他们认为狼能将他们的灵魂带去天上。然而，农耕文化的进入和错误政策的施行，导致草原退化极其严重，人类用现代化武器对狼群进行驱赶，甚至不留活口，狼群被迫迁徙到边境以外。狼群的远去导致黄羊、兔子和草原鼠的大量繁殖，草场上鼠害横行、大片草场沙化。《狼图腾》以辩证的思维论述了狼群存在的必要性，即要打，但不能打绝。蒙古族牧民在与

第二章　乡村风俗书写：乡村日常生活的精神内核

狼的斗争中，书写着民族的传统、风俗与伦理秩序，但随着狼群的远去，游牧民族的历史被改写，风俗也将一去不再，以"天葬"为例，内地草原已无狼，人的灵魂又将被带往何方？

仪式是最能体现人类本质特征的行为的表述与符号表述，"它反映和表达了当地人们对人与世界的理解、解释与看法，并揭示了他们的文化与社会生活的基本结构以及整体运作规范、逻辑与秩序"①。当城市文明以雄壮的姿态挺进乡村时，乡村文明必然与之发生融合，传统风俗仪式也必将发生变异。

新世纪乡土小说对传统风俗的书写既是对中国乡土小说创作传统的传承，更是对其的创新与突破。作家不仅继承了乡土小说"思想启蒙"的主题以及"田园牧歌式"的书写，更是在对即将消逝的文化传统进行哀惋、叹息的同时，以文学的方式发出如何重构传统文化的时代之问。正如有学者所言："当前文学面临的困难，从表面上看是作家叙事的难题，其实是文化的难题，是社会的难题。"② 归根结底，新世纪以来，工业化浪潮冲击着传统乡村"超稳定"的结构框架，"安土重迁"的思想被打破，越来越多的人进入城市，农民的生活形态由聚居乡村向城乡混居转变，传统风俗也逐渐失去了其得以传承的根基。因此，在作品中无不传递出作家对即将消失的风俗仪式的担忧，对传统乡村即将消逝的焦虑，以及对都市文明的痛苦反思，对主体精神建构的不懈努力。更有学者以"非虚构"的形式记录乡土社会的转变，记录乡村转型期农民价值观念的转变。然而，民俗文化、风俗仪式作为民族文化发展的内生动力，即使在现代化高速发展的今天，依然能够成为建构乡土文化，或者说是民族文化的有效资源。因此，作家不仅要在作品中传递出对传统风俗流逝的哀惋、痛苦与焦灼，更应该将民俗文化作为主体精神建构的重要因素之一，承担起建构时代文化的重任。

---

① 褚建芳：《人神之间：云南芒市一个傣族村寨的仪式生活、经济伦理与等级秩序》，社会科学文献出版社，2005，第 20 页。

② 何弘：《新世纪中国文学地理版图中的中原作家群》，《中原文化研究》2013 年第 6 期。

第三章
乡村权力书写：乡村日常生活的核心主题

乡土小说自五四时期至新时期再到新世纪，一直坚持嬗变中的现实主义写实传统，注重对现实农民精神、日常农村生活的观照，业已成为乡村中国"超稳定文化结构"，即"中国乡村社会一直延续的风俗风情、道德伦理、人际关系、生活方式或情感方式等"[1]。同时，此"超稳定的文化结构"与乡村权力是密不可分的。"在20世纪与新世纪之交的中国乡土小说中，以当下中国乡村现实生活为书写对象的作品是最多的，已形成世纪之交乡土小说创作的主流。而直面乡村治理危机，批判乡镇权力的乡土叙事，则可以说是主潮中的主潮。"[2]

"乡村权力"的影响一方面是作为政治工具作用于现实政治，另一方面是作为"潜在力量"作用于普通民众。根据福柯的权力理论，权力被分为硬权力与软权力，前者主要是指军队、监狱、法庭等国家暴力机关，并依靠武力来实现对人身体和思想的控制，后者包括思想、道德、传统、文化、舆论等，靠一种潜移默化的力量支配人的行动。从"软权力"统摄的范畴看，乡村日常生活中的乡村权力主题呈现有着存在的必然性。正如福柯所言："权力并不只是存在于战场、绞刑架、权杖或红头文件中，它也普遍存在于人们的日常生活、传统习俗、闲言碎语、道听途说，乃至众目睽睽之下，权

---

[1] 王光东主编《中国现当代乡土文学研究》（上卷），东方出版中心，2011，第221页。
[2] 丁帆主编《中国乡土小说的世纪转型研究》，人民文学出版社，2012，第129页。

力绝不是一种简单的存在。它是一种综合性力量，一种无处不在的复杂实体。"①

费孝通说："从基层上看去，中国社会是乡土性的。"② 乡土性作为中国社会现实的底色，乡土文学所折射的社会人生问题表现出中国社会现实的批判主题。同时，乡土中国真实的一帧帧具体细节由生活细节拼接而成。"乡土中国，并不是具体的中国社会的素描，而是包含在具体的中国基层传统社会里的一种特具的体系，支配着社会生活的各个方面。"③ 与乡村社会生活密切相关的乡村基层权力问题是反映乡土中国问题的要点，乡土基层权力的驱动力层级，随着时代的变迁呈现出不同的样态。新世纪乡村权力追逐者大多从功利主义思维出发，围绕经济利益的核心，表现出权力异化之于乡村生活影响的各种面相。官僚体制与官本位思想之下的权力崇拜，以及相应的权力实施都成为权力主题批判的靶心。

段崇轩在《乡村小说，一个世界性的文学母题》中归纳出乡村小说的四大母题：现实乡村小说、生存乡村小说、文化乡村小说、家园乡村小说。④ 新世纪"三农"问题成为乡村文学关注的焦点，其中主要就是现实乡村的生存境遇书写与乡土文化内力的反思。较之20世纪八九十年代的批判维度来看，新世纪乡村小说尤其重视对"现实乡村"和"生存乡村"的客观真实的呈现，具体展开则与现实的政治、经济、文化等社会环境的时代转型密切相关。"文学作品的主题不是文学话语的谈论对象，而是文学话语本身所显示的核心意味。"⑤ 如果说"母题"是文学题材的总体分类，那么文学"主题"则属于在文学题材之下的抽象问题的分析。日常生活作为乡村文学的对象与题材，其中所折射出的各类现实问题的主要矛盾根源则集中反映到乡村基层权力上。

---

① 转引自张之沧《福柯的微观权力分析》，《福建论坛》（人文社会科学版）2005年第5期。
② 费孝通：《乡土中国》，作家出版社，2019，第6页。
③ 费孝通：《乡土中国 生育制度》，北京大学出版社，1998，第4页。
④ 段崇轩：《乡村小说，一个世界性的文学母题》，《文艺争鸣》2000年第1期。
⑤ 陶东风：《文学史哲学》，河南人民出版社，1994，第338页。

第一节　乡村日常生存的政治性与权力主题生成

与回归日常生活世界的现代哲学转向相一致，自20世纪80年代小说创作发生"日常生活转向"，现实社会人生交往与社会意义价值的生成成为小说创作关注的要点，日常生活的图像和符号成为乡土小说书写的重要对象。乡村日常生存内核的政治性既是乡土中国社会属性使然，更是日常生活审美批判性理念的内质性表征。乡村权力与乡村日常生活紧密联系，影响着每个乡民的生活细部，由此成为乡土文学创作的核心主题。同时，需要注意的是新世纪乡村日常生活书写也出现了分歧，乡村日常生活中的风景风情表现出新特征。在传统乡土风情相对弱化的乡村题材创作潮流中，新世纪乡土文学延续的乡村日常书写更加贴近现实乡村，强化了乡村社会现实、乡村权力对人们日常生活的影响。其具体表现，一是直接的权力压迫和滥用职权作用于人们的生活现场，二是在官本位思想的基础上间接地影响人们的价值观念进而改变其行为方式、生活态度。同时，乡村权力书写中关于乡村建设的乡村扶贫、乡村振兴题材中的权力书写表现出新旧两种力量的较量和新型的民主权利逐渐校正着走上正途的乡村样貌。正如雷鸣所概括的"新世纪乡土小说的三大病症"之一"权力崇拜症"[①]，此正是产生乡村现实问题的主要原因，也是长期存在于乡村逻辑的病灶。与"乡村权力"主题相关的权力压迫、权力崇拜、权力争夺等即成因果，作为权力书写的材料与主题纲目而存在。

一　乡村日常生活书写的意识形态功能

从文学创作的起源角度看，生活是文学创作的首要素材取景地，文学是源于生活又高于生活的。文学作品中的生活相当典型集中，与日常生活的呈现尚有一定的区别。然而，从文学作品所反映的意识形态的属性看，"一切

---

① 雷鸣：《新世纪乡土小说的三大病症》，《文艺评论》2010年第6期。

意识形态都是围绕着日常生活并为着它而存在的，日常生活永远是第一性的"①。因此，文学作品的思想主题往往在日常生活的书写中诞生。而20世纪90年代以来的乡土文学作品尤其侧重于对乡村日常生活的微观呈现，以此作为发掘乡村社会现实的利器。日常生活的内容本质决定了文学创作的内容样式。正是日常生活本身的复杂关联性，使得日常生活本身具有深刻的隐喻性。而在现代社会转型变迁的现代性普遍晕染的经济社会，传统习俗以及家庭道德观念相对保持较为完整的乡村世界对于日常生活批判功能的实现显然更具典型意义。新世纪乡土小说的日常生活书写寄托着作家对现实社会人和事的人道主义情感关怀。因此，乡土小说回归大众日常生活的创作方式，绝非作家放弃文学的责任、对崇高精神的一种逃避，而是以一种平等对话性的姿态，与读者、与农民共同思考农民、农村生存存在的意义。②

新世纪乡土小说既表现出日常生活书写的倾向，也表现出代际特征，对于包括刘震云、李佩甫等乡土作家的创作，他们的乡村生活经验多停留在20世纪六七十年代的少年时期，他们对于2000年以来的乡村生活的认知往往有着审美距离，对于乡村现实问题的把握相对具有历史回望的意味。历经不同时代的发展，作家主体对于乡村生活的表现呈现出时代的典型性，当代作家对于乡村扶贫、乡村振兴的书写，非虚构文学的作家主体有了亲身体验或者是报告文学作者获得一手资料的便捷，使得新世纪乡村文学融入了更加多元的复杂性。

二 乡村权力批判的主题类型

就一个自然村落而言，权力或权威大致有这样一些基本类型：法理权力、家族或宗族权力、民间宗教或神性权威、财势权力、势力权力、习俗权威等。③ 因此，对于乡土小说权力主题的分析也是多面复杂的。从权力主体

---

① 周宪主编《文化现代性与美学问题》，中国人民大学出版社，2005，第58页。
② 赵丽妍：《新世纪乡土小说研究》，博士学位论文，吉林大学，2013。
③ 陆益龙：《农民中国——后乡土社会与新农村建设研究》，中国人民大学出版社，2010，第266页。

新世纪乡土小说日常生活书写的"常"与"变"

来看,法理权力的合法掌控者即乡村干部,他们掌握权力的依据是乡村政权体制,而村民的日常生活包括婚丧事宜、户口办理、宅基地与农用耕地的分配等相关琐细事宜的处理都离不开乡村法理权力主体起作用。从现实的乡村权威主体来看,家族或宗族权力则是遵从乡土社会的人际关系差序格局,适用于传统乡土社会的象征性权力优势。与中国传统农耕文化相适应,民间宗教与神性权威则是乡土文化根底的精神高地,是一种在当前乡土社会正在缓慢消退的权威信仰。从现代性的功利主义人性倾向角度看,财势权力与势力权力则从现实社会的功利观念出发而建立起功利主义权力压迫,且这种权力与其他类型权力之间并不是隔绝的,而是在相互独立的基础上有着一定程度的叠加效应或相互制约作用。如此看来,乡村权力主题的类型具有深刻且复杂的内涵。而从乡村权力主题的变迁论起,乡村权力主题集中在法理权力层面,重视对不同阶段的乡村法理权力的当权者的权力争夺、权力实施与乡村存在者的权力崇拜与权力影响的分析。

日常生活的权力主题是乡土文学书写的必然追求。作为乡土日常生活组成部分的乡村权力,既包括权力占有者对乡村权力的使用,权力追逐者对乡村权力的向往与争夺,也包括权力施压对象的反应。乡村权力占有者或争夺者囿于权力本位思想的忠诚,勾勒了乡村权力异化的全过程。虽然乡村权力代言人主体历经变迁,但是乡村能人包括村支书、村长、带头人、民间话事人、乡绅等权力施行者的形象建构都有其相应的历史背景和历史视野。宗族祭祀以及家族血统在重大事件中的团结充分彰显出宗族势力的作用。与此同时,面临新世纪乡村出现的新问题,涌现出符合社会发展时代语境的新乡土小说。新世纪乡土文学中产生了新时代乡土权力异化的拯救者,即大学生村官和驻村第一书记,他们尽管在年龄、阅历等方面不占优势,但是在法理权力的运用和乡村现代化发展的专业化上,他们却是历史前行发展的重要一环,很大程度上对乡村权力的异化进行着必要的时代补充,是乡村公平正义的新的捍卫者。

从中国传统乡土社会的伦理观念与价值体系看,从官本位思维与权力认知看,乡土社会的日常书写与权力是密不可分的。"权力是一个实在而具体的生活目标，是一个农民最大的文化理想和生存理想。"① 无论是作为社会问题诱因的权力，还是作为主体对象的权力，它们在介入乡村书写后都构成主题批判的核心。"农民的日常生活中隐含着一个基本的主题——权力，权力是历史和现实人们追求的核心，权力能激发和唤醒人的生命的潜在本能，也能丰富和细化人在生命存在过程中的各种生命体验，权力还能诱发出人的各种欲望和毁灭人性的良知。"② 在人们的日常生活和基本认知里，权力与特权有着天然的关联，因此自古以来人们对权力都有着莫名的欲望。在新世纪乡土小说中，作家们看到了现代性发展过程中人作为主体的困境，特别是现代权力机制带给乡村权力新的异化。这种乡村权力异化日渐成为乡土社会的毒瘤，深刻地影响着人们的生存状态、生活方式和心理状态。对于乡土存在者而言，乡村权力在成为其实践政治生活的舞台的同时，也成为其主体性生存空间的一种挤压。"乡土存在者一方面参与到这种权力的渗透中，追逐权力，另一方面又在权力之下不断失去自己存在的空间而无处可逃。"③ 而乡土文学对乡村权力主题批判的展开，立足于发掘乡村权力从选举、实施到影响作用的全过程呈现，揭露乡村权力对人的戕害。

三　乡村权力：影响乡村日常生活的外部力量

我们常说，艺术源于生活又高于生活。詹姆斯把小说分为两类："有生活的小说"和"没有生活的小说"④。而小说创作正是在生活中建构文学反映现实的主题。福斯特将"生活"分为两种，即"时间生活"和"价值生活"，而好小说则要做到"双重忠诚"⑤。日常生活的现代性使其本身参与到一般性的社会的、政治的、经济的等方面问题的阐释，由此构成"价值生

---

① 梁鸿：《所谓"中原突破"——当代河南作家批判分析》，《文艺争鸣》2004年第2期。
② 赵丽妍：《新世纪乡土小说研究》，博士学位论文，吉林大学，2013。
③ 吴海清：《乡土世界的现代性想象——中国现当代文学乡土叙事思想研究》，南开大学出版社，2011，第128页。
④ 〔美〕亨利·詹姆斯：《小说的艺术：亨利·詹姆斯文论选》，朱雯等译，上海译文出版社，2000，第18页。
⑤ 〔英〕爱·摩·福斯特：《小说面面观》，苏炳文译，花城出版社，1984，第24~25页。

活"的艺术转化的潜力。20世纪90年代以来的乡土小说日常生活书写中的传统文化与民间习俗大大稀释，这是新的乡土现实的写真。

被冠以"官场小说"作家的王跃文，对于日常生活的关注使得他的权力场书写表现出人性与生存本质追寻的深度，由此看出他的日常生活文艺创作观的价值，"越是日常的生活，越体现着生活的本质。作家写好了生活的日常状态，其笔触就有可能刺穿生活最本质的部位"[①]。作家通过对常态化生活的书写，还原生活原貌，再现生活本质。

乡村作为中国基层政权，是正式制度统治中的薄弱环节，"在中国历史发展的大部分时期，中国的村庄与村民都是生活在非正式制度与传统的环境之中的"[②]。而乡村权力作为正式政治统治的核心，其具体的实施形态在很大程度上表现出较强的非正式制度特征，尤其又渗透进乡村传统生活的内部，使得基层政权具有复杂性。

"没有对日常生活的彻底批判和对社会的彻底批判，没有通过日常生活对社会和通过社会对日常生活的彻底批判，就不能认识日常生活，不能认识社会，不能认识社会中的日常生活状况，或不能认识日常生活和社会的相互作用。"[③] 乡村日常生活将"乡村"空间作为审美批判的范畴。乡村日常生活时刻笼罩在乡村权力的普遍影响下，由权力话语体系所引发的乡村日常生活批判的核心主题凝结为权力书写范畴。乡土小说的权力政治文化特征研究业已成为新世纪乡土小说研究的重镇，而从乡村日常生活为出发点审视权力主题的阐释，超越了文学创作的特异性，回归文学反映现实生活的本质，对于强化乡村建设的阶段性政治要素，尤其对于深化其与普通大众生活和人性的相互作用的认知具有一定的现实意义。不同作家所呈现的不同乡村日常生活景观，包括日常的生存状态、经济生活、一定的政治生活等。

在许多地方，乡村事务的决定权反而落到了少数强人、能人或恶人的手

[①] 王跃文：《王跃文文学回忆录》，广东人民出版社，2017，第74页。
[②] 胡必亮：《关系共同体》，人民出版社，2005，第154页。
[③] 〔法〕亨利·列斐伏尔：《日常生活批判》第1卷，叶齐茂、倪晓晖译，社会科学文献出版社，2018，第244页。

里，比如村支书、村委会成员、各类经济能人等。① 农村干部与群众关系的变化取决于乡村社会发展中两者相互关联的程度。尤其是权益的影响在权力主体身上的发挥方向，决定了干群矛盾的激烈程度。

新世纪乡土作家的民间立场在作品中体现为对乡村底层民众生活困境的书写。乡村社会的日常生活是乡村传统风俗习惯与人情关系的场域环境，体现着乡土社会的人情世故。因此，乡村日常生活书写与乡土文学的审美批判、主题生成是相辅相成的。而乡村权力作为乡土社会的非制度性与制度性融合的共同体，对于乡土文学的主题提炼具有统摄全局的指挥棒作用。在权力运行的过程中，乡村生存者的主体性逐渐发生扭曲，而乡村生存者在官本位思想的长期影响下，对于基层权力的制度化推进又构成一股强劲阻力。两者的相互影响共同谱写了乡土小说的复杂主题，而乡村日常生活书写的时代变迁正是权力主题时代演变的情景剧呈现。

"'乡村日常生活'虽然是乡土小说的'旧'题材，但在现实主义的叙写中，凸显了中国乡村在史无前例的社会大变动中所出现的以'三农'问题为代表的极为严峻的各种时代新问题。"② 日常生活是新世纪乡土小说借以承载新的乡土社会问题的镜像，其中众多问题的溯源延续了20世纪八九十年代乡村权力批判的主题，集中体现为"塑造国民性的乡村日常生活的批判"。村落权力与村落居民日常生活领域之间，主要有公共生活和个人生活两种，具体到生活的细部则涵盖到政治、经济、文化三大方面。③ 乡村基层权力在相对狭小的乡土社会中对民众的影响是极大的，无论是在公共领域还是在私人区域都有乡村权力的痕迹。

"对乡土'生活常态'的发现和倚重"是"一个超稳定的、超历史的存在"④。贾平凹的《秦腔》、葛水平的《歇马山庄》、孙惠芬的《上塘书》、

---

① 贺雪峰：《新乡土中国》，北京大学出版社，2013，第288~291页。
② 丁帆主编《中国乡土小说的世纪转型研究》，人民文学出版社，2012，第8页。
③ 陆益龙：《农民中国——后乡土社会与新农村建设研究》，中国人民大学出版社，2010，第271~272页。
④ 陈思和主编、李丹梦编选《新世纪小说大系：2001~2010》（乡土卷），上海文艺出版社，2014，第14页。

新世纪乡土小说日常生活书写的"常"与"变"

铁凝的《笨花》、李洱的《石榴树上结樱桃》、刘玉堂的《最后一个生产队》等小说书写了剧烈变革背景下的乡村日常生活。而此正是作家们对现代化思潮冲击下乡民现实生存境况的人文精神的忧思。贾平凹在《秦腔》中谈到"在写作过程中参考了《当代中国乡村治理与选举观察丛书》中的有关材料和数据"①，直白地表述了《秦腔》的权力书写主题。实际上，贾平凹对乡村经济资本在乡村权力秩序中的主导地位充满批判，一方面借引生之口批判君亭，一方面借君亭之口辩护：支书也罢，村主任也罢，说是干部，屁干部，整天和人绊了砖头，上边的压你，下边的顶你，两扇石磨你就是中间的豆子要磨出个粉浆来！当乡长、县长的还可以贪污，村支书和主任你贪污什么去？无论是批判还是辩护，乡村权力都是人们密切关注的焦点。

"一个作家不可避免地要表现他的生活经验和他对生活的总的观念；可是要说他完全而详尽地表现整个生活，甚至某一特定时代的整个生活，那就显然是不真实的。"② 作家与现实生活的距离决定了作品不可能是现实生活的原原本本的再现，与现实之间有着一定的距离。当代作家对当前乡村世界现实经验的隔膜或过时的经验理解方式，使得新世纪乡土小说的日常生活书写出现两极分化的状态，一种是过度的写实或非虚构，一种是过度虚构的远离当前乡土世界的现实境遇。

日常生活作为小说素材的现实环境已相当成熟，而小说等文学作品对于现实日常生活的艺术加工甚至有些怀疑。正如约翰·霍洛韦尔所说："日常事件的动人性已走到小说家想象力的前面去了。"③ 具体到新世纪以来乡村日常生活，包括农民以农业生产边缘化为中心的经济生活、以参与基层权力选举和法治化维权为中心的政治生活、以电视为中心媒介的文化生活三方

---

① 贾平凹：《秦腔》，作家出版社，2005，第566页。
② 〔美〕勒内·韦勒克、奥斯汀·沃伦：《文学理论》，刘象愚等译，江苏教育出版社，2005，第101页。
③ 〔美〕约翰·霍洛韦尔：《非虚构小说的写作》，仲大军、周友皋译，春风文艺出版社，1988，第3页。

面。而"乡村社会公共领域的秩序在农民低组织化的情况下,越来越依赖于基层权力机构,这使乡村干群关系成为社会的焦点问题"①。因此,乡村权力书写中的干群关系成为新世纪乡土小说日常生活书写的重要内容。

"与20世纪八九十年代相比,新世纪作家对乡村权力关系的批判,一方面表现为作家对同一主题的拓展更为深广,作家对乡村权力关系的批判从边缘变成主流,从批判干部道德到体制批判,从单一的制度上升到整个政治体制,从现实层面上升到文化层面的反思;另一方面作家的创作常常将对乡村权力的批判与对人性的反思、政治体制的反思、传统文化的反思乃至自身的情感体验结合在一起,使新世纪的乡村权力批判主题意蕴复杂丰富。"②由此可见,作家对乡村权力的批判的过程是逐渐深入、细化的过程,也由最初的批判发展为对制度、对人性、对文化的反思。

从以往研究来看,"乡土小说对'权力本位'价值观念的批判,主要从三个角度展开:一是国民性批判,对有权者和无权者共有的国民劣根性,如主奴根性、人身依附观念等展开批判;二是政治文化批判,对乡村公权力的私人化、家族化和世袭化展开批判;三是人性批判,将权力崇拜和权力欲望等归结为人性本有的贪欲。所有这些批判都表现出了一定的反封建意识和现代性的思想取向,体现了对乡村权力建构的正当性的深切忧虑"③。在乡土社会中,权力不仅渗透到人们的生活中,更渗透到人性中、性格中,乡村权力的影响既是外在的,也是内在的,从这三方面展开的对乡村权力的批判具有代表性,既有对外在制度的批判,也有对人性的批判。

第二节 乡村当权者权力异化的表征与主题批判

新世纪乡土小说注重还原当下农民的乡土日常生活状态,以现实乡村社会问题为切入口,融合作家主体的个人经验,试图以"文以载道"的文学

---

① 陆益龙:《农民中国——后乡土社会与新农村建设研究》,中国人民大学出版社,2010,第38页。
② 王华编著《新世纪乡土小说主题研究》,北京理工大学出版社,2011,第26页。
③ 丁帆主编《中国乡土小说的世纪转型研究》,人民文学出版社,2012,第18页。

观念回应现实乡村的阶段性突出变迁。乡土当权者的权力追求与权力压迫是乡村权力批判的首要主题。"人们喜欢的是从权力得到的利益。如果握在手上的权力并不能得到利益，或是利益可以不必握有权力也能得到的话，权力引诱也就不会太强烈。"① 换句话说，经济利益激化了更激烈的权力争夺。具体到乡土基层社会，新世纪以来，经济利益驱动下的权力发生异化成为乡村权力批判主题的根本。

人们对权力的敬畏与仰视，源于权力本身所具备的优势；反过来，权力与利益的深度结合又刺激着人们权力欲的滋长。"在人的各种无限欲望中，主要的是权力欲与荣誉欲。"② 人类对权力的欲望由来已久且根深蒂固，"在现代性发生之后，权力向整个乡土世界及每一个乡土存在者的生存空间中渗透，乡土世界不仅是社会政治权力角逐的场所，也是各种文化、社会权力争夺的空间，而且这种权力不仅以暴力的方式来确证自己的权威，而且用各种话语、规训的方式渗透到人们的自我认同以及身体塑造之中"③。权力欲充斥于人的生活，并潜移默化地支配着人的行动。

在基层权力自治的乡土世界，权力成为一切事物的中轴线，一切生活行为与思维习惯都受其支配。作为中国最底层的权力类型，乡村权力最直接地作用于民众。与之相应，乡村基层病态化的村长竞选、权钱合谋的权力更替、为攫取暴利而干涉乡村建设等成为新世纪乡土文学创作的必然题材。雷鸣指出新世纪乡土小说存在三大病症：一是苦难的依赖性，物质匮乏型、孤寂留守型、权力压迫型；二是权力崇拜症，阴谋夺权的精细化、权力性欲的惯例化、权力威严的夸张化；三是城市恐惧症，逼良为娼型、好人变坏型、绝望自杀型。④ 这三种类型在新世纪乡土小说中都有体现。

一 乡村基层选举与功利主义批判

以村民自治为核心的乡村治理模式中，村民的选举权是乡村基层组织村

---

① 费孝通：《乡土中国》，作家出版社，2019，第69页。
② 〔英〕罗伯特·罗素：《权力论：新社会分析》，吴友三译，商务印书馆，1991，第3页。
③ 吴海清：《乡土世界的现代性想象》，南开大学出版社，2011，第128页。
④ 雷鸣：《新世纪乡土小说的三大病症》，《文艺争鸣》2010年第6期。

民委员会权力争夺各方共同期望争夺的对象。20世纪90年代以来，乡土小说中出现许多反映乡村基层选举的题材，其中细致真实地反映了选举中出现的许多不良现象。具体包括两种类型：一是上级组织间接或直接的政治施压；二是竞选者之间的明争暗斗，包括对选民的物质利益贿选、制造事端、发挥乡村宗族势力甚至暴力威胁等方式。以村为单位的乡村基层行政机构，村长手中的权力直接关系村民生存的利益分配。尽管村民自治制度在长期的探索推广过程中，存在各种各样的问题，但是2000年之后的村民自治体制还是取得了长足的发展和完善。《羊的门》《民选》《龙凤呈祥》《无根令》《乡村行动》《海赌》《海选村长》等小说，对乡村权力执掌者（村长、村支书等）的统治术及相互间的明争暗斗，以及乡村普通百姓、乡村黑恶势力、资本力量和国家权力等各种力量，都进行了一定程度的书写。

"在农村政治生活中，政治身份的意义非常重要。不同的政治身份意味着参与政治活动的内容和方式可能不同。对于普通百姓而言，其主要的政治活动是参与村委会直选，当然每位村民都有竞选的资格。"① 正因为此，病态化的村长竞选才成为现实基层选举的现实，影响村长政绩或竞选资质的外部事件都直接被截断。在新世纪乡土小说创作中，表现经济利益驱使下乡村权力异化的典型题材是乡村基层竞选中权力书写的重点。2000年之前，乡村权力成为"特权和地位的象征"，它自然而然地"成为人们想方设法争夺的目标"②。"新世纪以来的乡土小说虽说多以乡村为书写对象，但热衷于展示乡村权力的角逐倾轧，纠缠于乡土空间的'权谋'之术，作品中充满了太多的心计、手腕、圈套和阴谋，丝毫也不亚于官场与历史题材的小说。"③

20世纪90年代，刘震云的"故乡"系列小说，以一种狂欢化、寓言化的方式，将"村长""头人"的选举贯穿历史叙事之中，对乡土权力的乡村

---

① 陆益龙：《农民中国——后乡土社会与新农村建设研究》，中国人民大学出版社，2010，第25页。
② 姚晓雷：《故乡寓言中的权力质询——刘震云故乡系列小说的主题解读》，《文学评论》2002年第1期。
③ 雷鸣：《新世纪乡土小说的三大病症》，《文艺争鸣》2010年第6期。

地位的象征及其特权属性进行揭示。乡村宗族乡贤治理的历史在新世纪乡土小说中已成为历史但在一定阶段仍然有着余力。《头人》里村支书的权力历经"祖上"、"姥爷"、宋家掌柜、老孙、新喜、恩庆、贾祥等一代代人的争夺，每一次权力的更迭都充满故事性与戏剧性。阎连科的"耙耧"系列小说，同样塑造了众多乡村掌权者人物群像，尤其对基层权力的功利主义倾向进行了严厉批判。

2000年以后，乡土小说创作中对于基层权力的书写更具写实风格，如葛水平的《凉哇哇的雪》、尚志的《海选村长》、李洱的《石榴树上结樱桃》、阎连科的《耙耧山脉》、曹征路的《豆选事件》、刘庆邦的《黄泥地》等，我们看到作家细致地刻画了权力争夺过程中形形色色的人和事，作家笔下的乡村权力争夺者所希冀的已不仅仅是满足权力欲以及获取某种政治地位，而是侧重于追求权力所带来的经济利益。在一场场明争暗斗中，乡土社会"不再是安宁、自足的世界，权力作为一种强有力的'他者'，其进入消解了人们之间原有的温情，并导致对它的赤裸裸争夺，民风淳朴的乡民们沦为权力的奴隶"[1]。竞选者机关算尽、用尽手段拉票，上演了一场场乡村闹剧。

在葛水平的《凉哇哇的雪》中，作者再现了李保库与黄国富竞选小河西村村长的全过程。从传统乡土社会的宗族观念看，李氏作为村中大姓，李保库自然拥有极高的人气，易于取得选民的支持；而从现代社会的经济价值观念看，黄国富作为村中首富，其雄厚的经济资本使他在村长竞选中具有相当强的竞争优势。为了能竞选上村长，李、黄两人发挥各自的优势，走访送礼、请客吃饭，争夺民心，费尽心机，无所不用其极，在村中上演了一出出巧夺人心的大戏，"把外出的小河西村民叫回来的人是他们俩，埋锅造饭的人也是他们俩。……同时在城里请了厨师。这时候不仅仅是解决吃饭问题，是比高低上下，比厨艺，往脸上贴金的时候。两个师傅一来就从小河西村的

---

[1] 叶君：《乡土·农村·家园·荒野》，中国社会科学出版社，2007，第250页。

政治气候中比上了"①。为了能赢得人心，取得竞选的胜利，李、黄两人请来城里最好的厨师，把外出打工的村民叫回来，请来厨师埋锅造饭，一家做起了拉面，另一家则做起了刀削面。全村人放下手中的农活前来吃饭、观战，这场景比过年还热闹。竞选村长就像是一场没有硝烟的战争，两名厨师在"将军"的指挥下大展手艺，说是厨艺的比拼，更像是李、黄两人借厨艺高下拼比竞选胜负，谁都不肯让步，热闹非凡。

同样，在李洱的《石榴树上结樱桃》中，作家再现了官庄村村长竞选前后的人情世态。孔繁花作为现任村长，为了获得连任，与丈夫四处请客拉票，上演亲民表演，在她身上并未表现出乡村文化的特征，其人物的思维模式完全是从属于政治权力的逻辑。在孔繁花自认为稳操胜券、洋洋自得之时，下届村长却由自称"丫鬟"的孟小红担任。作品的结尾出人意料却又在意料之中，权力所能带来的经济利益使得人与人之间变得虚情假意，为了能获得竞选的胜利，他们尔虞我诈，用尽一切手段换取村民的选票。对于村民来说，他们对自身的选举权却没有清醒的认知，将自己的政治参与权利任性地交付给他人，换取经济利益。与传统乡土小说的美学追求不同，对于乡土现实生活的呈现寄托在官庄村的村长换届选举时期的现实日常细节上，"《石榴树上结樱桃》给我们来一次'祛魅'，抛弃乡土小说所特有的主观倾向性和情感气息，抛弃那种深刻的'痛感'和'情感'（它们在形成小说巨大感染力的同时，常常遮蔽着作家的叙述），而致力于'还原'工作，回到现实之中，对乡村现状作客观的描述与最细节的刻画，由此，给我们展现了一个处于世俗进程中的，混沌、复杂的现实生活中的乡村意象"②。作家将乡村权力的争夺通过细节的刻画表现出来，再现复杂的乡村现实，显现人性的复杂。

对权力的争夺是为了掌权以后的私利。在李佩甫的《羊的门》中，呼天成是将基层权力牢牢掌握在自己手里的"当权者"的典型代表。从表面

---

① 葛水平：《凉哇哇的雪》，载《守望》，百花文艺出版社，2006，第63~64页。
② 梁鸿：《"灵光"消逝后的乡村叙事——从〈石榴树上结樱桃〉看当代乡土文学的美学裂变》，《当代作家评论》2008年第5期。

看来，呼天成就像是豫中平原上最常见的野草，"它从来就没有高贵过，它甚至没有稍稍鲜亮一点的称谓"，但实际上"它的卑下和低劣，它的渺小和贫贱，都是看得见摸得着的，是显现在外的，是经过时光浸染的，经过生命艺术包装的"①。当呼国庆仕途面临重创来寻求呼天成帮助时，呼天成凭借自己多年经营的人脉，"从北京到省里再到市里，一直到办公室的打字员，九个环节全拿下来"②，神不知鬼不觉地干涉市委撤销呼国庆县长之职的决定。可以说，呼天成是个善于弄权之人，他将人脉、关系都用来构建自己的"帝国"。作为呼家堡的村支书，对上，这个村级单位领导的一句话甚至可以干涉市县级的政令；对下，他善于弄权，在他"命令"所有村民学狗叫的瞬间，他对呼家堡的绝对权力到达顶峰。

周大新曾在创作谈中说到听战友讲述个人仕途经历后，对于权力观念深切的情感变化，"第一次明白仕途上的台阶级级相连且诱惑力是递增的，每一级台阶上都有温暖和寒冷，每登上一个台阶都会得到一些东西也同时会失去一些东西。就是这个夜晚引发了我关注仕途台阶的兴趣；我开始注意，站在这些台阶上的人；我开始想起多少个乡间父母对儿子的叮嘱：好好读书，日后也做个官，不受人欺负；我开始去追寻人们权力欲望诞生的最初的日期；我开始翻越我们共和国的历史"③。周大新对权力的闲谈和理解建立在现实中人们对权力的认知，在普通人的眼里，权力是"温暖"的也是"寒冷"的，它能给人们带来利益与尊重，但同时它也让人失去一些东西，即有所得必有所失。这也是为什么老实巴交的庄稼人在教育子女努力学习时，会告诫他们"做个官，不受人欺负"，权力、当官不仅能让他们获得从未有过的尊重，而且有他们所渴望获得的利益，这是隐藏在人们内心深处的权力欲。

阎连科作品中塑造了一系列村支书、村长形象，乡村权力的吸引力在于其所潜隐的特权及附带的利益关联。高爱军（《坚硬如水》）、司马蓝

---

① 李佩甫：《羊的门》，作家出版社，2016，第6页。
② 李佩甫：《羊的门》，作家出版社，2016，第129页。
③ 周大新：《关于"台阶"的闲话》，《小说月报》1994年第6期。

第三章　乡村权力书写：乡村日常生活的核心主题

(《日光流年》)、茅枝婆（《受活》）等，他们在带领村民穿越封闭世界的极致灾祸的过程中充分显示出基层权力的松紧之间的韧性。在作家笔下，滥用乡村基层权力与乡村平民盲目的权力崇拜加剧了乡土文学中的苦难生成与扩大。与此同时，反抗苦难的生存意志构成了与之抗衡的乡土文化精神生命力的坚韧内里。阎连科的《耙耧山脉》中乡长以助推村主任儿子获得"世袭"村长的权力来力保自己的利益关系，而原本的"村主任女人"却戏剧性地疯痴至死。其中，"乡绅"二爷是拉选票的核心人物，乡长是整个村主任选举的操纵者，村主任的儿子则是乡村选举的直接受益者。在整场权力争夺战中，村主任的儿子是显性受益者，二爷和乡长是隐性受益者，他们为了各自的利益积极推动着选举向既定的方向发展。小说中人们为争夺返销粮账本和大队公章而展开激烈的争斗，将在经济利益面前人性丑恶、扭曲的嘴脸展露无遗。《天宫图》中村长凭借权力的强制力，加上经济利益的诱惑对路六命随意差遣，最终路六命甚至为了还债一手设计自己的女人与村长通奸。由此可见，权力对人性的扭曲已经到了丧失人性的地步。《日光流年》中司马蓝为当村长以带领三姓村村民打破四十岁必死的宿命，他不仅出让自己的恋人蓝四十"侍奉"卢主任甚至让她去九都城卖淫，迎娶同村竞争对手杜岩的妹妹杜竹翠。作品中，不论是司马蓝还是蓝十四，他们对自我幸福的放弃实则是向权力的献祭。《炸裂志》中，孔明亮和朱颖为竞选村主任上演了一场权力争夺战，为此他们不惜贿赂选民、暴力打压，甚至更换选票，将基层选举中破坏民主选举的现代手段一应俱全都用上。在杨少衡的中篇小说《啤酒箱事件》中，张贵生和汤金山两人竞选村主任，其中张贵生是原村主任张茂发的女婿，而张茂发的弟弟张茂盛是副市长。在这场选举中，权力的裙带关系显而易见，为了赢得选取的胜利，张茂盛借故宴请、故意挑动事端。相较于张茂盛极端的竞选手段，张贵生的手段则较为温和，这种不动声色的竞争手段也使得张贵生最终赢得了选举。小说极具讽刺意味，选举没有公正公平，有的只是尔虞我诈。

村支书身份的灵活性正如梁鸿所言："在中国的政治体制中，村支书一级是非常暧昧的政治身份，他不属于国家干部，可以随时变回农民，但是，他又承担着落实国家政策的重大责任。村支书算不上'官',却是一方大事小事都有人找的'大人物'。"① 由此可知,虽然村支书在国家政治体制中无足轻重,但在实际操作中却有着举足轻重的地位,他无实职却有实权,他掌握一方乡土的"生杀大权",受村民敬畏,是狭小乡土社会中的"大人物"。

在刘庆邦的《黄泥地》中,村支书的更迭历经人民公社、乡政府、村庄、生产队的乡土社会的历史变革,当权者的价值取向也在发生变化。乡村权力的争夺不再是竞选者激情四射的讲演,而是体现集体意志的"民主"争斗。房户营村的房光民接替当了三十多年支书的父亲房守本成为新一届支书,但这却激起了村民对于支书选任的愤怒,其中尤以房守现的对抗情绪最为激烈:"难道支书有种、有根,支书的种播在房守本家的大床上了,支书的根扎在房守本家的老坟地里了!难道村里别的人都是缩头鳖、肉头户,就不能接过支书干一干!"而关于当支书的好处,在房守现与妻子的争辩中更加明了,正如房守现妻子所言:"不知有多少人想当那个支书呢!别管怎么说,只要人家当了支书,就是房户营村的人头,全村的人就得听人家的,就得服人家管。"②《黄泥地》里对于基层选举的不满与议论则充分显示出基层乡村参与政治讨论的形式,而关于乡村权力的集权专制的弊端,也正如房守成以麦种不可一直单用一种,如此会造成品种退化这样的乡土生活经验类比。为了争夺村支书的位置,房守现开始拉拢房守彬、房守云、房守成、高子明等人,针对选举的非民主性,通过县高中教师房国春逐级上访,将房光民拉下台,最终房守现的儿子房光金当上了村支书。为了打动并拉拢房国春加入反对房守本父子的阵营,高子明与房守现可谓费尽心机,这凸显出村民弄权手段的狡黠。关于更换村支书的一系列"民主"争斗,最终却成为满足房守现一己私欲的权力斗争。在房守现的观念里,他告知儿子房光金,"等你入了党,当了支书,全村的女人,你想跟谁睡都可以。到那时候,不用你花一分钱,说不定有的女人还倒贴钱给你"③。在房守本的思维模式里,

---

① 梁鸿:《梁庄》,《人民文学》2010年第9期。
② 刘庆邦:《黄泥地》,北京十月文艺出版社,2014,第12~13页。
③ 刘庆邦:《黄泥地》,北京十月文艺出版社,2014,第216页。

第三章 乡村权力书写：乡村日常生活的核心主题

他挖土卖地的经济思维是合理的："作为一个基层政权，没有钱的支持，是无法运转的。政权分大政权、小政权。大政权主要靠枪杆子和经济发展维持，而下面的小政权，主要是靠钱维持。村支书手里一点钱都没有，这个基层政权靠什么维持呢！手里没把米，连一只鸡都唤不来呀！"① 在他们这些人的认知里，乡村权力是他们攫取利益的正当手段且并无不妥。权力带来的实惠是显而易见的，因此他们对于权力才充满了渴望。

小说中关于房守现拉拢各方力量、更换村支书的过程尤其精彩，整个过程充满了乡村政治争夺的荒谬，而每一位"揭竿而起"的村民都有对老支书房守本权力压制的不满经历。这些人不愿意也不会将自己置于对抗权力的"前台"，他们善于做幕后指挥者，因此他们将人民教师房国春"抬"至"革命"运动的领导者之位，最终导致其一步步成为专业的上访户。这场将房国春推入上访旋涡的阴谋以房守现为发起者、以高子明为智囊核心，分步骤地由织女、房守彬、房守云、房守现、房守成以及高子明完成。高子明牢牢抓住房国春虚荣心强的弱点，联合众人一起"抬"②他，"一直把他抬晕，抬到云里雾里。他只要一晕，就有可能管不住自己，就有可能顺着咱们给他指的道儿走"③。在高子明的精心组织和策划下，一场场恭维拉开序幕。房国春回到房户营村，高子明首先借织女之口向房国春透露房光民即将接替父亲房守本担任村支书之职，以及群众的不满。然后是房守彬、房守云、房守现、房守成相继找到房国春，一方面表达群众对村支书换届选举的不满，另一方面持续"抬高"房国春，使房国春不断膨胀，"你吐口吐沫一颗钉，拔根汗毛就能竖一根旗杆，在吕店这个地面上，只要你愿意，没有你办不到的"④。最后由高子明将群众反对此次选举上升到违反中央文件的层面，又不失时机地"抬"了房国春几句，"您老人家是房户营的大脑，房户营实际

---

① 刘庆邦：《黄泥地》，北京十月文艺出版社，2014，第 221~222 页。
② "抬"，河南方言，意思是恭维。
③ 刘庆邦：《黄泥地》，北京十月文艺出版社，2014，第 43 页。
④ 刘庆邦：《黄泥地》，北京十月文艺出版社，2014，第 98 页。

上是您的房户营，您还是为房户营村的发展掌握着方向好一些"①。至此，房国春彻底被"抬"晕，这起事件的策划者也顺利地将房国春推向抗争的风口浪尖，悄然地将自己隐藏在斗争之后，只管虎视眈眈地观望事态的走向。房国春在这场权力斗争中成为不折不扣的牺牲品，他不仅失去了原有的正当教师工作，甚至家破人亡，妻子、大儿子、四弟接连身亡。这场基层支书的争夺战，始于个人私心，其本身就是一场非正义的有阴谋的权力争斗，其具体争斗的空间则在乡村生活的内部展开，使得权力争斗成为笼罩在乡村上空的毒气，荼毒着村民对于民主政治的认知，阻碍着乡村政治生态的健康发展。而对于房国春参与这场斗争的原因，在小说结尾处由房光东点出："房国春之所以热衷于管村里的事，是他有乡绅情结。乡绅情结房国春的父亲就有，到房国春身上反映更强烈。他在外面当不上官，管不了别人，就只能回到村里找话语权，希望能当一个乡绅。他哪里知道，乡绅时代已经终结，自古以来形成的乡绅文化已经崩溃，现在的乡下已经不需要乡绅了。"②在《黄泥地》中，刘庆邦描写了诸多钩心斗角、明争暗斗的场面，这些场面大都围绕着权力与经济利益展开。在一场场明争暗斗中，不仅是房国春的生活轨迹发生了巨大的变化，就连乡土社会也不再是安宁、自足的世界了。

当代乡土小说的乡村选举题材书写，表现出作家极强的现实观照和责任感，而细节处理得真实虽然不是社会现实的全部，却为我们观察基层政治体制的问题，提升农村基层的民主意识，进一步巩固农村基层政权敲响了警钟。

二 经济利益驱动下的权力更替与欲望批判

中国乡村权力崇拜既受到传统官本位思想的影响，又受到现实经济利益的影响。在市场经济高速发展的当下，人们越发重视追求经济利益，当前中国乡村的社会现实是"权力的代理者不仅可以通过权力获得正当或不正当

---

① 刘庆邦：《黄泥地》，北京十月文艺出版社，2014，第109页。
② 刘庆邦：《黄泥地》，北京十月文艺出版社，2014，第295页。

第三章 乡村权力书写：乡村日常生活的核心主题

的物质利益，而且还可能在权力的运行中感到一种心理的愉悦和满足、人性的'自由伸展'"[1]。在乡土社会中，人们对权力充满了渴望，因为权力带给人们的除了物质利益以外，更重要的是心理上的愉悦和满足。

"当前乡村社会是基于地缘、亲缘、关系基础之上的生活共同体与基于业缘、行政、文化关系基础上的社会心理共同体的统一。"[2] 乡村社会的经济基础决定了乡土社会传统非制度性上层建筑。尽管随着市场经济的高速发展和城镇化进程的加快，乡村传统经济形态发生了很大变化，但是存在于乡村经济基础中的传统风俗习惯和人情关系并没有从根底上动摇。

村民们日常生活部分的需要在过渡到欲望的过程中，逐渐演变为一种生活方式。经济利益是新世纪乡土权力异化最重要的驱动因素。20世纪90年代以来，商品经济高速发展，城乡之间信息文化的互通，在很大程度上使得两者的文化样态边界逐渐模糊，而现代都市社会的外部形态严重冲击着传统乡土社会的根性，都市亚文化的弊端不断渗透进乡土社会的价值体系，冲击着乡土社会道德观念。拜金主义、消费主义逐渐向乡村渗透，悄然吞噬着乡土社会的主流价值观，"有权才有钱，有钱才有权"的价值观念日益深入乡村群众的意识深处，对金钱的渴望催生、强化了人们的权力欲。

新世纪乡土小说在表现权力更替时与以往描写乡村权力有着巨大的差异，即金钱对权力更迭的决定性影响。在新世纪乡土小说表现乡村权力中，作家集体式地将目光投向钱权结合这一话题，金钱成为权力争夺者的核心。反过来看，权力拥有者的支持成为金钱拥有者攫取利益的重要手段。乡村权力更替不仅是基层组织的政治行为，更是既得利益者誓死捍卫的阵地，一旦失去阵地，利益必将受损，攫取利益方要再次费尽心机培植乡村势力、乡村权力。因此，既得利益者对乡村当权者的维护与支持远远超过以往任何一个时期，他们不容许权力轻易变更。同时，2000年以后的乡土小说对于乡村权力的书写有别于20世纪八九十年代政治色彩浓厚的权力书写，作家以全

---

[1] 童星：《中国当前腐败现象根源的社会学分析》，载周晓虹主编《中国社会与中国研究》，社会科学文献出版社，2004，第686页。
[2] 杨菊平：《非正式制度与乡村治理研究》，上海交通大学出版社，2016，第45~46页。

新世纪乡土小说日常生活书写的"常"与"变"

新的视角，表现出清醒的反思意识，再现乡村权力在经济利益面前不堪一击的现实，揭露乡村权力对底层民众的戕害。随着拜金主义、消费主义逐渐渗透到乡村生活的方方面面，人性的丑恶面在金钱面前悄然浮出水面，乡村道德底线一再跌破，面临着严峻的考验。作家们对权力书写发生着巨大的变化，从决定知青能否返乡、农村青年能否入伍的权力书写，逐渐演变成与金钱相勾结的权力书写。乡村权力所能带来的经济利益亦越来越明显、越来越为人所共知，村长竞选便成为最有效、最快捷的拥有权力的途径。竞选者一旦占有权力，权力与金钱的关系便自然被绑定，想要变更绝非易事，这在周大新的《湖光山色》中表现得尤为突出。在《湖光山色》中，作家先后讲述了楚暖暖两次对抗乡村当权者的"战役"，但是两次结局却截然相反。第一次楚暖暖联合全村力量，成功地将村长詹石磴拉下马，推举丈夫旷开田当上了村长。拥有权力后的旷开田经受不住金钱的诱惑，欲望越来越大，敛财方式已不再如詹石磴那样，而是发生了质的变化。旷开田与以薛传薪为代表的财团不顾传统道德的规约，在楚王庄兴建娱乐休闲度假村赏心苑，又在暴利的诱惑下，抛弃道德底线，纵容赏心苑经营色情服务，楚王庄霎时乌烟瘴气，村民怨声载道。楚暖暖对旷开田的行为实在看不下去，再三劝阻无果，于是愤怒的暖暖便联合群众发起了第二次对抗乡村权力的斗争。然而，这次抗争却并不顺利，反而困难重重。为了一己私利，旷开田利用手中的权力，不顾夫妻情分，给暖暖制造一系列麻烦，最终以旷开田连任村长而暖暖失败告终。《湖光山色》中，作家表现乡村权力更替的巧妙之处正在于此，表面上看，作家只是讲述了两次截然不同的竞选结果，实际上却深刻地揭示出钱权勾结所形成的巨大的网状式的力量，其覆盖面之广已不是群众集体力量所能掌控。楚暖暖第一次对抗詹石磴成功的原因在于村长手中的权力相对独立，并没有外在力量对村长的特殊支持；而第二次对抗旷开田失败的原因在于金钱与权力"联姻"关系，钱权之间存在着强大的依附关系，权力背后的巨大经济利益不容许旷开田轻易落马，更不轻易容许人事变动带来的经济利益损失。在金钱的捍卫下权力变得坚不可摧，通过权力金钱变得更加唾手可得。扭曲的权力观念打破了传统的文化观念、道德观念，为了取得政绩而不惜一切代价。阎连科的《柳乡长》中，柳乡长重视物质利益和乡村的经济发展，而轻视精神文明建设。为实现全村致富以取得政绩、发展仕途，竟然鼓励村民向在城里卖淫致富的村妇槐花学习，以出卖肉体来赚钱。

而刘庆邦的《黄泥地》以村民们对新任村支书人选的不满拉开序幕，房守本将村支书的职务以看似正当的手段传给了儿子房光民，其中的好处不言自明："吃当支书这碗饭有没有好处，房守本心里最清楚，要是没有好处，他不会把饭碗传给儿子。啥好事都是传儿子，不传闺女，从房守本把支书传给儿子这一点，就能证明当支书是一碗好饭，饭里有蛋还有肉。"① 在随后的叙述中，村支书所能带来的巨大经济利益也逐渐得到印证。房守本仗着村支书的职位便利，向杨庄寨的砖窑卖土赚钱。即使事情败露后，房守本仍无所忌惮，因为他深知其中的利害关系："杨庄寨的砖窑就是杨才俊的堂弟办的。如果没有杨才俊在背后撑腰，谁敢在咱们这块一马平川的土地上办砖窑！……土从哪里来？从河里挖行吗？不行，河里不是稀泥，就是砂姜，烧不成砖。从河堤上挖行吗？也不行，河堤上的土早在修大寨田的时候就挖光了。烧砖的材料从哪里来，只能挖地里的土。我们卖一点土给杨庄寨的砖窑，其实是对杨才俊堂弟的支持。杨才俊的堂弟不是傻子，他烧砖窑赚的钱肯定会分一些给杨才俊。这样算下来，我们对杨才俊堂弟的支持，也是对杨才俊的支持。我们支持他赚钱，他还有什么可说的。"② 到这里，权力背后的经济利益已不言自明。这也就激起了房守现对村支书职务的"觊觎"，他要联合一切可以联合的力量将房光民拉下村支书的位置，让自己的儿子坐上村支书的位置，权力所隐含的利益之大可以想见。同样，周大新的《伏牛》中村长刘冠山将作为村长的特权之便与身份荣耀发挥得淋漓尽致，他利用手中的权力住进全村人羡慕的楼房，为哑巴女儿谋求"好差事"，为女儿觅得"好"丈夫即周照进，以低价为女婿买到珍贵的牛。

随着城镇化进程的加快，土地作为乡村的农耕生产资料的作用逐渐被现

---

① 刘庆邦：《黄泥地》，北京十月文艺出版社，2014，第13页。
② 刘庆邦：《黄泥地》，北京十月文艺出版社，2014，第148页。

代工业所替代，土地用途的变更与乡权当权者的决策不无关系。曹征路的《豆选事件》中，村长勾结开发商卖地以谋取经济利益。周大新的《湖光山色》中，楚王庄村长旷开田与开发商薛传薪沆瀣一气，以极低的补贴强行征用农村耕地。在梁晓声的《民选》中，翟村老村长韩彪因为有私人银矿，成为全县飞扬跋扈的大富豪，在翟村里欺男霸女，为富不仁。村民们利用"民选"的机会，选掉了他们一向畏惧的有金钱和权力背景的霸道村长，用他们手上的那点投票权掀掉了长期压迫和剥削他们的权力。韩彪费尽心思操纵村民选举，甚至用极端残酷的方式杀死新选的村长翟学礼，企图保住他坐了八年的村长位子，其真实的动机是要保住他采银矿的权力。翟村围绕"民选"展开的权力争夺，其实质是对权力所代表所控制的利益的争夺；韩彪对权力的渴求，其实是对权力所能带来的各种物质的和非物质的好处的强行占有。

对钱权"联姻"的权力书写是新世纪乡土小说对乡村权力书写的一个重要特征。人们对权力的渴望在于权力所能带来的巨大经济利益，也正因为"经济利益共同体"的保驾护航使乡村权力拥有者手中的权力更加稳固。"在差序格局中，社会关系是逐渐从一个一个人推出去的，是私人联系的增加，社会范围是一根根私人联系所构成的网络，因之，我们传统社会里所有的社会道德也只在私人联系中发生意义。"[①] 村支书由村委会直接选举，而村委会又由村民选举产生。由此可见，村委会直选与这种乡村差序格局密切相关。村支部书记一般由村支部党员选举提名，而后再由乡镇一级党委会任命产生。随着乡村的现代化进程的加快，传统的家族观念与宗族意识在乡村基层的政治体制与法治建设的冲击下，逐渐趋向功利主义的价值观念，在满足个人利益的前提下将更多的利益分配给家族的其他成员。

三　金钱至上的乡村经济建设观与权力批判

新世纪以来，中国农村社会经济结构伴随城市化进程的加快，发生了前

---

① 费孝通：《乡土中国　生育制度》，北京大学出版社，1998，第30页。

第三章 乡村权力书写：乡村日常生活的核心主题

所未有的变化。"三农"问题尤其凸显，包括农民工进城问题、农村土地的工业化问题、农村土地的集体承包问题，以及农村的医疗、教育、就业等问题。乡村经济生活的发展呈现多元化发展的形态，尤其农业不再是乡村经济发展的核心主力。因此，新世纪乡土文学作品对乡村日常社会现实的关注日益表现出强大的问题意识。权力是当代政治世界的重要元素，它所蕴藏的潜在能量甚至会成为左右人与世界沟通和建构关键的"救命稻草"。权力意识对人的生活、思维方式的影响往往具有政治生活的参与性。基层权力作为中国政治体制的缩影，在小说中往往作为政治文化生态而存在。"如果我们在看待权力的时候，仅仅把它同法律和宪法，或者是国家和国家机器联系起来，那就一定会把权力的问题贫困化。权力与法律和国家机器非常不一样，也比后者更复杂、更稠密、更具渗透性。"[1] 权力意识渗进每个公民的血液，甚至成为权力施压者自我束缚的工具，它对人的自由意志的追逐、自我权力的追求都有着不可抗拒的强制约束力。正如作家杨少衡对村主任权限的直白表述："村主任不是官，却管不少事，在村民眼中，各级领导离得远，村主任对村民最要紧。修桥铺路，征地拆迁，宅基地安排，补助款发放，承包款收入，接待费开支，拿这个给那个，公平不公平，都靠村主任。"[2] 尤其是乡村基层政权习惯于凭借行政支配权过多地干涉乡村经济建设，更有甚者偏重以个人的权力预期与利益预期作为乡村经济建设的首要目标。

经济利益的诱惑力之大，导致一些投机分子不顾摧毁乡村道德，利用权力干扰乡村建设。比如，在阎连科的《丁庄梦》中，作家讲述了丁庄村的大血头丁辉怂恿村民卖血，又为了一己私利，采用不卫生的采血设备，导致全村人都染了艾滋病，但他却毫无愧疚。当大量村民纷纷因感染艾滋病而死之时，他再一次为了金钱，利用与上级领导的关系，出卖自己的良心，向病入膏肓的村民高价出售寿材，大发"村难财"。作品毫不避讳地揭露了丁辉通过权力关系而攫取的巨大经济利益，更有甚者，通过权力关系掌握并支配

---

[1] 〔法〕米歇尔·福柯：《权力的眼睛》，严锋译，上海人民出版社，1997，第161页。
[2] 杨少衡：《啤酒箱事件》，《小说月报》2008年第12期。

着乡土社会最看重的生死归属问题。

又如，阎连科的《柳乡长》着重刻画了一位只重经济利益、不重道德建设的柳乡长形象。为了政治业绩，柳乡长在村中四处演讲、宣传，不惜鼓励村民向槐花学习，卖淫致富，以"笑贫不笑娼"的错误观念给淳朴的乡土社会"换血"。身为一方领导者，柳乡长一味追求政治业绩、经济利益，不仅不想办法引导村民通过正当途径发家致富，反而鼓励卖淫，金钱对人思想的毒害可见一斑。乡村"在传统等级制度和等级观念的双重作用下，形成了以王权为至上，以官吏为核心的等级体系，也形成了'唯上''唯官'的权力崇拜。人们习惯于'上边发号施令'，无论有理无理，都唯言是听、唯命是从"①。乡村权力在金钱的引诱下变得丑陋不堪，人们习惯于听从当权者的指令，不论对错，对利益的贪婪使他们一再放弃道德底线，乡村建设毁于一旦。

再如，在刘庆邦的《黄泥地》中，房守本对乡党委书记杨才俊指责其挖土卖地给杨庄寨砖窑的两条处理意见不屑一顾，且振振有词："别说两条，一百条都不怕。他说几条，咱有几条等着他。""土该挖只管让人家挖，人家都交过钱了，总不能再把钱退给人家吧。你们不知道，杨庄寨的砖窑就是杨才俊的堂弟办的。如果没有杨才俊在背后撑腰，谁敢在咱们这块一马平川的土地上办砖窑！"②房守本之所以肆无忌惮地贩卖国家土地，大肆开砖窑，其根本原因在于利益之间的关系捆绑，上级的监管职能在金钱、利益的裹挟下变得松懈。在这场土地买卖中，既得利益者包含着当权者，这种金钱与权力间不分你我的深度融合，不仅使村民们投告无门，更摧毁乡土社会的健康面貌，阻碍乡土社会的正向发展。在高子明朴素的农民功利主义的思维看来，"权力是什么，说白了，权力就是效益。你想得到效益，必须先进行投资"③。权力即"效益"的认知加深了人们对权力的渴望，而想得到权力则必须花大价钱、费大力气去公关。

---

① 贾贤良、杨静平：《中国民众"官本位"意识成因探析》，《长江大学学报》（社会科学版）2004年第3期。
② 刘庆邦：《黄泥地》，北京十月文艺出版社，2014，第148页。
③ 刘庆邦：《黄泥地》，北京十月文艺出版社，2014，第165页。

乡村权力在人们对利益贪婪欲望的作用下走向畸形。竞选者为了权力背后的经济利益，不惜一切代价、不择手段，明争暗斗，使得竞选充斥着强烈的功利色彩，村民们像看西洋镜一样观赏着一幕幕权力争夺的闹剧。村民们亦在嬉笑怒骂、浑浑噩噩中行使了投票权，丧失了选举的民主权利，沦为当权者的奴隶。作家们毫无保留地揭示了钱权勾结下乡村权力的腐败，暴露出乡村权力与经济利益之间的黑暗交易，讽刺了乡村权力不再是维护村民合法权益的工具，反而成为压制村民反抗力量、攫取村民正当利益的手段，同时权力在金钱的保驾护航之下变得坚不可摧。利用乡村权力干扰乡村建设、摧毁乡村道德。乡村领导层为了追求名誉政绩、物质利益，不顾舆论压力，不惜付出一切代价，甚至打破道德底线，引导妇女从事不正当行业发家致富，在摧残着妇女肉体的同时，也深深践踏着乡土社会的干净与纯洁。杜光辉的《浪滩的男人和女人》中，乡村政治权力成为向农民征收名目繁多的费用的工具，借助权力实施经济剥削，严重影响了农民日常生存生态。

追求利益最大化的心理导致乡村建设受到巨大阻碍，人们在利益面前放弃尊严、抛弃道德底线，变得恬不知耻，更有甚者，以笑贫不笑娼的观念为乡土社会"换血"。金钱至上的价值观让原本淳朴的乡土社会发生了巨大的改变，人们以金钱来衡量彼此之间的价值，甚至为了利益来干预乡村建设。在这类乡土书写中，乡村权力成为作家批判的对象，在反思乡土社会价值观转变的同时，引起人们的反思。

第三节 乡村存在者的权力崇拜与日常审美批判

在当下社会，中国封建专制统治"官本位"思想的余毒持续发作，权力潜在捆绑的利益体系造成权力崇拜的内在驱动。尤其在中国农村，权力的张力更大，村长权力成为决定村民利益分配的标尺与瓜分村民权利的利器。我国法律法规规定，对乡镇事务国家行使行政管理职能，不直接管理具体乡村事务，乡以下的村建立村民自治组织，对本村事务行使自治权。"公民特别是农民，参政议政意识的自觉，原是'现代性'赋予一个现代民族的题中之义，也是农民在市场经济大潮中逐步成熟、走向自信的表现。可农民固有的狭隘、旧有的官本位意识使他们的参政意识染上了浓厚的悲剧意味。"[1] 村民自治制度旨在为村民行使民主权利提供更广阔、更自由的空间，但这种制度实际上却强化了村长的权力，导致村长的权力被放大，乡土社会原有的安宁被打破，原有的公平正义被摧毁。在利益的催化下，人与人之间的脉脉温情不复存在，人性的丑陋与自私暴露无遗。一方面，乡村自治制度强化了村长的权力，村长成为乡村特权阶层的代名词，无形中滋生了人们对乡村特权阶层的崇敬和畏惧，导致人性发生畸形的变化；另一方面，为加强对村民自治组织的监督，上级政府下乡走访势在必行，然而，这种监督制度被下级领导曲解，表现出病态的附和、应承与献媚。新世纪乡土作家以敏锐的嗅觉、独特的视角揭露乡村权力的畸变，暴露乡村权力的阴暗面，发掘被体制化了的人性弱点。

一 乡村存在者的权力崇拜与主体性缺失

"官本位文化的实质是以官为本，唯利是从。官本位文化到处渗透、无孔不入，为官僚阶层所辖制，在平民阶层那里又得到了认可与强化。官本位文化的滋生，固然与几千年封建专制的文化传统有关，但它之所以能够走出庙堂，并且深深积淀于民间，更重要的是根源于人性的本能。"[2] 根深蒂固的官本位文化使人们在权力面前不自觉地处于劣势地位，心甘情愿地受权力支配。乡土日常生活和历史更迭往往与权力、人性、金钱密切相关。列斐伏尔指出："所谓'日常生活批判'即通过对诸如家庭、婚姻、两性关系、劳动场所、文化娱乐活动、消费方式、社会交往等问题的研究，对日常生活领域中的异化现象进行批判而进行的。"[3] 权力崇拜与权力压迫是共存的。在《羊的门》（李佩甫）、《日光流年》（阎连科）、《秦腔》（贾平凹）、《民选》

---

[1] 黄佳能：《市场经济与90年代中后期农村题材小说》，《当代文坛》2000年第1期。
[2] 周卫华：《〈湖光山色〉文化意蕴分析》，《当代小说》（下半月）2009年第5期。
[3] 陈学明、吴松、远东编《让日常生活成为艺术品——列斐伏尔、赫勒论日常生活》，云南人民出版社，1998，第37页。

(梁晓声)、《向上的台阶》(周大新)、《白豆》(董立勃)、《土地神》(贺享雍)、《乡村豪门》(许建斌)、《民意》(陈启文)、《村长乡长一个妈》(黎晶)等小说中,都从不同角度深入地揭示和批判了中国乡村权力崇拜意识的历史文化传统、现实政治经济基础和现实表现等。

  人们对村长权力的觊觎成为乡土作家进行文学创作时面临的现实。在阎连科的《瑶沟人的梦》中,为了提高生产队在村委会的地位,必须实现"朝中有人",人们展开了对村长秘书职位的争夺。因为在村民们看来,村长秘书职位寄托着改善十八队所有村民的生活境遇的希望。玉玲与"我"的整个相亲过程的起伏预示了村长秘书头衔与"我"的远近亲疏。玉玲与生产队里的人一样,为了求得一种生存安全感而对乡土权力顶礼膜拜。为求村长秘书职位而奋力讨好村支书,守夜为支书家猪接生,六叔将女儿嫁给支书的拐子侄儿,将克扣节省的400斤粮食送给书记,用工人指标换村长秘书一职。几番周折,争夺村长秘书之战还是以失败告终,一系列的准备最终却被县委办公室主任的侄子李红社抢先,如九爷未砍断的皂角树树根,等不到时来运转,等不到希望的春天。《耙耧山脉》中的掌权者唯利是图,对民众进行压迫,这也是村民们想要自己人掌权的原因所在。其中,村长以划分宅基地与分配返销粮的权力为砝码而肆意侮辱村庄妇女,导致张寡妇走上死路。更可悲的是,村长死后还要助力儿子获得"世袭"权力,继续着欺辱他人、作威作福的恶性循环。掌权者有着强烈的特权优越感,他们将权力私有化,对无权者肆无忌惮地进行身、心的双重压迫。《受活》中,"断腿猴"发现县长柳鹰雀在为迎接列宁遗体而备的水晶棺下放置自己的水晶棺。在此,小说的荒诞狂欢达到高潮,这一惊人情节将柳鹰雀对个人权力、个人崇拜的狂妄服帖写到毛骨悚然的恐怖境地。柳鹰雀身上残留的农民传统思想中的残羹成为导致他沉迷于权力崇拜的泥沼的根本原因。《中士还乡》中,原本光荣退伍回乡的中士却囿于非党员身份而被乡村基层组织拒于门外,他也因此而失去未婚妻。至此,中士对权力的追逐成为他的判断标准,当权力再次为他连接婚姻时,人与人之间的最纯粹的感情状态则充满嘲讽。《黑猪毛 白猪毛》中吴家坡村民对于权力的病态膜拜在一个个事件的发酵中逐步升级。未得到镇长青睐,村民们以抓阄方式争夺为镇长顶罪的资格,全然无视交通肇事撞死人事件的严重性,由此可见他们对权力的膜拜已经到了病态的程度。作为掌权者,镇长对于交通肇事不以为然,反而作为最大受益者洋洋自得地做着其他事情,像什么事都没发生一样,镇长的乡村代言人李屠户的身份借此提升,享受村人优待。经过一番争抢,争取到坐牢资格的刘根宝地位也因此提高。原本因家贫而难娶妻的刘根宝,不出意料地在成为"镇长恩人"后,得到女人等待出狱的承诺。然而,出乎刘根宝意料之外的却是死者父母放弃了追责的权利,原因则是他们让自己的小儿子认镇长为干爹。逐级升华的小说情节将农民的奴性讽刺得体无完肤,而其中农民对权力的谄媚令人汗颜,作家将权力对人性的扼杀上升至生命价值的高度。《天宫图》中路六命夫妇深受村长淫威的压迫,丈夫最终自杀以表达自己对畸形、病态权威的不满与无奈。河南作家对现实主义有着执着的追求,这种现实的写实主义在不同时期有着固守与超越。《丁庄梦》中,丁跃进、贾根柱以"我"叔与玲玲的奸情为要挟,只为换取住宿在学校的热病患者们的"领导权"。无处不在的权力崇拜,即使在非正常秩序的状态中也发生作用。权力不仅是活人追随跪拜的对象,而且在乡土社会死亡所生发的政治权力崇拜甚至更露骨。"我"爹给"我"配阴亲的对象是县长女儿,在"我"热闹的配阴亲的仪式上,村民极尽献媚表现出对这种亲缘关系权力网的畏惧与追随。此外,阎连科一贯以神实主义的笔法呈现乡土权力对人的异化,在《丁庄梦》中,作家便是以"神实"主义的描写将村民对权力的崇拜呈现出来的。"我"爹娘极力讨好县长,因其一句话而在家中种一片荆芥;因痴迷李三仁对其"村长"的称呼,而唤起卖血的念头。李三仁随身携带村委会公章二十多年,直到临死前"我"爷将一枚新刻公章交给他方能安详地合上嘴巴。

　　刘震云的《温故一九四二》中,郭有运的儿子起初对"我"采访他的父亲感到反感,直到他得知"我"与他所在乡的派出所副所长是"光屁股"长大的同学关系,才对"我"转变态度。就为帮"我"获得采访"做了五年皮肉生涯"蔡婆婆的允许,"我"那副所长小学同学荒谬地滥用权力,对其挥舞皮带,甚至要对她五十年前的"妓女"经历进行提审。此种违背法

第三章 乡村权力书写：乡村日常生活的核心主题

律法规的"执法"行为，却因村民对权力的崇拜和惧怕心理而奏效。村民深谙中国权力运作门道，他们深知权力对他们的影响，在无形中夸大了权力的辐射范围，这种"清醒"的认知不禁令人觉得滑稽。此外，刘震云的"故乡"系列小说《头人》《故乡天下黄花》《故乡相处流传》《故乡面和桃花》对权力的批判与质疑构成完整序列。《头人》中故事地点是"申村"，这个村庄经历半个多世纪七位头人更迭的历史贯穿乡土权力的形成、发展、循环过程。当代中国历史作为小说中乡土权力形成与实施的时空载体，在参与历史进程思考的过程中揭示乡土权力统治对乡土民间苦难的原生罪恶。乡土权力起初是自上而下的服务，掌权者即村长完全没有特权意识，甚至挨家挨户收田赋时软弱的哀求语气被其母埋怨是"给人当下人"。随后，受"上边"权力行使方式的影响，经乡公所伙夫"指导"，找到村丁当帮手，借断案换取吃热饼的权利。此时，乡土权力与现实利益相关联，发生了质的改变，变成特权与地位的身份象征后成为村民争夺的目标。

权力所包含的物质内容与精神需求对于农民来说代表着整个人生的要义。周大新的《湖光山色》中，平常肆意而为的詹石磴在面临村主任换届选举时，为了能继续连任村主任，继续利用权力谋利，也知道见人笑脸相迎，收敛以往的飞扬跋扈，以稀有的平易友善的方式团结村民以换取村民的选票，得到连任的资格。对此村民们心知肚明，楚暖暖为老公旷开田竞选村主任拉选票便是看穿了詹石磴诡计的有力证据。楚暖暖为了能逃离詹石磴利用权力对自己的压迫、逃避身体与精神的双重摧残，决定将权力攥在自己手中。旷开田掌权以后，一方面利用权力维护失去的利益，另一方面忘记了自己的初衷，反而重走老村长詹石磴掠夺村民利益的老路。他强制霸占他人的土地与房屋，甚至展开对詹石磴的复仇，逼迫其女儿"卖肉"，睚眦必报的小农意识与丑恶的人性集中爆发。弄权者的为所欲为成为被压迫者对权力艳羡与服从的缘由，甚至在乡村"权力是一个实在而具体的生活目标，是一个农民最大的文化理想和生存理想"[①]。

---

① 梁鸿：《所谓"中原突破"——当代河南作家批判分析》，《文艺争鸣》2004年第2期。

在乡村世界权力笼罩下，女性往往一方面成为争夺乡村权力的利用工具，另一方面也成为乡村权力掌控者的既得利益或者是村民对于乡村权力迫害的报复手段，权力压迫往往伴随着与女性相关的欲望书写。此外，性交易在经济建设中作为一种非法途径，在冲击乡村伦理道德观念的同时，也影响了乡村生存者的价值观念。在李佩甫的《羊的门》中，秀丫对村长呼天成"练功"的隐忍；毕飞宇的《玉米》中，村民对昔日村长王连方为所欲为行为进行打击报复的方式，竟然是轮奸了王连方的女儿玉秀和玉叶。《人样》中，朱七和老婆刘英为了保住自家承包的菜园子，对村长的权力充满畏惧、仇恨。朱七的老婆刘英被村长摸了，一方面朱七感到非常气愤，另一方面刘英却暗自安慰自己：只要村长能答应他们家继续承包菜园子，这事其实也无所谓。

在官本位观念的影响下，人们对权力有着天然的亲近感，能得到权力的人尽全力获得权力，不能获得权力的人尽全力献媚于掌权者，其最终目的都是希望能通过权力获得利益。对权力的崇拜滋生了人们的畏惧心理，而这种畏惧心理根植于人的潜意识之中、人性之中，不被人所察觉却支配着人们的行为。

二 乡土存在者参与权力的积极性与主体性缺失

乡村自治原本是国家赋予村民民主权利的重要手段之一，旨在强化乡村事务村民自主解决权。村民委员会是由村民选举产生的基层自治组织，是村民自治的集中体现。但实际上，乡村自治并没有给村民自行解决乡村事务更大的权利与自由，而是强化了村长的权力，使村长成为乡土社会的特权阶层，掌握着乡土社会的"生杀大权"，改变着乡土社会的原貌。农民的政治生活与政治意识，很大程度上都指向乡村基层权力与基层政府。而农民与乡村干部的关系往往成为乡村公共政治生活的重要组成部分。农民对于与自身利益相关的政治要素尤其关注，他们对于行政权威与法治意识的领悟也坚持功利主义的价值取向。

人们对乡村权力的崇敬和畏惧使之逐渐丧失善恶美丑、是非曲直的价值评判标准，一味地向乡村权力妥协、屈服，更有甚者放弃了除生存权以外的

第三章 乡村权力书写：乡村日常生活的核心主题

其他人身权力，如自由权、哺育权、生育权、人格应当受到尊重的权利等。阎连科曾说过："少年时候，我最崇拜三样东西，一是权力，朝思暮想当一个村长或村支部书记。……二是崇拜城市。……三是崇拜健康，用现在的话说叫崇拜生命。"[1] 具体到《天宫图》中，村长凭借手中的权力以及经济利益诱惑路六命，任其随意调遣，而路六命对村长千依百顺，则源于深入骨髓的对权力的恐惧。路六命被抓进派出所后，妻子小竹为了救他，恳求村长去派出所说情，付出的代价则是要奉献十次身体给村长。农历初八村长要来的这天，路六命跑前跑后地抱柴火、拉风箱，为小竹烧水洗澡，然后又忙着铺床等待村长的到来。当村长如约而至，路六命非但不能愤怒，还要表现出千恩万谢的姿态"多谢村长跑前跑后"，村长一副高高在上的样子，仿佛霸占小竹是如此的合情合理。当屋子里传出床吱吱呀呀的声音和小竹的尖叫声时，路六命痛恨自己，但又是满满的无可奈何。路六命在屋外等待村长完事出来，看着村长趾高气扬的姿态，内心和双腿不免跟着微微颤抖。路六命面对村长时的唯唯诺诺既是愚昧软弱的表现，更是畏惧权力使然。村长手中的特权迫使路六命不得不放弃他作为男性应有的自尊，他将妻子拱手让出的那一刻，路六命的所有尊严被践踏得粉碎。

在阎连科的《黑猪毛 白猪毛》中，我们感受到乡村"政治文化对中国乡村的塑造以及由此而引起的农民心理的扭曲和分裂"[2]，作品中刘根宝甚至不惜放弃个人自由，自愿替镇长去坐牢，认为"替镇长坐牢可是件天大的好事"，而"好"的意义必然在于镇长手里的权力所能带来的好处。路六命放弃男人应有的尊严，刘根宝抛弃人应有的自由权，这无不令人动容，感叹乡村权力对人性的扭曲。因为县委赵书记在李屠户家住过一夜，李屠户家的生意一下子火了起来，"两间客房的东屋，桌、床、被褥、脸盆、拖鞋，都是赵书记用过的纪念物，妥善擦洗保存，又给客人用着，于是，那间

---

[1] 阎连科：《我为什么写作——在山东大学威海分校的讲演》，《当代作家评论》2004 年第 2 期。
[2] 陈国和：《20 世纪 90 年代以来乡村政治书写的当代性——以阎连科为例》，《文艺评论》2009 年第 3 期。

客房从每夜十元的价费涨到了十五元。行人也都长有凡贱之心,价格涨了,因为县委书记住过,也都偏要到那屋里去睡"①。仅仅因为县委书记住过这间房,价格就涨了起来,人们对权力的崇拜可以想见。更令人感到可笑与悲哀的是,在村中本不受重视的李屠户仅仅因为帮镇长传话,就成为村里人争先追捧的对象。在村民眼中,李屠户是一个符号化的象征,他代表了镇长,他所说的话就是镇长想说的。在镇长犯事儿以后,人们更是争着抢着要替镇长坐牢,为此他们纷纷找到李屠户,送礼、拍马屁,无所不做。在经过一番争抢后,刘根宝得到了替镇长坐牢的机会。刘根宝家贫、生性懦弱,虽善良但娶不上媳妇。也正因为刘根宝得到了坐牢的机会,他的处境发生了巨大的改变,村里人一下子对他热情了,更有人给他介绍起了对象,完全不在意他即将坐牢的现实,相反正是因为他要坐牢才有人愿意给他介绍对象。女方当即就表示"无论刘根宝蹲几年监狱都愿意等他出来",究其缘由很简单,因为在村里人看来,坐完牢出来的刘根宝可是镇长的恩人,有着与镇长共过难的交情。甚至,全村人满含热情地为他送行,"根宝兄弟奔前程去了,可别忘了你哥啊"。着实可笑,何时坐牢成了"奔前程",并争着抢着要与劳改犯称兄道弟。至此,作家将这件事已烘托到了"箭在弦上不得不发"的地步,全村人,包括刘根宝也都迫不及待要去蹲监狱。然而,出乎所有人的预料,"幸运"的刘根宝却未能如愿,他"舍身取义"的机会被无情地剥夺了,"镇长轧死人的那家父母通情达理,压根儿没有怪镇长,也不去告镇长,人家还不要镇长赔啥钱,说只要镇长答应把死人的弟弟认做干儿就完啦"②。对于刘根宝来说,他成功与镇长攀上关系的天梯被无情地斩断了,取而代之的是受害者的父母。与刘根宝和村民们看重的一样,既然人已经死了,何不借此获得与镇长沾亲带故的机会?作家毫不避讳地将人们对权力顶礼膜拜的最后的遮羞布给掀开。同样,在阎连科的《日光流年》中,司马蓝对村长权力的向往,始于七岁时目睹父亲训斥蓝百岁,少年时期对

---

① 阎连科:《黑猪毛 白猪毛》,《广州文艺》2002 年第 9 期。
② 阎连科:《黑猪毛 白猪毛》,《广州文艺》2002 年第 9 期。

第三章 乡村权力书写：乡村日常生活的核心主题

权力的认知便是村长可以任意吼嚷村人。司马蓝成为村长的宏愿源于父亲，而在日后不择手段的权力获取中，他也为此失去了道德伦理的本初认知。司马蓝当上村长以后，为了带领三姓村村民改变四十岁必死的宿命，不仅出让恋人蓝四十"侍奉"卢主任，甚至让蓝四十去九都城卖淫而且迎娶同村竞争对手杜岩的妹妹杜竹翠。司马蓝式的以权力争夺为首要目标的村长竞争，在河南作家笔下比比皆是，对生存权利与尊严的欲望战胜了所有的伦理道德与理想信念。

在季栋梁的《冰容》、周大新的《湖光山色》、许春樵的《放下武器》、毕飞宇的《玉米》、刘庆邦的《黄泥地》等作品中，也都刻画了眼高于顶、自大妄为的村长形象，村长滥用职权践踏女性尊严揭示出女性在体制化的胁迫下丧失了人格尊严。特别是在小说《冰容》中，季栋梁赤裸裸地讲述了一个农村母亲春芳因担心不去给村长的孩子喂奶而得罪村长，不得不含泪抛下自己正在哺乳期的孩子去给村长的儿子喂奶的心酸故事。作品毫不掩饰地披露了在村长"淫威"下，春芳不得不放弃其作为母亲的最基本的哺育权。乡村权力在乡村日常生活中体现为具象的政治权力和抽象的话语权力、基层政治权力的经济优势、性别从属关系等方面，而抽象概念的乡村"权力"则渗透在村民的价值观念内部。

2000年以来，经济要素成为权力主题展开的重要诱因。物欲的膨胀往往成为人们行为发生质变的主要原因。2003年，许春樵的《放下武器》"实现了对于大多数时尚化官场小说的超越"[①]。尤其重视对人物灵魂复杂性的挖掘，主人公郑天良坚持朴素的农民本色，这也是他与政治对手黄以恒在较量中处于弱势的原因所在。而黄以恒对于官场运行规则的熟谙更是成为其仕途跃进的重要催化剂。郑天良的权力观念变化的过程，充分显示出时代变迁中经济要素对人性的影响。同样，毕飞宇的《玉米》反映了农村王家庄公社村支书王连方家中三位女性在乡村权力扭曲下所发生的价值观念的崩塌。

---

① 王春林：《一部透视灵魂的尖锐之作——评许春樵长篇小说〈放下武器〉》，《文艺争鸣》2003年第5期。

其中，玉米是长女，她对于父亲掌权前后的差异有着深切的体验，由此所展开的权力追逐和滥用也尤其明显。女性在此成为权力的附带资源，女性与权力之间相互渗透。

此外，村长作为乡土社会的特权阶层，村民乐于、勇于与特权阶层攀亲。在孙惠芬的《歇马山庄的两个男人》中，当村长刘大头的老婆将自己的妹妹介绍给鞠广大时，"鞠广大首先看到的不是她的妹妹，而是这个女人跟刘大头的关系，而是这门亲事一旦成功，鞠广大跟刘大头的关系，而是这样一种关系缔结之后的美好前景"①。作家细腻地刻画出人物微妙的心理变化，对于鞠广大而言，这门亲事的对象是谁不重要，重要的是她的身份，以及这门亲事所带来的现实利益。刘庆邦的《眼光》讲述了长林姑姑以现实的眼光替侄子挑选结婚对象的过程，长林在村里姑娘的眼中是一个条件非常好的结婚对象，长相出众倒还是其次，重要的是家庭条件优越，他叔叔是公社的干部，姑父是村大队的支部书记，"顶着天，立着地，照样很了不起。谁家的闺女若是和长林对上象，就等于和大队的支部书记连上了亲戚，各方面就会受到照顾"②。也正因为这样，姑姑在为长林挑选结婚对象时眼光也很高，在细致的筛选下，村中只有几个姑娘入得了她的眼。刘庆邦通过描写家庭背景雄厚的男子长林在村中挑选对象的故事，揭示出村民对权力的依附和追捧心理。在村人眼中，与掌权者之间建立起了联系便构建起了坚固的关系网。事实上，正是人们对权力的过分抬高、过分看重、过分崇敬才导致了村长权力的不断膨胀，而膨胀后的村长权力又加深了村民的畏惧，在这一恶性循环中，人们不自觉地成为被奴役、被驱使的对象。

在新世纪乡土小说中，村民对权力的崇拜和畏惧使村长成为乡土社会的特权阶层，他们一方面对这一特权阶层充满了恐惧，想要逃离压迫；另一方面又极尽谄媚之态，渴望与之产生些许联系，并从中获得利益。在这一矛盾的关系中，他们逐渐丧失个体的主体性，成为权力的附属品。

---

① 孙惠芬：《歇马山庄的两个男人》，载《歇马山庄的两个女人》，群众出版社，2003，第103页。
② 刘庆邦：《眼光》，载《红围巾》，春风文艺出版社，2005，第81页。

三 乡土权力对上级监督制度的局部架空

乡村自治制度决定了乡级以上政府对基层组织的监督，这种制度有效地加强了上级组织对乡村自治的审查，但同时，由于下级组织的畏上心理却放大了上级政府的审查角色。原本上级政府对下级单位的监督制度便于通过沟通、交流，加深对乡土社会的熟悉和了解，发现基层组织工作中的问题，利于纠正缺陷与不足，促进乡土社会的发展。然而，随着基层组织将上级政府的建议、决策放大，一味地迎合、奉承，实际上给村民的生活造成了巨大的影响。

在权力笼罩下，人们的日常生活发生了变化，人性在这一过程中也不断被考验，而人的行为在价值观念引领下也反向对权力本身发生作用。在夏天敏的《好大一对羊》中，刘副专员来到黑凹村，出于个人好意送给贫困户德山老汉一对外国良种羊，但乡长、村长却曲解了刘副专员的意图，将羊的饲养问题作为"政治任务"分配给德山老汉。村长职务在村民眼中拥有至高无上的权力，村长具有支配他们行为的权力。德山老汉忐忑地接受村长下达给他的"命令"，为了照顾好这对并不适宜当地气候的外国良种羊，将自己御寒的棉衣给羊穿上，用舍不得吃的鸡蛋和炒面喂羊，附近没有新鲜的草，德山老汉便用马驮着羊到遥远的地方吃新鲜的草。这对外国良种羊于德山老汉而言，是祸非福，他的生活也因此变得更加艰难。而真正激发德山老汉如此"厚待"这对羊的动力，在于此政治任务所给予他的前所未有的被尊重、被景仰，甚至"连村支书也尊着他"。尤其是德山老汉因为这对羊成为联络刘副专员的"御用人员"，村民们对他更是尊敬，而这一切正是村民们对刘副专员手中权力的崇拜所致。然而，更不幸的是，德山老汉的孙女为了给这对外国良种羊割草而溺水身亡。刘副专员的好意慰问却被村干部附着上了政治意味，因村干部的错意领会、讨好巴结而变得荒唐，最终导致原本贫困的家庭发生了悲剧。作家对身体受操纵、精神受规约的乡土权力现象投以观照，揭露乡村自治制度的负面作用，及其对人性的制约和胁迫。

在向本贵的《农民刘兰香之死》中，作家以沉重的笔调讲述了一桩人间悲剧。邹大树被毒蛇咬伤，为了治病已花光所有积蓄，正在邹大树夫妇一筹莫展之时，却接到给上级领导提供招待的任务。由于家境贫困而无力承担招待任务的邹大树夫妇怠慢了上级领导，不仅没有得到邻居们的理解，反倒遭到了无妄的指责。妻子刘兰香因承受不起邻居们的责难和压力，最终上吊自杀。作家以沉重的笔调讲述了一桩官僚制度下的人间悲剧。自古以来身体一直都是权力的对象和目标，"人体是被操纵、被塑造、被规训的。它服从、配合，变得灵巧、强壮"[①]。乡村权力支配着人的行为，约束着人的思想，人们哪怕有丝毫的怠慢都是不允许的，作家将身体受操纵、精神受规约的农民放置于基层自治制度之中给予观照，传达出"官本位"思想和官僚体制对人性的胁迫、制约。

乡村自治制度的出发点是给予村民更多的自主决策权，然而，乡村自治却在无形中强化了村长的权力，特别是重大事件的决策权，村民在此过程中成为乡土社会的弱者，成为被操纵、被塑造、被规训的对象，丧失了民主权利。乡村自治制度并不是无人监督的制度，上级政府的监督制度是对乡村自治制度的补充，是从制度层面对基层决策正确与否、决策落实与否的监管与督促的制度。由于对上级监督制度的敬畏，基层组织放大了上级政府的审查角色，过分曲解了上级政府的意图，加重了村民的负担。

权力渗透在乡村是无孔不入的，而乡民的民主思想程度不高，主动或被动的权力压迫都渗透进农民生活的方方面面。而真正实现乡村权力的民主化，一方面需要相应的长期的政治体制的探索深化，另一方面需要民众思想意识形态的现代化。乡土社会的权力文化性重于政治性，而这也正是乡土小说中的权力书写区别于官场小说的根源所在。同时，新世纪乡村社会的变化使得乡村权力的底色也在发生变化，其中传统乡土"长老权力"在起作用的同时，政治性的权力要素也逐渐渗透。国家在不断完善乡村基层选举制度

[①] 〔法〕米歇尔·福柯：《规训与惩罚：监狱的诞生》，刘北成、杨远婴译，生活·读书·新知三联书店，1999，第154页。

的同时，也推进了村民参与民主选举的合法性。尤其在村权力所掌握的村集体利益分配基数较大的村落，村民与乡村权力的选举与实施之间的矛盾不断产生。

第四节　新时代新权力主体对旧权力势力的替代

20世纪90年代以来，书写基层权力的争斗演化为阎连科、刘震云、李洱、李佩甫等作家笔下参与社会政治、文化思考的方式和对膜拜乡土权力人物群像的描写。2000年以来，随着现实乡村世界的变迁，乡村振兴与脱贫攻坚成为新的乡村现实。正如李洱所说："中国作家写乡土小说是个强项，到今天，我认为有必要辨析一下，现代以来的乡土写作传统，对我们今天的写作、对我们处理当下的乡土经验，有什么意义。也就是说，怎么清理这些资源，然后对现实做出文学上的应对，我感到是个重要的问题。"[①] 新世纪的前二十年，承担乡村扶贫工作的驻村干部成为新的权力代言人。如此在现实主义乡土小说中，尽管乡土文化随时代变迁表现出不同特征，而权力书写仍然是重要的主题。同时，2000年以来，乡村日常生活发生了重大变迁，乡土小说的权力书写主题更直接地体现出作者的情感态度。

一　乡村能人：村支书与民间话事人的书写

乡村权力并不是孤立的存在，在现代社会政治体制中，县、乡、村三级体系是相互联动的。而乡村基层权力网络的枝蔓也尤其复杂，从政治生涯的升迁到"关系"的网络牵连等。李佩甫的《无边无际的早晨》中李治国将权力置于亲情、爱情之上，为了升迁不惜一切，向权力顶礼膜拜。李佩甫的《羊的门》中的呼天成，在呼家堡构建自己的权力网络，作为村支书，他是呼家堡人心中的领袖，是如"神"一般的存在，他可以凭借一己之力干预

---

① 《2004·反思与探索——第三届青年作家批评家论坛纪要》，《人民文学》2005年第1期。

县市领导的决策；被他帮助过的人，将他视为"神"一样的存在，工作中遇事儿、遇难都渴望能见他一面，让他点拨一二。

  关仁山的"中国农村三部曲"（《天高地厚》《麦河》《日头》）讲述了冀东大地的历史变迁、人事巨变。作家延续了一贯的现实主义风格，不用审视的、批评的目光切入乡村，也不用悲悯的、激愤的笔调书写乡村，而是热情地投入乡村、走访乡村，将特定历史阶段农民的生活加以重现，关注转型期乡村的现状以及农民的精神面貌，其中不乏对乡村能人的热情书写。在《天高地厚》中，作家围绕三个家族——荣氏、鲍氏、梁氏三代人近三十年的发展历程，展现了农村变革过程中农民的爱恨情仇、喜怒哀乐。荣汉俊是农村改革过程中由旧式农民向新式农民转型的代表人物，他既有旧式农民的恶习，也有新式农民勇于创新、敢于拼搏的精神。前期的他敢想敢干，用自己的聪明才智干事业，但当他当上村长后，思想中的小农意识促使他玩弄权术，逐渐走向腐败之路。在农村改革时期，他是村长的不二之选，但他本身的农民劣根性又制约了他的发展，因此作家对他的情感是复杂的。作品中不乏改革时期的能人，年轻一代人中的梁双牙、鲍真和荣荣怀揣建设新农村的理想和抱负，让我们看到了农村未来的希望。他们用打工赚来的钱开荒，投身土地开发，同时又积极清理空心村，帮助村中的老弱妇孺。他们有能力有热情，是新时代农村发展需要的人才与能人。在《麦河》中，作家塑造了曹双羊这一乡村能人的形象，他既传统又现代，他是新农村建设中的英雄。他不仅推动鹦鹉村的土地流转，而且白手起家建立起了资产过亿的麦河集团，带领鹦鹉村富裕起来。但同时，他身上又带着鲜明的时代印记，有着资本家的特质，在资本原始积累阶段，他凶残、贪婪、狡诈，企业的每一步成功都伴随着竞争对手的血泪。与资本共舞的曹双羊又有着农民的善良和朴实，他凭借自己的力量保护着农民的利益。作为"农村新人"的代表，其身上有许多"新元素"：其一，对土地流转和现代农业经营模式的历史意义和现实困难有清醒的认识；其二，对工业资本在土地流转中的追逐利益的本性与非正义性有着清醒的认知，在经济行为上肯定自己，在道德上否定自己，自我认同出现内在分裂；其三，推行土地规模化经营已有现代农业的特点；其四，用管理工业生产的方式管理土地流转后的农业生产，将新的集体劳动习惯、协同精神、工作纪律、效率观念和危机意识等内化为鹦鹉村的新人格。① 在《日头》中，权桑麻是基层农民的典型代表，他虽没有文化，但却有着过人的胆量，既善于运用自己的优势去投机钻营，更善于利用民心与民意去干事情。因此，在那个相对保守、封闭的年代，权桑麻是个能人，是日头村名副其实的掌权者，人们既恨他又畏惧他，同时也离不开他。在20世纪90年代的乡土书写中，乡村中的能人多半是乡村中的领头人，他们善于审时度势，能利用当下的政治环境、经济环境来带领村民发家致富，但同时，他们身上也有局限性和劣根性，对权力的过分看重让他们享受权力带来的快感，将乡村打造成个人的私有之物，以此加固自己的"统治"。

在刘庆邦的《黄泥地》中，房国春作为房户营村唯一一个县高中的教师，在村中有较高的人气，人们不管什么事情都会找他帮忙出主意、想办法，可以说，在相当长的一段时间里，他是房户营村的主心骨，是德高望重的民间话事人。房国春是县城的高中教师，他很少回村，然而但凡他回村，村民都争相拜访，有事儿的找他说事儿，没事儿的找他聊聊天，人们觉得从他那里能汲取到某种力量、某种认可、某种看重。这种潜在的力量、潜在的地位背后不仅仅是房国春的人品和学识，深入分析下去，村民们甚至村支书都敬重他，遇事向他求助，很大一部分原因在于畏惧他的人脉。"房国春在县城教书三十多年，县里的不少干部他都认识，他在县委大院平蹚，跟走平地一样。……现任吕店乡乡党委书记的杨才俊，就在县里高中读过书，就是房国春的学生。"② 因此，拥有学识和人脉的房国春自然成为房户营村人人追捧、恭维的对象，而对于房国春自己来说，他也乐于管理房户营村的大小事务，归根结底在于他的"乡绅情结"。而同样是拥有高学历，在京城有着好的工作的房光东，不论是从学识还是人脉上应该说比房国春更优，但他却不是乡村能人，更谈不上话事人。原因则在

---

① 李兴阳：《"农村新人"形象的叙事演变与土地制度的变迁——以〈太阳照在桑干河上〉、〈创业史〉、〈平凡的世界〉和〈麦河〉为中心》，《文学评论》2015年第4期。
② 刘庆邦：《黄泥地》，北京十月文艺出版社，2014，第31页。

于,房光东没有乡村责任感,他只关注自己的事情,而对于乡村事务则表现出漠不关心的态度。令人遗憾的是,像房国春那样有着"乡绅情结"的人也随着时代而消失。

在叶炜的《还乡记》中,刘少军是名副其实的能人、强人,他依托权势和关系,在农村叱咤风云,发家致富,他在看似狡诈蛮横的个人发展背后,也在一定程度上推动了乡村的发展。将《还乡记》与《黄泥地》放在一起考察,不难看出以刘少军为代表的政治强人正在一步步取代以房国春为代表的德性强人,重时效、讲效率成为衡量准则。从某种程度上说,乡村能人用自己的聪明才智推动着乡土社会向前发展,无论是之前的乡贤德治,还是现在的强人治村,他们都在力所能及地帮助乡村发展。

二 知识分子乡村权力拯救者:大学生村官

村党支部委员会与村民委员会即"两委"是乡村自治制度的基层组织。大学生村官即"一村一名大学生",此政策是党的十七大以来国家计划以知识分子的理论武装来提升乡村自治的专业化水平,拯救乡村权力异化进程的一项重要举措。作为一种乡村管理的制度安排,大学生村官是新时代乡村权力的新兴代言人,体现出村民自治制度改进中新的乡村政治生活与权力结构。在新世纪乡土小说中,作家将大学生村官作为一个集体群像来刻画,以此来反映新时代乡村的基层制度。

在傅宁军的报告文学《大学生"村官"》中,作家围绕苏北五市十余县上百名采访对象,塑造了"80后"大学生村官群体形象的乡村生存状态和精神成长过程,折射出中国乡村现代化的出路和未来。正如作品封面写的那样,这是"一个世纪的国家战略",《大学生"村官"》具有鲜明的时代感,真实地记录了青年一代人投身国家新农村建设的青春之旅。与传统的乡土文学叙事中的村官形象不同,大学生村官的新时代新人形象反映出新时代乡村权力主体意识形态和精神境界的不同。傅宁军对大学生村官的书写,难能可贵之处则在于作家深入大学生内心世界,将他们面临人生抉择时的纠结、迷茫、彷徨也一应表现出来。相较于条件艰苦的农村,毕业后前往繁华的城市、继续考研或许是更好的选择，这些都是大学生村官们做出最终选择时必须深思熟虑的，而一旦做出了选择，他们就会执着地坚持到底。在这些大学生村官身上，我们看到了闪耀着时代光辉的勇气、胆量和信念，正如傅宁军自己所言："当我走进他们，了解他们，却一次次被触动，被激励，被感奋。他们并不完美，他们也有苦恼与迷茫，但他们把个人命运与祖国、时代、农村联系在一起，他们如此自然地表达出一种崇高、理想与英雄主义的色彩。"[1] 他们将自我理想与时代命运紧密地捆绑在一起，既记录着他们对农村发展的贡献，也直言工作中的问题。大学生村官形象是延续传统乡土文学中的村支书、村长等村官形象的一种时代演变，他们中有敢于担起"一把手"的张天然、徐燕华，用自己的勤劳与胆识干事创业。《大学生"村官"》中关于乡村权力的批判主题从隐性到显性，实质是乡土文学时代变迁的症候，也是现实乡村世界的问题折射。

就大学生村官而言，他们在很大程度上并未掌握权力的主动权，更多的仍是在乡村权力笼罩下的青春知识分子的乡村建设的主体性挣扎的过程。在郭严肃的《锁沙》中，大学毕业后原本要去深圳发展的郑舜成放弃了去大城市发展的机会，经过激烈的思想斗争后毅然决然地选择回到自己的故乡曼陀北村。他目睹了家乡环境的恶化，草场沙化日益严重，人们甚至还不以此为戒，仍然肆意砍伐村南的果树，被称为孽龙的沙漠带也以惊人的速度向前爬行，村庄也将被吞噬。目睹眼前一切的郑舜成更坚定了回到家乡、建设家乡的决心。在镇党委书记的鼓励下，在乡亲们热切的期盼下，郑舜成参加了曼陀北村党支部书记的竞选，并成为新一届村党支部书记。村民们在郑舜成的带领下，从抓本治源、退耕还林还草、变传统放牧型畜牧方式为现代化的舍饲养畜三个方面大力整治沙化问题，建设生态乡村。经过大家的努力，曼陀北村重披绿衣，成为远近闻名的生态优良示范村、草原上的富裕村。原本打算干三年的郑舜成，却又在新一届的党支部书记选举中当选。他被村民们给予自己的殷切希望深深感动着，同时也感受到自己肩上越来越重的担子，

---

[1] 傅宁军：《〈大学生"村官"〉之酸甜苦辣》，《京江晚报》2009年7月24日。

最终他决定永远留在家乡，将自己的毕生都奉献给草原。

在饶雨亭的《摩兰》中，作家在书写摩兰山风俗之美、风景之美的同时，也清楚地交代了其与世隔绝的原因，即使通了乡村道路，也未能给摩兰山带来本质的变化。子书是来到摩兰村的大学生村官，一方面他有着远大的理想和抱负，希冀通过自己的努力改变摩兰山的现状；另一方面，他又徒有雄心壮志，却不付诸行动，他只是把更多的心思放在摩兰村的女孩子身上。也正因为这样，子书对摩兰村的发展没有清晰的认知，自身也未能在这个过程中获得进步。大学生村官子书对个人理想与乡村现实之间的错位理解，从侧面反映了当代农村发展的诸多问题，更重要的是反映了大学生村官面对现实时思想和行动上的不成熟。

除此之外，网络作家聂怡颖的《大学生村官》塑造了诸如蔡小袅、覃晓阳、顾美玲、凌晓燕、陈斌等大学生村官形象，但仍跳不出青春网络文学关于爱情主题的窠臼，但对于大学生村官的现实工作境况的反映依然具有很大程度上的真实性。在新时代乡村振兴和脱贫攻坚的新乡土现实的文学创作中，涌现出了大学生村官的形象建构。他们以饱满的热情、蓬勃的精神、昂扬的斗志、坚定的信念投身新时代农村建设，他们中不乏像郑舜成这样带领乡村摆脱贫穷、走向富裕的大学生村官，当然也有像子书这样充满理想却未能做出实绩的大学生村官。但无论如何，他们的存在都是一个时代的标识与旗帜。创作的同质化消解了乡土文学创作的意义，我们期待更多的反映大学生村官的作品出现。

三 乡村扶贫的新权力主体：驻村第一书记

从1986年国务院成立"贫困地区经济开发领导小组"到1993年国家制定"国家八七扶贫计划"，再到2013年习近平总书记提出"精准扶贫"，党的十八大提出"脱贫攻坚"，党的十九大提出"乡村振兴"，2021年实现全面脱贫的历史跨越，都体现了国家顶层设计对乡村基层经济发展的重视，而与之相应的乡村基层管理制度在引领经济发展中所凸显的政治、权力等方面的问题以及在解决问题过程中所涌现的典型人物和先进经验，往往成为文学参与乡村振兴的题材源泉。

自 2015 年开始，党中央决定实施驻村第一书记制度，从各级党政机关向基层党组织涣散村和建档立卡的贫困村派驻驻村书记。世纪之交的乡土小说反映的乡村经验发生了时代更替，新的乡土叙事文学在历史中变迁，新的乡村权力主体驻村第一书记成为新时代乡村脱贫攻坚的新人物和主力军。在全面脱贫攻坚之际，涌现出了众多乡村扶贫的驻村第一书记典型人物，他们的先进事迹往往成为报告文学的写作素材。而在很大程度上，驻村第一书记形象更侧重于媒介的建构功能，如关于《人民日报》驻村书记报道的研究，而文学形象的建构相对滞后一些。尤其是广西、湖南等少数民族地区成为"文学扶贫世界"的重镇。从文学发生社会反映论的角度看，新世纪乡村振兴的乡村社会发展趋势，必然成为新型乡土文学的资源。"乡村振兴战略对文学的发生具有着某种决定性影响，是一种装置性的结构性存在。乡村振兴战略不仅是文学的创作背景和基础，为文学提供了最鲜活的现实人物原型和思想主题，而且为文学的写作提供了审美想象力的翅膀，提供文学最为核心的情感力量。"①

"讲好脱贫攻坚的故事"催生了纪实文学反映时代的热潮，涌现出一大批优秀的作品。反映乡村变革的纪实文学或非虚构文学成为新世纪乡土文学的重要组成部分，纪红建荣获全国"五个一工程"奖的纪实文学作品《乡村国是》，汇集了湖南、云南、甘肃等 14 个省（自治区、直辖市）39 个县（市、区），包括六盘山区、滇桂黔石漠化片区、武陵山区等脱贫攻坚的山区乡野，202 个村庄的脱贫与扶贫相关工作的采访。《乡村国是》不仅真实地记录了扶贫工作的重大功绩，也展现了扶贫工作的艰难与温暖。作家以朴实的笔墨讴歌时代、讴歌人民，用人民喜爱的语言、用贴近人民的情感，满含深情地展现了山乡巨变。

在厉彦林的长篇报告文学《延安样本》中，作家采用第一人称"我"

---

① 张丽军：《乡村振兴：新时代的新故事、新农民、新史诗》，《长江文艺评论》2022 年第 1 期。

的亲历的叙述方式将延安地区脱贫攻坚的现实感真切地展示出来,既传达了个人对扶贫工作的认识,也通过与扶贫干部的交流表达了扶贫工作的艰难。《延安样本》中,作家将脱贫攻坚战略对我国的影响跃然于纸上。延安是革命老区,但限于自然条件一直未能摆脱贫困,作家深入延安地区,将当地脱贫攻坚的主要做法进行总结:政策上的支持,落实到户的扶贫档案,做到一对一帮扶,精准扶贫,同时发展产业,真正做到授人以鱼不如授人以渔。作家在表现宏大主题、凸显我国脱贫攻坚事业伟大成就的同时,对人物形象的塑造也并未放松。恰恰是宏阔的叙事背景让人物更加鲜活,其中杨黑牛、马安荣、侯玉芳等人的脱贫之路给人留下了深刻的印象。同时,作品传达出绿色脱贫与延安精神的融合。在实现全面脱贫的道路上,延安人民以绿色、生态为导向,生动地诠释了习近平总书记提出的"绿水青山就是金山银山"的理念,将老区人民艰苦奋斗、不怕辛苦、克服万难的精神表达得淋漓尽致。正如作家自己所说的那样:"我被这片土地上追求绿色和美好生活的人们所打动、所感动,生态环境的变迁为孩子们留下了五彩缤纷的花园、人生的乐园。"①

2020年,作家出版社推出脱贫攻坚题材系列的10部报告文学:李迪的《十八洞村的十八个故事》、吴克敬的《耕梦索洛湾》、任林举的《出泥淖记》、觉罗康林的《春风已度玉门关》、何炬学的《太阳出来喜洋洋》、唐晓玲的《两根丝连接一片民族情》、浦子的《明月照深林》、威戎的《决战柯坪》、哲夫的《爱的礼物》、蒋巍的《国家温度》。作家们深入扶贫地区,扎根到人民群众之中,投身火热的生活之中,这10部作品见证了中国人民脱贫攻坚的伟大壮举,特别是作家李迪,在生命的最后时刻完成了《十八洞村的十八个故事》。这些作品必将成为我国全面决胜小康社会、实现全面脱贫道路上的一份重要记录,也必将成为一份重要的奋斗记忆、文学记忆、民族记忆和国家记忆。

自称是"合格农民"的卢一萍以反映大湘西的精准扶贫为主要对象,

---

① 厉彦林:《延安样本》,《人民文学》2020年第7期。

第三章 乡村权力书写：乡村日常生活的核心主题

从苗族自治州花垣县十八洞村出发，以包括对湘西土家族苗族自治州、常德、张家界、怀化等地的采访为素材，创作了非虚构报告文学作品《扶贫志》。作品从"精准扶贫"首倡地十八洞村着笔，描写了众多参与到扶贫工作的人物形象，包括芷江侗族自治县五郎溪村村支书田昌英、花垣县麻拉村村支书麻兴刚、麻阳县楠木桥村村支书谭绍鲜等基层村干部。作品以老梨树意象的诗意化表达开篇，正文跳出了"文学"的语言与表达，结合实地的考察、文献学的考证，但在细节的处理上又有着作家的极度细腻。作家用深情的语言和热切的文字，记录着贫困村逐渐脱贫的过程。

除此之外，胡为民的《月亮村巨变》中，被县委下派到四川北部山区月亮村担任驻村第一书记的县农业局苏大壮，是热爱农村的当代大学生干部，老村长从最初对驻村第一书记的质疑、抵触到最后的积极配合，帮助做好乡村扶贫工作。向志文的《百坭村女子图鉴》是反映大学生书记黄文秀在百坭村扶贫经历的报告文学。在脱贫攻坚的第一线，黄文秀秉持着共产党员"不忘初心"的信仰帮助百坭村脱贫，用青春谱写人生的华章。李明媚的《不信春风唤不回》中以南宁市社会保障住房管理中心工作人员到青秀区伶俐镇望齐村担任驻村第一书记，通过改善当地的交通等基础设施，进一步发展种植和养殖业，带领全村三年实现脱贫致富。储兆庆的《春到茶岗》是以自己扶贫攻坚一线的工作经历为素材的报告文学作品。作家储兆庆是市委机关选派到茶庵镇的驻村扶贫第一书记，是小说主人公淮滨市安丰县茶岗镇茶岗村驻村书记王有根形象的原型。作品以乡村基础设施建设、经济发展体现了新时代乡村扶贫工作的"扶贫、扶志、扶智"的体系化战略。尤其在具体的扶贫工作中，王有根对乡村风俗人情和乡民"人情"思维方式的深入了解，使他的扶贫推进工作充满了因地制宜的乡野人情风格。徐仁海的《2019：贫困钟在江坡村停摆》中并没有特定的扶贫攻坚带头人，作家将精力放在了记录上思县南屏瑶族乡的江坡村脱贫的全过程。其中，给人印象最深的是一个叫丘福汉的驻村第一书记，他将自己全部的热情投入江坡村的脱贫工作，被当地村民亲切地称为"比自家人还亲"的领头人。让贫困钟在江坡村停摆是他驻村的目的，在这一过程中体现了驻村第一书记的责任与担当。朱千华的《一个警长的特殊任务》以人民警察陆治江到马山县龙岗村任驻村第一书记,创新发展"三种三植""三个中心"的扶贫途径,带领全村在两年之内摘掉贫困村的帽子。有人评价驻村第一书记职位是"职务不高,担子不轻;权力不大,责任不小",恰如其分。驻村第一书记身处基层乡村,与广大农民群众直接打交道,每一个决定都直接影响着群众的生活。中共中央办公厅印发的《关于向重点乡村持续选派驻村第一书记和工作队的意见》,显示出驻村第一书记制度的常态化倾向,也是试图将其作为乡村基层治理制度的有效组成部分,对乡村权力的一种长效监督。

对脱贫攻坚战略下的驻村第一书记的文学书写成为新世纪乡土小说权力书写的一个重要对象。他们身上有着鲜明的新时代烙印。针对关于乡村扶贫的文学创作,李遇春在2018年《芳草》杂志社主办的"新时代乡村书写"研讨会上提出,当前精准扶贫背景下的乡村书写是一个有待开掘的文学矿藏,但艺术之门依旧紧闭;在新的历史语境中,"谁要是能够塑造出站得住脚的这种新型农民形象,我觉得他很可能会成为我们这个时代的文学代言人"[①]。可以说,李遇春的这番话是诚恳的,也是急切的。新时代呼唤经典的文学形象、需要经典的文学作品。文学是时代的产物,也必将服务于这个时代,作家应站在时代的最前端书写时代、展现时代,创作出人民群众喜闻乐见的文学作品。这是作家的责任。除了报告文学对驻村第一书记的工作进行了真实的记录,文学创作方面也取得了显著的成绩。

忽培元的长篇小说《乡村第一书记》被称为"新时代的《创业史》",小说通过反映颍川县牛头镇上牛湾村第一书记白朗在驻村书记工作群上的微信日记记录里的生活纪实,记录了他在上牛湾村日常生活的点点滴滴。白朗作为驻村书记,他为了上牛湾村的发展想尽一切办法,他利用自己的人际关系、人脉资源,包括老同学、县委书记甚至已退休的老支书等,来推动上牛湾村基础设施和交通的发展。同时,他非常注重当地文化、乡村生态文明保

[①] 郭海燕:《新时代乡村书写的召唤——〈芳草〉研讨会综述》,《文艺报》2019年1月28日。

护和产业的发展。白朗重视乡风习俗，特别是在尊重当地文化可持续发展方面，他善于用人，充分发挥乡贤文人姜万福的力量，恢复了太公祠堂拜祖的传统来强调村规民约，进一步聚集人心来加强原本涣散的党组织生活。白朗对于拜祖活动的支持体现了乡村传统观念对村民的根性影响，只有将传统观念中的精神融入群众的生活中才能让他们的生活有奔头。正如白朗在首次恢复拜祖活动时所言："姜氏太公，是我中华民族历史上首屈一指的文武全才，道德文章堪称千古先尊、万世楷模。咱们太公祠堂里的祖宗古训，是优秀传统文化中的精华，更是咱们上牛湾人的精神支柱。文脉传承，古今一理。人要离开了精神的支柱，就没了心劲志气，会直不起腰杆儿的。"[1] 通过白朗的努力，上牛湾村村民的精气神儿发生了巨大的改变。与驻村第一书记白朗形成鲜明对比的是村支书姜耀祖，他的权力意识和利己主义行径则是现实乡村发展的重大阻力。通过他们两人之间的交锋，凸显出驻村书记战略安排的必要性，以及推进扶贫工作的艰难和基层管理的混乱。在白朗驻村后的"欢迎会"上，他希望给村民们充分反映现实问题的机会，但却在村支书姜耀祖的授意和安排下，闹剧演员们粉墨登场干扰群众反映问题。这些人与来反映现实问题的村民共同反映出乡村生活的真实困境。作为村支书，姜耀祖眼中看到的是私利、是个人，在看到国家对"全域旅游""开发特色旅游小镇"的支持后，他便打起了由退伍军人刘秦岭等人合伙经营的绿叶公司的主意。绿叶公司承包并带领村民们治理、美化牛尾河沟，并建设生态观光园。姜耀祖便试图以国家允许发展"全域旅游""开发特色旅游小镇"为由，与金鑫公司私订合同，大兴土木，从中谋取私利。村支书姜耀祖、副县长李宏伟、金鑫公司金占川，三方共同钻政策的空子，妄图实现自身的利益。老支书姜建国与姜耀祖对于破坏生态发展房地产的态度截然不同，他重视乡村生态，不忍看到环境受到破坏；担任村支书长达近40年的老支书姜建国，显然是上牛湾村的"精神领袖"。白朗作为名校毕业生，他对中国传统文化的热爱和逻辑思维优势，使他在乡村扶贫与振兴的道路上有着深入的

---

[1] 忽培元：《乡村第一书记》，中国言实出版社，2021，第47页。

思考。到上牛湾村的短短三个月，他就赢得了村民的尊重与拥护。白朗对如何让乡村真正富起来有着自己清醒的认知，他拒绝了"贴金式""输血式"的赠送电动车的帮扶。他极力争取解决村民长期饮用水品质问题；利用"厕所革命"开发沼气能源，改善了村民的生活等实际问题；等等。这些扶贫成绩都闪耀着新乡村权力掌控者的智力结晶，显示出"一个年轻智者的政治魅力"。与滥用乡村权力的主体相比，白朗这类驻村书记更多的是将"第一书记"的权力作为"责任"来对待。在白朗千方百计为了上牛湾村脱贫致富的同时，村支书姜耀祖不仅不心怀感恩、满怀希望、紧跟步伐一起干事创业，反而看到的是权力被争夺的危机感，这在一定程度上暴露了他封建专权思维的狭隘。

卢生强的《天使还你艳阳天》描述了李金荣医生在广西壮族自治区隆安县布泉乡新盏村任驻村第一书记期间，帮扶特困家庭走出贫困，帮助双目失明的村民重见光明的动人事迹。李金荣在接到院里的安排后，便义无反顾地前往新盏村扶贫，白天挨家挨户地走访了解情况，只有夜里才能给家里打个电话。当面对年轻时因意外爆炸而导致双目失明的零有东时，"一帮一联"帮扶责任人卢银波医生告诉李金荣，零有东这几十年因为家庭经济状况困难只是简单地治疗眼睛，经过他的检查，零有东非常有可能复明。于是，李金荣和卢银波便决定再次入户了解情况，并对零有东的眼睛进行再次诊断，认为他的眼睛有可能通过手术重见光明，但必须要到市里医院做正规的检查后才能确定治疗方案。得知这个消息的零家人激动万分，但零有东却有诸多顾虑，这么些年来医生没少看，中药没少吃，钱花了不少，眼睛却越来越差，这次还要手术，如果治不好，钱也白花。零有东想到辛苦了大半辈子的妻子和家里的情况，决定放弃治疗。李金荣和卢银波了解到零有东的顾虑后，他们积极了解国家对于贫困户就医的优惠政策，并不厌其烦地向零有东讲解国家的优惠政策，希望他能放下顾虑，积极配合治疗，争取早日复明，替妻子分担家庭重担。看着李书记和卢医生为自己的事忙前忙后，零有东于心不忍的同时更多的是感动。于是他放下顾虑，决定接受手术，给自己一个机会，也给自己家庭一个机会。看到零有东重燃生活的希望，李金荣兴奋不已，力所能及地安排车送零有东去南宁的瑞康医院接受治疗。经过20多天的治疗，零有东终于重见光明，妻子儿女相拥而泣，而此时他最想看到的是李书记和卢医生。零有东看向病床边的人问起：你是李书记？你是卢医生？三个人的手随之紧紧地握在一起，激动、感谢、希望化成泪水在零有东的眼里肆无忌惮地流淌。在李金荣的带领下，复明后的零有东发展自家养殖产业，他不仅要脱贫，更要致富，他要把自己失去光明这几十年没有干的事都努力干了，早日脱贫致富，让自己和家人过上新生活。

在赵德发的《经山海》中，吴小蒿是一个有着人文关怀的驻村书记，毕业于山东大学历史学院的她对历史有着特有的兴趣与敏感。初登鳃岛，她就被有关鳃人的种种神话所吸引，更是对当地的传统美德甚是珍视；她积极发掘祖传打击乐《斤求两》，更是推进丹墟遗址的考察与发掘，为此她请中、美专家共同参与其中；她推进渔业博物馆建设，留住楷坡记忆。与此同时，她也注重乡村产业发展，不仅将楷树苗育苗成林，而且推广农村电子商务，更引进"深海一号"全潜式大型网箱工程落户隅城，拓宽了楷坡经济发展的路子。

除此之外，陈纸的小说《青山引》以余春风的"工作笔记"为叙述方式，还原了市级示范高级中学的校办副主任挂职到天福村担任驻村第一书记，通过全校教职工的共同协助帮扶，使该村脱贫致富的先进事迹。蒙卫东的《秋色无声》以担任驻村第一书记的档案局局长莫穷与帮扶对象村老支书之子周忠国两人之间的矛盾演进为线索，还原了乡村扶贫工作的艰辛和乡村社会人性的复杂。周忠国是村里的"二流子"，不务正业、嗜赌如命，从最初不服管教，到最后痛改前非，整个过程体现了莫穷的责任与担当。岳寅生的《粉红的微光》以驻村干部"我"与帮扶对象马小光之间的故事为主线，折射出乡村扶贫工作的温度。马小光与周忠国很像，是乡村典型的"刺儿头"，他顽固地对抗扶贫干部的帮助，但又与周忠国不同，他有主见、有想法、明事理。在"我"的帮助下，马小光终于走出心中的"魔障"，积极投身扶贫事业，配合"我"的工作，走上脱贫致富的康庄大道。在林永泽的《高山上的红杜鹃》中，作家以扶贫干部麦子的工作为主线，讲述了红石村脱贫致富的全过程。小说几乎涵盖了扶贫工作的各种问题，不仅有红石村小学的建设问题、铺路架桥建设新村问题，更有修建水电站、直播带货等大事小情，将扶贫工作的艰辛以及扶贫干部在工作中展现出来的勇气、担当、奉献精神表现得淋漓尽致。

颜晓丹的《花儿在深山》叙述了扶贫干部"我"深入瑶乡"扶智"，劝返辍学儿童返校读书的生动故事。在"我"往返于扶贫乡的路上，令"我"印象最深的是一个名叫美全的瑶族妇女，生活的艰难没有压胯她让两个女儿上学的信念。她乐观、开朗，声音洪亮、笑声明媚。为了让两个女儿能够读书，她宁愿带着女儿住在临时搭建的竹篱房，两个不到10岁的女孩眼睛里透出的是坚毅，对她们母女来说，只要能读书的地方、有彼此的地方就是家。从美全那里汲取到的能量，让"我"更坚定地走在扶贫、扶智的路上。在帮扶孩子们上学的过程中，"我"有欣喜也有伤感。令"我"欣喜的是明芳夫妇的女儿意佳终于在"我"的苦口婆心之下再次返回校园；然而，也有令"我"灰心沮丧的时刻，比如岜地村的黎妹，她对学校的厌恶令"我"久久不能释怀，"我"又多次去看望黎妹，希望她能回心转意，而都未能成功。这种无力感让"我"更加想念美全，想再见见她，从她那里汲取能量。也正因为黎妹，更坚定了"我"要继续帮扶孩子们的决心，"我"要让他们从大山中走出来，用知识武装头脑，改变命运。

新时代乡村权力现实虽然具有独特的时代性，但是对乡土现实主义的叙写却表现出艺术加工能力的羸弱，同时对于部分乡村问题的处理方式的认知过于简单，导致新世纪乡土文学的发展相对直观和浅薄。近年来乡土文学的发展，尤其是关于乡村扶贫和乡村振兴的乡村发展现实的文学把握，"存在着从项目扶持、出版发行、评奖获奖等角度来考量，而忽略作品质量的问题"[①]。驻村第一书记的首要工作重心是"精准扶贫"，而从当前的形象建构来看，驻村第一书记形象更多的是新闻媒介的一种先进典型事迹的推广与宣

[①] 刘小波：《文学如何助力乡村振兴？——近年来乡土小说的生产机制变迁与主题流变》，《粤海风》2021年第6期。

传。就文学艺术作品的创作看,融入乡村经济发展事件的乡民的日常生活是底色,毕竟发展乡村经济的根本在于提升乡民的生活水平。与此前的权力批判不同,驻村第一书记的乡村权力受制于乡土社会基层权力掌控者的群众基础和思维格局,他们在推行新的乡村脱贫与经济振兴发展。

在对新世纪乡土小说中的权力书写进行考察的过程中,我们能看到权力书写的变化,由最初对乡村权力的批判,到对钱权结合黑幕的揭露,再到对基层制度的反思,最后到对大学生村官、驻村第一书记的书写,乡村权力向着更积极的方向发展,并成为引领村民们脱贫致富的主导力量。同时,在这一过程中,人们对权力的认识也发生了巨大的改变。权力不再是私有之物,不再是专制、专权的代名词,而是一种责任、一种担当,是服务大众的价值指向。但毕竟对大学生村官和驻村第一书记等新型乡土权力书写仍处在一个起步阶段,其媒介作用与宣传作用削弱了文学性,表现出较为稚嫩的艺术特点。即使如此,我们仍期待日后会有更多、更优秀,人物形象更丰满的表现扶贫工作、记录时代的作品。

第四章
伦理关系书写：新型乡土关系的日常呈现

人是社会组成中的最小单位，人与人之间的关系往来构成了乡土社会的日常。因此，伦理关系反映乡土日常的重要方面，考察伦理关系的变化可以有效地关注乡土社会的流变。乡村的伦理关系按照固有的礼俗运行，反映着当地的风俗、文化、传统、习惯等方方面面。梁漱溟在谈到"伦理"时指出："人一生下来，便有与他相关系之人（父母，兄弟等），人生且将始终在与人相关系中而生活（不能离开社会），如此则知，人生实存于各种关系之上。此种种关系，即是种种伦理。"[1] 在梁先生的论述中，人不是单独存在的个体，而是自出生之日起就生活在伦理关系之中，也无法脱离伦理关系单独存在。众所周知，伦理关系建立在政治、经济、文化等模式之上，并随着社会的变迁而改变，带有鲜明的时代特征。新世纪以来，时代语境的改变给乡土社会带来了巨大的变化，伦理关系也随之发生着前所未有的改变。商品经济扩大了城市的规模，土地的基础地位受到强烈的冲击，都市文化刺激并改变了农民"安土重迁"的思想，"进城"成为新世纪以来乡土社会的主流生活模式。进城以后，城市提供的舒适的生活条件以及优越的休闲娱乐方式深深吸引着他们。在物质和精神的双重刺激下，人们的价值观发生了转变，最初进城时的想法也在发生着巨大的改变，这使得越来越多的农民怀揣

---

[1] 梁漱溟：《中国文化要义》，上海人民出版社，2018，第94页。

"都市梦"涌入城市,并希冀以此改变现状。因此,"进城"与"返乡"成为他们最重要的生活模式,逐渐演变成一种习惯、一种习俗,从而打破了原有的乡村日常生活秩序,改变了乡村日常生活形态,人们不愿意墨守成规,整个乡村社会日渐浮躁,乡村社会的伦理关系在此过程中也悄然发生着变化。

第一节 传统与现代碰撞下的乡村人际关系

乡土社会是典型的熟人社会,更是礼俗社会,人与人之间的交往既依托于美好的情感需求,更有赖于长久以来形成的传统道德规范标准。然而,随着时代和社会的发展,现代价值理念猛烈冲击着传统乡土社会,传统与现代在乡村这个较为封闭的空间内展开博弈。在这一过程中,不仅乡土社会自给自足的运行模式被打破,人们对于美好情感的内在需求被淡化,人与人之间的关系也发生着巨大的变化。

一 传统价值观念下对美好情感的守护

在传统乡土社会中,情感的交流帮助人们度过漫长岁月,维系着乡村的和谐与稳定。从居住空间来看,乡村和城市就有很大的差异:乡村独门独院的空间结构,使得人的活动空间更加开阔与自由,人们可以肆意而活,个人隐私也在相对开阔的空间内得到了较好的保护,因此人与人之间的交流也相对宽松开放;而城市门挨门的公寓式空间结构,使得人的活动空间受到很大的限制,陌生人同住在一个相对封闭的楼层内,也使得人们对于自我隐私的保护意识更强,因此人与人之间鲜少交流,入户即关门。此外,更为重要的是,从根本上说乡土社会是熟人社会,人与人之间或沾亲或带故,就算没有亲戚关系,最起码他们之间是熟知彼此的,故而在一定程度上,相处融洽的邻居比远亲更值得信赖、依赖。在新世纪乡土小说中,作家们将对邻里之间情感的珍视投射到作品中,在郭文斌、迟子建、张宇、李佩甫、刘庆邦、付秀莹、石舒清、肖勤、向本贵等作家的笔下,乡土社会中人与人之间仍维持着美好的情感，乡土社会仍旧是自在、淳朴之地。

在郭文斌的系列小说中，随处可见作家对传统习俗的珍视，以及乡土社会中人与人之间的美好情感。作家回望传统，直面内心，在浮躁的消费社会中为心灵找到一方净土，构建优美的意境和祥和的气氛来消弭现实的苦难。在《农历》中，作家以中国传统农历节日为章节，借元宵节赏灯传递家人之间的浓浓亲情，借中秋节互赠吃食分享邻里之间的和睦之情，借清明节祭奠逝者讲述充满温度的生死意义。特别是在《中秋》中，作家将传统礼仪中的"礼尚往来"恰如其分地融入乡邻之情中，这种非功利性的情感交流流淌着邻里之间爱与真诚。在《大年》中，父亲带着两个孩子走家串户地给邻居们送过年的吃食，这既是过年的传统，更是父亲对邻里之情的重视，渴望不管是在过去的一年，还是在即将来临的一年，邻里之间友谊长存、和睦相处。此外，在《五谷丰登》《生了好还是熟了好》《开花的牙》等作品中，作家对乡村的传统风俗进行了富有人情味的书写，这固然是作家对内心"家"的守护与呼唤，但也是作家对人与人之间美好情感的珍视。反过来看，也正是由于邻里之间点滴的爱与包容才组成了作家内心中的"家"。

迟子建的创作有鲜明的地域特色，她以朴素的笔墨深情地描绘着她挚爱的土地和熟悉的人们，因此在她的作品中有着浓厚的对美好情感的守护，她渴望这些美好的情感不因时代的变迁而发生变化，然而事实上多数情况下都事与愿违，但我们仍能从她的作品中读到人与人之间最真挚的情感。在《北极村童话》中，这种对美好情感的珍视就初见端倪，在《一匹马两个人》中，妻子的突然离世竟让这段寻常之旅变成了他们与这匹老马之间的最后一段旅程。在传统乡土社会中，老夫老妻之间的情感是内敛的、不动声色的，无论是悲是喜，都会故作轻松，不让人察觉。丈夫独自驾驶着老马，一边想着将妻子安葬于何地，一边回忆着妻子生前的点滴，她梳头的姿态，她吃饭得意的表情，她发脾气时愤怒的神态。通过丈夫的回忆，我们看到的是一个有血有肉的老人的形象，他不再是平常时不苟言笑的样子，他珍视与妻子所共同经历的点点滴滴。当然，在他的回忆里，我们也看到了他们关于儿子的痛苦的回忆。一匹马拉着两个人，短短的旅途将两个人一生美好与痛苦的时刻都浓缩进来，或许从故事开始就已设定好了这是他们的最后一段旅程。在《额尔古纳河右岸》中，作为部落的萨满法师，妮浩对族人的爱是无私的，她一次次用儿女的生命与神做交易，换回族人的生命。她给予族人无私的爱固然有其作为萨满法师的责任与担当，然而更多的是以她对族人浓浓的情意为基础的。

付秀莹的创作有着鲜明的自我风格，她擅长以散文化的语言描写风物，抒发心中所想所感。在她的创作中，"芳村"是最常见的书写对象，因为这里是她的故乡，是她的灵感源泉。作家诗意沛然地书写芳村的人、事、情，意境之含蓄、语言之细腻、节奏之从容，在张弛之间勾勒人世间的悲与喜，而这人世间的悲喜正是她最珍视的东西。在《野望》中，邻里之间的感情在代表时代之声的"绿水青山就是金山银山""脱贫攻坚"的喇叭声中，变得更加的亲密。作家在讲述翠台一家日常的酸甜苦辣、喜怒哀乐中道出了芳村人之间的脉脉温情。在《爱情到处流传》中，母亲撞破了父亲与四婶之间的情感纠葛，本该愤怒追问、指责的她却选择了不吵不闹，而是以一种低调、隐晦的方式对抗一切，解决问题。她更在意自己、更爱自己，精心地装扮着自己，让自己看起来神采奕奕；对待父亲则更加体贴入微、关怀备至，尽一个妻子应尽的义务，尽最大努力让父亲生活得舒适、温馨；对待四婶，她选择以极强的忍耐与四婶交好，没有指责与诋毁，更没有侮辱与谩骂，不动声色地捍卫着自己的爱情与家庭。母亲以最小的代价换来了父亲回归家庭。生活归于平静，最终父亲和四婶的感情也无疾而终。母亲的宽厚与体谅既是对父亲脸面的维护，更是对夫妻之情的看重。在母亲心中，无论经受了怎样的狂风暴雨，在那些漫长的与父亲相互扶持的岁月中，所有的悲喜、困厄岂是一句对错就能盖过？对于母亲来说，父亲的一句认错并没有那么重要，母亲看重的是与父亲之间的情感，而这是经历了时间的打磨、岁月的洗礼之后的相濡以沫。在《旧院》中，付秀莹以旧院中枣树四季的变幻、枣花的凋零飘落来诠释母亲夹在姥姥与父亲之间的为难情绪。姥姥招父亲做上门女婿，并要求父亲改姓，刚强的父亲坚决不同意。母亲感受到姥姥与父亲之间的剑拔弩张，却无能为力，只能坐在院子中看着枣花缓缓落在印着喜字的红脸盆里,任由泪水流过脸庞。在母亲看来,姥姥与父亲之间的矛盾是如此的难以调和,根本原因则在于,母亲对姥姥和父亲他们二人的重视。母亲的无奈既有对姥姥的尊重,也有对父亲的挚爱,她珍惜与他们的美好情感,不愿自己的选择伤害到任何一方,她渴望能在他们之间找寻到一个平衡点。然而,在没有找到这个平衡点之前,唯有沉默才是母亲最好的选择。随着时光的流逝,"我"真切地感受到在旧院中,所有人世间的是是非非终将随风而逝,唯有家人间彼此的宽仁与悲喜才会如烙印般留在心中。在《灯笼草》中,作家以极其克制的情绪将一份情感扼杀在萌芽之中。在小灯的记忆里,二桩有着与他人不同的独特气质,而这种气质恰恰深深地吸引着她。通过小灯的回忆,在多年前与二桩独处的那个风雨之夜,酒过三巡、干柴烈火,仿佛一切都要顺理成章、一触即发,但顷刻间彼此的犹豫与克制,让一切关系重归正途。这是因为小灯是有夫之妇,并且二桩是小灯的大伯子。小灯能感受到他们之间彼此吸引、互有好感,他们的情感既是外放的,也是内敛的,既如小溪般涓涓细流,也如大河般波涛汹涌。然而,在最后时刻,他们都选择了克制自己的情感,这不仅是对伦理道德底线的坚守,更是小灯对丈夫五桩、二桩对兄弟五桩情感的重视与维护。

王祥夫的《归来》以"归来"为主题,展示了人世间最温暖的记忆,讲述了人世间最弥足珍贵的人伦亲情。吴婆婆辞世,在外打工、多年未归的三小听闻噩耗,带着妻小远道归来奔丧,但家人们却发现三小断了条胳膊。作为兄长的大小,看到弟弟丢了条胳膊,选择了沉默不语,唯恐再次揭开弟弟的伤疤伤害到弟弟,大嫂好梅自小看着三小长大,长嫂如母,不禁失声痛哭;哑子二哥,看到落下残疾的三小,虽不能说话,但他内心极度痛苦,只能面目狰狞地"呀呀呀"地喊叫着,宣泄自己的伤心与难过;侄子与三小年龄相仿,一直视如兄弟,只是默默地将藏起来的好烟塞给小叔。此刻,我们感受到的是兄弟三人之间真挚的情感,以及他们一家人之间的暖暖情意。特别是在对待母亲留下的 15800 元遗款上,他们之间没有像其他兄弟那样你争我抢,相反大小和二小的意见出奇地一致,他们要将这点钱全部都留给身已残疾还拖家带口的三小。但三小感念兄嫂和二哥对自己的照扶,悄悄地将

第四章 伦理关系书写：新型乡土关系的日常呈现

钱留给了哑子二哥，希望能减轻些家里的负担。作品中，作家并未细数人世的艰难，而是将亲情凌驾于苦难之上，用亲情消解世间的苍凉与苦难，将血浓于水的亲情付诸笔端，直击人心。随着故事的深入，三小的自我承受能力与自我担当意识引人深思，他内敛到令人心痛的情感发人深省。多年流荡在外的三小为了不让母亲看到自己残疾的胳膊而徒增伤心，他宁可默默承受着生活的重压，压抑着对母亲的思念，游子不归，直至母亲去世。我们不能说他冷血，因为这里面包含着三小痛入骨髓的坚忍，是不愿令母亲为自己的遭遇而痛彻心扉的远离与缄默，是唯愿母亲责怪也不让母亲悲伤的沉默。然而，我们也不得不正视母亲内心的遗憾，发自肺腑地问上一句：这种结果是母亲想要的吗？有时，我们往往会由于某些自己认为重要的原因而忽略实际上更为重要的东西。当丧事结束，三小一家离开乡村返城以后，二小发现弟弟将钱留给了他，一时不知如何是好的他将钱给了哥哥。大小夫妇决定事已至此，先保管着这笔钱，再次等待三小归来。"归来"的主角是三小，但作家并未将重点放在三小的苦难上，而是通过三小的"归来"唤醒人们内心对亲情伦理的向往。传统道德中的"兄则友、弟则恭"的价值理念在三小的归来中得到升华，洞穿人世艰难后的互相成全是兄弟三人对亲情无比珍视的外在表现。

在夏天敏的《冰冷的链条》中，垭口，地势险峻，一面山体，一面悬崖，尤其是在冰雪天气，无论是重型车还是微型车，在此走一遭都可谓九死一生，因此也就催生了以绑铁链帮助司机下山的生存行当。如此恶劣的自然环境却是村民们生存的保障，他们以此为生、以此为业。为了换来更多的生意，增加来往车辆过路的难度与风险，村民们将更多的雪推到路中央。当生存的重担落在村民们的肩上时，道德与道义必然会被放置于次要位置。作家并未避讳对人性弱点和人性丑陋的书写，每一个将冰雪推向路中央的村民于在冰雪中驾驶的司机来说，无一不是催命的恶魔，但当他们热切期盼着以此换来生意赚到钱时又卑微如草芥，令人扼腕同情。在严苛的自然环境中，苟活之人更明白生之艰难，必有同理之心关照他人。当产妇深陷难产困境之时，这些曾经冰雪道上的"魔鬼"放下对金钱的执念，齐心协力地为产妇铺出一条求生通道。我们应该庆幸，为应对恶劣环境而滋生的卑劣行径并未磨灭人性的良知，反而让恻隐之心开出更璀璨的生命之花。

在李佩甫的《生命册》中，吴志鹏即使考上大学，毕业后留在省城工作，也一刻不敢忘记无梁村对他的恩情。早年老姑夫动用村支书的权力强迫无梁村共同承担起养育他的责任，从小时候抱着他挨家挨户寻奶吃，到后来一家一户派饭吃，才使他得以活下来并一步步从小学读到了高中，上了大学，然后又在省城有了工作。这恩情是吴志鹏一生的牵挂，每当他收到老姑父写着"见字如面"的白条都让他感到那是他无法躲避的人情债。于吴志鹏而言，无梁村的每个人都是他的责任与牵绊，他无法挣脱也无力挣脱，这在他到上海经商才明白，"我是带有黄土标记的。我已无法融入任何一座城市。在城市里，我只是一个流浪者。并且，永远是一个流浪者"①。这"黄土标记"更强化了他与土地的粘连性，或许自私些、冷漠些能让这种粘连、纠缠少些，然而平原大地就是有这么一种力量，让你即使身处远方心却依然念着故乡。因此多年以后吴志鹏回首过往，发出由衷的感叹："在我，原以为，所谓家乡，只是一种方言，一种声音，一种态度，是你躲不开、扔不掉的一种牵挂，或者说是背在身上的沉重负担。可是，当我越走越远，当岁月开始长毛的时候，我才发现，那一望无际的黄土地，是唯一能托住我的东西。"② 因此，正是这份对脚下这方热土的牵挂，才使得他即使到最后陷入失望之时，仍有一种决心和力量，坚持着往前走，"真心期望着，我能为我的家乡，我的亲人们，找到一种……'让筷子竖起来'的方法。如果我找不到，就让儿子或是孙子去找"③。这种与家乡故土的难以分割的牵挂和纠缠，与其说是牵绊，不如说是中原大地送给她养育过的每个儿女的最朴实的礼物。

同样，在李佩甫的另一部作品《城的灯》中，村民们对刘汉香的祭奠则是人间美好情感的最直接的呈现。刘汉香是如平原圣母一样的存在，她热

---

① 李佩甫：《生命册》，作家出版社，2012，第149页。
② 李佩甫：《生命册》，作家出版社，2012，第424页。
③ 李佩甫：《生命册》，作家出版社，2012，第433页。

爱家乡,并为之付出一切。她完全不顾父亲反对与冯家昌恋爱,还为冯家昌争取到了参军的机会,自己则义无反顾地走进冯家大门。在冯家昌参军期间,以"儿媳"和"长嫂"的身份为冯家操持家务8年。即使遭到了冯家昌的抛弃,她仍没放弃生之希望,她跟着原林科所的所长老梅学习种植月亮花。学成的刘汉香再次回到上梁村,培育月亮花,面对裘董事长500万元高价收购月亮花的诱惑,她不为所动。正是这份为了理想的无私与坚韧,才使她重建了上梁村南花北迁的集散地,重现了上梁村历史上的知名花镇,带领全村人走上了致富的道路,因此刘汉香活成了百姓口中的"香姑",受到上梁村人的拥护与爱戴。

在乔叶的《最慢的是活着》中,"我"对奶奶的依恋以及对故乡的不舍是如此的真切。故乡是"我"魂牵梦萦的地方,这里有"我"最亲的人,所以即使"我"走得再远,我都要回来。在漫长的人生中,奶奶以她的坚韧承受着世间的苦楚,二十几岁丧夫,独自抚养着"我"的父亲,她用最宽广的胸怀包容着、温暖着父亲和孙子们。当"我"确定要结婚、两亲家见面时,奶奶作为家长嘱咐着:"二妞要说也是命苦。爹走得早,娘只是半个人。我老不中用,也管不出个章程,反正她就是个不成材,啥活也干不好,脾气还傻倔。给了你们就是你们的人,小毛病你们就多担待,大毛病你们就严指教。总之以后就是你们费心了。"[1] 此番嘱托是奶奶对"我"的牵挂与不舍,而"我"也终于没能忍住,出了门泪水如掉了线的珠子般滚下来。结婚当天,辞拜高堂时,所有人都沉默了,"姑娘长大成人了,走时给老人行个礼吧",此语一出更是沉默,"在男方家拜高堂时是喧嚷的,热闹的,在女方家就会很寂静,很安宁。而这仅仅是因为,男方是拜,女方是辞拜"[2]。奶奶留给"我"的记忆是如此的真切、美好又痛苦,"我"终将离开她老人家,但也始终不可能放下她。在"我"出嫁后到奶奶过世,"我"无数次地劝她来城里住,而她始终舍不下农村的家,"我"带着对她的牵挂

---

[1] 乔叶:《最慢的是活着》,江苏凤凰文艺出版社,2017,第40页。
[2] 乔叶:《最慢的是活着》,江苏凤凰文艺出版社,2017,第41页。

和思念往返于城市和乡村之间。正是对奶奶的这份真挚的爱,以至在她过世的多年时间里,"我"看到了一些人,他们身上或多或少都有着她的痕迹。"我"将永远无法忘记她。

除此之外,张宇的《乡村情感》中,张树声加快女儿与郑麦生儿子的婚礼进度,只为了却老友郑麦生的临终心愿,这种不计得失的付出是张树声对挚友的惦念。李佩甫的《红蚂蚱 绿蚂蚱》中,村里人毫无保留地帮助德运舅办好丧事,给德运舅带来了莫大的宽慰与温暖。刘庆邦的《穿堂风》中,本就生存艰难的瞎子瞧,却报之邻里以爱,借自己能"过阴"的假把式安慰刚刚失去亲人的生者,用自己的"萤火"之光温暖着他人。瞎子瞧更是以自己的方式,在黑暗世界中记录着村里每一个死去的人,记录着死者的数量,用自己的方式怀念着逝去的人,这一切都源于他对同乡之情的看重,他虽是双目失明之人,却是心里最敞堂的人。红柯的《大漠人家》中,爷孙二人在大漠深处相依相守是如此的令人动容,他们之间的相处如大漠中的涓涓细流,径直流进人们的心中。不愿跟父母到镇上做生意的孙子,是乡下爷爷最强大的精神慰藉,他跟着爷爷一起种土豆、烤土豆,领悟人生道理。这些都是镇上、城里的孩子未曾经历的,爷爷对孙子天性的守护与爱,让孙子在以后的人生之路上受益匪浅,正如作品中以孙子的口吻多次说到的"这是我长大以后才明白过来的"。葛水平的《连翘》中的寻红,因为家庭变故,过早地承担起家庭的重担,她没有怨天尤人,而是以微笑面对所有的苦难。她千方百计地为失去双腿的弟弟寻找养活自己的活计——钉鞋,但她的想法和主意却遭到弟弟坚决的反对,弟弟不愿做这样的营生,而宁愿与瞎子一起沿街乞讨卖艺。她痛心于弟弟的不理解与不懂事,然而当她听到弟弟如飞鸟一般的歌声时,她感受到了弟弟满心的喜悦与希望,歌声中没有一丝苦难、委屈和畏惧,她流下了激动的眼泪。寻红对弟弟性情的珍视,对弟弟选择的尊重都源自她对弟弟的爱,是她对姐弟之情的守护。刘庆邦的《黄花绣》中,本不会绣花的明格为了能让离世的三奶奶走得安心,她没日没夜地跟着别人学绣花。当最终在葬礼上看见三奶奶穿上有她绣的黄花的鞋时,明格内心升腾起莫名的欣慰,觉得这下可以对得起三奶奶了,也下定决心要跟着母亲好好学习绣花。

在这些作家的作品中,人与人之间、人与社会之间的关系是正常且亲切的。人作为情感动物,对美好情感的向往与追求既是情感需求,也是价值取向。在传统乡土社会中,人与人之间的关系依靠情感来维系,而非通过利益来维持,因此对情感的需求与珍视则更加强烈。

二 伦理道德失范下情感的丢失

在乡土社会中,传统伦理道德通常被人们认为是起着约束作用的行为准则和规范,是维持乡土社会基本稳定的公序良俗。它不同于法律法规,不具有法律上的约束力,但它却长期约束着人们的日常行为规范,成为共识。"中国传统文化是一种伦理型文化……现代中国仍然是伦理型文化……伦理道德是中国人精神世界的中枢,因而一旦出现危机,便是整个精神世界和生活世界的危机,因为在中国,伦理道德从来都不只局限于伦理关系与道德生活内部,而关乎人的生命和生活意义的终极性改造。"① 现代社会的飞速发展使伦理道德面临着严峻的考验,它不再是人们行为的唯一规范和准则。特别是新世纪以来,商品经济得到了飞速发展,原本传统、封闭的乡村受到现代城市文化的冲击,金钱至上、享乐主义也不断冲击着人们的价值观念,也为人们放纵欲望提供了借口,传统道德失去其生存与存续的土壤。伦理道德失范的背后是一系列乡土转型期的时代问题,人心在金钱、权力、欲望的诱惑下逐渐物化,人们衡量价值的标准也从情感转向金钱,人与人之间的情感变得淡漠、疏离,甚至扭曲。

在贾平凹的《秦腔》中,传统道德在年轻一代人身上已然失去了约束力。清风街的老一辈人一生恪守传统伦理道德,不敢逾矩,其中尤以夏天义和夏天智为代表。作为老一代村干部,夏天义耿直、倔强、认死理,他重视宗族、敬重土地,坚守自己的信仰:土地是农民的命根子,是农民赖以生存的基础,绝不允许有丝毫的浪费,更不允许个人私自占用公共土地。在面对

---

① 樊浩:《当今中国伦理道德发展的精神哲学规律》,《中国社会科学》2015年第12期。

儿子修房子这件事上，他一视同仁，甚至表现出更严厉的态度：无论是谁都不可多占集体土地的一分一毫。与夏天义一样，夏天智也同样深爱着土地，对土地有着相同执念。作为乡村小学校长，他扎根土地，服务乡村的教育事业，他对枉顾乡村和土地的在外闯荡者嗤之以鼻，并予以严厉的批评。他又乐善好施，无条件资助村里的贫困儿童，帮助他们继续学业；他挽救因罚款要寻短见的狗剩，让狗剩的生活得以继续。在夏天义和夏天智身上，我们看到了传统伦理道德中的仁爱无私、慷慨善良。然而，在年轻一辈人身上，血缘亲情变得淡漠、疏离，他们因为利益冲突，不顾兄弟之义、邻里之情，关系变得越来越紧张，更有甚者老死不相往来。在经济利益面前，宗族和土地都是可以被忽略、被抛弃的，更遑论伦理道德。在新一代村干部中，夏君亭对乡村经济发展有着自己独特的见解，他不赞同夏天智对土地的执念，他觉得农村要发展就不应该固守成规，要大胆发展经济，因此他坚持建立与运营农贸市场，也因此获得了巨大的经济效益。我们不能评判在经济大潮和现代观念裹挟之下夏君亭的决断是否正确，但显而易见的是，依存于土地之上的伦理道德必然随着土地地位的衰落而失去公信力，建立在伦理道德之上的人际关系也终将被经济利益关系所取代。

在周大新的《湖光山色》中，旷开田与以薛传薪为代表的财团不顾传统道德的规约，在楚王庄兴建娱乐休闲度假村赏心苑，又在利益的诱惑下，抛弃道德底线，枉顾楚王庄的道德生态，在楚王庄大搞娱乐业，纵容赏心苑经营色情服务，楚王庄霎时乌烟瘴气，村民怨声载道。在遭到妻子暖暖的反对之下，丝毫不顾念夫妻之情，通过各种渠道给妻子施压，甚至不惜与妻子暖暖分道扬镳也不回头，仍要大兴娱乐业。

在陈应松的《无鼠之家》中，在金钱欲望的驱使之下，阎国立放弃了道德底线，以生产毒鼠药发家致富，但这种药物污染了水源，对环境造成了极大的危害，导致整个阎家村的青壮年无法生育。阎国立自私的行为导致对环境不可逆转的破坏，他对道德的背叛实际上也是对阎家村村民情感的背叛与伤害。更令人难以置信的是，面对儿子无法生育的伤痛时，他竟打着"不孝有三，无后为大"的旗号，强迫儿媳与自己发生不正当关系。阎国立无耻的行为已经不只是对伦理道德的枉顾,更是不顾父子亲情,对儿子情感的巨大伤害。在伦理道德失范的欲望悲剧中见证了人类对欲望的不可控。同时,也让我们意识到,在传统乡土社会向现代社会迈进的过程中,在新的价值理念并不能以积极的姿态引导人们的行为规范之时,所谓的自由思想不过是放纵欲望的借口、满足个人私欲的理由以及践踏传统伦理道德的工具,为封建糟粕思想死灰复燃提供可能。

在李佩甫的《城的灯》中,原本只是期待着能把日子过好的冯家昌在刘汉香的帮助下进入了部队,从此他对自己及其家族的价值实现便发生了巨大的改变。对于刘汉香而言,冯家昌背信弃义,他只关注改变自己的命运和家族的命运,他眼里更多的是野心和利益。冯家昌作为家中长子,他教训弟弟们:"要发狠,穷人家的孩子,不发狠不行。我所说的发狠,是要你们'狠'自己,并不是要你们'狠'别人。"[1] 冯家昌就是这样日复一日地"磨"着、"蛰伏"着,与自己的心魔斗争着,直到把心给磨硬,一旦有机会他就会毫不犹豫、用尽心机地抓住,不仅救自己逃出农村这个"泥潭",更要带着冯家的几个兄弟一起脱离"泥潭"。因此,当部队首长想将自己的女儿介绍给他时,他丝毫没有犹豫并欣然地接受,此时的他早已做好了背叛刘汉香的准备。当冯家四兄弟代替父亲到军区找冯家昌质问他为何背信弃义时,冯家昌并未正面回应,而是不温不火地先发制人,让他们替父亲行孝掌捆自己。待兄弟四人平静后,冯家昌避重就轻地说:"我之所以这样,是有原因的。娘死的时候,对我是有交代的。娘临死之前,把你们托付给了我,对咱冯家,我是负有责任的。我的责任就是,把你们一个一个全都拉巴出来。"[2] 可以说,当兄弟们带着父亲和全村人的愤怒来找冯家昌时,他不否认自己对刘汉香的背叛,而是用"感情牌"将他对刘汉香的背叛说得冠冕堂皇,轻而易举地糊弄了过去。冯家昌处理这件事又是如此的狡黠与精明,不与兄弟发生争执和冲突,无形中将自己放在"家长"的位置,站在"担

---

[1] 李佩甫:《城的灯》,作家出版社,2016,第168~169页。
[2] 李佩甫:《城的灯》,作家出版社,2016,第170页。

负家族复兴"的道德制高点,对四兄弟进行道德绑架,令他们哑口无言。冯家四兄弟面对大哥的"忍辱负重"已全然将刘汉香作为大嫂在冯家八年的付出抛之脑后,从心理上认同了冯家昌的价值选择。

在刘庆邦的《黄泥地》中,房守现为了让自己的儿子当上村支书,借换届选举之机,怂恿房国春揭发现任村支书房守本的劣迹。房守现请高子明为儿子房光金能当上村支书出谋划策,并许诺事成之后给他一块宅基地,高子明当然乐意为之。因共同利益,房守现和高子明聚在一起,充当起怂恿房国春的智囊核心,房国春认为的正义之举却遭他人利用。高子明抓住房国春讲原则、重纪律的性格特点,又不失时机地抬了房国春几句,"您老人家是房户营的大脑,房户营实际上是您的房户营,您还是为房户营村的发展掌握着方向好一些"[①],既将房国春推向了上访的风口浪尖,又将自己隐藏在争斗之后,手段毒辣高明。然而,真正当房国春卷入斗争的旋涡无力自救之时,这些曾经的恭维者、撺掇者、吹捧者却躲得远之又远,甚至成为激情澎湃的看客。当房守本的老婆宋建英逼到房国春家门口破口大骂之时,正是滂沱大雨之后,"村里的泥巴那么深,那么烂,那么黏,一点儿都不影响村民们前来观战。有雨鞋的,穿雨鞋;没雨鞋的,穿泥屐子;没泥屐子的,赤着双脚就过来了"[②]。他们像看戏一样期待着戏剧高潮的来临,他们"一边听骂架,一边嗑瓜子儿。像往常到镇上听戏一样,他们的眼睛在享受,耳朵在享受,嘴巴也不能闲着。……没有一个人站出来做劝架的工作,既没人劝宋建英,也没人劝房国春。相反,他们担心有人出来劝架"[③]。在房国春看来,他揭发村支书换届选举的不公是为了广大群众的利益,在他遇到谩骂侮辱时,村民理应和他站在一起,但是真实情况并非如此,就连曾经恭维他的人、和他站在同一战线的人,房守彬、房守云、房守现、高子明之流一个不落地赶赴现场观战,希望这场谩骂愈演愈烈,更毋庸谈房户营的村民了。村民们之所以乐于看到宋建英对房国春的破口大骂,究其原因在于内心阴狠的

---

① 刘庆邦:《黄泥地》,北京十月文艺出版社,2014,第109页。
② 刘庆邦:《黄泥地》,北京十月文艺出版社,2014,第202页。
③ 刘庆邦:《黄泥地》,北京十月文艺出版社,2014,第202页。

第四章 伦理关系书写：新型乡土关系的日常呈现

"看客心理"："在村里人看来，宋建英和房国春都很强势，都是老虎，双方称得上旗鼓相当，势均力敌。过去多少年，他们老也不过招儿，以致房户营的日子一直波澜不惊，平淡无奇。现在好了，房户营的两大主力终于摆开了阵势，拉开了架势，终于要过招儿了，二十年等一回，不，三十年等一回，万万不可错过看热闹的好时机啊！"[①] 这些无聊的看客，不禁使人感到彻骨的悲凉。他们的冷漠是将房国春推向悲剧深渊的直接原因。此外，在作品中，对房光东的书写更令人感到悲哀。他是新一代知识分子的代表，但他对房国春遭遇的漠视甚至比村民们的危害更大。他只关心个人得失，不关心他人命运，在利益面前只做利于自己的选择，可以说是精致的利己主义者。房光东大学毕业后留在北京一家报社工作，是村里的骄傲，但他对村中事务却没有热情。在村支书换届选举这件事上，他虽然也反对，但他绝不会像房国春一样与房守本父子正面起冲突。即使他同情房国春的遭遇，甚至对此心生悲凉，潸然泪下，但他却没有给予房国春一丝一毫的实质性帮助。在房国春去世后，房光东想起房国春曾多次提到写过些东西，于是便想看一下，"说来房光东是有私心的，他想看看房国春记录的是不是和人争斗的过程，流露的是不是心路的秘密，如果有价值的话，看看能否以房国春写的东西为素材，写一篇虚构性的文学作品"[②]。对于房国春，房光东从始至终只有同情心，即使是在房国春去世以后，他也想到的只有自己。

在阎连科的作品中也充斥着大量的对金钱和欲望的书写，为了满足个人的贪欲，人们不断放弃道德底线，不惜牺牲一切。在《丁庄梦》中，为了摆脱全县最穷的庄的名头，丁庄人在丁辉的鼓动下纷纷开始卖血，并且越卖越疯狂，丁辉也成为远近闻名的"血头王"。当不卫生的采血设备导致丁庄暴发"热病"，丁庄人相继死亡时，丁辉不仅丝毫没有悔意，反而变本加厉，开始打起死人的主意。为了讨好县长，他不惜给自己的儿子拉冥婚。此时的丁辉已近乎疯魔，心中没有情感，只有利益。弟弟和儿子都相继死于

---

① 刘庆邦：《黄泥地》，北京十月文艺出版社，2014，第202页。
② 刘庆邦：《黄泥地》，北京十月文艺出版社，2014，第307页。

195

新世纪乡土小说日常生活书写的"常"与"变"

"热病",却不能令他清醒,而是继续贪婪地以卖棺材、配冥婚、设陵园大发村难财。作品涉及的主题触目惊心,伦理道德遭到肆意践踏,在金钱和欲望诱惑下的人性之黑暗、不堪、扭曲令人发指。在《黄金洞》中,父子三人之间的关系围绕着金钱与女人展开,荒诞地将人性在欲望的吞噬中丧失殆尽表现得淋漓尽致。

在刘庆邦的《我们的村庄》中,叶海阳完全是叶桥村的地痞无赖,他终日鬼混在村里,游手好闲,无所事事。对待自己的父母也毫无传统"孝道"可言,甚至于当母亲因其偷酒而说了他几句时,便对母亲动手,"一巴掌抽在他娘的耳门子上,把他娘戴的金耳环都抽掉了"[①]。深究叶海阳缘何如此,则不难发现与其两次进城打工经历相关。叶海阳第一次跟随同乡去小煤矿挖煤,同乡惨死于煤矿事故,他因害怕即使未领工资也火速离开煤矿回家。这次的打工经历让他的精神受到了重创,面对生活变得消极被动。第二次进城打工去了建筑队,因为一点小事与工头发生了口角,但是却被一同进城打工的农民工给打了一顿。他无比气恼,无法理解身为同乡,他们却对自己拳脚相加。两次失败的进城经历让他感受到了城市的"恶",本应守望相助的同乡却唯利是图,助长工头欺辱他的气焰。叶海阳的价值观在进城打工的过程中被一次次击碎,对守望相助的乡情失去了信任,对传统伦理道德彻底失望。回乡后的叶海阳将在城市里的创伤一股脑儿地报复在村民们身上,他肆意敲诈为逃避计划生育而来叶桥村的小孙一家,甚至想要强行与小孙发生不正当关系。传统伦理道德在叶海阳身上已完全失去约束力,他在心中开出恶之花后便彻底走向人性的黑暗深渊。

在孙惠芬的《致无尽关系》中,在城里生活的一家三口充满期待和喜悦回乡过年,他们整日忙碌于置办年货、吃年夜饭、走亲访友之中,感受着来自父母、兄弟、姐妹以及亲友的爱与关怀。作品中的"我"是一个有特殊身份的人(至少在亲人们的眼中),"我"大学毕业留在城里并且有着体面的记者工作,自然而然地成为家庭琐事的重要倾诉对象。原本对于离家的

[①] 刘庆邦:《我们的村庄》,《十月》2009 年第 6 期。

第四章 伦理关系书写：新型乡土关系的日常呈现

"我"而言，回家是幸福的时刻，但随着年龄、阅历的增长，不得不面对一个庞大的人际关系网，各种纷繁之事也必将向"我"扑来。在各种琐事一件件摆开时，"我"感受到乡土社会的伦理情感不似从前，隐藏于亲情背后的各种问题与矛盾也被一点点揭开。传统乡土社会中的仁义礼智信在利益面前发生了改变，大哥厂里年终分红问题、大嫂的糖尿病情况、母亲的赡养问题等一件件、一桩桩难题被抛出来。"我"记忆中的年味儿正一点点消失，取而代之的是金钱的味道；人与人之间的交流也不再停留在情感的层面，而是以财富决定你在餐桌上的话语权，有钱的谈笑风生，没钱的只能微笑处之。同样，在付关军的《回乡记》中，在深圳独自打拼经营一家小工厂的宋词每当遇到艰难之时，首先想到的就是自己的故乡宋庄，这里是他摆脱世间繁杂的心灵净土。然而回乡后的他发现故乡完全变了样，亲戚朋友登门拜访不为沟通情感，只为借钱或安排工作，若得偿所愿则好，不然则翻脸无情、摔门而去。这给宋词带来了强烈的不适，他难过于昔日情感的丢失，本来纯真质朴的亲戚、朋友、邻里之情却被金钱、利益所取代。

除此之外，《泪为谁而流》《后上塘书》《辟邪》《宋庄史——拾遗》《包工头从余之死》《梅豆角花开一串串》等作品中，皆以不同的叙述方式讲述了在金钱、利益的诱惑下，放纵个人私欲、枉顾道德底线，人与人之间的关系变得尔虞我诈。人们为了追求物质生活，甘愿舍弃亲情、友情、道德、尊严等精神品格。《穿堂风》《陪夜的女人》《绣停针》《喜盈门》等作品中，都讲述了对传统孝道的漠视，导致弥留之际的老人得不到子女、亲人的妥善照顾的悲惨境遇。

传统道德的失范，不可避免地会体现在男女关系上。在新世纪乡土小说家笔下，情与欲的需求是成年男女最重要的情感需求之一，通过情欲书写传递着伦理道德的基本认知。随着时代的发展，人们对情欲的需求变得复杂，情与欲分裂成两种截然不同的存在。男女之情加入了过多欲望的东西，使得感情不再纯粹，两性关系变得错乱。在付秀莹的《陌上》中，不正当的两性关系在芳村并非孤例，不禁令人汗颜。大全与多位女性（香罗、望日莲）存在不正当关系，皆因大全是皮革厂厂长，他依靠财富吸引着村中长相还不

197

错的女性，而香罗和望日莲便是看中了大全手里的财富，才甘愿做他的情妇。香罗的丈夫根生是村里的老实人，年轻时清爽的相貌、踏实的性格深得香罗的喜欢，但婚后生活油盐酱醋茶却不是靠着热情和喜欢就能过日子的，衣食住行样样离不开钱，家里的开支来源全靠香罗。说白了，大全和香罗之间的关系建立在各取所需之上。此外，瓶子媳妇是真心实意要与瓶子过日子的女人，在丈夫对外声称房子的翻新计划已经提上日程之时，只有她知道家里没有能翻修的钱，况且丈夫也赚不来大钱，瓶子媳妇就想尽办法想要帮忙。瓶子媳妇的需求就像大海中的鱼儿，银栓和增至看得真切，此时他们只需将金钱的诱饵抛出，一切便顺理成章。银栓作为村秘书，占有乡村权力；而增至与大全一起开皮革厂，自然不差钱。于是，在两人合谋的诱惑下，瓶子媳妇便与他们两人发生了不正当关系。在传统乡村里，妻子的不忠是耻辱，为乡理、乡情、乡人所不容，受人唾弃与不齿；而在如今的芳村却并不稀奇，甚至成为不被说破的秘密，传统道德的失范竟沦落至此，着实令人叹息。

除此之外，在贾平凹的《秦腔》中亦有此类细节的描写。在清风街，"偷情""败坏门风"之事屡屡发生，这已成为乡土社会伦理道德败坏的主要问题。夏庆玉不顾家人的反对与旁人的侧目，执意与有夫之妇黑娥行不正当之事；三踅凭借自己砖厂老板的身份，强行霸占了白娥；白娥却先与三踅有染，又钟情引生，最后与马大中姘居；翠翠与陈星在爷爷葬礼期间从事性交易；诸如此类频频跌破道德底线之事，为人所不齿，却又频出不绝。在林白的《妇女闲聊录》中，道德秩序的崩塌导致男女关系的混乱。年近40的村妇双红只要给钱就陪睡；木珍的丈夫爱玩爱花钱，终日不顾家，甚至在村里有个相好；一个叫和尚的女人专门勾引年轻的小伙，这事村里人尽皆知。更令人失望的是，王榨村的男人们只要赚了钱就出去嫖，全然不顾道德的谴责。情感的空虚与寂寞、伦理道德的败坏使王榨村乌烟瘴气。在孙惠芬的《歇马山庄的两个男人》中，丈夫鞠广大常年在外打工，经不住诱惑的妻子与他人发生了不正当关系。在陈应松的《归来》中，伦理道德底线被肆意践踏，人们甚至羡慕靠卖淫富裕起来的村庄，"桃花峪有二十几个妮子长梅疮，就是梅毒，没了生育，可人家楼房都做起来了，富裕村哪"①。靠卖淫赚来的钱、以牺牲健康换来的钱，在一些人的眼中竟令人如此羡慕。在刘亮程的《凿空》中，在偏远的新疆地区，公路旁竟也有了挂起的"美容院""洗头房"这样醒目的木板房。在关仁山的《麦河》中，枉顾道德底线的麦圈儿等人为了以最快的方式赚钱，不惜走上卖淫的道路，最终身染艾滋病。

"在一个变迁很快的社会，传统的效力是无法保证的。"②确实如此，20世纪90年代以来，现代化、城市化进程席卷整个乡土社会，乡土社会在现代洪流中，从闭塞走向开放，所付出的代价是惨痛的。传统道德聚焦社会变革中乡土社会价值观念、伦理道德、传统格局及人际关系的巨大改变，关涉中国乡村在变革中出现的种种问题。"新世纪中国乡村伦理道德的失范，从某种意义上看，是20世纪末期中国乡村伦理道德滑坡的继续。"③商品经济的飞速发展，使得人们的价值观念也随之发生转变，乡土社会中人与人之间淳朴的关系变得功利化，乡村伦理道德逐渐失范，呈现出了社会转型期乡土社会传统文化、伦理秩序、传统道德遭遇滑坡的危机。面对金钱至上的价值观，传统道德逐渐失去其约束力，人们丢弃了最基本的情感，在名利之中迷失自我。在新世纪乡土小说中，一方面作家满含深情地记录着人们对美好情感的珍视与守护，展现亲人之间、邻里之间、乡人之间的浓浓情感；另一方面作家尽力将现代化进程中乡村的"病态"呈现出来，尤其是在金钱、利益诱惑之下，人们抛弃道德底线、丢弃人与人之间的深厚情感，来满足一己之欲。

第二节　生存模式的转变与复杂的家庭关系

家庭是组成社会最基本的组织单位，家庭关系也是乡村社会伦理关系的

---

① 陈应松：《归来》，《上海作家》2005年第1期。
② 费孝通：《乡土中国　生育制度》，北京大学出版社，1998，第52页。
③ 李兴阳：《乡村伦理道德的失范与批判——新世纪乡土小说与农村变革研究》，《长江丛刊》2020年第6期。

新世纪乡土小说日常生活书写的"常"与"变"

重要组成部分。自乡土小说诞生以来,对家庭关系的书写一直是乡土小说永恒不变的主题,传达着强烈的时代特征,比如巴金的小说(特别是"激流三部曲")反映的是新青年对封建家庭的"叛逃",赵树理的小说大多反映青年人对传统家庭的反抗。新世纪乡土小说聚焦家庭关系,作家们以敏锐的眼光洞悉时代的变化,在"进城/返乡"背景下,捕捉家庭关系的特点及其变化,在表现当下乡土社会面貌的同时,展现作家对乡土社会的认识以及对现代化的反思。

一 "进城/返乡"中微妙的夫妻关系

自乡土小说诞生以来,描写家庭成员之间浓浓情意的作品比比皆是。新世纪乡土小说对家庭关系的书写有着鲜明的特征,即这种关系的书写烙着"进城/返乡"的时代印记。新世纪以来,轰轰烈烈的打工浪潮席卷整个乡土社会,面朝黄土背朝天的农民为了能改变生活模式,能给家人带来更好的生活,便从乡村转移到城市打工。男人们带着妻子以及家庭的期盼,远走他乡成为打工者,农村只剩下老弱妇孺,乡土社会的人员结构被打破,原本朝夕相对的夫妻、终日陪伴的父子都在"进城/返乡"的热潮中被迫分离,更有甚者只有过年才是他们相聚的日子。此时的乡村女性,在作家的笔下,已不再是单一的形象,她们或温柔,或坚韧,或怯懦,或强悍,多重性格之下的女性不再是以夫为纲的单一人设。因此,新世纪乡土小说中的夫妻关系也变得更加的多样与鲜活。

在乡村社会中,留守女性对城市的情感是复杂的:一方面,城市提供了更多的选择机会,让男人们不必只是固守土地,而是通过打工为家庭提供更充足的生活物资;另一方面,丈夫进城打工使得夫妻长期分居两地,内心的空虚与寂寞无人倾诉。在孙惠芬的《歇马山庄的两个女人》中,作家讲述了男人们外出打工前后妻子生活的变化,妻子们在热切的期盼中等待着丈夫,这种热切的期盼温暖着孤独的乡村"留守者",只有期盼才是他们继续生活下去的不竭动力。李平和丈夫成子刚刚结婚就不得不离别,"送走公公和成子的上午,成子媳妇几乎没法待在屋里,没有蒸汽的屋子清澈见底,样

第四章　伦理关系书写：新型乡土关系的日常呈现

样器具都裸露着，现出清冷和寂寞，锅、碗、瓢、盆、立柜、炕沿神态各异的样子，一呼百应着一种气息，挤压着成子媳妇的心口"[1]。送走丈夫后，李平面对冷冷清清的房子，所有物件仿佛都失去了热腾腾的气息，内心的痛苦伴随着孤独与寂寞涌上心口。作家通过讲述一对新婚夫妻的离愁别绪，映射出整个歇马山庄的落寞萧条。男人们为了给家庭带来更好的生活进城打工，女人们则只能默默地守候着家庭，在孤独与寂寞中日夜期盼着丈夫的归来。女人们在漫长的等待中度过春、夏、秋，当寒冷来袭，女人们便知道丈夫要回来了，此时死寂的村庄才泛起一丝灵活劲儿，"歇马山庄，一夜之间，弥漫了鸡肉的香味烧酒的香味。这是庄户人一年中的盛典，这样日子中的欢乐流到哪里，哪里都能长出一棵金灿灿的腊梅"[2]。伴随着冬日来临，特别是进入腊月，春节临近，歇马山庄的女人们从头到脚都泛起了神采，整个人都充满了生气和欢乐。在歇马山庄的女人眼中，此时的春节不仅是中国的重大节庆，更是迎回外出打工一年的丈夫的"盛典"，是合家团聚的大日子。四处弥漫的"鸡肉的香味"和"烧酒的香味"不仅是给打工者，也是给留守者的犒劳与奖赏。作家通过对歇马山庄男人们归来前后的对比，表现了女人们对丈夫的殷切盼望，传达了夫妻之间的脉脉深情。

温亚军的《回门礼》中，新婚的艾娅纵有万般不情愿也不得不面对丈夫进城打工、夫妻长期分居的境遇，为此，艾娅希望丈夫能够从父亲那儿学得一门手艺，则不必进城打工。艾娅对丈夫的不舍和依恋在丈夫那里得到了应有的回应，在艾娅的极力要求下，丈夫决定买回门礼讨好父亲。作家将买回门礼的整个过程细致入微地展现出来，让我们感受到新婚夫妇之间的幸福溢于言表。《七夕》中，顺畅与妻子翠芬为了能让家庭过上更好的日子，便一起到城里打工。虽然他们两人同在一个城市打工，但平常也很难见上一面，顺畅忍受着内心的孤独、对妻子的思念以及生活的不公，勤勤恳恳地打工，为家庭的未来奋斗着。城市的灯红酒绿迷人眼，处处充满了诱惑，但故

---

[1] 孙惠芬：《歇马山庄的两个女人》，群众出版社，2003，第22页。
[2] 孙惠芬：《歇马山庄的两个女人》，群众出版社，2003，第52页。

事的最后，顺畅抵挡住了城市的诱惑，与妻子一同踏上回乡之路，踏踏实实过自己的小日子。同样，在《我们的路》中，春花与丈夫为了家庭开支的需要，不得不长期分居，春花在思念丈夫的孤独中度过一年又一年。在《狗村长》中，女人与狗孤独的身影既是女人孤寂生活的写照，更是乡村荒芜的缩影，女人在抱怨丈夫还不如狗能亲近自己、保护自己中辛苦度日。

在诸如此类的留守女性形象书写中，欲望并未被定义为人性的缺陷或弱点，而是作为个体正常的情感需求来丰富女性形象，构建更合情合理、有血有肉的夫妻关系。"没有欲望就没有生命，没有人的欲望就没有人的生命；没有了人的生命，世上的一切都将失去对人而言的价值和意义。……欲望寻求满足的过程，就是创造力产生的过程。于是，有了欲望，生命与社会就有了活力，欲望越强，活力越大。"① 欲望丰富了人物情感，让生活变得有滋有味，夫妻之间的情感在两地分离的状态下变得弥足珍贵，他们珍视彼此之间的感情。

为了满足家庭经济开支而往返于城乡之间的男人们既是留守女人们的精神寄托，也是女人们"抱怨"的对象。但即使如此，夫妻之间的情感并未因为距离而生疏、淡漠，反而彼此珍惜。然而，在乡村社会也存在着一类善良又压抑的男性，他们不追求城市的繁华，渴望守着小家过小日子。这种"不思进取"的思想必然在以经济原因为主导的打工潮中受到质疑与歧视，更有甚者，夫妻关系也变得异常紧张。在刘庆邦的《到城里去》中，宋家银为了满足自己的虚荣心，逼迫丈夫留在城市打工，用丈夫辛苦赚来的血汗钱与人攀比。随着宋家银的野心越来越大，丈夫最终走上了在城市中拾荒的落魄道路。刘庆邦将夫妻之间的脉脉温情彻底撕裂，把妻子对丈夫的强势与冷漠淋漓尽致地展现在读者面前，击碎人们对夫妻关系的所有甜蜜幻想。在《隆冬》中，树田因为担心进城打工后妻子与他人私奔而留守在家里，但面对孩子的学费和同乡赚得鼓鼓的钱包，妻子对树田多有抱怨，认为他这是无

---

① 程文超等：《欲望的重新叙述——20世纪中国的文学叙事和文艺精神》，广西师范大学出版社，2005，第3页。

能。在经济浪潮的金钱崇拜观念中,重视家庭的杨成方和树田本应得到妻子的珍视与尊重,相反却成为被妻子和同乡鄙夷的乡村剩余者。

在迟子建的《月白色的路障》中,作家将批判的笔伸向了受人尊重的教师行业,揭示出在经济利益面前,即使是教师也难抵诱惑,人格操守也会土崩瓦解。在漠月的《放羊的女人》中,丈夫被都市生活深深吸引,不愿和妻子在乡下过安稳日子,一直奔跑在外面的世界,只留下妻子孤独地等待着。作家将善良天真的妻子与自私无情的丈夫进行了鲜明的对比,与屡次抛弃为人夫的责任、为人父的责任的丈夫相比,妻子善解人意的包容和痛苦隐忍的等候换来的却是丈夫无情的背叛,但即使如此她仍期待着丈夫有朝一日能回心转意。漠月对夫妻关系书写的目的正是在于深入挖掘导致此种变化的深层经济原因、社会原因。在王华的《花村》中,以留守女性为叙事对象,花村的女人们爱花,不仅以花为名,有百合,有栀子,有映山红,更是在自家院子里种上和自己名字一样的花。女人们为即将进城的丈夫准备行囊,虽然内心有诸多不舍,但深知丈夫进城打工的必要性。当丈夫进城后,生活的重担自然压在了妻子的身上,更重要的是妻子还要忍受着情感和精神上的空虚与寂寞。对于妻子来说,春节是她们非常期待的日子,丈夫从城里回来,带着辛苦一年赚到的钱,把它们交到妻子手中,一年到头也算是有了交代。然而,当花村沉浸在欢乐的气氛中时,栀子的丈夫却因讨要工钱没能回来,栀子伤心之余也很失望。看着得以团聚的邻居们,一年来的辛劳、寂寞、委屈在这一刻让栀子彻底崩溃,只能期盼着来年丈夫能归来。但是事与愿违,当新的一年到来时,更多的为了讨要工钱的男人们被滞留在了城市。与上一次不同的是,妻子们发现了男人们在城里逛发廊的秘密。花村的男人们最初怀着赚大钱、盖大房子的决心进城打工,期待着能通过努力改变生活的现状,踏踏实实地在自己熟悉的乡村过日子。然而,进城后的男人们渐渐地迷恋上了城市,城市的便利、城市的灯红酒绿都令他们忽略了讨要薪资的艰难、居住环境的恶劣、他人的异样眼光。此时的他们早已忘记了最初进城时的梦想,花村以及花村的亲人们也已经对他们失去了吸引力,他们的心被城市牢牢地吸引住、锁住。在个体向城市迈进的过程中,家庭承担着夫妻感情淡漠的种种风险,当得知男人们在城里逛发廊的秘密后,女人们便决定与丈夫一起进城。女人们内心的焦灼与疼痛不正是乡村的真实写照吗?在迟子建的《花牤子的春天》中,外出打工的丈夫担心妻子留在村中遭到侵犯,对自己不忠,整日惴惴不安。但实际上,妻子恪守本分,安分守己,反倒是丈夫将外面的脏病传染给了女人,感受到背叛的女人内心极度痛苦,走上了自毁报复的道路。留守女性在日常生活中,除了承担其家庭的所有重担,还要忍受着精神的孤独与寂寞,更有甚者会惨遭背叛。在付秀莹的《空闺》中,男人进城务工,独守空闺的双月担心男人在城里"学坏",整日胡思乱想,受尽精神折磨。《跳跃的乡村》中,村妇秋然如双月一样,担心办厂子办得风风火火的丈夫"学坏",被斗子媳妇勾引,深受折磨。在鲁敏的《白衣》中,面对常年离家在城里打工的丈夫,英姿忍受着内心的痛苦与思念,终日茶饭不思。杨静龙的《苍耳》中将乡村中男人们外出打工后女人们精神世界的空虚展露无遗。荷花的男人外出打工,只剩下婆媳二人终日相伴,荷花只能不断压抑自己想念丈夫的躁动的心。这类作品都揭示了一个共同的问题:由于两地分离造成的夫妻之间的安全感缺失,以及内心深深的不信任。在"打工潮"中,无论是男性还是女性,都必须面对自我内心的孤独与寂寞、猜疑与担忧,而这正导致了夫妻之间感情发生变化。

除此之外,有一部分作家反思商品经济高速发展下夫妻关系的改变,从中对人性进行深刻反思。在周大新的《湖光山色》中,作家细腻地描绘了夫妻关系在金钱的诱惑下发生的微妙变化。当旷开田还没当上村长时,他将心思全部扑在楚暖暖身上,对暖暖细心呵护、关怀备至、关爱有加,一心想着过好自己的小日子;但当他担任村长后,面对权力与金钱的诱惑,特别是以薛传薪为代表的财团进驻楚王庄以后,旷开田不顾暖暖的反对,兴建赏心苑娱乐休闲度假村,并发展到对暖暖冷眼相加、恶言以对,最终导致两人婚姻破裂。他们二人的分道扬镳根本原因是价值观念的差异,而导致价值观念差异的原因则在于对金钱和道德的认知的根本性的差异。在尹文武的《拯救王家坝》中,张屯秀的前夫和王高原的前妻一样都是在外打工时与他人相好,背叛了留在乡下的他们,带着之前婚姻伤痛的张屯秀和王高原在

第四章　伦理关系书写：新型乡土关系的日常呈现

"姻缘算"的撮合下，两人喜结连理。张屯秀和王高原是真心热爱乡土的人，即使婚姻失败，他们也从未想过离开王家坝去城里，他们一起在乡下种地，结伴到田里薅草，价值观的高度契合让他们的生活过得有滋有味。然而，随着工业园区项目的落成，他们失去了可以耕种的土地，闲云野鹤般的生活被彻底打破。王高原只能被迫选择去城里打工，这样的分居使两人的关系越来越疏远，彼此之间的心事只能各自放在心里。在沈姨妈的怀疑和怂恿下，王高原怀疑张屯秀与工业园区的工人有私情，性格软弱的王高原不敢向张屯秀求证。而事情的真相却是张屯秀为了能治好自己的急性肺炎，每日东奔西走，渴望找到治愈之方，终于在大平地找了可以耕种的土地，她每天往返于这里呼吸新鲜空气缓解病痛。张屯秀或多或少猜出了丈夫的心事，本可以为自己澄清的张屯秀却在王高原回来的那些天，看到他"想的是别的事，怎么也不会相信漱完口就出门的张屯秀是去大平地呼吸新鲜空气"①，因此她错失了消除误会的机会。随后王高原去了更远的广东打工，几个月都不见回来。对于王高原来说，觉得眼不见心不烦，离得越远越好；而张屯秀却觉得怎么谁出去打工都不愿回来。因此，两人之间的误解越来越深，令人不禁暗自感叹。在《拯救王家坝》中，当王高原离开土地进城打工之时，他们就已经不仅仅是夫妻关系，而多了一层留守者与打工者的关系。随着彼此之间距离越来越远，他们的误解和隔膜也越来越深。在付秀莹的《无衣令》中，年轻村妇小让原本在北京老乡开的饭馆中当服务员，偶然的机会认识了报社的副总老隋，在老隋的介绍下，小让来到报社做起了保洁工作，这使得小让心中充满感激。随后在老隋的猛烈追求下，小让自然而然地成了他的情妇。小让也曾对丈夫石宽产生些许愧疚，然而城市生活的寂寞与清冷使小让身体和内心都不自觉地靠近老隋，老隋的呵护也使小让产生了家一般温馨的错觉。在老隋升迁的关键时刻，其与小让的婚外情被揭发，仕途受阻，为了能顺利度过事业上的坎儿，小让最终成为牺牲品。北京的寒冬是如此刺骨，走在街上的小让彻底清醒，她感受到从未有过的凄冷与悲凉，此时老隋发来

---

① 尹文武：《拯救王家坝》，《湖南文学》2018年第2期。

新世纪乡土小说日常生活书写的"常"与"变"

的"岂曰无衣，与子同袍"的短信已经无法安慰小让这颗受伤的心。小让明白了近在咫尺的情人虽能给予自己温暖，但却是短暂的；相隔两地的爱人，虽无法温暖此刻的自己，却是能永远与自己"同袍"的人。

"打工潮"将原本朝夕相处的夫妻分开，让夫妻关系多了一层隔膜。在作家笔下，一部分夫妻由于距离，反而更加珍惜彼此、珍视相处的时光，将更多的爱与包容给了对方，只希望这短暂的相处能温暖漫长的分离时光；当然也有一部分夫妻徘徊于忠贞与欲望之间，他们矛盾、纠结、痛苦，但又抵挡不住各种诱惑，让夫妻关系陷入困顿和扭曲的状态之中。

二 重利轻义观念下的父子关系

在传统家庭关系中，子女对父母的照顾是中国"孝"文化的集中体现，"孝道，最基本的伦理意义指'善事父母'之意，也即子辈对父母的一种伦理义务意识与行为规范"[①]。长幼有序是中国传统伦理观念的核心，费孝通也提到长幼分划是中国亲属制度中最基本的原则，有时可以掩盖世代原则，[②] 足可见老者在家庭中的尊者地位。在新世纪乡土小说中，伴随着大批青壮年离乡离土，从长及幼的乡土结构被打破，孝道的传承面临巨大的挑战，父子关系也发生了巨大的改变。

在迟子建的《群山之巅》中，作家通过张老太的晚年生活，展示了"孝"文化在以金钱为衡量人的价值的当下正悄然消失殆尽。早年丧夫的张老太含辛茹苦地将儿子们拉扯大，儿子们都有稳定的工作、不错的收入，但他们对待母亲却出奇地吝啬。年迈的张老太跟着大儿子一起生活，另外两个儿子按时给赡养费，张老太想吃鱼，大儿媳嫌弃俩儿子给的赡养费少，不仅毫不留情地拒绝了她的要求，更是恶语相向："你那俩儿子给的养老费，只够吃素，我只好把你当姑子养，想开荤，就让他们多给俩钱儿！"[③] 张老太只好无奈地作罢，因为她很清楚，在儿子们、儿媳们的眼中，她是一个没有

[①] 肖群忠：《孝与中国文化》，人民出版社，2001，第247页。
[②] 费孝通：《乡土中国 生育制度》，北京出版社，1998，第64~68页。
[③] 迟子建：《群山之巅》，人民文学出版社，2015，第54页。

价值的废人，不能给他们带来丝毫的利益，只能给他们添麻烦。当张老太过世后，她手上的12克重的金戒指成了三个儿媳争抢之物，都想独吞下来，闹得不可开交。闹到最后，只能主事人出来和稀泥："干脆将这枚戒指在金匠那里毁了，一分为三，爱打制耳环的就打耳环，爱打戒指的打戒指，嫌克数小的，可以添钱打大的。"① 三个儿媳见独吞无望，只好同意。然而，令他们没有想到的是戒指却死死地嵌在婆婆的无名指上，任凭你想尽一切办法就是摘不下来，最后只好作罢。他们对于母亲的离世，没有悲伤，没有难过，只有失去戒指的叹息，着实令人寒心。无独有偶，作品中，陈金谷有着与张老太相似的经历和遭遇。陈金谷对儿女无私地付出，倾尽所有，但儿女却让他失望透顶。女儿陈雪松的工作是他托关系安排进的环保局，并给女儿买下婚房；儿子陈庆北背靠着他这棵大树，仕途上顺风顺水，春风得意。但当他确诊尿毒症，双肾衰竭，急需换肾时，他的儿女却表现出异常的紧张、冷漠与不情愿。陈雪松的结婚对象由于担心她将肾移植给了父亲而影响将来的孩子，坚持要推迟婚期，陈雪松只能为自己考虑，当即表示不能将肾捐给父亲；陈庆北的做法则更加卑劣，他怕父亲惦记自己的肾，竟然去医院拿回了一份肾功能不全的诊断报告。而陈金谷很清楚，儿子的肾一点问题都没有，因为每年单位体检后，儿子总会向他炫耀，并且他知道儿子在外面有两个情人，这样与三个女人长期保持性关系，怎么可能会肾功能不全。除了儿女，陈金谷的弟弟、妹妹、侄子、外甥、外甥女，无一例外地以各种原因拒绝给他移植肾脏。"陈金谷的两颗失去斗志的肾，就像潜伏在身体里的两个叛徒，把他推到了生命的悬崖，让他看到了平素见不到的风景。"② 命运的捉弄让陈金谷看透了自己从未看清过的亲人，在儿女、亲人无情的拒绝中，他也彻底对他们为其捐肾失去了期待，也或许他从来就没有过期待。

在孙惠芬的《上塘书》中，父母住在堂屋是上塘村的规矩与传统，也凸显着对父母长辈的尊重，是传统观念中"长幼有序"的最直观体现，而这种

---

① 迟子建：《群山之巅》，人民文学出版社，2015，第55页。
② 迟子建：《群山之巅》，人民文学出版社，2015，第183页。

规矩与传统不仅在上塘，乃至在整个乡土中国都是普遍存在的。但在孙惠芬的笔下，"长幼有序"的观念正在逐渐消逝，这一规矩与传统也在受到颠覆：无论是父母为儿女盖起新房举办婚礼，自己却仍住在老房子里单独生活，抑或是婚后子女另建新房，而父母仍留在老房子里。因此，在上塘村形成了两个鲜明的区域，子女们的新房和父母居住的祖屋，一个蒸蒸日上、红红火火，一个垂垂老矣、毫无生机。在上塘，看似居住空间的分离，实际上是情感的疏离、责任的逃避，子女们以盖新房、寻求独立空间为名，对逐渐年迈的父母退避三舍，只在父母有事时相互走动，平常疏于对他们日常生活的照料。

在盛可以的《喜盈门》中，作者以第一人称"我"的视角记述了曾祖父生命最后阶段全家人复杂行为背后的冷漠与自私。生病后的曾祖父被送到了低矮的泥屋生活，摇摇欲坠的泥屋就像是等待死神光临的曾祖父一样，毫无生气。亲属们虽然在爷爷的要求之下都回到了乡下等待葬礼的来临，但在"我"看来，大家对于曾祖父的病情却没有一个人关心。大伯、二伯、大姑、小姑等人回来后只顾着自己找乐子，凑堆儿打牌、杀鸡宰鱼，从城里回来的二伯母虽然对曾祖父的病情进行了细致的分析，但实际上只不过是为了显示自己的见多识广。然而，出乎所有人的意料，曾祖父以顽强的毅力支撑着，病情并没有急遽恶化，但亲人们并没有为此感到高兴；相反，他们对在乡下耗费时间而愤愤不平。于是，一众人在曾祖父还未过世的情况下，肆无忌惮地讨论起葬礼的操办细节。"我"的亲戚们对曾祖父已然如此，对于他们的父亲，也就是"我"爷爷时，他们仍是一种高高在上的姿态，尤其是二伯和小姑，他们仗着自己是家中为数不多的进城者的身份，高傲地对爷爷的一生进行功过评判，责备爷爷未能承担起改变家庭命运的责任，爷爷在他们面前只能将头重重地低下。在"我"的这些亲戚的价值观念中，时间就是金钱，他们为曾祖父付出的时间成本越高，他们的损失就越大，不满情绪就越高，反感情绪就越大，他们不在乎曾祖父的生死，只在乎自己的得失，这让"我"感到彻骨的凄凉。对于爷爷，"我"的这些亲戚们则根本不在乎他的感受，只在乎自己在家中的话语权与地位，任意践踏着爷爷的自尊，毫不留情地数落着爷爷，评判爷爷的是非功过，将对长者的敬重、对亲情的珍视抛之甚远。"尊亲"在他们身上都已荡然无存,更无须言"敬亲"了。

在程相崧的《生死状》中,作家将隐藏在子女潜意识中的"弑父"情结赤裸裸地展现出来,以"弑父"将"尊亲"与"敬亲"活活埋葬。因煤气泄漏导致程庄中很多老人中毒身亡,为了安抚村民的情绪,逝者的儿女会收到一大笔赔偿金。起初程东升庆幸于父亲程喜田能死里逃生躲过一劫,但当他得知死者家属能得到一大笔赔偿金时,他在内心的深处又隐隐地感到一丝可惜和遗憾,"他想,爹当初如果死了,自己如今也可以上报死亡,领取赔偿了?早知道如此,那天就不该打那个电话,就不该让救护车回村里找爹。他想到这里,又突然怕了,朝自己的嘴巴扇了两个耳光,然后握起拳头狠狠地擂着自己的脑袋,直骂自己是畜生"①。尽管程东升很快意识到自己这可怕的念头是多么的无耻与不孝,但对于赔偿金的渴望却深深地埋进了他的心里,导致他在梦中用老鼠药将父亲毒死,并以此骗取了一大笔赔偿金。可怕的噩梦让他惊醒,他再一次为有这种想法感到心惊肉跳,他鄙夷自己、厌弃自己,但却不自觉地又为高达百万元的赔偿金着迷。作家将程东升的欲望通过梦境的形式展现出来,将"弑父"放在"尊亲"的对立面,将传统孝亲观念彻底解构。

在东西的《篡改的命》中,讲述了祖孙三代四次被篡改的命运:汪槐招工被人顶替,汪长尺高考被人顶替,儿子汪大志送给林家柏改名林方生,林方生销毁汪大志的身世证据。尤其是在父亲汪长尺与儿子汪大志之间,我们看到了彼此撕扯、割裂的亲情。汪长尺为了让儿子能够摆脱农裔身份,忍痛将儿子送给城里生活的仇人林家柏抚养,他希望通过切断血缘亲情来实现儿子跨越阶层,成为城里人。但当汪大志从警察大学毕业后,尽管已经知悉自己身份的秘密,但他并不想认回自己的血亲,还是选择继续以林家柏儿子的身份维系自己的社会地位。无疑,汪长尺的一生是痛苦的、惨淡的、无望的,高考被人顶替,父亲汪槐找教育部门据理力争却摔断了腿,进城打工遇到无良老板拖欠工资,被人诬陷替人坐牢发现此人正是林家柏,出狱后被

---

① 程相崧:《生死状》,《小说林》2014 年第 3 期。

人打伤,妻子迫于生计出卖肉体,工伤导致阳痿,等等,一系列苦难让他的价值观发生了扭曲,他要让儿子成为城里人。扭曲的价值观让他在挣扎中抛弃了自己的儿子,在城里长大的汪大志,在前途和血缘至亲面前也毫不犹豫地抛弃了农裔的父亲,销毁了证明自己身份的照片。父亲汪长尺对儿子的抛弃是一种带着"复仇"意味的无可奈何的选择,是他在拼尽全力想给家人带来好的生活却又一次次被现实无情地"打脸"后不得不做出的选择,带着一丝"为儿子好"的意味。而儿子汪大志对父亲的抛弃则是冷漠的、无情的、不假思索的,是在利益面前毫不犹豫牺牲至亲的选择,是极端利己的。父亲所希冀的让儿子实现跨越阶层的对命运的篡改究竟有什么意义,不仅不能真正实现自己与儿子抛弃农裔的身份和名字,而且还丢失了血缘根脉与父子记忆。

  在付秀莹的《绣停针》中,贵山奶奶因病瘫痪后,被自己的儿媳妇转移到小屋中居住。小鸾拿着牛奶、鸡蛋探望贵山奶奶,关切地询问着病情、饭量、吃什么药等问题,未等贵山奶奶开口,贵山媳妇都无一例外地替婆婆回答了。小鸾看着半斜靠在枕头上的贵山奶奶,脸色焦黄,瘦骨嶙峋,深陷的眼窝中闪着泪光,却碍于贵山媳妇在旁边,不便深问。趁着有人来找贵山媳妇的空当儿,"贵山奶奶抖抖索索地,一只手掀开被窝叫她看,小鸾迟迟疑疑地凑过去,一股尿臊气扑面冲过来,细看时,只见那整个褥子,千补丁万补丁的,都湿淋淋地透了。小鸾捏着鼻子,不由得哎呀一声,刚要说话,二婶子赶忙冲她使眼色,一面拿手指了指外头,摇摇头,闭上眼,两颗泪珠子慢慢滚下来,滚到半道,却被一道深褶子拦住了"[1]。小鸾心中百感交集,手足无措,只能把被子给贵山奶奶披一披。贵山奶奶的生活窘境,小鸾一方面感到心酸难过,另一方面又无可奈何,因为她知道即使他们是亲戚也不方便过多地掺和其中。在《迟暮》中,先前热闹的村子,现在已经没有几个年轻力壮的男人愿意待在家里种地了。即使父亲为儿子起立盖起了村子里数一数二的房子,为他娶了媳妇,但看着一波波离开村子进城打工的人,起立

---

[1] 付秀莹:《绣停针》,《长江文艺》2014年第7期。

第四章 伦理关系书写：新型乡土关系的日常呈现

和媳妇仍商量着端午节以后离开家进城去。父亲虽早有心理准备，但当起立小心翼翼地将自己的想法告诉他时，他仍不免有些失落，他不知道城里哪好，但想着一定是好的吧，不然儿子、儿媳、女儿怎么都会进城，把这个家抛在脑后呢。对于老人来说，想要的不过是一家人热热闹闹地在一起，寂寞时有人说话，无聊时有人陪着，但即使是如此简单的愿望，在轰轰烈烈的"打工潮"中也不能实现。费克的《最后的山羊》中，讲述了留守老人老栓在老伴离世、儿子儿媳进城打工、土地被征收建工厂以后，自己身边就只剩下一头山羊与他相依为命。他受风寒发高烧，是山羊撞破家门到卫生院给他找来的医生，山羊就像亲人一样陪伴着他。然而，随着老栓搬进新楼房，山羊却怎么都要留在老院里不肯上楼，老栓整日担忧着山羊走丢或被人牵走。山羊于他而言已经是自己的亲人，然而他担心的事最终还是发生了，山羊不见了，他拼了命地四处寻找却还是没有山羊的踪影，他回到老宅院落，"追忆和山羊一起的日子，山羊舔舐他的手指，山羊围了他欢喜蹦跳，想着想着，老栓老泪纵横，边哭边说：山子，这光景，不知你在哪里？山子，你还在人世吗？"①在老栓独居的日子里，是山羊给了他温暖的陪伴，填充了他无数个难熬的白天和夜晚，他早已将山羊视作亲人。我们不免感叹独居老人老栓的生活惨状，感叹"养儿为防老"，这防的是哪门子的老。

除此之外，在向本贵的《山村的节目》中，作家讲述了一位索爱的孤独老人祖福，他年年盼望孩子们能回来陪自己过年但年年失望的故事。别家年年欢声笑语，自家岁岁冷落凄清，本应儿孙满堂的祖福面对空荡荡的房子内心的孤独感陡然上升，老人最终在除夕夜以死亡结束了无望的一生。赵本夫的《无土时代》中，人口日渐稀少的乡村，看一座座坍塌的房屋成为生活中最大的娱乐的留守老人无不令人伤感、动容。陈仓的《上海反光》中"我"常年在上海工作，父亲则独自居住在乡下的老屋中，想要尽孝的"我"多次让父亲进城却总被他以各种理由拒绝。李锐的《残穗》中农村孩子们都被接进了城里，只有老人独居在农村，守着空荡荡的"家"。在曹乃

———————————
① 费克：《最后的山羊》，《雨花》2016 年第 1 期。

211

新世纪乡土小说日常生活书写的"常"与"变"

谦的《罂粟之家》中,独居老人终日无人可以闲谈,突然间从陌生人那里得到的些许温暖与关爱令他无比珍视,为此他竟枉顾国法稀里糊涂地帮着种植罂粟。这些作品都深刻地反映了乡村社会中留守者孤独、寂寞的生存状况和精神状态,子女疏于对父母的陪伴是最终将老人推向绝望深渊的黑手。

年轻人挤破头要进城与父母亲宁死不进城之间形成了不可调和的矛盾,这也滋生了一系列的问题,其中尤以老人的赡养问题最为突出。在朱山坡《陪夜的女人》中,行将就木的方正德被儿子和儿媳转移到祖屋中独自居住。儿子和儿媳的遗弃令老人的夜晚更加难熬,凤庄的人们在夜晚听着他一遍遍地大声呼唤妻子"李文娟"的名字,既心酸又惊悚。老龄化问题在中国日益引起人们的关注,而农村留守老人的孤独处境更值得留心与关注。面对还不完善的社会养老体系,我们是放弃工作而尽孝,还是忠于工作而放弃尽孝,这是亟待解决的问题。在孙惠芬的《生死十日谈》中,住不惯城市的老人回乡后只能在小儿子家生活,而这引发了小儿媳的不满,两人陷入无尽的争吵之中,最终儿子在无休止的争吵中选择投河自尽。在孙惠芬的《上塘书》中,上塘村被一条街划分为新屋和老屋,新屋住着年轻的儿子儿媳,为新屋出资出力的年迈父母也只有去做客的资格,而未能提供经济资助的年迈父母则只能住在低矮潮湿的老屋,更毋庸谈老人的赡养问题。在上塘,老人对子女的经济资助是他们晚年能得到赡养的保证金。

乡村中孤独的佝偻着的身影与空荡荡的乡村一样,令人痛心。商品经济带来的巨大利益使得新一代农村人"面对日益开放、充满诱惑的外部世界",清醒地认识到想要致富,村庄是不可能提供资源和机会了,"村庄已经丧失了经济上的重要意义,不再是一个可以终身依托的锚地"[1]。大批青壮年离开了赖以生存的土地寻求"幸福"(而这是不是幸福还不能确定)。在城市化进程中乡村逐渐丧失竞争优势,"在中国当代发展的情景下,农村成为他们想要挣脱和逃离的生死场,而不是希望的田野;希望的空间、做

---

[1] 吴毅:《记述村庄的政治》,《读书》2003年第3期。

'人'的空间是城市"①。于是，大批青壮年怀揣梦想，离开赖以生存的土地进城寻求希望、寻找幸福，此时的城市是理想的天堂、幸福的梦境。在农村人眼里，离开乡村进入城市是脱离贫穷的最为有效的途径。伴随着青壮年的离去，乡土社会呈现出空巢化、隔代化和空心化的面貌，失去了朝气与活力的乡村老态龙钟。空巢老人与留守儿童成为乡土社会的重要组成部分，他们生活艰辛、无依无靠，但比起生活的艰难，更令人心痛的是他们精神世界的空虚寂寞、孤独无聊。他们渴望爱与温暖，他们是乡土社会的孤独者与流浪者。随着青年壮年的离去，一方面本应享受天伦之乐的老人却肩负起照顾孙子孙女的重责，另一方面本该拥有父母爱与温暖的孩子却深陷孤独的囹圄。整个乡土社会陷入"无爱"的境地，忍受孤独与寂寞、渴望爱与温暖成为空巢老人与留守儿童的日常必修课。

三 亲情缺席影响下的打工者与留守儿童关系

毋庸置疑，在现代社会中儿童是国家的未来、民族的希望，而在乡土书写中，留守儿童却没有享受到与自己重要性相匹配的优待，他们往往在父母进城打工的热潮中沦为乡村社会的"失亲者""边缘人"，承受着不应属于他们这个年龄该承受的痛苦。尤其是在农耕社会中，男女的不平等同样延伸到对留守儿童因性别而遭受的差别对待。在《蓝色脑膜炎》中，女孩黄秋幻想着有了弟弟后自己就不会再被爹娘打骂。在《中国在梁庄》中，借五奶奶之口揭示了一个不公平的乡村现实：男孩会被进城务工的父母接到身边，而女孩大都会留在乡村成为留守儿童。在封建思想的荼毒与戕害下，虽然对待留守儿童在性别上有细微的差别，但综观新世纪乡土小说对留守儿童的书写，留守儿童整体处于亲情缺席之中。

"断零体验"是王一川先生提出的，意在表明现代中国人在近代被西方列强的坚船利炮攻破国门，被迫由古典进入现代的体验之一，即对自身孤独与飘零境遇的体验。在表征当代"现代性转型"语境下，以"断零体验"

---

① 严海蓉：《虚空的农村和虚空的主体》，《读书》2005年第7期。

"幼失怙恃"来形容留守儿童的心境。亲情缺席导致了一系列留守儿童教育问题。伴随着打工潮,乡村中留守儿童越来越多,成人在为儿童创造更好的物质条件的同时,却忽略了儿童最重要的成长时期,缺少父母陪伴的儿童独自面对着成长过程中的难题。

在梁鸿的《中国在梁庄》中,赤裸裸地暴露了留守儿童的性教育问题。因为缺乏陪伴,无人倾诉,一些女童遭到性侵犯却无处诉说,只能将秘密深埋心底,久而久之孩子的心理问题越来越严重,更可悲的是,缺乏陪伴、教育的留守儿童,在乡土社会普遍存在且被认为是习以为常。父母的缺席被冠以"养家糊口"之名变得"合理化""道德化",孩子们在应该被爱的年纪却被迫接受着"父母为了家庭才远走他乡"的"道德规训",任何的合理要求都无法得到满足,稍有不满与撒娇都被冠以"不懂事"之名,认为是无理取闹,这才是最值得警醒的地方。同样,胡学文的《风止步》涉及留守儿童遭遇性侵的敏感问题。当农民朝着心向往之的现代化迈进时,忽略了代表他们"未来"和"明天"的孩子的生存境遇。

在对留守儿童教育问题进行书写和反思之时,作家们细腻地关注到留守儿童内心对爱的渴望。在肖勤的《暖》中,作家塑造了年幼的乡村孤独者的形象,作为留守儿童,小等对父母爱得惊心动魄。为了能让家里过上更好的生活,小等的父母早早离开家,这使得小等自幼就不得不面对与父母的分离,因此她内心非常渴望爱与温暖。以前妈妈从外面回来总是将她拥在怀里,轻唤着"小等,妈妈想死你了",嘴里呵出的热气让小等又痒又喜。可是,后来爸爸死了,妈妈进城打工赚钱,就不再常回来,只是往家里寄钱,奶奶身体好时,去镇邮局取钱回来总是给小等买娃哈哈果奶,看着小等吸得开心,奶奶便把她揽在怀里,奶奶的怀抱虽然干瘪,但一样温暖。小等每次给妈妈打电话都哀求着她能早点回来看看自己:

> 妈你什么时候回来?我想你了你快回来吧!一和妈妈说话,小等觉得自己小成了三岁两岁甚至一岁,她想贴着妈妈肉乎乎的胸脯,吊着她的细脖子咬她下巴,妈妈长着男人一样的下巴,又宽又厚……妈妈已经

第四章　伦理关系书写：新型乡土关系的日常呈现

两年没有回来了。空而无望的想念变成绞肠痧，痛得小等又开始伤心地抽泣。①

小等对妈妈的想念伴随着时间的推移越来越浓，但妈妈却不能给予她积极的回应。小等只能和乡下的奶奶生活在一起，然而，奶奶的身体状况越来越差，不仅不能再照顾小等，反而让小等有些害怕和担心：

可是妈，我怕……奶奶的脚都成干柴棒子了。她白天不肯吃饭，说有人不让她吃，每天天不亮我就得起来给她热饭……还半夜拿着剪子在屋里乱窜，说屋里到处都是要她命的鬼，她要剪死它们。妈我怕，我睡不着觉……小等急促地说着，生怕暴躁的妈妈会打断她的倾诉。恐惧在小等心里生发成一条汹涌澎湃的大江大河，再不讲出来江河就要决堤淹没小等了。说着说着，小等实在忍不住，敞开喉咙大哭起来，哭声把空荡荡的办公室震得嗡嗡响。②

奶奶的帕金森病越来越重，小等夜里不敢回家，好心的老师庆生把她留在家里，小等半夜钻进老师的被窝和老师一起睡，这让她体会到了久违的温暖和幸福。害怕流言蜚语的庆生听取周好土的建议，不敢与小等过分亲近，将小等拒之门外，不能在夜里收留小等，这让小等再次失去了温暖，内心异常伤心。奶奶的突然离世以及老师对她的疏离，一下子将小等推到了恐惧、无助的边缘，放着奶奶尸体的家她不敢回，老师的家又进不去。在雷雨交加的夜晚，小等怕极了，她只能在黑漆漆的山道上奔跑，黑夜就像一头野兽随时可以吞噬着她，她害怕地喊着妈妈，炸雷声盖住了小等恐惧的呼唤，雨下得越来越大，接着一道闪电将电线劈断，滋滋地冒着火花，这火花就像妈妈那年过年带回来的烟花一样绚丽夺目，小等呆呆地愣在雨中，看着这一串串

---

① 肖勤：《暖》，《十月》2010 年第 2 期。
② 肖勤：《暖》，《十月》2010 年第 2 期。

215

火花幽幽地笑了。想到明天妈妈会给自己打电话,或许今年还会给自己带烟花回来,想到这里小等更高兴了,可是她转念一想,现在电话线断了,妈妈的声音会从电话线里流走,着急的她赶紧伸出手去按住那串闪烁的火花。当小等按向那束电光之时,所有读者的心一下子就凉了。天真的小等让我们感受到渴望被爱是留守儿童的本能,而这种身体和精神层面对爱的双重缺失与双重需求之间的矛盾是留守儿童的普遍问题。在《暖》中,奶奶也同样渴望亲情的回归,快过年时,奶奶看到镇上挂起的灯笼,总是赶紧抱着小等飞跑着去打电话,小等妈快回来吧,要过年啦!这种只有在过年才能看到亲人的空巢老人们内心对爱的渴望和期盼令人动容。或许也只有在这个时候,老人才敢将内心对亲情、对亲人的渴望喊出来。肖勤以女性特有的细腻将留守儿童和空巢老人精神上渴望爱与温暖的真实感受传递给读者。故事的结局是悲惨的,奶奶重病去世只有小等一个人陪在身边,小等渴望母爱用手按住了火光,无论是奶奶还是小等,她们都在内心寒冷与渴望温暖之间、在满心期待与失望落空之间结束了生命,她们是何等的可怜。

同样,在付秀莹的《苦夏》中,留守儿童丫豆儿有着超乎自己年龄该有的懂事、听话,善解人意的她让人为之心酸与心疼。丫豆儿跟爹娘分开已经三年了,在这三年里只有过年时候爹娘才回来几天。从家里的相框可以知道,爹娘深爱着丫豆儿,从丫豆儿出生到她上学,每一个阶段的照片都被完好无损地保存在相框中。丫豆儿也每天想着爹娘,希望他们能在自己身边,但她知道爹娘进城是要挣钱的。在爷爷的口中,爹娘挣了钱能给她买糖、买花衣裳、买本买笔,虽然丫豆儿听着这些也高兴,但她心里还是想着爹娘。于是,丫豆儿将对爹娘的思念寄托在五爷家的电话上,听着电话那边爹娘一遍遍喊着"丫豆儿、丫豆儿",她的眼泪就莫名其妙地在眼睛里打转,嗓子眼儿变得紧紧的、硬硬的,想答应娘却怎么也说不出话,只能"哇"地一声哭了出来。也就是这唯一寄托思念的电话,成为丫豆儿的噩梦,让丫豆儿遭遇到了性侵。在丫豆儿焦急地等待爹娘的电话时,全叔借口做游戏对她实施了性侵。年幼的丫豆儿根本不懂,对此毫不知晓,只是在电话铃"零零零"响起时飞快地逃走了。夜半时分,丫豆儿忽地坐起来,嘟囔着"电话

第四章 伦理关系书写：新型乡土关系的日常呈现

电话"，爷爷心疼孙女，想到眼瞅就要 70 的自己不知还能照顾孙女多久，不禁伤心起来，便更加气恼儿子、儿媳。几天后，丫豆儿无意间在玉米地撞破一对男女偷情，听到他们抹黑丫豆儿娘在城里做见不得人的勾当，晃过神儿来的她不知所措、落荒而逃。对性懵懵懂懂的丫豆儿，在无尽的思念中等待着爹娘的消息，这个夏天对她来说足够漫长。《苦夏》中，作家对丫豆儿的故事娓娓道来，没有井喷式的情感宣泄，只有炎热夏季带给人的压抑，让人胸中有憋闷之感。留守儿童丫豆儿的渴望、担忧、痛苦都在她无尽的等待中不断发酵。丫豆儿懵懵懂懂的性启蒙被突如其来的伤害所取代，内心的郁闷无处可以倾诉，只能化成一个又一个的梦境，在梦里丫豆儿和娘打通了电话。作品中，通过"电话"这个意向，作家传递出丫豆儿想与母亲倾诉的渴望。

留守儿童小等和丫豆儿对爱的渴望是打工潮中所有留守儿童的共同期盼，是整个乡土社会的缩影。社会向前发展，农民固守土地所获得的物质财富已然不能满足现代社会的日常开支，因此对于他们而言，进城务工是他们不得不面对的人生选择。然而，在这一过程中，留守儿童的教育问题、性启蒙问题和亲情缺失问题又牵动着我们的神经，令人忧心忡忡。

在海漠的《听风村的孩子们》中，留守儿童晶晶跟妈妈在城市生活过一段时间，她有着其他留守儿童没有的优越感，同时也受到嘲讽与讥笑："有本事继续跟着你妈妈待在外面，干吗还要回到听风村呢？"[①] 这让晶晶哑口无言。晶晶有过与父母在城市生活的经历，她体验过城市的繁华，感受过父母的温暖，她是幸运的。但毕竟城市不是自己的家，带着孩子在城里打工有诸多不便，她被父母又重新送回了乡村，再次失去了父母的陪伴，她也是不幸的。她会比其他孩子更渴望得到父母的关注与陪伴。对于留守儿童来说，城市给予他们最初的印象是伤感的，城市是与他们抢夺父母的存在，他们总有些许意难平。父母离去的背影是横亘在城市与留守儿童之间的一道沟壑，谁也不知道这道沟壑将来需要用多少爱与温暖才能填满。

---

① 海漠：《听风村的孩子们》，《山花》2016 年第 2 期。

217

在姚岚的《留守》中，对留守妇女和留守儿童的生活状况与精神状况都进行了全面的书写，而其中尤以留守儿童的境遇令人揪心。作品以皖江农村为写作背景，当父母都离开农村进城打工后，现实生活中的艰难还是次要的，重要的是精神上的无依、情感上的孤独令年幼的他们无力承担。十三岁的龚月在父母进城打工后，照顾弟弟妹妹、洗衣做饭等重担都全部落在她的身上。城市里十三岁的女孩还是孩子，依偎在父母的身边撒娇。而对于龚月来说，她要像大人一样，承担起家庭的重担，她又何尝不想有人疼、有人爱、有人替她分担呢？同龄人高晓峰，对读书毫无兴趣，沉迷网络，终日泡在网吧，他渴望追求新鲜刺激的事物。缺乏家长引导的青春期孩子实则是最危险的一群人，他们对异性有着莫名的渴望，但又不知如何排解，而此时父母的缺席让事情变得更加糟糕。也正因为此，龚月与高晓峰偷尝了禁果，却又不慎导致家中发生了火灾，致使弟弟妹妹葬身火海，倍感愧疚的龚月痛苦万分，想到以死结束自己的生命。无独有偶，在《留守》中，缺乏父母管教、照顾的孩子比比皆是。留守儿童刀条脸不好好学习，整天吊儿郎当、流里流气、横行霸道，甚至打劫勒索同学，最终被几个不堪欺负的同学活活打死。这些无人监管的孩子，正值青春期，懵懵懂懂、血气方刚，他们不能准确地判断事情的对错，做事更没有分寸感，最终导致事情向着不可控的方向发展，造成不可挽回的后果，酿成家庭悲剧。此外，也有像莉香、林齐馨这样的少女，她们认真读书，想要取得好成绩，但又因为考试成绩不好就选择结伴自杀。这些姑娘与高晓峰、刀条脸不同，她们对自己有要求、对未来有期待，但她们在面对困难与挫折时，却明显没有妥当的处理能力，将一点点小事看得比天都大。花季少女，在人生中最美丽的时刻却选择结束生命，不禁令人扼腕叹息。在《留守》中，作家将留守儿童最艰辛、最不堪的一面展现出来，虽然我们看到的是她们悲惨、可怜的结局，但却不得不让我们感叹他们的成长之路该是多么的灰暗和无助，以至于在花一般的年纪放弃自己宝贵的生命。在生命的最后一刻，他们想到的是什么，他们为何要有如此深的执念，他们是否对他们曾经所做的事情感到后悔，他们是否能想起远在城市的父母，这些都不得而知。但我们能想象得到，当为了让孩子过上更好生活的父母外出打工回来，面对他们或死或伤时,该是多么崩溃,多么痛苦、懊悔和自责。

除此之外,在刘庆邦的《害怕了吧》中,放假在家却没有一个亲人在身边的杨晓华,在日复一日年复一年的孤独中无聊度日。在陆梅的《当落叶纷飞》中,作家以信和日记的形式记录了留守女孩莎莎的"草样年华"。留守儿童莎莎跟着爷爷在废墟一样的农村过活,秉持着"要疯狂些才能不疯掉"的原则,她肆意而为、放飞自我,被孤独、刚硬、冷酷的刀子所吸引。刀子的出现彻底改变了莎莎的人生轨迹,跟着刀子的她更是变本加厉,因误伤他人进少管所。在少管所中,她开始接触写作,本来一切向好的方向发展时,莎莎却又出逃踏上漫漫逃亡之路。作品中,莎莎是敏感的、渴望被爱的,她深深地感受到远离父母的心酸,她一次次向心中所爱靠近,却终不能被成全。最终莎莎走向她心中认为的"自由",而她究竟该何去何从,只有局中人莎莎不知,而身在局外的读者无不感叹。在贺享雍的《留守:泪与笑的关怀》中,作家同样聚焦留守儿童这一群体,再现了他们生活、思想、学习等方方面面的状况。城市化进程中,乡村在发生巨大改变的同时,人的价值观念也发生了显而易见的改变,留守儿童所面对的环境需要给予更多的关注和重视。

在新世纪乡土小说中,作家们对空巢老人和留守儿童的生存困境和精神困境给予了热切的关注。通过对索爱者的塑造,作家们为我们记录下经济发展过程中,青壮年为了养家糊口独自进城打拼,不得不将老人、孩子留在乡下,希望以此给他们创造好的生活条件。然而,他们的付出与牺牲却未能换来预期的效果,相反带来的却是儿童无人照看、老人无人奉养的局面,造成了整个乡土社会爱的缺失、亲情的忽视。人人无爱、人人缺爱,人人需要爱,尤其是老人和孩子。他们远离爱、渴望爱、追求爱,却又得不到爱,成为乡土社会"索爱"的主体。作家们通过书写这两类弱势群体对爱的渴望,传达出在"进城/返乡"背景下的乡土社会,从生命的开始到生命的终结,对爱和亲情的渴望都是强烈的,然而他们所渴望的爱却是虚无缥缈的。作家对此类主题的关注意在反思现代性,反思在现代化进程中如何有效地协调并解决老、幼两代人的物质生活贫瘠、精神生活空虚的问题。

第三节 留守女性与返乡女性的关系：
羡慕向往和厌弃鄙夷

随着商品经济的发展，农民逐渐意识到城乡间的差异，于是进城成为他们弥补差距的最直接途径。"以城市的价值观改造乡村的价值体系，以城市人的思维方式、行为准则和生活习惯改变乡村人的生活，以现代商品生产运作的方式和机械理性改变乡村的传统小农生产运作及其具有的自由感性特征的农耕理性，等等。"[①] 城市文明改造着乡村，又制约着乡村。城市为农民工提供了机会，却又限制了他们的发展；为农民工提供了工作场所，却又未能给予他们归属感。农民工游走于城市与乡村之间，成为双重边缘人，打破了乡村原本稳定的状态。在流动性的影响下，留守者与返乡者的关系便成为乡村日常生活的最主要伦理关系。在众多留守者与返乡者中，留守女性与返乡女性成为新世纪乡土小说家着重描写的对象，在这"一留一返"之间，她们之间便自然而然形成了"看/被看"的关系，这种关系也正是留守女性与返乡女性之间最基础的关系。留守女性将如何看待返乡女性的城市遭遇，返乡女性身上具有的城、乡双重经验会与留守女性之间产生怎样的"化学反应"，诸如此类问题都是新世纪乡土小说家关注的重点。

一 "看/被看"中的乡村女性关系

在新世纪乡土小说的写作范式中，进城务工成为农民争取更多生存资源的主要手段。在最初对进城务工的乡土书写中，主要集中于男性进城的遭际，女性一般作为留守者存在；而随着进城人数的增多，对城市熟悉度的增加，越来越多的女性也加入了"打工潮"，怀着为家庭创造更多财富的想法，成为进城打工者中的一员。然而，女性则没有像男性一样，能凭借强悍的劳动力获得更多的机会。在这样的情况下，新世纪乡土小说出现了反映乡

[①] 周水涛：《"城市化"的乡村小说》，《文学评论》2004年第1期。

村女性进城务工遭际的文学书写。

在艾伟的《小姐们》中，大姐兆曼为了照顾年幼的弟弟妹妹，很早便进城打工赚钱，但限于学历和技术，她在城市里很难找到合适的工作，为了能凑齐妹妹的学费，最终踏上了出卖肉体的不归路。在"熟人社会"的乡村，因为大姐兆曼在城里从事的不光彩工作，不仅自己遭到村人的敌意与排斥，就连同父母都成为全村人议论的焦点。内心愤怒的母亲坚决不收大姐兆曼从城里寄回来的钱和东西，也不允许兆曼踏进家门一步，完全与兆曼划清界限，甚至在临终前留下遗言不让女儿参加葬礼，可以说，母亲到死都未能与女儿和解。但母亲去世后，弟弟妹妹难以妥善安排母亲的后事，便请兆曼从城里回来主持大事。百般纠结之后，兆曼回到了家中，虽然母亲生前并未原谅自己，但她从未怪罪过自己的母亲。面对母亲的离世，她内心万分痛苦，泪流满面，在兆曼的泪水中，她实现了与母亲的和解。作家并未替兆曼的过往开脱，而是将生活的不堪原原本本地展现出来，"熟人社会"的乡村，人们始终存在于"看/被看"的关系之中，母亲也正是在旁人鄙夷的眼光中，不管出于何种原因，将自己与女儿兆曼拉开距离，拒女儿于千里之外。

迟子建的《月白色的路障》中，原本靠种地谋生的王张庄，随着长林公路来往车辆的日益增多，人们便萌生了设置路障来发财的念头，强行卖水果、洗车、算命已是常有之事，司机们也越来越怕走这个路段。好在公路改线，清闲了几个月的司机却发现王张庄的村民随着公路搬迁到了百合岭，路障开始设置得五花八门，挖坑做陷阱、钉子扎轮胎、白纸扎花圈，无所不用其极。这样一来，钱赚得越来越容易、越来越多。为了让孩子们能有学上，王张庄仅有的两名教师也来到了百合岭。这两名教师是一对夫妻，男的叫张日久，女的叫王雪琪。在村里人的眼里，王雪琪身材姣好、皮肤白皙，虽没有柳叶眉、樱桃口但却极其招人喜爱，这是知识赋予她的优雅，女人们既羡慕又嫉妒。随着王张庄的整体迁徙，张日久夫妇便来到百合岭为孩子们上课，从此百合岭响起了朗朗的读书声。然而，让人意想不到的是，在张日久的配合下，王雪琪居然在夜晚穿着一件月白色的袍子站在路中间拦下过往的车辆，做起了人肉生意。撞破这件事的张基础非常不解，"他们何以要这么

221

新世纪乡土小说日常生活书写的"常"与"变"

做?是王雪琪有对不起丈夫的地方,张日久让她卖身作为报复呢,还是张日久身下的活不济、允许妻子借种生孩子呢?或者干脆就是近墨者黑,王张庄不择手段挣钱的现实震撼了他们,他们眼红了,谁不知道钱是个好东西呢!"① 这一瞬间,张基础忽然非常仇恨钱,如果不是因为它的话,王张庄的人不会像今天这个样子,王雪棋仍然可以留在老王张庄教书,张日久也仍然继续写只有他懂的诗,他张基础心目中的王雪棋,仍然是单纯的、美好的、可爱的。王张庄越来越多的人知道了这个秘密,却都选择沉默不语,或许在大家心里他们也没有资格评论别人、评判这件事的对错,毕竟对于来往的司机来说,他们人人都是路障。作家毫不留情地将商品化经济浪潮下人性异化的面纱撕碎,为了金钱人们放弃自己的道德底线,就连乡村教师也难逃金钱的魔掌,丢弃人格尊严和职业操守,操起人肉生意。

何顿的《蒙娜丽莎的笑》中,曾经在城里卖身求生的金小平,在厌倦了城市的虚伪与欺骗以后,毅然决然地选择重返故乡,与农村小伙结婚过平平淡淡的生活。但令她万万没想到的是结婚当天,曾经的嫖客、现在的副乡长居然在婚礼上公然揭开了金小平不愿回首的痛苦往事,将她最不愿示人的伤疤撕开给别人看。在他人投来的异样眼光中,小平感到无地自容,她不明白,为什么连自己最后的、最卑微的愿望也无法实现。她是多么想忘掉过去,重新开始新的生活,而过去总像梦魇一样缠着自己,特别是在自己人生中最重要的时刻。心如死灰的小平义无反顾地拿起屠刀愤怒地杀死了副乡长,并毫无留恋地结束了自己的生命。这场本应欢欢喜喜的婚礼却因为突如其来的变故,成了一场葬礼。何顿以激烈的方式书写着乡土社会对有"故事"的返乡女性的敌意,归乡后的她们承受着比在城里更大的精神压力,心里压着事儿,随时担心一旦不堪的往事被揭穿该如何自处。此时的乡土不再是返乡者的精神支柱,而是她们能否好好活下去的最后底线,一旦破防,最终将彻底摧毁她们活下去的勇气。

叶弥的《月亮的温泉》中,芳是最先前往"月宫"度假村打工的年轻

---

① 迟子建:《月白色的路障》,《长城》2001 年第 3 期。

女人,每次她回来都变副模样,娘家人也跟着富裕起来。在村人的眼里,芳在"月宫"干什么一点也不重要,重要的是她是个有本事的人,"一个人就能托起咱村里的半边天"[1]。村里的年轻女人们在芳的指引下都纷纷前往"月宫",村里只剩下谷青凤本本分分种自己的万寿菊。而在丈夫的眼中,谷青凤的老实本分却是她不思进取、落后于人的症结所在,甚至对谷青凤冷眼相加。对于谷青凤来说,丈夫和爱情是最重要的,虽然她也知道丈夫有些懒,但她心甘情愿为他劳作,只要能看到丈夫一天天乐呵呵的样子,她就能感受到初次见面的心动时刻,再苦再累她都心甘情愿。而如今,丈夫的笑容消失了,她也觉得活着不值得了。谷青凤知道丈夫心中的想法,于是她思虑再三后决定前往"月宫",她想知道"月宫"到底好在哪,能让丈夫口中的芳"麻雀变凤凰",能让丈夫如此心心念念、心向往之。

除此之外,盛可以的《北妹》中,村民们一边议论着"衣锦还乡"的钱小红,一边又请钱小红带自己的女儿出去见世面、赚大钱。刘庆邦的《东风嫁》中,在城市做过小姐的米东风回乡村后,在婚恋市场上屡遭歧视和失败,"我要是在城里碰见米东风,老乡见老乡,玩一把还可以,想给我当老婆,滚她的十万八千里吧"[2]。违背伦理道德而做小姐的米东风自然受到了应有的惩罚,而同乡轻浮地将其视为玩物又令人感叹传统伦理道德的伪善。女性始终处在被评判的地位,活在他人的评价之中。在魏微的《异乡》中,作家将女性活在他人评价之中的痛苦表现得淋漓尽致。在城里打工的许子慧恪守本分,却在父母和乡人猜疑的眼中渐失自信,甚至精神恍惚:"这是什么世道,现在连她自己都不信任,她离家三年,本本分分,她却总疑神疑鬼,担心别人以为她在卖淫。"[3] 许子慧在"看/被看"中,感受到了乡村邻里和血缘之亲对像她一样的返乡者的精神拒绝。在许子慧这里我们感受到了"他人即地狱"的压迫感,这让在其中之人濒临窒息。

---

[1] 叶弥:《月亮的温泉》,《长江文艺》2017年第20期。
[2] 刘庆邦:《东风嫁》,《北京文学》2012年第8期。
[3] 魏微:《异乡》,《人民文学》2004年第10期。

二 进城女性的精神创伤与留守女性的欲望想象

在"进城/返乡"的热潮中,乡土社会呈现出"围城"状态,尤其是乡村女性表现得尤为明显,即村里的女人想出去,出去的女人想回来。在这种"围城"状态下,返乡女性光鲜亮丽的外表"勾引"着留守女性期待飞翔的心。商品经济大潮猛烈冲击着传统伦理道德,以伦理为中心的乡土社会逐渐转向以经济为中心的社会,"商品化市场的趋势不仅改变着社会结构和社会关系,而且或隐或显地成为一种影响人们行为和观念的支配性力量。它在改变人们实际的物质存在状况与利益关系的同时,也改变着他们的行为和思维方式"[①]。在"进城/返乡"潮流中,人们的行为模式和思维模式都在发生着改变,乡村道德也在这个转变的过程中经受着严峻的考验。女性在进城追求物质生活的过程中,传统价值观念在逐渐地土崩瓦解,金钱、欲望成为操纵她们行为的工具,道德标准、人性标准都发生变异。

在方方的《奔跑的火光》中,我们看到返乡女性身上具有的丰富的城市经验,华丽光鲜的外表吸引着正值青春期的乡村姑娘英芝。向往城市生活的英芝,在有过城市生活经验的春慧影响下,加入"三伙班",认识了嗜赌如命的贵清。英芝对金钱、财富、欲望的贪婪追求使她一再放宽道德底线,由最初的卖艺不卖身,发展到给钱就让摸一把,再到出卖肉体,她一步步丧失女性尊严,在金钱与欲望的裹挟下走向堕落的深渊。英芝是渴望追寻幸福生活却又不愿付出辛勤劳动的乡村女性的缩影,我们一方面应看到英芝坚强、勇敢、魄力十足,是一个极有方向感且敢于为梦想而奋斗的新型女性,"她是不清楚自己要做什么的,她却是知道自己想要得到什么的";另一方面英芝身上有着走向歧途的乡村女孩的共同点,她"是不安分的,她是不想读书的,她是不喜爱劳动的,她是喜欢以轻松的方式赚大钱的"[②],这种思想让她在实现理想的道路上只想投机取巧,不想踏踏实实、任劳任怨,最

[①] 陈瑶:《方方作品〈奔跑的火光〉中的女性意识》,《江淮论坛》2003 年第 6 期。
[②] 方方:《我们的生活中有多少英芝》,《当代作家评论》2002 年第 1 期。

第四章 伦理关系书写：新型乡土关系的日常呈现

终只能是误入歧途。方方在小说最后借英芝之口提出女性谋求生存途径的命题："我怎么会这样呢？究竟如何靠女人的力量和本事来养活自己？"揭示出进城女性的思想弊病所在。

在刘庆邦的《月子弯弯照九州》中，作家讲述了受外来因素影响而走向堕落深渊的罗兰的故事。作家以第一人称视角切入，细致地描摹了在现代化进程中乡村女性细腻的心理变化。"我"是从北京来到充斥着外来女子从事卖淫活动的月朦胧度假村的记者，在这里，"我"遇到了单纯善良的乡村姑娘罗兰，罗兰最初拒绝"我"给她的小费。忍不住向她卖弄才华与见识的"我"对罗兰进行了"妙趣横生"的指点，"我"让她转变观念、转变思想，告诉她"转变观念的事也不是谁想叫变就变，谁不想叫变就不变，社会走到这一步了，谁也得跟着走"[①]。在度假村卖淫风气以及"我"的语言怂恿下，罗兰观念开始慢慢变化，从一个纯洁的乡村女孩沦为作陪小姐，出卖肉体，她的灵魂彻底堕落，丧失了羞辱心，最终因卖淫罪入狱。"我"将城市文化中的糟粕部分带入乡村，以自己所谓的"新观念"影响了罗兰的生活态度，如果没有最初"我"塞钱给罗兰的举动，没有劝罗兰转变观念的言辞，罗兰或许也不至于在复杂的社会变局中迷失自我，或许罗兰还在单纯地生活。"我"对罗兰的遭遇深感痛心，反思悲剧的起源，这一切都因"我"而起，"我"深深地反思当初的劝导：要是当初"不硬塞给罗兰钱，不劝罗兰转变什么观念，说不定罗兰现在已经有了自己的家，一直是正常人，正常心，过的是正常人的生活"[②]。刘庆邦以"我"的口吻传达出自己的心声，乡村环境的改变以及外来因素的影响是乡村女性走向堕落的直接原因。

朱山坡的《陪夜的女人》中，作家饱含深情地塑造了一个温暖人心又独特的女性。作家以"女人"来指代这个"陪夜的女人"，她的工作不是别的，而是陪伴那些行将就木的老人度过漫漫长夜。女人是接受了在广州打工

[①] 刘庆邦：《月子弯弯照九州》，载《到城里去》，中国广播电视出版社，2005，第141页。
[②] 刘庆邦：《月子弯弯照九州》，载《到城里去》，中国广播电视出版社，2005，第141页。

的方厚生的委托,来到凤庄照顾他的父亲方正德老人。女人行事讲究,在告知方厚生职业范围,即不干任何侍候老人的具体活儿后,便开始了在夜晚陪伴老人的工作。当女人划着乌篷船来到凤庄后的数个夜晚,方正德呼唤妻子"李文娟"的大喊大叫声便销声匿迹了,村里人也得以睡上几天安稳的觉。女人以她的善良、包容照顾着老人,拆洗老人肮脏的被褥、劝服老人洗了久病以来的第一次澡。对老人更是表现出足够的耐心与理解,夜晚更是不厌其烦地听老人絮叨李文娟的种种美德,忍受着一个濒死老人魔咒般的妄语。凤庄人对女人充满了感激与敬佩,是她让凤庄的夜晚恢复了宁静与美好。但当女人的"底细"被好事的村民私下传开后,这个曾经在南方从事卖淫工作的女人遭到了凤庄人的嘲讽与冷眼。在随后的几天里,女人不再来凤庄,于是凤庄的夜晚又回荡起凄厉的叫喊。凤庄人在那些不眠之夜重新审视女人在凤庄的点点滴滴,反思自己对女人的态度,并追问自己:一个人的过往就那么重要?他们从心底里原谅了女人。几天后,女人再次出现在凤庄,一如既往地干着自己的陪夜工作,不厌其烦地听着老人一遍又一遍的"故事",直至老人去世。老人走得宁静而安详。老人死后,女人的遭遇被凤庄人知道,原来女人的丈夫早早不在人世,而儿子生着病,为了赚钱给儿子治病才误入歧途,村民们无不叹息。然而,不等村民的送别,女人悄无声息地消失了,正如她来时一样。没有过多的解释,没有过多的安慰,甚至没有过多的交流,女人与村里的女人之间完成了一次发自内心的理解与和解。

孙惠芬的《天河洗浴》中,作家以吉佳的视角讲述了吉佳和吉美这对堂姐妹结伴进城打工又归乡的故事。从吉佳的口中我们得知,在歇马山庄时人们就肆无忌惮地拿她们作比较,她长得不如吉美漂亮,吉美注定要被城里人娶走,而她就只能嫁给乡下人。原本从不在意的吉佳,在进城以后心思也发生了变化。看着从老板屋子里出来,穿着绛紫色高衩旗袍、挽着高发髻别着蝴蝶发结、通身散发着香水味的吉美,完全变了个样。变了样的吉美和吉佳的话少了,并且从住处搬了出去,这让吉佳意识到"她搬走,无非是变坏了,变成一个坏女人,像电视里演的那样,

第四章　伦理关系书写：新型乡土关系的日常呈现

身体被男人占了"①。吉佳一边痛恨着吉美，一边又萌生着无以名状的羡慕与渴望，这渴望让她心潮澎湃、浑身潮湿。她也开始学着吉美的样子烫了几缕黄发，但不仅异常难看，又看起来像个坏女孩。吉佳对自己心态的改变气愤不已，她想到了回家，因为在母亲身边，自己再丑，母亲也不嫌弃。终于等到了过年回家，而她手中的塑料编织袋和吉美手中的四五个旅行袋之间的差距，让她在下了大巴车后久久地立在原地挪不开脚步，自己与吉美的差距又使得她倍感难过。转念间，吉美搂着摩托司机的腰离开大巴车站仿佛又给了她莫名的自信与骄傲，因为在她的想象力里，"吉美搂着一个男人的腰回到村子，无异等于向全村人公布她的不洁"②。然而，当吉佳走路回到歇马山庄时，发现没有人在意吉美搂着男人的腰，而真正在意的只有她带回来的那四五个鼓鼓当当的旅行袋。当吉佳的母亲知道吉美给自己母亲带回来的是金戒指时，母亲虽然嘴里说着"俺闺女知道她妈不好浪，没有浪妈，怎么能生出浪闺女"，但吉佳分明感到了母亲的羡慕与眼气。母亲和吉美母亲是妯娌，母亲的反应自然在吉佳的意料之中，因为自打她记事以来，她们二人就彼此攀比着，从如何打扮女儿，到给老师送礼，无一例外都在攀比，这次自然也不例外。于是，天未亮时，"母亲沓着鞋来到她的床头，一边往她被窝塞东西，一边说，'妈不要你钱，去县里买个金戒指。明天就过年了，听妈的'"③。虽然母亲的反应在她的意料之中，但吉佳仍难掩郁闷，带着愤懑走出家门离开村庄。但她没有去县里，而是径直走向了镇上的澡堂，她与吉美之间的不快，让多年来两人年前一起结伴去洗澡的习惯也荡然无存了。然而，当她走进澡堂，热腾腾的水淋在身上时，吉佳感觉到有人从背后抱住了她，这让她又兴奋又耻辱，兴奋于抱住她的是吉美，耻辱于抱住她的是被人侵犯过的吉美。当吉美说出"吉佳，我做梦都羡慕你"，"我根本就不想再回去了，可是，可是我妈不让"，吉佳呆立在淋浴下，"好像刚才还在吉美眼里的惊恐突然飞了出来，飞到吉佳眼里。它飞到吉佳眼里，就不再是惊恐，

---

① 孙惠芬：《天河洗浴》，《山花》2005 年第 6 期。
② 孙惠芬：《天河洗浴》，《山花》2005 年第 6 期。
③ 孙惠芬：《天河洗浴》，《山花》2005 年第 6 期。

227

而是惊讶、难过"。① 作品中，吉佳一次次从自尊到自卑，都源自村人对金钱的崇拜，本以为村人会鄙夷吉美的不自爱，而赞赏自己的自尊自爱，实则人们关心的只有在城里赚了多少钱。从吉美口中，我们可以感受到她的无助和痛苦，可以体会到她不愿再进城的想法，但母亲却仍可以不顾吉美的感受，仍然坚持让她回去。在作家笔下，母亲丧失了圣洁的光辉，成为将女儿推向深渊的最后一手。

在转型期的乡土社会中，旧的价值观念和道德标准已经失范，而新的标准又未能真正建立起来，乡土社会价值观念认知处于模糊、迷茫的状态，人性无法得到良好的规约，随之而来的是人们生活方式的改变。而这与城市文化对乡村文化的影响不无关系。新世纪乡土小说家通过"看/被看"的关系书写，将陷入混乱状态中的人的精神面貌表现出来。

如果说留守女性在返乡女性那里无限幻想着城市生活的美好，那么返乡女性对城市的真正认知真的是美好的吗？答案是否定的。而当留守女性知道真相以后，她们又会如何看待返乡女性？她们之间就自然而然地形成了一种"看/被看"的关系。返乡女性在城市里经历了挫折、伤害，对城市的幻想破灭，幡然醒悟真正爱自己的人在乡村，城市不过是暂住地，而非永久的家园。她们选择回归乡土，希望开始新的生活。但乡土社会的"熟人圈"特点使得返乡女性所受的伤害欲盖弥彰，她们愈遮掩反而暴露得愈彻底。

孙惠芬在对女性的书写过程中融入了社会、经济因素，表现新的时代背景下女性的生存境遇，将女性对女性的摧残刻画得淋漓尽致，正如黄华表明："在女性主义内部关于身体与性的学说中，一直存在着两种意见：本质论和建构论。本质论认为女性的身体是建立在生物学基础上固定不变的身体，而建构论在身体上加入社会因素。"② 孙惠芬的《吉宽的马车》讲述了乡村姑娘许妹娜怀着对城市生活的美好憧憬，在虚荣心的驱使下嫁给了曾经坐过牢的城市小老板，本以为能就此过上幸福的日子，但只是黄粱一梦，她

---

① 孙惠芬：《天河洗浴》，《山花》2005 年第 6 期。
② 黄华：《权力、身体与自我——福柯与女性主义文学批评》，北京大学出版社，2005，第 103 页。

第四章 伦理关系书写：新型乡土关系的日常呈现

最终沦为金钱的奴隶，成为困在笼子里的金丝鸟，丈夫不仅对她不忠还经常暴力相加，她彻彻底底成为这场婚姻的失败者。对于许妹娜来说，城市是座牢笼，但她仍要留在城市；只有当她回到乡村，在同乡人羡慕的眼光和啧啧的称赞声中，虚荣心才能得到些许的满足，她内心的苦楚才能得到稍许的减少。但即便如此，在同乡人的眼中，许妹娜仍是令人羡慕的"榜样式"人物，她是命运的宠儿，不用进城打工就能过着衣食无忧的生活。在看似幸福的背后隐藏的是乡村女性的痛苦与悲哀，这种貌似幸福的假象给留守女孩以错误信号，使得更多的乡村少女走上不归路。

如果说《吉宽的马车》中作家以温和的方式对女性盲目追求城市物质生活进行了批判，那么《歇马山庄的两个女人》则撕开温情脉脉的面纱，将返乡女性的累累伤痕暴露出来，通过两名女性（一个留守女性，一个返乡女性）之间关系的微妙变化，讲述了返乡女性对城市的厌恶、恐惧与回避，揭示了在留守女性犀利的、审视的目光中返乡女性受人冷眼的悲剧宿命。在《歇马山庄的两个女人》中，潘桃和李平是生活经历截然相反的两个人，潘桃就像是没有进城之前的李平，李平是进城之后的潘桃。潘桃没有进城打工的经历，对城市充满了幻想，就连结婚也要赶时髦——旅游结婚。而李平有过进城打工的经历，她既是渴望在城市立足却被骗沦为他人的小三儿，更是得知被骗后误入歧途的卖淫女。在对城市彻底失去希望后，李平认识了成子并跟他回乡结婚。李平的婚礼散发着浓浓的乡土气息，她似乎想在大操大办中埋葬自己的过去。由于性格相似，李平和潘桃成了朋友，熟识以后，李平向潘桃讲述了在与丈夫结婚之前自己在城市里的不光彩勾当。潘桃不慎将消息泄露并在村中传开，原本在乡亲眼中漂亮、贤惠的李平成为人人侧目的对象。李平遭到丈夫的毒打，在丈夫面前再也抬不起头。女性对自身经历的隐瞒终究在背叛面前被暴露得体无完肤，李平再次迷失，"我迷失了家园，我不知还该向何处去，城市不能使我舒展，乡村不能使我停留，我找不到宁静，没有宁静"[1]。在村民对李平态度的变化中，我们感受到了乡土

---

[1] 孙惠芬：《街与道的宗教》，陕西师范大学出版社，2002，第134页。

社会妇女的冷漠无情。李平在城市中遭受不公正的待遇后，她渴望通过返乡忘记痛苦，然而人们躁动的欲望与偷窥他人隐私的心理又将她推入万丈深渊。这种对命运无法掌控的悲剧与丁玲笔下的贞贞（《我在霞村的时候》）一样令人感到痛心。

在刘继明的《送你一束红花草》中，作家塑造了一个令人怜惜的农村姑娘樱桃的形象。作品将村诊所医生小宝为樱桃打针作为叙述主线，讲述了同村人对她态度的微妙变化。在小宝眼里，樱桃是个可人的姑娘，因为身体不适，樱桃总是拿着从城里带来的药让小宝给她打针。小宝不知道也从不问这到底是什么药，直到针剂用完，樱桃拜托小宝能否给她进点这种药。出于对樱桃的喜爱，小宝拜托姑父汪秉国进药的时候替她买来这种药，"'赛瑞特？'汪秉国拿着那纸条儿，左看右看，很是诧异地问：'她以前一直打这种药？'小宝说：'是呀，还跟好几种药配在一起打的。'汪秉国听了，自言自语道：'这种药几百块钱一瓶呢，看来，樱桃是真的有钱……'他说这话时，表情怪模怪样的"。几经周转，终于托刘大麻子买到了药，小宝满心欢喜地去给樱桃送药，却发现樱桃放着刚盖好的两层楼房不住，却住在废弃的鱼塘边的小破房里。就连村民们和樱桃的父母的态度也伴随着樱桃回来发生了改变，以前樱桃用打工赚来的钱给父母盖起了全村最气派的二层小楼，她的父母每每提起樱桃，表情和口气都流露着骄傲和自豪，而现在她的父母都很少出现在人多的地方，除非下地干活或买东西，他们几乎不出门，把自己关在二层楼房里，大门紧闭。在小宝眼里，村里人更是神神秘秘，在诊所门前的公路上说三道四，总是把声音压得很低，偶尔冒出"樱桃"和"外滩"的字眼，好像瞒着重大的秘密。村里人的态度和闲言碎语让樱桃的父母越发抬不起头，越发疏远樱桃，他们只是让樱桃的弟弟小蟀给她送饭，却不与樱桃同住。樱桃的病情越来越重，但除了小宝，没有人愿意关心她，在一次无意间看到樱桃浑身暗红色的小疙瘩以及惨白的脸后，小宝伤心万分：

小宝从河滩上回到诊所，整整一个下午都心神不宁。上楼吃晚饭时，正在独自饮酒的姑父汪秉国瞥了他一眼，"小宝你怎么搞的？像丢

第四章 伦理关系书写： 新型乡土关系的日常呈现

了魂一样！"他见小宝没吱声，又板着脸说，"你每次去河滩上一呆那么长时间，不就打个针么，用得了那么久？我让你每次去打针要戴上口罩你戴了吗？打完针就回来，少跟她说话！"小宝说："可是……樱桃姐一个人住在那儿，连说话的伴儿都没有。"汪秉国瞪着他，用警告的口气说："别人躲还来不及，连她家里都把她一个人扔在野外，躲得远远的，你一个小孩子逗它能？"汪秉国的表情有些严厉。"樱桃姐不是一直在打针么？"小宝咕噜了一句，他有些茫然地望着汪秉国，突然问："姑父，你说刘大麻子买来的那些药是不是……假药？樱桃姐打了这么长时间都不见好转……"汪秉国听了，脸色陡然一变，把酒杯在桌子上重重地顿了一下，训斥道："什么真药假药的，你晓得个屁！她那病打再多针也没用的，顶多是白花钱。"汪秉国嘿嘿怪笑了两声，"反正她在外面赚的钱也不干不净，不花掉留着干么……"说着，自顾自地喝酒，再也不理睬小宝了。①

通过小宝和汪秉国的对话，可以隐隐约约地猜到樱桃在洱城做着怎样的工作，而她之所以受人嫌弃和鄙夷也正因为此。父母的躲避、村里人的厌恶都深深地伤害着樱桃，摧毁着她想要活下去的最后那么一点留恋，把她推向死亡的深渊，最终樱桃选择了投河自尽结束了自己的一生。

作家采用对比的手法，讲述了返乡女性与留守女性之间既艳羡追求又嫉妒诋毁的微妙关系。对这类女性的描写，作家形象地折射出新世纪乡土社会的原貌以及村民日常生活的变化，返乡女性的出现及其背后的"故事"成了留守者茶余饭后的闲谈。在对这些她们看来不贞女性的谈论中，留守女性感受到自己的崇高和纯洁，一种优越感油然而生。对这类女性的书写既是乡村女性在物欲横流的都市中迷失自我的真情表述，也是对乡村女性"无家"精神状态的反思。留守女性怀着对城市的好奇，观望着返乡女性的"异地"特质。偷窥心理使得返乡女性受尽挫折与摧残，并将返乡女性想要掩盖的自

① 刘继明：《送你一束红花草》，《上海文学》2004年第12期。

我迷失的经历暴露无遗。总之，在新世纪乡土小说中，作家对女性生存危机表示担忧，正如方方所言："对于小说中英芝这样的农村女人，我常常不知道应该说什么好。有时候我觉得一个女人倘出生在了一个贫穷的乡下，就注定了她一生的悲剧。她要么无声无息地生死劳作都在那里，过着简单而艰辛的生活，对外部生机勃勃的世界一无所知；要么她就要为自己想要过的新的生活、为改变自己的命运付出百倍千倍的代价，这代价有时候比她的生命更加沉重。"① 英芝、罗兰、春芳、王雪琪等女性的悲剧是整个时代的悲剧，她们是这个时代的牺牲品。整个社会（不论是城市还是乡村）都发生了本质的变化，人们的价值观特别是金钱观发生了严重的扭曲，她们以金钱至上的价值观来扭曲依靠正当劳动创造价值的正确观念，变得不思进取、懒惰贪婪，盲目地认为只有牺牲贞操才能获得财富，女性在这一过程中逐渐沦为金钱的奴隶。带着城市的伤痛记忆踏上返乡之路的女性，希冀开始新的生活，然而身上散发的"异地"特质又不自觉地吸引着留守女性的目光，这种"看/被看"的二元对立关系由此确立，两者之间相互影响，变得异常微妙。在紧张的关系中，留守女性的偷窥欲最大限度地被激发出来，留守女性在鄙视返乡女性的同时又掩饰不住对富裕物质生活的羡慕与渴望。

　　人是乡土社会的基本单位，人际关系是乡土社会的基础关系，它们共同组成了乡土社会的日常生活，对乡村伦理关系的研究便于我们了解乡土社会的变化。新世纪以来，商品经济飞速发展，城乡差异日益扩大，为摆脱贫穷落后的状况，大批农民纷纷进城寻找"黄金地"，流动性是新世纪乡土社会的主要特点。随着青壮年的离乡离土，女人、老人、孩子成为留守者，他们之间的关系在流动的过程中发生着巨大的变化，形成了新世纪乡土小说中别具一格的伦理关系书写。然而，在"进城/返乡"背景下，不论是返乡者还是留守者，他们都担负着双重身份的尴尬处境。对于返乡者而言，"在中国大陆社会的城乡二元结构中，他们不幸成为'双重边缘人'"②，他们既是

---

① 方方：《我们的生活中有多少英芝》，《当代作家评论》2002年第1期。
② 李兴阳、丁帆：《新世纪乡土小说"流动农民"叙事的价值取向与叙述选择》，《天府新论》2013年第3期。

第四章 伦理关系书写：新型乡土关系的日常呈现

城市的边缘人，也是乡村的边缘人，这种双重边缘人的身份增添了他们的不幸。在城市，他们从事着最基础的工作，靠出卖劳动力赚着微乎其微的钱；在乡村，他们不再是只关心土地的农民，已有的城市经验使得他们游走于"城市/乡村"之间，无家的漂泊感是一切痛苦与悲剧的来源。对于留守者而言，他们既是孤独者，也是施暴者。他们被进城打工的亲人"抛弃"，留守在失去活力的乡村，他们是乡土世界的可怜人，他们缺乏爱与温暖，在空荡荡的乡村里遭受着物质资源匮乏和精神世界空虚的双重打击。但在返乡者那里，留守者便化身为了施暴者，舆论暴力是留守者集体施暴的方式和手段。他们羡慕返乡者，偷窥返乡者的隐私，曝光返乡者不光彩的历史，返乡者在他们的污言秽语和冷眼鄙夷中饱受肉体和精神的伤害。新世纪乡土小说家对这一系列乡村伦理关系的变化进行书写、反思，人们物质生活的提高只能是乡村进步发展的一部分，而精神世界的提升才是乡村建设的重中之重。

新世纪以来，农民工进城规模不断扩大，这是新世纪乡土社会的最重要特征，也成为乡土书写的主要特征。"农民工在城市中毫无安全感的经历意味着返乡已经在结构上内化到文化之中，经历长时间的磨砺，成为一种文化习俗了。"[①]"进城/返乡"潮流成为乡村日常生活的一种模式，"乡下人进城"主题的书写是新世纪乡土小说创作的最主要变化。农民工作为"外来人口"而非"移民"，决定了他们只能是城市的过客，这种都市"异乡者"的身份增加了农民工生存的漂泊感。在城市里所受到的歧视和不公正的待遇使其深信返乡才是最终的归宿，只有乡村才是其永久的精神家园。"对真正伟大的小说家来讲，无论是以悲剧的方式叙述，还是以喜剧的方式反讽，写作的基本精神是爱，基本态度是同情，尤其是对底层人和陷入悲惨境地的不幸者的同情。比如，对妓女这种被侮辱与被损害的不幸者，伟大作者的态度都是同情的和怜悯的。而且，这种怜悯和同情，不是那种向下俯视的施舍式的同情，而是怀着敬意，写出她们的不幸、纯洁、善良、无辜和牺牲精神，

---

① 〔爱尔兰〕瑞雪·墨菲：《农民工改变中国农村》，黄涛、王静译，浙江人民出版社，2009，第45页。

写出她们的身上被黑暗和罪恶遮掩的洁白和伟大来,对他们来讲,嘲笑、挖苦甚至漠视她们的不幸处境,都是一种非人道的残忍,是与'绝对的道德命令'背道而驰的。"①

第四节　新时代乡村伦理关系的重新建构

近年来,特别是乡村振兴、脱贫攻坚战略实施以后,乡土社会发生了翻天覆地的变化,乡村面貌焕然一新,人民的生活普遍得到了改善,外出打工者也慢慢向乡村回流。在这样的背景下,乡村不再是一片凋敝的景象,实际上,相较于"打工潮"兴盛的那些年,现在的基层干部正在努力重建一种乡村秩序,让人民的物质生活富裕、生活有了奔头,精神世界丰富、生活有了希望。在新世纪乡土伦理关系书写中,扶贫干部与群众之间的关系打破了以往权力关系的书写,他们是建立在一种平等关系基础上的信任的关系;在全面脱贫的道路上,人与人之间的关系不再以利益为基础,而是在以共同富裕为目标基础上的互帮互助。

一方面,扶贫干部与群众之间相互信任、相互支持的关系书写。作为扶贫干部或驻村第一书记,他们手中的权力不同于以往村支书所拥有的权力,他们的权力具有公益性、去私人性。他们大多是响应国家乡村振兴、全面脱贫的号召,积极投身这份伟大的事业之中的,他们甘愿舍弃原有的工作和生活,跳出自己的舒适圈,是渴望为全面建成小康社会作出自己的贡献的一批人。从这个意义上出发,他们对权力没有那么强的欲望,如果说有,也是希望借助干部和第一书记的名头为扶贫工作做一些事情。因此,他们的真心付出必然能换来群众的信任与支持,也完全符合广大群众想要发展家乡的愿景,自然群众发自内心地认可他们,愿意跟着他们改变家乡贫穷、落后的现状。

另一方面,全面脱贫道路上村民们之间的互帮互助。二元对立思维常常

---

① 李建军:《时代及其文学的敌人》,中国工人出版社,2004,第 207 页。

第四章 伦理关系书写：新型乡土关系的日常呈现

隐藏于我们认识事物的过程中，不易被我们察觉。以这样的思维研究新世纪乡土小说伦理关系时，不难发现乡土伦理关系中充斥着"利益""金钱"等字眼。而在新时代背景下，人们对自身的发展需求逐渐演变成自身与群体（也就是乡村）共同发展的需求。而这一发展需求的转变有赖于各级政府的宣传与引导，特别是基层党组织对国家政策的解读与劝导。为了能实现这个目标，村民们之间摒弃了以往斤斤计较、锱铢必较的思维模式，开始以开放的心态共享经验、共享成果，互帮互助、诚信有爱。

郭严肃的《锁沙》中，放弃去深圳工作的大学毕业生郑舜成，在经过激烈的思想斗争后毅然决然地选择回到自己的故乡曼陀北村，决心帮助家乡脱贫致富。他从最根本的退耕还林还草入手，改变传统的放牧方式，大力整治土地沙化问题，工作中他敢于担责、积极进取、不怕辛苦，也因此赢得了村民们的信任与支持。谁人不爱自己的家乡，但土地沙化严重村民不得不选择搬迁，但在听到、看到郑舜成为家乡换新颜的行动后，纷纷受到鼓舞，加入整治土地沙化的行列。经过大家的努力，曼陀北村的土地沙化问题不仅得到了解决，还成为远近闻名的生态优良示范村、草原上的富裕村。此时的郑舜成已在家乡待了整整三年，看着家乡的变化，他终于兑现了三年前自己内心对家乡建设的承诺。最开始打算干三年就离开家乡的郑舜成，却又在新一届的党支部书记选举中取胜，面对村民们期盼的眼神以及殷切的希望，他被深深地感动着，同时真切地感受到实实在在地被需要。土地沙化问题被治理，如何带领村民们走向富裕，郑舜成感受到自己肩上越来越重的担子，最终他决定永远留在家乡，将自己的毕生都奉献给草原。

在赵德发的《经山海》中，不甘碌碌无为过完一辈子的吴小蒿参加了科级干部考试，前往楷坡担任副镇长。她与村民们互信互助，共同发展乡村经济，引进楷树，将楷坡打造成为远近闻名的乡村振兴示范村。其中，吴小蒿一切为了群众、深深扎根群众的精神与行动赢得了村民对她的信任与支持。在落实与推进鳃岛开发旅游项目时，吴小蒿并非孤军奋战，而是与当地群众、干部一起想办法，最终解决了项目发展的资金问题。在高铁征地拆迁过程中，吴小蒿更是秉持公开、透明的原则，不想暴力拆迁扰乱当地村民的

235

生活、损害村民的利益,她深深地理解村民与村庄之间的血肉关系。她把村民当亲人,事事从他们的利益出发,时时从他们的角度去想,村民们也被她的这种亲和、温暖的工作方式所感动,积极配合村里的拆迁工作。

在向本贵的《山高路长》中,扶贫干部刘如明和返乡担任村支书的金建军带领半垭村发展乡村经济。在忽培元的《乡村第一书记》中,作家以牛湾村"乡村第一书记"白朗在驻村工作期间的微信日记为蓝本,记录了他在上牛湾村扶贫工作的点滴。他的到来为原本涣散的基层党组织带来了凝聚力和活力,他真真切切地明白乡村传统观念对群众的根性影响。于是,在解决村民们低迷的精神面貌问题时,他借助恢复太公祠堂拜祖的传统强调村规民约,将优秀传统文化注入村民的生活中,以此提高村民的志气心劲儿。他从群众的实际需求出发,拒绝"输血式""贴金式"的物资帮扶,而是解决村民的饮用水问题。白朗在扶贫工作中的韧性和狠劲儿,让他在短短三个月时间里,将村民们最初对他的怀疑和不信任变成敬佩与尊重,更愿意和他一道共同发展乡村经济,走乡村振兴、共同富裕的道路。

在卢生强的《天使还你艳阳天》中,更是将扶贫干部与人民群众之间的这种鱼水情深表现到了极致。贫困户零有东因年轻时意外爆炸而致双目失明,这些年来生活的重担全部落在妻子身上,而为了治疗眼疾钱没少花、中药没少吃,但眼睛却越来越差。原本对重见光明失去信心的零有东,在扶贫干部李金荣一次次来家里走访,白天忙完村里的事儿,不管多晚都还要来开导他接受手术治疗后,他又重燃复明的希望和对生活的向往。李金荣以真心对待零有东,设身处地地替他着想,一边替他找合适的医生做手术,一边帮他去了解国家对贫困户就医的优惠政策,替他解除后顾之忧。当零有东手术重见光明后,他在病床边找寻着这个让他重生的人,满心感谢地拉着李金荣的手。重生后的零有东对生活充满了热情与激情,他在李书记的带领下发展自家养殖业,他要把这几十年欠下的活儿都干了,他不仅要给自己一个交代,更要让家人过上好日子。

在颜晓丹的《花儿在深山》中,贫穷让很多孩子放弃了读书的机会,即使扶贫干部如何苦口婆心地劝导都于事无补,在反映扶贫干部与群众血肉

第四章　伦理关系书写：新型乡土关系的日常呈现

相连的同时，也反映出扶贫工作的复杂性以及扶贫干部的无奈。在"我"往返于扶贫乡的路上，结识了一位瑶族妇女美全，她的出现让"我"的扶贫工作备受鼓舞。为了能让自己的两个女儿读书，她倾尽所有，甚至住在临时搭建的竹篱房。"我"再次想起了邕地村的黎妹，"我"多次去劝导她让她继续读书，但无论"我"怎么说，她都那么决绝地回绝，"我"想再次去看望黎妹，希望她能回心转意。当"我"走进黎妹的家，却只看到了她的奶奶，黎妹去山里挖草，这次与黎妹的擦肩而过令"我"久久不能释怀。然而，"我"处处为黎妹着想的执着令奶奶万分感激却也万分无奈，这种无力感让"我"认识到扶贫先扶智工作的复杂性与艰难。庆幸的是，在"我"的努力劝说下，村民的想法变了，越来越多的孩子重返校园。村民们对"我"的信任更坚定了"我"要继续帮扶孩子们的决心，"我"要让他们从大山中走出来，用知识武装头脑，改变命运。

相较于以往的乡村伦理关系书写，新时代乡土书写最显著的变化就是扶贫干部这一人物形象的出现，他们的出现使得乡村伦理关系发生了巨大的改变。扶贫干部对乡村发展所产生的影响不仅体现在物质文明的进步上，更体现在对乡村精神文明的提升上。在作家笔下，我们看到了对乡土伦理关系的书写是向善、向上的，群众依赖、信任扶贫干部，并在扶贫干部的带领之下走向富裕的道路，对生活充满希望。人与人之间的关系也一改以利益为先的书写，变为建立在共同富裕基础上的互信互利。

对新世纪乡土小说进行系统深入的研究后，我们不难发现，以批判乡村、城乡二元对立的乡土书写已经逐渐远离甚至消失，究其缘由则在于乡村社会的根本性变化。在乡村振兴、脱贫攻坚、全面建成小康社会的战略背景下，在国家提出的乡村产业振兴、乡村人才振兴、乡村文化振兴、乡村生态振兴、乡村组织振兴的科学论断指导下，乡村的变化日新月异，已经不再是20世纪90年代至21世纪初"打工潮"下的乡村，而成为有吸引力和感召力、有自我发展能力的乡村。新世纪乡土小说创作也必将以全新的姿态介入乡土，反映新时代乡村建设以及乡村的精神风貌。乡土小说创作是"进行时"，对其的研究也仍在继续，我们呼吁且期待更多更优秀的歌颂时代、反映当下乡村的作品。

参考文献

[1] 费孝通：《费孝通文集》，群言出版社，1999。
[2] 丁帆等：《中国乡土小说史》，北京大学出版社，2007。
[3] 张紫晨：《中国民俗概况》，书目文献出版社，1986。
[4] 俞德鹏：《城乡社会：从隔离走向开放》，山东人民出版社。2003。
[5] 费孝通：《乡土中国》，北京大学出版社，1998。
[6] 丁帆等：《中国乡土小说的世纪转型研究》，人民文学出版社，2013。
[7] 〔法〕H.孟德拉斯：《农民的终结》，李培林译，中国社会科学出版社，1991。
[8] 梁漱溟：《中国文化要义》，上海人民出版社，2005。
[9] 张宏杰：《简读中国史》，岳麓书社，2020。
[10] 程文超等：《欲望的重新叙述——世纪中国的文学叙事和文艺精神》，广西师范大学出版社，2005。
[11] 肖群忠：《孝与中国文化》，人民出版社，2001。
[12] 黄华：《权力、身体与自我》，北京大学出版社，2005。
[13] 李建军：《时代及其文学的敌人》，中国工人出版社，2004。
[14] 赵园：《地之子——乡村小说与农民文化》，北京十月文艺出版社，1993。
[15] 李莉：《中国新时期乡族小说论》，中国社会科学出版社，2008。
[16] 陶东风：《文学史哲学》，河南人民出版社，1994。
[17] 周宪：《文化现代性与美学问题》，中国人民大学出版社，2005。

[18] 陆益龙：《农民中国——后乡土社会与新农村建设研究》，中国人民大学出版社，2010。

[19] 吴海清：《乡土世界的现代性想象》，南开大学出版社，2011。

[20] 〔美〕亨利·詹姆斯：《小说的艺术》，朱雯等译，上海译文出版社，2001。

[21] 〔英〕爱·摩·福斯特：《小说面面观》，苏炳文译，花城出版社，1987。

[22] 胡必亮：《关系共同体》，人民出版社，2005。

[23] 〔法〕亨利·列斐伏尔：《日常生活批判》，叶齐茂、倪晓晖译，社会科学文献出版社，2018。

[24] 贺雪峰：《新乡土中国》，广西师范大学出版社，2003。

[25] 王华编著《新世纪乡村小说主题研究》，北京理工大学出版社，2011。

[26] 吴海清：《乡土世界的现代性想象》，南开大学出版社，2011。

[27] 叶君：《乡土·农村·家园·荒野》，中国社会科学出版社，2007。

[28] 周晓虹主编《中国社会与中国研究》，社会科学文献出版社，2004。

[29] 杨菊平：《非正式制度与乡村治理研究》，上海交通大学出版社，2016。

[30] 陈学明、吴松、远东：《让日常生活成为艺术》，云南人民出版社，1998。

[31] 〔法〕米歇尔·福柯：《规训与惩罚》，刘北成译，生活·读书·新知三联书店，1999。

[32] 赵园：《赵园自选集》，广西师范大学出版社，1999。

[33] 韦政通：《伦理思想的突破》，中国人民大学出版社，2005。

后　记

　　书稿写下最后一个字的那一刻我忽然意识到，今年——2023年竟是我走出校门参加工作的第十年，也是我从事中国乡土文学研究的第十年。或许冥冥之中早有安排，让我以这样的形式来给生命中工作的第一个十年做一个总结，这是何等的奇妙和美妙。
　　我很幸运能与乡土文学结缘，它不仅给了我安身立命的学术研究方向，而且让我与我的故乡、我的祖父母有了更深度的链接，更让我对我的父辈有了更深刻的理解。我的成长伴随着中国城市化进程，我没有像父辈们一般的完整的乡村童年生活，也没有像祖父辈们一般的深厚的乡土情感。曾几何时，我认为故乡离我是那么的遥远，我的祖父母与我是那么的疏离，直到有太多次这样的阅读体验，笑着笑着就哭了，哭着哭着就失声了、崩溃了，我才意识到作家笔下的乡村与我的记忆如此的相似，作家表达的乡土情感，竟让那些幼年时渗进心里的细流，在我成年后化成汹涌的泪水夺眶而出，产生共鸣，最终完成自身的和解。那些幸福的、感动的、痛苦的、悲伤的瞬间随着时光的流逝逐渐模糊，变成了一个个片段与记忆点，但它们永远不会消失，甚至会深深地烙印在我逐渐老去的心头。乡土文学让幼年时在心里埋下的故乡的种子生根发芽，让那些日渐模糊的故乡的景象、故乡的人和事在文本中逐渐清晰，然后在某个不经意的瞬间触发这些片段与记忆，让曾经的甜蜜与幸福、悲伤与痛苦涌上心头，让我清醒地知道，原来我的故乡、我的亲人们从未走远。当我沉浸在文本阅读之中，再次直面那一段段亲人离去的记忆时，我不禁想起鲁迅先生曾写下的"仁厚黑暗的地母啊，愿在你怀里永安她的魂灵"。愿我的亲人们在大地的怀抱中永享安宁。如此看来，乡土文学于我而言，乃一种恩赐。

即便如此，在这本书的写作过程中，我也曾无数次下决心要为乡土文学研究的旅程暂时画下一个句号。然而，当我真的提笔写"后记"时，我又有那么多的不舍与不甘，在我学术道路上给我帮助的师长、朋友，他们对我的谆谆教诲、无私帮助都给了我十足的前进的动力。我的导师陈晨女士，如师亦如友。她有着阳光一样灿烂的笑容，总能帮我驱散学业和生活中的阴霾，学业中答疑解惑、生活中嘘寒问暖，她无私地指导我、鼓励我、包容我。在毕业的十年时间里，我总会时常给她打电话，与她聊聊各种琐事，或许连她自己都不知道，无形中她已是我最信任、最想依靠的人。能与她结下师生之缘是我的荣幸。

我还要感谢樊洛平女士、黄轶女士以及袁凯声先生，他们都是我学术研究道路上不可或缺的师长，给予了我莫大的鼓励与支持。犹记得2010年，初次见到樊洛平老师时，紧张的我接连答不出她的问题，但承蒙老师怜爱，在求学过程中不断帮助、鼓励，让我敢于打开学术的大门。黄轶老师为人豪爽、做事干脆，颇有侠女风范。严格意义上说，她是第一个肯定我学术论文的老师。那是我第一次将自己的文章投给某校学报编辑部，并顺利得以发表。事后她看到了我这篇文章对我说，原来我外审的这篇文章是你的呀，随后便发出了爽朗的笑声。或许她不知道，正是她这简短的一句话让我高兴、自豪了很久很久，也坚定了我投稿的信心和继续学术研究的决心。至于袁凯声老师，就真的是太奇巧了，他是我毕业答辩时的答辩主席。我自知论文内容的粗浅，却有幸得到了他的鼓励，认为论文没有模仿、抄袭的痕迹，文本解读有真情实感。当时，我很感动，自己一字一句敲下来的论文终于得到了肯定。但"奇妙"之处并非于此，而是毕业后我进入河南省社会科学院工作，此时方知他是院科研处的领导。人生太奇妙了，毕业时见到的最后一位"外人"竟与日后的工作有所关联，而我也终没有勇气向他当面表达由衷的谢意。对这三位老师的感谢一直藏在我的心中，借今日之后记抒发多年感恩之情。

文已至此，想要感谢的人实在太多太多。感谢父母的生养之恩，将我生养得乐观、开朗、积极、向上；感谢我的爱人郑绪伟先生，他以宽广的胸怀包容我的各种情感与情绪；感谢我的孩子，让我感受到生命的价值与意义；感谢我的师妹陈凌子女士和海南师范大学曹转莹老师，她们为本书提供了巨大的帮助；感谢我工作中的师长、朋友，在工作中、生活中给予我莫大的信任与支持；感谢闫德亮先生和李娟女士，他们是我走入科研岗位的领路人，他们一丝不苟的治学态度和甘于奉献的工作精神深深影响着我；感谢河南省社会科学院在学术研究、著作出版等方面给予的资助与支持；感谢社会科学文献出版社的编辑老师，他们辛勤的劳动得以让本书顺利出版。

对于乡土文学以及乡土文学研究情感有余，却能力有限，不当之处在所难免，尚祈学界前辈、同人批评指教。

仅以此书纪念过往十年的点点滴滴。愿岁月静好，红尘无忧！

姬亚楠

2023 年 8 月于河南省社会科学院

图书在版编目(CIP)数据

新世纪乡土小说日常生活书写的"常"与"变" / 姬亚楠著 . --北京：社会科学文献出版社，2023.10
（中原智库丛书. 青年系列）
ISBN 978-7-5228-2341-6

Ⅰ.①新… Ⅱ.①姬… Ⅲ.①乡土小说-小说研究-中国-当代 Ⅳ.①I207.42

中国国家版本馆 CIP 数据核字（2023）第 153988 号

中原智库丛书·青年系列
新世纪乡土小说日常生活书写的"常"与"变"

著　者 / 姬亚楠

出 版 人 / 冀祥德
组稿编辑 / 任文武
责任编辑 / 刘如东
责任印制 / 王京美

出　　版 / 社会科学文献出版社·城市和绿色发展分社（010）59367143
　　　　　 地址：北京市北三环中路甲 29 号院华龙大厦　邮编：100029
　　　　　 网址：www.ssap.com.cn
发　　行 / 社会科学文献出版社（010）59367028
印　　装 / 三河市龙林印务有限公司

规　　格 / 开　本：787mm×1092mm　1/16
　　　　　 印　张：15.75　字　数：239 千字
版　　次 / 2023 年 10 月第 1 版　2023 年 10 月第 1 次印刷
书　　号 / ISBN 978-7-5228-2341-6
定　　价 / 88.00 元

读者服务电话：4008918866

版权所有 翻印必究